경남 · 부산 지역문학 연구 1

박태일(朴泰一)

1954년에 경남 합천서 태어나 1980년 부산대학 문리대 국문과를 졸업했다. 1991년에 같은 대학 대학원에서 문학박사 학위를 받고, 지산간호보건전문대학을 거쳐 현재 경남대 인문학부 교수로 재직중이다. 1980년에 『중앙일보』 신춘문예에 시가 당선되고 1991년에 김달진문학상을, 2002년에 부산시인협회상을 수상했다. 낸 책으로 시집 『그리운 주막』 『가을 악견산』 『약쑥 개쑥』 『풀나라』, 연구서 『한국 근대시의 공간과 장소』 『한국 근대문학의 실증과 방법』 『한국 지역문학의 논리』, 엮은책 『크리스마스 시집』 『가려뽑은 경남·부산의 시 ① 두류산에서 낙동강에서』 『김상훈 시 전집』 『예술문화와 지역가치』가 있다.

청동거울 문화점검 ③⓪

경남·부산 지역문학 연구 1

2004년 5월 20일 1판 1쇄 인쇄 / 2004년 5월 30일 1판 1쇄 발행

지은이 박태일 / 펴낸이 임은주
펴낸곳 도서출판 청동거울 / 출판등록 1998년 5월 14일 제13-532호
주소 (137-070) 서울 서초구 서초동 1359-4 동영빌딩 / 전화 02)584-9886~7
팩스 02)584-9882 / 전자우편 cheong21@freechal.com

주간 조태림 / 편집 하은애 / 디자인 곽현주
영업관리 김형열

값 21,000원

ISBN 89-5749-016-7

이 책은 2003년도 경남대학교 학술저서발간연구비의 지원을 받아 이루어졌습니다.

청동거울 문화점검 ㉚

지역문학총서 6

경남·부산
지역문학 연구 1

박태일 지음

청동거울

『경남·부산 지역문학 연구 1』이라 이름을 올린 첫번째 연구서를 내놓는다. 『한국 지역문학의 논리』에 이은 것이다. 우리 근대문학사는 지역문학 차원에서 다가설 때 많은 자리를 새로 고치고, 기울 수 있다. 그런 생각을 구체적인 실질로 드러낸 글들이다. 일찍부터 뜻을 일으켰던 바나 집필은 거의 이즈음 몇 해 사이에 이루어졌다. 경남·부산 지역문학을 대상으로 삼은 글이다. 지역문학 연구에 관심을 가진 이들에게 자신의 지역을 대상으로 삼은 문학연구의 한 본보기가 되기를 바란다.

모두 네 도막으로 나누어 글을 실었다. 첫째 도막에서는 지역문학의 전통을 살핀 것이다. 밑바닥을 단단하게 다지고 그 실질이 더욱 깊어져야 할 자리다. 전체적인 경남·부산 지역문학을 조망하기 위한 한 방법으로 이제까지 잊혀졌던 계급주의 시문학을 다룬 글을 맨 앞에 올렸다. 앞으로 지역 아동문학을 비롯해 얻을 보람이 적지 않을 것이다. 소지역 문학으로서는 통영 근대시를 처음으로 다루었다. 힘 닿는 데까지 시군별 개별론은 거듭 마련할 것이다.

둘째 도막에서는 경남·부산지역의 부왜문학을 문제 삼았다. 특정 지역을 대상으로 삼은 부왜활동 접근의 한 디딤돌이 되기를 바란다.

4

지역의 근대 한문문학까지 대상을 넓혔다. 지역문학 연구의 의의와 문제의 소재를 분명히한 셈이다. 이어진 김정한 부왜희곡「인가지」와 이원수의 부왜작품에 대한 글은 학계에 처음 내놓는 보고다. 뒤따른 후속 연구가 여러 곳에서 활발하게 이어지기를 바란다. 논의의 구체적인 터무니를 보이기 위해「인가지」원문과「고도회감」을 글 뒤에 실었다. 놀라워 할 분이 많을 것이다. 지역문학 연구의 당위성과 필요성을 역설적으로 널리 알린 글이다.

부왜작품과 그 활동을 빌미로 자신의 이익만을 크게 좇거나 남다른 해코지를 저지른 일이 있는가 없는가가 부왜문인 판단의 눈이다. 이 자리에 이름을 올린 이들에 대한 우리사회의 문학적 추억과 사랑이 더욱 단련되고 깊어지기를 바란다. 한국 근대문학에서 부왜 문제는 알려진 것보다 알려지지 않은 내용이 더 많다. 여기에 실린 글만으로도 그런 사실을 쉬 짐작하리라 생각한다. 경남·부산지역 범위를 벗어나 다른 지역문학을 문제 삼는다면 그 심각성은 예상을 넘는 수준이 될 것이다.

셋째 도막에서는 향파 이주홍 문학을 다룬 글 세 편을 올렸다. 경남·부산지역 근대 문학사회 연구에서 일찌감치 다루어졌어야 했을

5

중요 작가가 이주홍이다. 그러나 나 또한 오래도록 생각뿐이었다. 다행히 시절 인연이 닿은 이즈음에 이르러서야 한 편 한 편 더할 수 있었다. 이주홍과 그의 시대 연구에 비로소 운을 떼기 시작한 셈이다. 앞으로 새로운 자료를 찾고 생각을 키워 여러 곳에서 뜻 있는 글들이 많이 쓰여지기를 기대한다. 글을 마련하는 과정에서 이주홍문학관과 박무연 여사의 도움이 컸다.

넷째 도막에서는 지난 시기 지역문학 현장을 다룬 두 편을 올렸다. 광복열사 박차정의 문학 활동을 발굴·보고한 첫 글의 즐거움은 크다. 한국 광복항쟁사 가운데서 여성 의열활동에 앞장 선 분이 박차정 열사다. 1997년 『지역문학 연구』 창간호에 내놓았으니, 이 책에서 가장 앞서 쓰여진 글이다. 잊혀진 행적과 남은 열사의 넋이 죄 거두어지기 바란다. 노자영의 동래온천 장소시를 다룬 글이 뒤를 이었다. 변죽만 울린 셈이지만, 지역문학의 속살을 느끼면서 재미있게 읽어주기 바란다.

이 책은 『경남·부산 지역문학 연구』의 1번을 달고 세상에 나선다. 뜻과 보람을 같이 해온 후학들이 2, 3, 4, 5로 거듭 번호를 잇게 될 것이다. 나도 좀더 나은 모습으로 새 번호를 단 『경남·부산 지역문학

연구』를 선뵐 수 있도록 지역문학에 대한 사랑을 힘껏 달구려 한다.
이 책을 아들 지욱과 딸 혜리 곁에 둔다. 장점보다 단점이 많은 아버
지다. 어느덧 군 입대와 고교 입학으로 새로운 환경을 맞았다. 늘 건
강하기만을 빈다.

2004년 봄
박태일

| 차례 |

하나. 지역문학의 전통

셋. 이주홍과 그의 시대

넷. 지역문학의 속살

하나 · 지역문학의 전통

경남지역 계급주의 시문학 연구

1. 들머리

계급주의 문학은 한국 근·현대문학의 주요 영역이다. 그런 만큼 그에 대한 연구 성과도 숱하게 쌓였다. 1980년대부터는 우리 문학사 연구에 지울 수 없는 줄기를 이루기까지 했다. 그러나 크게 두 문제점을 짚지 않을 수 없다. 첫째, 서울지역 매체나 엘리트 문인 활동을 지나치게 부풀리고 있다는 점이다. 그런 탓에 계급주의 문학 전반에 걸친 실상 파악과 이해의 길은 가로막혔다. 나라 안밖에서 폭넓고도 지속적으로 이루어졌던 활동과 그것을 맡았던 지역 문인들은 잊혀지기 십상이었다.[1] 일본 유학파 문인이나 일본 계급주의의 일방적 영향 관계 또는 논쟁사에 대해 집중된 포장도 그로부터 말미암은 바다.

---

[1] 계급주의 활동에 대해 상세한 죽보기를 만들고 있는 권영민에서도 지역 활동에 대한 고려는 미미할 따름이다. 다양한 사회주의·계급주의 항쟁은 우리 근·현대사의 경험으로 보아 반지하·반체제 활동으로 공식 기록으로 남을 기회는 그만큼 적었다.
권영민,『한국 계급문학 운동사』, 문예출판사, 1998, 401~427쪽.

둘째, 기본 문헌의 모자람이다. 1935년 카프 해체를 앞뒤로 한 무렵부터 1945년 광복 직전까지 가파르게 드높아갔던 사상 탄압은 계급주의 문헌의 일실을 결정적으로 부추겼다. 게다가 1948년 남북한 분단체제 수립과 경인년 전쟁으로 말미암아 발빠르게 이루어졌던 사회 검열·개인 검열은 계급주의 문헌을 죄 역사 뒤쪽으로 돌려세우게 했다. 나라 밖에 남아 있었던 자료 또한 끌어쓸 기회가 마땅치 않았다. 기본 문헌이 제대로 갖추어지지 않은 상태에서 제국주의 식민체제 안쪽에서 갈무리된, 이른바 '조선총독부' 관변 자료를 중심으로 실상 파악에 이르고자 했다. 꼼꼼한 사실 접근과 떨어진 자리를 겉돌 수밖에 없었던 까닭이다.

따라서 한국 계급주의 문학 연구는 아직까지 따져들고 기워야 할 자리가 뜻밖에 많다. 제국주의 수탈체제의 한 중심부였던 서울지역이나 나라 밖에서 이루었던 계급주의 항쟁 활동은 많은 자리가 지역에 뿌리를 둔 수직·수평적 인맥과 조직, 그리고 매체 활동에 깊이 고리 지어 이루어진 일이다. 게다가 기본 문헌의 모자람을 기워가면서 그 실상에 폭넓게 다가서기 위해서는 지역 계급주의 활동에 대한 구체적인 발굴·재구성이 필수적이다. 한국 계급주의 문학의 지역적 전통[2]에 대한 구명은 길 바쁜 일거리로 남아 있는 셈이다.

이 글은 우리 계급주의 문학사의 주요 부문을 이루고 있는 경남지역 계급주의 시문학을 대상으로, 아래와 같은 목표로 씌어진다. 첫째, 거칠게나마 경남 계급시의 통시적 흐름에 대한 실증적인 밑그림

---

2) 아예 접근 자체가 없었던 문학 쪽 사정과 달리, 계급주의 항쟁에 대한 역사적·사회적 접근은 학생활동이나 조직활동을 중심으로 그런 대로 있어온 셈이다.
박성식, 「1930년대 경남 학생운동」, 『진주지방의 제문제』, 태화출판사, 1991.
역사문제연구소 엮음, 『한국 근현대 지역운동사 I : 영남편』, 여강, 1993.
박철규, 「해방 직후 부산지역의 사회운동」, 『항도부산』 12집, 부산광역시사편찬위원회, 1995.
김 승, 「1920년대 경남지역 청년단체의 조직과 활동」, 『지역과 역사』 2호, 부산경남역사연구소, 1996.

을 그린다. 둘째, 그 과정에서 기존 문학사에서 잊혀졌던 지역 계급시와 시인들[3]을 되살려내, 장차 마땅한 자리매김에 이를 수 있는 첫 디딤돌을 마련한다. 일의 범위는 지역 사회주의 교양과 조직 활동이 이루어졌던 1920년대부터 시작하여 광복기에 걸치는 시기로 잡았다. 그 안에서 이루어진 성인시와 아동시 갈래를 아울러 모든 계급시가 논의 대상이다.

이 글에서 계급시인, 또는 계급시라는 일컬음은 아래 여러 조건을 고려하여 이루어진다. 먼저 매체 활동이다. 계급주의 조직의 기관지나 주도 매체에 작품 활동을 한 경우다. 둘째, 조직 행위다. 나라잃은 시기 '카프' 맹원 또는 광복기 '조선문학가동맹' 조직원으로 이름을 얹거나, 구체적인 좌파 조직 활동 기록을 얻을 수 있는 경우다. 셋째, 작품 됨됨이다. 계급주의적 이해 위에서 시의 사회적·정치적 이바지를 앞세운 시를 남긴 경우다. 마지막으로 해당 선언이나 언동이 확인되는 경우다. 곧 매체·조직·작품·언행이라는 네 조건이 얽혀 이루는 무게와 강도, 지속을 상승적으로 고려한 결과다. 잊혀졌던 지역문학의 보석을 되살려내는 보람이 있기를 기대한다.

2. 자생적 계급시와 1920년대 투고시단

기미만세의거는 우리 근·현대사에서 커다란 전환점 가운데 하나였다. 사회 거의 모든 계층과 세대는 경술국치 뒤부터 10년에 가깝도록

---

3) 이 글에서 경남 지역시인은 '지연주의' 입장에서 본다. 곧 경남지역 태생이 아니라 하더라도 경남지역에서 그의 문학적 생애의 중요한 부분을 거친 이는 경남 지역시인으로 잡는 방법이다. 충청도에서 태어나 경남에서 습작기를 보낸 엄흥섭이 이에 해당한다. 본문에서 다룬 나머지 시인들은 모두 '속지주의'로 보아도 경남 지역시인, 곧 경남에서 태어나 경남 안밖에서 문학활동을 한 시인이다.

거듭된 제국주의 지배 책략의 폭거를 현실로서 맞닥뜨려왔다. 그런 분위기 아래서 1년에 걸치는 동안 나라 안밖에서 일어났던 기미만세 의거는 민족이 놓여 있었던 정치·경제 현실을 새삼스럽게 자각하게 했고, 여러 민족항쟁 노선에 낙관적 전망을 갖게 하였다. 비록 한정된 수준에서나마 크게 넓혀졌던 언론·출판 활동, 노예교육이라는 틀을 벗어나지 못했지만 어린이·젊은이에 대한 제도교육 확대는 그것을 부추기는 데 큰 몫을 했다.

이런 속에서 여러 사회주의·계급주의 사상은 민족 현실에 대한 새로운 전망으로서 사회 곳곳에 받아들여지기 시작했다. 1920년대 들어 두드러지게 일어났던 노동자·농민의 경제·정치 투쟁은 계급이론의 현실 정합성을 우리 사회 안쪽에서 몸으로 깨달은 결과라 하겠다. 계급문학 또한 그 아래서 우리 문학이 깊이 고심했던 한 방향을 잘 보여준다. 물론 그것이 지니고 있는 폭발력에는 그 무렵 출판 언론계의 시류적·상업적 선정성이 끌어낸 경우도 있을 것이다.[4] 그렇다 하더라도 계급문학이 가능해진 현실 삶의 변화는 더 본질적인 데서 이미 마련되어 있었던 셈이다.

경남지역은 그러한 이념적 세례와 자각을 몸으로 겪을 수 있는 기회를 빈번하게 가졌던 곳이다. 1923년 진주를 중심으로 일어나서 영남 전역을 거쳐 나라 곳곳으로 넓혀졌던 '형평사' 활동의 경험은 지역 안쪽에 변화의 기운을 내면화시키는 데 큰 몫을 맡았다. 기미만세의거 뒤부터 1930년대 초반까지 거듭되었던 지역 각급 학교의 동맹휴학 또한 계급 사상과 조직 활동을 키워주는 한결같은 밑개였다. 게다가 1925년 조선공산당 성립과 서울 엘리트 계급 문인들의 언론·계몽

---

4) 따라서 작품의 계급성 자체를 삶의 계급적 인식이나 실천성과 마주 놓고 보는 것은 위험하다는 지적 또한 설득력이 있다.
　　윤석중과 여럿, 『언론비화 50편』, 한국신문연구소, 1978, 501쪽.

활동은 지역사회 여러 부문에 계급의식과 계급문예 활동을 북돋웠다. 그러나 1920년대 초창기 계급문단 형성에 경남지역 시인의 참여는 잘 보이지 않는다.

지역 계급주의 '세포' 확산과 계급문학관이 뿌리내리는 데 결정적인 역할을 한 것은 서울의 조선청년동맹이나 조선공산당 하부 조직 활동으로서 지역 안쪽에 마련된 청년동맹, 소년동맹, 독서회 활동들이었다. 1927년 신간회 성립은 민족 통일전선 확립과 지역 조직을 더욱 다져준 큰 변화였다. 신간회 지부와 프로예맹 지부 결성은 한 고리로 얽혀 있었던 셈이다. 그런 조직과 알게 모르게 연관을 맺은 소년동맹, 사상단체, 독서회 활동이 새로운 문학의 산실이었다.[5]

지역 계급주의 시인들이 '보통학교'와 '고등보통학교'를 거쳐 올라가면서 거의 모두 공식 문학 매체의 독자와 투고자로 자라날 수 있었던 것은 그러한 모임의 경험이 뒷받침된 탓이었다. 권환·이성홍·이주홍·엄흥섭·박석정·신고송·이원수에다 그 뒤를 바로 잇는 김병호·손풍산·이구월·양우정·김성봉[6]이 모두 1920년대 대표 어린이 매체였던 『신소년』·『어린이』·『별나라』와 『조선일보』·『동아일보』·『중외일보』와 같은 서울 일간지를 빌려 습작을 거듭했던 사람이다.[7]

---

5) 그런 사정은 이주홍에서 구체적인 본보기를 볼 수 있고, 개략적인 흐름은 김정의에서 잘 간추려졌다.
   이주홍, 「이 세상에 태어나서」, 『격랑을 타고』, 삼성출판사, 1976.
   김정의, 『한국소년운동사』, 민족문화사, 1992.
   김정의, 『한국의 소년운동』, 혜안, 1999.
6) 김성봉은 이제까지 문학사에 이름을 올리지 않고 있었던 이다. 시와 소설을 아울러 썼다. 그는 1905년 진주에서 나서, 1925년 경상남도공립사범학교를 졸업하고 1928년까지 부산·경남에서 보통학교 교사를 했다. 이어서 일본대학 전문부 문학예술과를 2년 동안 다니다 중퇴했다. 1930년 진주로 돌아와서 금융조합과 면 직원을 지냈다. 광복 뒤 진주사범학교 역사·지리 교사를 시작으로 교직에 되돌아갔다. 낸 책으로 『화랑전기』(진주사범학교, 1946)가 있다.
7) 진주의 엄흥섭이나 합천의 이성홍, 이주홍의 경우는 1924년부터 『신소년』에 독자투고를 거듭하였다. 권환 또한 1925년부터 작품 발표를 하고 있다. 게다가 그들은 지역 안쪽에서 냈던 학우회지를 빌려서도 습작을 게을리 하지 않았다. 1925년 4월 현재 김병호와 김성봉은 경남공립사범학교 특과 2학년 재학생이었다. 그들은 교우회지 『飛鳳之綠』 1호에 일문으로 된 시를 올리고 있다. 한 해 아래였던 엄흥섭은 「가을에 떠러진 나무입 하나」라는 시를 실었다. 학내회지라는 됨됨이 탓도 있겠으나, 이 무렵 작품에서는 계급적 빛깔이 드러나지는 않는다.

내 땅을 빼앗기고

북쪽으로 쫓긴 벗들

떠날 때 입은 홑것

이제까지 입었으리

눈 오고 바람 추우니

새로 생각나노라.

— 엄흥섭, 「눈」 부분[8]

눈섭 우에 숨은 잠아 나려 가거라

우리 아기 잠잘 때가 되엿다구나

손에 쥐인 노래개도 헐너버리고

물고 잇든 젓쪽지도 노아 버렷네

— 신고송, 「자장노래」 부분[9]

"내 땅을 빼앗기고/북쪽으로 쫓긴" 사람들이 '홑것'을 걸친 채 추위에 떨며 겪고 있을 비참에 마음을 함께하는 모습을 담았다. 구체적인 묘사에 이르고 있지는 않지만, 뜻있는 젊은이가 지녔을 법한 사회적 상상은 쉬 엿볼 수 있다. 뒤에 올린 신고송의 동요는 추천작이다. 막연하게 아이들을 이상화하지 않고, 그 모습을 속속들이 읽으려는

8) 『동아일보』 6월 27일자, 동아일보사, 1927. 이 작품은 류희정에 되실리고 있다.
   류희정 엮음, 『1920년대시선(3)』, 문예출판사, 1992. 442쪽.
9) 『별나라』 10월호, 별나라사, 1927. 37쪽.
   이 무렵 신고송은 대구사범학교에서 윤복진과 같이 동인활동을 할 시절이었다. 졸업 뒤 대구
   보통학교 교사로 재직하다 '이단 교원'으로 찍혀 청도 유천으로 밀려가기도 했다. 1929년 2년
   6월 만에 '사상경향불은'이라는 죄목으로 교직에서 쫓겨난다. 그 뒤 일본으로 건너가 카프 동
   경지부와 동지사 일을 보았다. 1932년 동경에서 나와 유인본 잡지 『연극운동』을 내고, 극단
   '신건설'을 조직, 활동하다가 동경 '문화연맹조선협회'에서 내던 비합법지 『우리동무』 사건으
   로 검거되어 3년간 서대문감옥소에서 형을 살았다. 1935년 형무소를 나온 뒤 김해에서 1937
   년까지 우거하였다.
   신고송, 「죽은 동지에게 보내는 조사」, 『예술운동』, 조선예술동맹, 1945. 66~69쪽.

생활 감각이 잘 드러난다. 둘 모두 사범학교 학생 신분으로 투고한 것이다. 한 젊은이가 개인적·사회적 현실에 대해 지니고 있었을 법한 속곁의 아픔을 짐작케 하는 작품이다.

경남지역에서 계급시인의 성장을 부추겨 준 소년 조직 가운데 두드러진 것은 『신소년』·『별나라』 지·분사[10]나 그와 고리 지어진 여러 소년문예 동아리였다. 계급문학 교양과 뒷세대 학습을 위한 바탕이 크게 나아지게 된 셈이다. 지역 소년동맹의 야학 활동이나 발표회, 이른바 '주의적 독서회', 소년회가 곳곳에서 더욱 빈번했다. 밀양의 박석정 경우도 1928년 '문예 동인사'를 조직하여 『문예 동인』을 냈다. 그러다 '치안유지법'에 걸려 8개월 동안 복역하기도 했다.[11] 밀양 농잠학교 시절에 남긴 첫 습작은 소박하다.

> 와장개야 자장개야
> 나의 동생 잠들엇다
> 뜰에 잇는 깜동개야
> 짓지 말고 고요하라
>
> ― 박석정, 「나의 동생」 부분[12]

소년 문예동맹 가운데서 대표적인 것이 합천 '달빛사' 와 진주 '새힘사' 였다. '달빛사' 는 1927년에 이성홍이 앞장서 만든 모임이다. 서

---

10) 1926년에서 1934년까지 기록에 남아 있는 경남지역 『신소년』 지사는 모두 11곳이다. 1926년에 함양·창원·현풍(창령 포함), 1930년에 남해·야로·합천·문산·덕포(사상), 1931년에 의령, 1933년에 삼가, 1934년에 하단에 마련되었다. 『별나라』는 일곱이 보인다. 1927년에 함양분사, 1930년에 남해지사, 1932년에 녹산지사·가회분사, 1933년에 동래분사·합천분사, 1935년에 합천지사가 마련되고 있다.
11) 박석정, 「후기」, 『박석정시전집』, 조선작가동맹출판사, 1956, 151쪽.
이 일에 대해서는 아래에서 꼼꼼히 다루어졌다.
차민기, 「박석정의 삶과 문학」, 『경남의 계급주의 문학과 밀양』, 경남지역문학회, 2001.
12) 『신소년』 9월호, 신소년사, 1925, 53쪽.

울의『신소년』·『별나라』지사 구실을 맡는 한쪽으로, 『달빛』을 2호까지 내며 지역 소년들의 문학 습작을 이끌었다.[13] 일찍부터 작품 투고를 하면서 1929년 『신소년』에 동화 추천으로 기성 대우를 받기 시작했던 이가 정상규다. 그는 1929년 '새힘사'를 만들어, 1931년까지 활동했다. 그 뒤를 잇는 이가 손길상과 이재표였다.[14] 이들은 소년동맹이나 독서회를 이끌면서 지역 안에서 차츰차츰 자생적인 계급시인으로 자라난 경우다. 그 무렵 서울 일간지나 어린이 계급 매체는 유무명 지역 젊은이들의 투고 활동에 적극적인 밀개로 이바지가 컸던 셈이다.

가랑잎 떼굴떼굴
어대로 굴러가오
빨가벗은 이 몸이
춥고 추워서
따뜻한 부엌으로 찾어갑니다

— 정상규, 「빨간 가랑잎」[15]

소년동맹이나 독서회를 일찍이 이끌었던 지역 젊은이 가운데 권환과 이성홍, 이주홍은 한차례 일본 체류를 거친 이라는 점에서 다른 사람과 나뉜다. 1924년부터 『신소년』의 주요 독자 필진으로 활동하다 일본으로 건너갔던 이성홍과 이주홍은 1928년 일본에서 돌아와 본격적으로 문단 활동을 시작한다. 이주홍의 공식 등단작이 된 「배암색기의 무도」가 『신소년』을 빌려 발표되고[16] 같은 시기에 이성홍 또

---

13) 송효탄, 「조선소년문예단체소장사고」, 『신소년』 9월호. 신소년사, 1932. 27~29쪽.
14) 진주의 야학교사 출신으로 여러 독자문예에 선뵈고 있다.
15) 1929년 『백곡집』. 류희정에서 되옮겼다.
　　류희정 엮음, 『1920년대 아동문학집(1)』, 문학예술종합출판사, 1993. 308쪽.

한 기성 자격으로 동요와 소년시를 『신소년』에 내놓고 있다. 1929년
이 되면 엄흥섭과 김병호·김성봉은 서울과 지역에서 어린이 문예지
뿐 아니라, 『조선문예』와 같은 성인 매체에도 작품을 발표하고 있다.
이 무렵 이미 그들은 계급 이념을 뚜렷이 하고 있다.

이원수는 보통학교 시절부터 습작을 내놓으면서 시인으로 자란 경
우다. 『신소년』에 몇 차례 글을 싣고, '청년독서회' 사건으로 말미암
은 투옥 경험도 있다. 그러나 작품 됨됨이나 매체 활동의 중심이 계
급 진영에 맞서 있었던 『어린이』나 『소년』에 더 기울어져 있다. 비슷
한 경우로 통영 탁상수가 있다. 계급매체에 작품을 발표하고 있으나,
카프 맹원으로 활동하였는가는 확인하기 힘들다.

그런 점에서 1928년 8월 진주에서 나온 『신시단』과 1929년 서울서
나온 『청년시인백인집』은 눈길을 끈다. 앞선 것은 창간호를 검열에
걸려 내지 못하고 2호 한 권으로 그쳤다. 그러나 서울의 투고시단을
빌려 자랐던 진주지역 젊은 시인들이 지역 바깥으로 내놓은 비약의
신호탄과 같은 매체 활동이었다. 장차 서울에서 카프 쇄신을 함께 주
장할 개성의 민병휘, 그들의 매체 투쟁에 중요한 후견인이 되어줄 신
명균을 '편집 겸 발행인'으로 내세우면서 그 동안 교분을 나누었던 나
라 안 여러 젊은 시인들과 한자리에서 자신들의 힘을 모아본 것이다.

뒤선 시집 또한 장차 1930년대에 신예 시인으로 활발하게 일하게
될 경남지역 젊은이의 많은 수가 기성으로, 또는 학생 몸으로 작품을
올렸다.[17] 그리고 그들 작품 사이에 어느 정도 비판적 현실성이나 계
급의식을 담아낸 작품과 그렇지 않은 작품 사이에 편차는 크다. 1920

---

16) 박태일, 「이주홍의 초기 아동문학과 『신소년』」, 『현대문학이론연구』 18집, 현대문학이론학
   회, 2002.
17) 그들을 죄 들어보면 다음과 같다. 평론에 손풍산 「詩壇時感」, 시에 김병호 「昇天하는 旭日
   을 가슴에 안으려」, 이구월 「새벽」 「옵바에게 드리나이다」, 손풍산 「南方雪吟」, 이경희(진
   주) 「외로움」, 김재홍 「秋夜獨吟」, 김성봉 「元旦序詩」, 정우아(남해) 「俗謠二篇」, 이상도
   「가을밤 깨인 잠이」, 소용수 「失題」, 허해 「등검장이」, 고춘강 「時調」가 그들이다.

년대 경남 계급주의 시의 발생과 성장 과정에 나타나는 연속성뿐 아니라, 단순하지 않은 자장을 엿보게 하는 일이다.

한 그럿 국 한 잔 술에 하로해의 피로를 일코
어린 처자의 웃고 질기는 얼골에 만족을 늣기며
먼―ㄴ 바다 파도소리에 우수를 띄워보내고
별과 달이 빗처주는 잠자리에 들도다

— 김병호, 「어촌의 황혼」 부분[18]

나는 고향의 뙤장이 먹고 습헛스며 흔터러진 것이나마 어머님 주시는 것야 닙고습헛든 것입니다
옵바요 오늘은 공장에 종일안자 고향생각에 잠겨 일도 반반히 못하고 삭도 멧 푼 못바덧습니다 감독의게 또 꾸중만 밧엇지요
나는 생각다 생각다가 가고마는 것임다 우리 고향 농촌을 차자

— 이구월, 「옵바에게 드리노라」 부분[19]

새로운 흐름으로서, 계급시의 모습을 갖추고자 애쓴 작품이다. 짜임새에서 느슨한 점이 있고, 주제가 뚜렷한 계급적 이해를 드러내고 있지는 않다. 그러나 그 무렵 우리의 농어촌이 겪고 있었을 빈·부의 문제를 적극 마음에 담고자 한 비판적 경향시로서 지닌 바 모습은 뚜렷하다. 그에 견주어 이구월의 작품은 다소 도식적이지만 무산자의 노동 현실이라는 주제의식은 선명하다. 김병호·이구월과 같은 시인의 작품에 뒤이어 학생 신분으로서 소박한 감상에 젖은 작품을 올렸던 이로 허해가 있다. 비록 지역 안쪽에 머물렀지만, 뒷날 광복기에

---

18) 황석우 엮음, 『청년시인백인집』, 조선시단사, 1929, 31~32쪽.
19) 황석우 엮음, 같은 책, 70~71쪽.

는 좌파시인으로 이름을 얹은 이다.

3. 1930년대 계급시의 성장과 매체 투쟁

1930년대는 한국 민족해방 투쟁과 계급문학 노선에서 좌경화를 뚜렷하게 드러낸 커다란 변혁기였다. 신간회 해체와 기존 민족 단체의 개량화 분위기와는 거꾸로 계급문단은 더욱 비합법·반지하 정치 투쟁을 강화했다. 그러한 변화를 앞장서 이끈 사람이 이른바 카프 소장파로 일본에서 갓 돌아왔던 마산 시인 권환이었다. 그는 카프 중앙집행위원으로서 임화와 함께 1931년 중앙집행위원회 조직을 '조선작가동맹', '조선연극동맹', '조선영화동맹'들로 고쳤다. 계급문학 각 부문에서 정치투쟁과 문학투쟁은 하나로 묶이면서 더욱 활발한 활동을 예시했던 것이다.

경남 지역사회 안쪽에서도 1930년대는 그 첫머리부터 질풍노도를 안고 있었다. 이미 1929년 광주학생의거로 말미암았던 각급 학교 학생들의 맹휴와 집단 항쟁은 커다란 파장을 거듭 불러일으키고 있었다. 1월부터 진주, 마산, 삼천포, 김해, 동래로 이어지면서 일어났던 집단 항쟁[20]은 일정하게 지역 사회주의 사상단체나 조직과 연관을 맺고 이루어졌다.[21] 마산지역에서는 맹휴 배후로 마산청년동맹 간부 이상조가 잡혀 고초를 겪었다. 카프 동경지부 중앙위원이었던 그는 이미 그곳에서 권환, 임화와 조직 활동을 한 터였다. 이러한 지역 안밖의 정세는 1930년대 경남지역 계급시인들을 더욱 단련시켰다.

---

20) 이에 대해서는 아래의 글에서 잘 갈무리했다.
   박성식, 「1930년대 경남 학생운동」, 『진주지방의 제문제』, 태화출판사, 1991.
21) 그 과정에서 진주에서는 『황지』 『반역』과 같은 학생잡지들이 파악되고 있는데, 아직까지 실체를 찾을 수는 없다.

못나고 비겁한 소부르조아지들아

어서 가거라 너들 나라로

환멸의 나라로 몰락의 나라로

소부르조아지들아

부루조아의 서자식 푸로레타리아의 적인 소부루조아지들아

〔…중략…〕

가거라 가 가 어서!

적은 새양쥐 가튼 소부루조아지들아

늙은 여호 가튼 소부루조아지들아

너의 가면 너의 야욕 너의 모든 지식의 껍질을 질머지고

― 권환, 「가랴거든 가거라」 부분[22]

　　날로 된 관념어를 바로 뱉어내면서, '소부르조아지'들의 개량주의
를 소리 높여 꾸짖고 있다. 낭송시나 벽시에 걸맞을 만한 간결한 구
호 언어다. 그 무렵 계급시가 지니고자 했던 기동성과 기능성을 잘
보여준다. 1930년대 한국 계급주의 시의 성장과 더불어 경남의 계급
시인 또한 앞자리에 서서 창작 투쟁을 벌였던 셈이다.[23] 주요 매체가
『음악과시』·『군기』·『별나라』, 그리고 『신소년』이었다.
　　『음악과시』는 1930년 8월에 나온 종합 문예지다. 함안의 양우정이
냈다. 비록 창간호로 끝나버렸지만, 그 무렵 경남의 자생적 계급주의
시인들이 활발하게 계급문단 중심에 편입되어 가는 과정을 엿볼 수

---

22) 조선푸로레타리아예술동맹문학부 엮음, 『카프시인집』, 집단사, 1931, 34~35쪽.
23) 1938년 현재 '현역의 중견시인'을 살펴볼 때 다음과 같은 네 '유파'가 마련된다 했다. 그들
　　속에서 경남지역 시인들만 뽑아 내보면 아래와 같다. '선구파'에 이은상, '카프급동반자파'에
　　권환, 손풍산, 김병호, 양우정, '선구아류급잡파'에 유엽, 김달진, 탁상수, 그리고 '현역중간
　　파'에 유치환이 그들이다.
　　이해문, 「중견시인론」, 『시인춘추』 2집, 시인춘추사, 1938, 59~60쪽.

있는 매체여서 중요하다. 글쓴이 17명 가운데 경남지역 문인이 8명에 이르고 있다. 권환·이주홍·엄흥섭·김병호·손풍산·양우정·신고송·이구월이 그들이다. 작품 게재율에서 보면 32건 가운데서 20건을 실어 62.5%에 이른다.[24] 게다가 본문에 실린 편지글은 '손풍산이 양우정에게', '엄흥섭이 김병호에게' 보낸 것이었다. 그 안에 신고송과 손풍산 이야기도 담겼다. 그들 다섯 사이에 일찍부터 동지적 친교까지 두터웠음을 널리 알리고 있는 셈이다.[25]

그러나『음악과시』는 창간호로 그쳤다. 뒤이어 양우정은 카프 개성지부에서 냈던『군기』편집을 맡았다가 이른바『군기』사건으로 카프에서 제명되었다. 카프 중앙위원회에 개선을 요구한 데 대하여 박영희·김기진과 같은 서울 중심, 1세대 계급문인들이 직접『군기』사무실에 뛰어들어가, 갈등상을 보여준 사건이다. 이 일은 서울 명망가 중심의 계급주의 문단과 경남·황해도를 비롯해 지역에서 자라난 자생적 계급문인 사이에 이루어진 가장 큰 문학 주도권 다툼이었다.[26]

이로 말미암아 1920년대 초기 명망가 계급주의자들은 급격히 물러앉게 되고, 1930년대 전반기의 계급시단은 지역 신진들이 활발하게 시단에 들어서는 길을 열어 주었다. 특히 경남지역의 신진 계급시인들과 깊은 고리를 지니고 있었던 권환·임화와 같은 카프 동경지부의

---

24) (표지와 컷) 이주홍, (曲譜)「편싸홈노리」이주홍 요·곡,「거머리」손풍산 요·이일권 곡,「새쫓는 노래」이구월 요·곡,「알롱아 달롱아」양우정 요·김태원 곡, (시론)「노래란 것」엄흥섭,「민요소고」양우정, (시)「새벽」이주홍,「머리를 땅까지 숙일 때까지」권환,「소낙비」손풍산,「그러케 내가 뭐라하든가」김병호, (평론)「최근동요평」김병호, (樂論)「음악과 대중」신고송,「음악운동의 임무와 실제」이주홍, (민요)「고향생각」양우정, (우리들의 편지왕래) 엄흥섭, 손풍산, (동요)「고초장」신고송.
『音樂과詩』창간호, 음악과시사, 1930.
25) 1930년 8월 현재 카프 중앙집행위원이었던 권환과 엄흥섭은 중외일보 기자와 교사로 일하고 있었다. 편집을 맡았던 양우정과 교직을 버리고 올라왔던 신고송, 손풍산에다『신소년』편집장으로 일하고 있었던 이주홍까지 더하면 모두 여섯 사람이 서울에 머물고 있었던 셈이다. 그리고 나머지 김병호는 김해에서, 이구월은 통영에서 교사로 일하고 있었다.
26) 권영민은 이 사건을 "카프가 추진하고 있는 예술운동의 볼셰비키화 과정에서 일어난 하나의 돌출 사건"으로 보고 있으나 소극적인 접근이다.
권영민,『한국 계급문학 운동사』, 문예출판사, 1998, 228쪽.

소장파가 카프를 개편하여 예술활동의 볼세비키화를 이룰 수 있는
토대를 마련해 주었던 셈이다. 경남지역 계급시인들의 활동 영역 또
한 마찬가지였다.

　　지하실 어둔 곳에 사람들 모혀
　　천장만장 푸린트 백히고 잇다
　　×××× 안에서 주은 삐라를
　　님께 들인 편지 속에 너허 보냇네

　　　　　　　　　　　　　　　— 김병호, 「경성행진곡」 부분[27]

　　밤이면 밤새도록 얼인 것들을 껴안고 달내며
　　낫이면 낫 일터에서 헤매는 이내 몸에는
　　다시금 무슨 빛이 있으랴 히망이 있으랴
　　가난을 없앨 일을 계속하며 얼인이나 길우자
　　앞서 간 그대의 靈도 이것을 바래주리라

　　　　　　　　　　　　　　　— 김병호, 「안해의 靈前에」 부분[28]

　동요형식에다. 자생적 계급의식이 틀을 잡은 노동현장을 보여준다.
1930년 '빈궁을 노래하고 계급의식을 도발한 것'이라 해 이른바 '조
선총독부'에 압수된 작품이다. 그 무렵 많은 시인들이 겪었을 반지하
투쟁을 암시하고 그것을 부추겼다. 뒤의 것은 아내의 죽음이라는 사
건을 마련해 두고 가난과 고통스런 노동 현실을 이야기함으로써, 간
접적으로 계급 모순의 실상을 드러내고자 했다. 교사로 일하면서 민
감한 계급의식을 다루어야 했을 시인이 그 어려움을 벗어나고자 나

---

27) 단대출판부 엮음. 『빼앗긴 책』. 단대출판부. 1981. 67쪽.
28) 『全線』 창간호. 적벽사. 1933. 62쪽.

름대로 노력한 장치로 보인다.

1939년 임화는 『현대조선시인선집』을 엮으면서, 1920년대에 걸쳐 씌어진 대표 '신시'를 묶은 적이 있다. 대상이 된 73명 시인 가운데서 8명에 이르는 경남 시인의 작품을 실었다. 순서에 따라 적어보면 이은상·손풍산·권환·김병호·양우정·김대봉·김용호·유치환이 그들이다. 그 가운데서 이은상과 유치환을 제치고 보면 나머지 손풍산·권환·김병호·양우정·김대봉·김용호 시인이 모두 계급시를 쓰고 있거나, 그들과 뜻을 가까이 했던 이들이다.[29]

흙벌이 첩첩으로 눌러 덮은
벼 한톨도 없는 들길을
오늘도 나는 혼자
묵묵히 네 유족을 찾어간다.

가보면 가슴이 답답하도
안 가보면 궁금해서 견딜 수 없는
지금은 만 사람이 잊어버린 네 유족들

동무도 조직도 다 없어진 오늘
나는 하늘가에 울고 가는 외기러기
목에 잠긴 이만 가지 생각을
어떻게 눌러버리고 사라갈가
〔…중략…〕

---

29) 이주홍이 빠지고 있는 일이 흥미롭다. 아마 1939년 현재 이주홍이 벌이고 있었던, 다양한 매체 집필, 편집 활동과 무관하지 않을 것이다. 김대봉과 김용호가 카프맹원이었는가에 대해서는 확인하기 힘들다. 계급시인들과 친분을 지키며 경향적인 작품을 꾸준히 남긴 점만은 틀림없다.

개릉ㅅ벌 외버들숲을 지나면
가을바람이 설렁대는 갈밭!
오오 만주로 부산으로 다 떠나가도
나는 홀로 직히리라.
이 묵묵한 패배의 세월을

— 손풍산, 「위문」 부분[30]

　"동무도 조직도 다 없어진 오늘/나는 하늘가에 울고 가는 외기러
기"라는 시줄이 손풍산을 비롯해 1930년대 지역 계급시인들이 놓였
을 삶자리를 잘 말해준다. 손풍산은 이 시에서 끊임없이 노력하고 좌
절했던 문학 투쟁의 걸음걸음을 되새기면서, "묵묵한 패배의 세월"
아래서도 결코 뜻을 꺾을 수 없다는 다짐을 분명히 했다. 그러나
1930년대 경남지역 시인들이 두드러지게 계급문학을 위해 이바지한
자리는 이미 초기 카프 문인들이 굳게 터잡고 있었던 자유시보다는
오히려 아동시 쪽이었다.
　1920년대 중반부터 다져온 투고시단의 경험 위에서, 지역시인들은
1930년대에 들어서면서 죄 계급주의 아동문학계의 주류로 자리잡았
다.[31] 흔히 알려져 있듯이 군기사건과 카프 1차 검거 이후 카프의 조
직을 장악했던 동경 소장파를 비롯한 새로운 카프 조직은 그들의 "이
념 노선의 진보성에도 불구하고 국내 문단 기반을 전혀 갖지" 못한 채
"문학 투쟁의 급진적 정치화로 말미암아 계급운동의 대중적 지지 기

30) 임화 엮음, 『현대조선시인선집』, 학예사, 1939, 76~78쪽. 류희정에도 되실렸다.
　　류희정 엮음, 『1920년대 아동문학집(1)』, 문학예술종합출판사, 467~468쪽.
31) 1931년 『我等』 뒷표지 안쪽에 실린 광고에 따르면, '조선푸로레타리아동요8인집'인 동요집
　　『불별』에는 박세영을 빼고, 나머지 일곱 사람이 모두 경남지역 시인이다. 곧 김병호, 양창준,
　　이구월, 이주홍, 손풍산, 신고송, 엄흥섭이 그들이다. 서문은 윤기정과 함께 경남지역 시인인
　　권환이 쓰고 있다. 경남지역 시인들의 프로아동문학계에서 지니는 무게를 알게 하는 일이다.
　　『我等』 7월호, 중앙인서관, 1931. 뒷표지 안쪽.

반을 확보하지 못함으로써 카프의 조직은 더욱 위기 상황에" 빠져들게 되었다고 흔히 보고 있다.[32] 조직 매체 투쟁의 기반이 아동문학으로 옮겨져 있었던 사실을 놓친 탓에 생긴 잘못이다.

그 일에는 박세영과 함께 『별나라』편집에 몸담았던 엄흥섭, 『신소년』편집장으로 일했던 이주홍의 역할이 절대적이었던 것으로 보인다. 그들을 빌려 경남지역 계급시인, 곧 이구월·이성홍·손풍산·양우정과 같은 기성시인은 연대를 더욱 키우면서 활발하게 발표 지면을 마련했다. 카프 1세대의 퇴조와 검거로 말미암은 계급시단의 실천적 공백을 경남지역 계급시인들은 아동문학으로 훌륭하게 메울 수 있었던 셈이다.

게다가 1930년대에 들어서 새로운 동시인의 등장도 두드러졌다. 하동의 강로향과 남대우가 그들이다. 강로향은 다른 기고가 별로 없었던 이로 바로 기성으로 대접받게 된 사람이다.[33] 이들과 달리 1920년대 후반부터 '새힘사'·'흰빗사'와 같은 '무산소년문예기관'을 이끌며 『별나라』·『신소년』에 독자투고를 거듭해왔던 진주 정상규·손길상의 뒤를 1930년대에는 남해 박대영이 잇고 있다. 그는 1932년에 기성시인 대접을 받는다.[34] 카프가 해체되고 『별나라』와 『신소년』이 발간 중지될 때인 1935년 봄까지 이들을 포함한 경남지역 계급시인들의 활기찬 활동은 멈출 줄 몰랐다.

부자영감 논에서 놀고먹는 거머리

거머리 배를 찔너라

---

32) 권영민, 『한국 계급문학 운동사』, 문예출판사, 1998, 239쪽.
33) 1931년 1월부터 『신소년』에 동요를 발표하기 시작한 강로향은 그 뒤 꾸준히 작품 활동을 했다. 남대우는 1934년 3월호 『신소년』에 동요 「개똥」을 투고했으나, 다음달인 4·5월호에서는 '추천동화' 「염소와 토기」를 발표하고, 동요 또한 기성으로 대우받고 있다.
34) 박대영 경우는 '남해 별나라사 주재기자 겸 사무원'으로 『별나라』와 『신소년』에 여러 차례 발표를 거듭하다, 『신소년』 1932년 1월호 당선시로 등단하고 있다.

모심으는 아버지 피를 빠는 거머리
거머리 배를 찔너라

— 손풍산, 「거머리」 부분³⁵⁾

항아리 속 고초장 맛을 보다가
발보당이치면서 우는 꼴 봐라
와아와 먹엇누
배가 곱하 먹엇늬

마님 눈발 피하며 맛을 보다가
혀끗이 따갑다고 뛰는 꼴 봐라

— 신고송, 「고초장」 부분³⁶⁾

건너집 장 속에
　　　참새가 들엇네
아페 와서 철그덕
　　　뒤에 가서 쿠ㄱ쿡
철사를 물어뗀다
　　　머리를 찍는다

— 이구월, 「참새」 부분³⁷⁾

압마을 면장집에 세배 안 간다
아버님께 욕먹고 쫓겨 왓네

---

35) 『음악과시』 창간호, 음악과시사, 1930, 3쪽.
36) 『음악과시』, 같은 책, 31쪽.
37) 『별나라』 7·8월합호(통권 52호), 별나라사, 1931, 18쪽.

작년 가을 추수때 농사 못했다
아버님의 뺨치든 나 젊은 면장

눈 나리는 겨울날 면장집 산에
나무한다 지게 빼슨 나 젊은 면장

아버님 아버님 세배 못 가요
이러한 면장에겐 새배 못 가요

— 정상규, 「설날아츰」 부분[38]

두 작품을 통해서 경남지역 계급주의 동시의 됨됨이를 잘 알 수 있
다. "부자영감 논에서 놀고먹는 거머리"나 "모심으는 아버지 피를 빠
는 거머리"의 "배를 찔너라"라는 권유가 뜻하는 바는 분명하다. '부자
영감'이야말로 '아버지 피를 빠는 거머리'인 셈이다. 농촌 사회의
빈·부와 소작문제의 고통을 간결하게 갈무리하고 있는 작품이다. 신
고송의 동요 「고초장」 또한 가난의 문제를 재미있게 그리고 있다.
"항아리 속 고초장"을 "마님 눈발 피하며 맛을 보다", '뺑뺑 매워서 도
는' 꼬락서니를 놀리는 짜임새를 갖추고 있다. 그러나 뒤에 이은 후
렴 "와아와 먹엇누/배가 곱하 먹엇늬"라는 물음은 그대로 '배고픈' 어
린이의 현실이 잘 옹근 표현이다. 빈·부의 문제는 계급해방의 핵심
과제였던 셈이다.

앞에서 살펴본 바와 같이 『신소년』이나 카프 기관지 『별나라』와 같
은 아동문학 매체는 지역문학, 특히 경남지역 문인의 제도 진입을 적
극 도와주는 주요 매체였다. 『조선지광』이나 『비판』과 같은 이론 중

---

38) 단국대출판부 엮음. 앞서 든 책. 146쪽.

심, 개량적 계급 매체들과 구별되는 것이었다. 그런 속에서 경남지역 시인들은 아동문학이라는 영역을 통해 제 목소리를 적극 낼 수 있었다. 그것은 그들의 많은 수가 대부분 교사 신분으로서, 학생 교육이나 계몽을 맡아야 했던 직업이었다는 점과도 무관하지 않은 일이다. 김성봉, 손풍산, 김병호, 이구월이 그들이다.

그리하여 2차 검거사태로 카프가 해체 위기에 놓였을 때, 경남지역 시인의 이름은 권환·신고송뿐이었다. 중앙 맹원 중심의 검거 태풍 아래서 지부 맹원들인 그들은 검거에서 빠지고 있다. 그러나 그들이 지역에서 겪었을 위협과 회유는 극심했을 것이다. 김성봉은 1932년 일찌감치 교사직을 버리고 일본 유학을 떠났고, 손풍산도 1929년 2년 남짓한 교사 생활을 버리고 올라섰던 서울 생활을 접고 다시 고향 합천 초계로 내려가 지하 적색농조 활동을 한 것으로 여겨진다.

이구월과 김병호[39]는 광복까지 교직에 머물며 몸을 움츠린 채 문학과는 거리를 두었다. 1935년 카프 해체를 앞뒤로 한 전향의 분위기 아래서 경남 계급시인들도 여러 삶길을 모색했던 셈이다. 양우정은 사상탄압이 극에 달하였던 1940년대로 들어서면서 아예 전향하여 문학과 끈을 끊어버린다. 그나마 문학마당 가까이서 광복기까지 어렵사리 작품 활동을 이어온 경우는 이원수, 남대우, 이주홍이 있을 따름이다.

---

39) 1939년 『시학』 2집(시학사). '시인현주소록'에 따르면 김병호는 하동군 악양공립소학교에 재직하고 있었다. 그는 1936년 거기로 옮겨간 뒤 광복 때까지 묵계간이학교를 거치면서 하동에 교사로 죽 머물렀다. 광복 뒤 김해 예하에서 학교장으로 업을 잇는다.

4. 광복기 계급시의 실천 조직과 전향

1945년 을유광복은 우리의 정치·사회·사상뿐 아니라, 문화에도 엄청난 변화를 불러왔다. 임화를 의장으로 삼아 '조선문화건설중앙협의회'를 재빨리 마련한 일은 그러한 변화를 앞서 이끌어야 할 것이라는 좌파 문화인의 조바심을 잘 보여주는 일이다. 여기에 경남에서는 이주홍·김용호·엄흥섭·김소운·유치환 시인이 나란히 이름을 얹었다.[40] 보다 계급 이념을 뚜렷이 한 '조선프로레타리아문학동맹'(위원장 이기영)이 마련된 것은 9월 17일이다. 서기장으로 박석정이, 중앙집행위원에 권환·엄흥섭·신고송·이주홍이 일하고 있다. 동맹원으로는 김병호·김성봉·권환·박석정·김용호·손풍산·신고송·엄흥섭·이주홍·이원수가 이름을 올려 경남 시인들의 높은 비중을 알게 한다.

'조선프로레타리아예술연맹(위원장 한설야)'은 9월 20일에 조직을 마무리했다. 문학에 권환·박석정·엄흥섭이, 연극에 신고송이, 미술에 이주홍이 그 분과 '상임위원'으로 이름을 얹고 있다.[41] 1946년 2월에는 조선문학가동맹 주최 '전국문학자대회' 초청자 213명 명단이 발표되었다. 권환·김병호·박산운·김달진·손풍산·김소운·이원수·유치환·엄흥섭이 이름을 올렸다.[42] 이어서 우파 성향이 두드러졌던 '조선문필가협회결성준비위원회'에서도 '추진회원명단'을 3월에 발

---

40) 소설가로서는 지하련과 그 오라버니 이상조, 그리고 김정한이다.
   계훈모 엮음, 『한국언론연표 Ⅱ(1945~1950)』, 관훈클럽신영연구기금, 1987, 675쪽.
41) 그 아래 조직으로서 9월 28일 결성된 '조선프로레타리아연극동맹'에는 중앙집행위원이자 동맹원으로 신고송과 한로단이 들었다. 그리고 9월 15일에 마련된 '조선프로레타리아미술동맹'에는 이주홍이 위원장이자, 중앙집행위원과 중앙협의회, 조직부, 맹원 모두에 이름을 얹고 있어, 그 중추 역할을 짐작하게 한다.
42) 유치환과 김소운이 이름을 얹고 있는 것은 그들의 문단 친교의 영향이었을 것이다. 소설가로 김정한, 지하련이 보인다.
   계훈모 엮음, 앞서 든 책, 685쪽.

표하였다. 경남에서는 김달진·유치환·김소운·주수원·엄흥섭·김병호·이원수가 보인다.[43] 우파 김소운·유치환과 마찬가지로 좌파 엄흥섭·김병호·이원수도 둘 다에 이름을 올리고 있다. 광복 초기 지역 시인들이 지녔음직한 이념의 넘나듦을 엿보게 한다.

광복 초기 발빠르게 움직였던 문단 재편성 속에서 앞선 시기 경남 계급시인들은 한결같이 이름을 얹고 있으며,[44] 그 비중 또한 매우 높음을 알겠다. 이른바 카프 방향전환기에서부터 전형기를 거치면서 쌓아올린 지역 시인의 명성에 대한 마땅한 대접이자, 새로운 믿음을 보태주는 것이기도 했다. 나라 안 여느 곳과 달리 광복기 내내 경남 계급시인들의 활동이 매우 역동적이며 능동적으로 이루어질 것임을 미리 알려주는 한 표지라 할 만하다.

이주홍은 광복 초기 서울에서 활발하게 일했다. 조직과 매체 편집·장정, 연극·연출, 성인문학·아동문학에 두루 걸치는 거의 모든 데서 그가 보여준 활동은 두드러진 바 있다. 그러나 정세가 어려워지기 시작하자 1947년 그는 부산으로 내려왔다. 박석정은 프로문맹의 서기장을 처음으로, 정치 투쟁에 깊이 몸담았다. 권환·이주홍과 함께 문학동맹의 핵심 간부로서 제 몫을 다했던 셈이다. 광복기에 남긴 많지 않은 시와 동시는 나라잃은시기에 몸소 겪었던 고초에 대한 되새김이나 귀향의 감회, 또는 왜풍 청산을 부추기는 소극적인 내용에 머문다. 그런 가운데서 지나간 시기 민족해방 투쟁에 한껏 힘을 보탠 이로서 지녔음직한 긍지와 감격이 잔잔히 담겼다.

---

43) 계훈모 엮음, 앞서 든 책, 687~688쪽.
44) 양우정만은 이미 광복 앞서부터 우경화된 상태였다. 광복기 내내 우파 지식인으로 크게 활약했다. 『대동신문』 주필을 처음으로 『현대일보』·『평화일보』·『연합신문』과 같은 언론사 대표는 그 일에 걸맞은 자리였다. 이승만 홍보 책자를 여럿 내기도 하면서 앞길을 거들었다. 그에 대한 죽보기는 아래 책에서 이루어졌다.
서범석, 『우정 양우정의 시문학』, 보고사, 1999.

나는 바다ㅅ사나이

바다를 바라보는 건

나의 生命

삐라

삐라

삐라

삐라

燈臺처럼 明滅하는 물결의 이랑 빛

나는 지금 그 유리처럼 반짝이는 太陽의 破片은 보고 있다

나는 지금 그 莊嚴한 三千萬의 大管絃樂을 듣고 있다

— 이주홍, 「壁」부분[45]

몸서리날 추억도 가지가지인

경찰서 마당에 태극기 펄펄

왜놈들은 물러가고

有志紳士 볼 수 없어

長歎息의 선배들이 人民委員 되어 있고

징용 갔던 청년들도 民靑員 되어 있어

土地改革 이야기는 아이들도 알더네

— 박석정, 「歸鄕」부분[46]

이주홍의 「壁」은 바다를 '인민'이 넘어서야 할 '벽'으로 끌어다 놓고, 그 일을 이루어내고야 말리라는 믿음이 굳다. "유리처럼 반짝이는", "물결의 이랑 빛"을 "莊嚴한 三千萬의 大管絃樂"처럼 흩날리는

---

45) 조선문학가동맹시부위원회 엮음, 『1946년판 연간조선시집』, 아문각, 1947, 116쪽.

46) 박석정, 『凱歌』, 북조선문학예술총동맹 문화전선사, 1947, 49쪽.

'뻐라'로 본 공감각이 참신하다. 박석정의 작품은 고향 밀양에 돌아와 보았음직한 풍경을 간명한 언어로 담았다. 그러면서 지역 인민위원회의 활동상이 긍정적으로 들나도록 했다.

김용호는 조선문맹의 '지방문화연맹' 서울지부 선전부에 이름을 두었다. 1945년 12월에 월간 『文化創造』를 창간하고 그 책임 편집을 맡았다. 그리고 『햇불』·『삼일기념시집』·『1946년판 연간조선시집』과 같은 좌파 시집에 권환·이주홍·박석정과 함께 나란히 작품을 올린다. 1946년 6월에는 『예술신문』을 창간하여 주간, 편집과 발행을 맡았다. 그는 광복 초기 계급문단에 적극 이름을 얹었다가 점차 출판·편집에 골몰하면서 중도적인 입장으로 바뀌었다. 이 무렵 출판·편집과 맺게 된 인연은 오래도록 그를 따라다니게 된다.

앞에서 든 이들과 달리 광복기 경남시단에서는 새로운 계급시인이 나타나 이채를 띠었다. 거창의 김상훈과 합천의 박산운이다. 특히 김상훈은 광복이 되자 『민중조선』을 창간, 펴내면서 힘껏 작품 활동을 하였다. 쉽사리 이념 일변도나 선정성에 빠지기 쉬웠던 계급시에 형식과 표현의 값어치를 열정적으로 실천해 보임으로써, 여느 신예들과 달리 한 단계 높은 젊음을 드날렸다. 박산운도 김상훈과 함께 『前衛詩人集』을 내면서 눈길을 끌었다. 이 둘을 포함한 광복기 새로운 후배들의 출발에 이주홍은 능숙한 솜씨로 그 표지와 책 매무새를 꾸미며 그들의 결기를 한껏 북돋워주었다.

이불자락에서도 이러나는 바람이
자옥밑에서도 피여나는 바람이
大洋에 거만한 帝國主義의 汽船을 삼켜 치우고
어느새 도라와 홀어머니의 낮잠을 勸하기에 부지런한
山脈을 한숨에 내달아

火田民의 등곬에 땀을 씻어주고
製絲工場 유리窓에 매달려
패리한 女工들을 웃기랴 애쓰는

바람아 너는 푸로레타리아의 友軍이냐
隊列을 지어 진흙길에 북을 치며 가자!

— 김상훈, 「바람」 부분[47]

껍데기 두꺼운 강냉이 알과
衣服에나 낯바닥에 함부로 묻어오는
은혜의 밀가루도 마저 먹고

내 배(腹)탈이 나 房바닥을 이리저리
牛馬와 같이 匍匐하며
잠못자고 생각는 것은 무엇이뇨?

달밤에만 흐르는 미시시피
自由神 훨훨 하눌에 아름다운
노래에 남은 나라 아메리카 ―

한번은 가구 싶던 아메리카에
굶주린 우리네 눈을 감기고
엄청나게 낸 빗도 빗이련만은

— 박산운, 「匍匐의 시」 부분[48]

___

47) 김상훈과 여럿, 『前衛詩人集』, 노농사, 1946, 27~28쪽
48) 김상훈과 여럿, 같은 책 시, 50~51쪽.

'홀어머니', '화전민', '여공'으로 대표되는 '푸로레타리아'의 해방을 이루기 위해 '바람'을 이음매로 끌어왔다. 그 '바람'더러 "대열을 지어 진흙길에 북을 치며 가자!"라고 한 권유에서 김상훈이 품었던 해방에 대한 옹골찬 믿음이 잘 드러난다. 뒤에 올린 박산운의 작품은 시침떼기가 빛난다. 미국에서 보내온 "껍데기 두꺼운 강냉이 알"과 "은혜의 밀가루"로 만든 음식을 잘 못 먹어 배를 안고 뒹구는 모습을 '우마와 같이도 포복한다'라 한 데서 시인의 빼어난 재치를 엿볼 수 있다. 광복기 일방적인 원조경제가 앞으로 이끌어올 신제국주의 정치·경제의 예속성을 우스꽝스럽게 꼬집은 가편이다.

그런데 앞에서 든 경남의 계급시인들은 지난 시기와 마찬가지로 동시까지 발표하는 적극성을 보이고 있다. 나라잃은시기부터 계급주의 아동문학을 앞서 이끌었던 이주홍·엄흥섭·신고송·김병호와 신예 김상훈까지도 그 점에서 한결같다. 김용호도 거들고 있다. 그리고 실제 출판 사실은 알 수 없으나, 『휘파람』[49]이라는 '해방기념동요작곡집'에 이주홍·김병호·손풍산·신고송·이원수가 작품을 올린 광고문이 있다.

눈바람이 사납든 겨울 밤중에
아버지는 오셨다 또 떠나셨지
십년 동안 못 뵈온 아버지 얼굴
자나깨나 그리며 살아 왔었지

거리마다 태극기 쏟아지든 날

---

49) 문학동맹아동문학위원회와 조선음악동맹이 '총동원' 되어 함께 엮은 뒤, 조선문학가동맹출판부에서 내는 것으로 적혀 있다. 나라잃은시기에 냈던 『불별』과 나란한 기획이다. 『예술운동』 창간호, 조선예술동맹, 1945, 속표지 광고문.

아버지는 오셨다 또 떠나셨지
아버지가 주고 간 붉은 기폭을
높이높이 달고서 또 기다리지

　　　　　　　　　　— 신고송, 「아버지」[50]

　"거리마다 태극기" 쏟아져 남들은 모두 환호하던 날, 오히려 "겨울
밤중에" 남몰래 "오셨다 또" 아버지는 떠나신다. "십년 동안 못뵈온
아버지"가 아닌가. 광복이 되었는데도 옛날과 마찬가지로 숨어 사실
수밖에 없는 아버지의 일을 어린 자식이 요량해 보기란 어렵다. 그러
나 "아버지가 주고 간", "붉은 기폭"이라 한 데서 그 일이 인민 해방을
위한 투쟁과 관련되리라는 점을 암시했다. 어린 말할이는 그 깃발을
"달고서 또 기다리"겠다는 다짐을 아끼지 않는다. 신고송과 마찬가지
조선문맹 맹원이었음에도 이원수 경우에는 실제 작품에서는 급진성
을 엿보기 힘들다. 매체 또한 좌파 쪽 『새동무』·『아동문학』이나 우파
쪽 『소학생』 둘에 모두 참여하고 있다. 마산의 김원룡은 1947년 『새
동무』의 '편집 겸 발행인'을 맡고 작품 발표를 하기도 했다.
　이렇듯 서울에서 보여준 활발한 활동은 광복기 경남 계급시의 한
특성이다. 이와 함께 지역 안쪽에서 이루어졌던 소지역 활동, 곧 문
맹 하부 조직과 두드러진 매체 발간 또한 유별났다. 조선문맹은 1945
년 창립부터 '지방문화연맹지부'를 둔다. 경남지역 지부는 모두 여섯
이 확인된다. '문학가동맹 진주지부', '하동문화협회', '삼천포예술동
맹', '진교예술동맹', '마산문화동맹문학부'와 '부산문학가동맹'이 그
것이다. '삼천포예술동맹'은 1945년 10월, '진교예술동맹'은 1946년
2월에 마련되었다.[51]

---

50) 『새동무』 2호, 신문화사, 1946, 6쪽.

눈송이 펄— 펄—

깃빨이 팔랑 팔랑

　　우리 동무 맨발동무

　　눈노리 하자

　　　　바두기도 깡충 깡충

　　　　산또끼도 깡충 깡충

눈사람도 만들고

눈팔며도 처보고

　　우리동무 맨발동무

　　오똘똘똘 뭉치자

　　　　　　　　　　　　　　　— 남대우, 「눈노리」 부분[52]

　　'하동문화협회'는 1946년 2월에 창립되었다. 『동아일보』와 『예술신문』 하동지국을 맡았던 남대우가 간부로 일했다. 따옴시는 그의 작품이다. 어린 '맨발동무'끼리라도 "붉은 기폭" 아래 '오똘똘똘' 뭉쳐 나가자는 권유가 힘차다. 이때 "붉은 기폭"이라는 표현이 막연하나마 새조국 건설, 인민 해방을 내세운 것이리라는 사실을 짐작하기란 어렵지 않다. 광복기 경남지역 아동시에 담겨진 혁신적 의지가 넌지시 드러났다.

　　이와 같은 소지역 조직 활동 가운데서 가장 활발했던 곳이 진주지부였다. 1945년 12월 20일 일찌감치 위원장 김병호, 서기장 손풍산,

---

51) 마산에서는 종합지 『무궁』을 발행했다는 기록이 보인다. 삼천포에서는 주간 『삼천민보』를 발행했으며, 회원은 50명에 이른다.
　　마산문화협의회, 『1956년 마산문화연감』, 마산문화협의회, 1956, 36쪽.
　　김용호 엮음, 『1947년판 예술연감』, 예술신문사, 1947, 119~120쪽 · 166~167쪽.
52) 조선문학가동맹 서울시지부 엮음, 『우리문학』 3집, 우리문학사, 1947, 30쪽.

회원 남대우·김성봉·이석우·권병탁과 같은 이들이 모여 깃발을 달았다.[53] 그들은 각별히 달에 두 번 기관지 『문학신문』을 내면서, 글쓴이를 중앙·지역 없이 고루 끌어들였다. 게다가 맹원 손풍산은 진주 지역에 좌파 아동지 『새동무』 진주지사를 운영[54]하면서 『民友』라는 좌파 종합지까지 냈다. 지역 계급주의 매체 활동의 모범을 보인 셈이다. 『민우』는 진주 가까운 여러 곳에 지부를 두었다. 그 지부장은 거의 모두 농민조합의 장들이어서 지역에서 지닌 바 위상을 알게 한다.[55]

> 떠난 지 몇 해만에 돌아오는 그들
> 異民族 않인 낯서른 風儀에
> 마을의 어린이들 눈알이 구을어
>
> 지나간 날의 피에 젖은 記錄도
> 낯서른 異域 몇몇 星霜을
> 가진 虐待와 搾取下에 이를 악물고
> 〔…중략…〕
> 굶주린 그들의 밥쌀은
> 어느 장자집 고집에 잇느뇨
> 헐버슨 그들의 옷감은

---

53) 지부 강령도 조선문맹을 그대로 따랐다. '일본제국주의 잔재의 소탕', '국수주의의 배격', '민족문학의 건설'이 그것이다.

54) 『새동무』 2호, 새동무사, 1946, 40쪽.

55) 이러한 『민우』의 지역 위상에 걸맞게 이우적이 서울에서부터 격려의 글을 보내고 있다. 1927년 '조선공산당 일본 선전부 책임'으로 활약했던 사람이다. 경남 사천 출신으로 공산주의 조직가이자 언론인이었다. 그는 『民友』에 진주농민봉기를 다룬 글 「배우자」와 계급주의 이론 교양물 「자기계몽은 충분한가」를 실었다. 그밖에 지역 필자로 김성봉·허현 시인이, 서울 필자로 송완순·홍구·박세영·윤곤강이 거들고 있다.
『民友』 2호, 민우사, 1946.

뉘 집에서 질삼질하느뇨
살 곳 업는 그들의 安息鄕은
南 北 어느 마을이뇨

오오 답답도 하다
그들을 擁護할 人民의 정부는 언제 서려나……

― 허현, 「돌아오는 그들」 부분[56)]

그 무렵 나라 바깥에서 들어오고 있었던 '귀환동포'를 모티프로 삼은 작품이다. 각 지역마다 그들을 위한 임시 토막촌이 있었다. 여느 작품들이 유명 정치가나 명망 있는 광복투사를 대상으로 삼은 데 견주어, 이 작품은 '인민'으로 표현되고 있는 예사 사람의 '귀환'을 다루고 있어 각별하다. 꾸미지 않은 표현에 직설적인 소박함이 보이나, 그들의 곤궁한 처지에 대한 공감은 결코 가볍지 않다. "살곳 업는 그들의 安息鄕은/南 北 어느 마을"일까, "그들을 擁護할 人民의 정부는 언제 서려나"며 자탄하고 '답답'해 하는 시인의 되뇌임에 광복기 지역 지식인의 이념 갈등상이 적확하게 담겼다.[57)]

진주지역 좌파 조직의 활발한 모습과 달리 부산지역은 그것이 잘 드러나지 않는다. 프로예맹의 하부 조직으로 문학, 음악, 연극 동맹이 마련되어 갖가지 합동 행사를 벌이기도 하였으나, 시인들의 활동은 미미했다. 오히려 우파 매체 『애국 문예신문』의 역할이 돋보인다. 그러나 인접 매체 활동은 컸다. 『인민해방보』·『민주 중보』와 같은 좌파·중도좌파 언론이나 『한얼』과 같은 배달말 교육 매체가 있어, 좌파

---

56) 『民友』, 앞서 든 책, 101~102쪽.
57) 앞에서 살핀 바 『문학신문』·『민우』 말고도 진주 지역에서는 좌파 매체가 나왔다는 기록이 있다. 주에 두 번 나온 『학생동무』와 『봉화』가 그것인데, 오늘날 그 실체는 볼 수 없다. 김해웅을 발행인으로 1946년에 나왔다.

시의 분위기를 엿보게 한다.[58)]

이렇듯 경남의 계급시인들은 광복 초기부터 서울과 지역 안쪽에서
활발한 활동을 벌였다. 그러나 1946년을 넘어서면서 차츰 외부 정세
가 악화되기 시작했다. 게다가 1949년 10월에는 조선문학가동맹이
마침내 등록을 취소당했다.[59)] 이른바 국민보도연맹의 전향 사업은 나
라 곳곳을 덮었다. 1950년 벽두부터 양우정은 국민보도연맹 서울시
중구 결성식에 나가 경찰 관계자들과 함께 축사를 했으며, 서울특별
시경찰국은 전향문필가들의 원고심사제를 실시한다고 대한출판문화
협회에 통첩하고 있다.[60)] 서울에서나 지역에서나 좌파시인들의 설자
리는 매우 어려울 수밖에 없었다.[61)]

이 무렵 김상훈은 우파 문예지『문학』2월호에 「국화」를 싣고 있다.
재혼의 뜨거움을 담은 사랑시다. 스스로 전향했음을 뚜렷이 한 것이
다. 1950년 6월 경인전쟁 앞까지 지역의 계급시인들은 알게 모르게
전향하거나, 잠적 또는 월북하면서 어려운 삶길을 걸었다. 박석정·
신고송은 1946년에, 박석정은 1948년에 북으로 넘어가 살길을 찾았
고, 권환은 지병 탓에 마산 우거에 머물러 문단에서 잊혀져 갔다. 이
주홍은 1947년 부산에 내려와서도 한결같이 지역 학교연극을 앞장서

---

58) 간행위원회 엮음,『한글학회 부산지회 30돌』, 한글학회 부산지회, 1995, 8~13쪽.
　　1집에는 유열의 시 두 편이 실려 있다.
　　『한얼』1집, 한얼 모음, 1946, 38~43쪽.
59) 재조선미국육군사령부 군정청 법령 제55호에 따라 133개 정당 단체에 대하여 등록을 취소
　　하였다.그 가운데 문화 단체는 '조선문화단체총연맹', '조선문학가동맹', '조선영화동맹', '조
　　선가극동맹', '조선연극동맹중앙집행위원회'가 있었다.
60) "과반 월북작가 및 재남한 좌익문화인에 대한 취체에 있어 금후 전향문필가 등에 길을 여러
　　주어 창작 생활을 계속케 하여 참으로 민족일로에만 문화발현에 진력토록 하였는 바 다수의
　　전향을 보게 되었다. 그런데 종래에는 납본과 동시에 내용에 있어 불순한 점이 발각되어 업
　　자에게 막대한 손해를 주는 이 종종 있든 바 이를 개선코저 원고심사제 실시에 전제로 앞으
　　로는 전향 문필가의 저작발표가 있을 때에는 각 시도경찰국장을 경유하야 발간 사전에 원고
　　를 치안국장에게 보내어 심사를 거친 후 출판케 하리라는 바 일반출판업자는 이에 명심하기
　　바란다고 한다. 또한 금후에는 신규간행물을 치안국 사찰과 검열계로 2부씩 보내주길 바란
　　다고 한다."(『한성일보』, 1950년 2월 3일자)
　　계훈모 엮음, 앞서 든 책, 787~788쪽.

발전시키며 자리를 굳혔다.

광복기 다시 교직에 몸담았던 김성봉·김병호는 문맹 진주지부 활동을 끝으로 시로부터 멀어져갔다. 하동문화협회 일을 접고 부산으로 넘어온 남대우는『매일신문』기자로 일하면서 언론인으로 몸을 바꾸었다.[62] 그러나 1950년 전쟁 직전 국민보도연맹학살폭거로 말미암아 희생되고 말았다. 이구월은 오랜 지병에도 불구하고, 광복기 내내 틈틈이 좌우 매체를 아울러 넘나들었다. 그러다 1949년 동시집 출판을 빌려 전향 표지를 확실히 했다.[63]

경남지역 좌파 시단의 전향을 보여주는 결정적인 사건은 1950년 6월 경인전쟁을 몇 달 앞둔 부산에서부터 이루어졌다. '경남보도연맹 문화실' 주최 부산문화기자회 후원「시인 정지용선생을 마자 시와 음악, 무용의 밤」을 미국문화관에서 5일까지 연 것이다.[64] 서울『국도신문』은 정지용 일행의 여정에 따른 연재 기사를 실었다.[65] 지역신문도 그 일을 크게 다루었다. 이주홍은『부산일보』에「예술의 계절—지용

61) 경남지역의 국민보도연맹에 대한 일은 김기진에서 깊이 있게 다루어졌다. 그러나 그 속에서 지역 문학인과 얽힌 부분은 드러나지 않는다.
    김기진,『끝나지 않은 전쟁 국민보도연맹』, 역사비평사, 2002.
    그 무렵 전향 좌익 작가들의 위상을 거꾸로 엿볼 수 있는 자료로 아래에 보도연맹 선무 비라를 하나 보인다.
    『躊躇말고 自首하라』불행한 그대들에게 고하노라!!/우리도 과거에 쏘련의 앞재비가 되어 멸족노선을 걸어왔다. 그러나 작년 八월 十五일 대한민국이 탄생하자 우리는 깨달았다/민족이 있은 연후에 국가가 있고 사회가 있음을 알았다/우리는 과거를 반성회오하고 국민보도연맹 기빨 아래로 모여들었다/대한민국의 따뜻한 보호와 지나친 온정에 감사의 눈물을 흘리며 씩씩하게 국가건설의 일군이 되고 있다/그대들도 일시적 유혹과 협박에 못 이겨 그릇된 길을 걷고 있을 것이다/그대들의 그리운「옛집」그리고 사랑하는 부모처자는 지금 초조한 마음과 불안에 싸여 있지 않으냐?/지금 주저하지 말고 자수하여 대한의 아들과 딸로 돌아오라/우리는 돌아오는 그대들을 동지로 맞아 같이 우리나라 일군이 되도록 손잡으리라
    檀紀 4282년 10월 일 國民保導聯盟
62) 1949년 10월 '부산법조출입기자회', 11월에는 '부산경제기자회' 간사를 맡음으로써, 언론인으로 자리를 굳혔다.
63) 이구월의 동시집은 계급 색채가 완연히 가신 전형적인 동심주의 작품집이다. 그 무렵 이구월의 처지는 이주홍에서 유일하게 적혔다.
    이석봉,『새봄』, 한글문화급회 경남지부, 1949.
    이주홍,「문학」,『경상남도지』중권(경상남도지편찬위원회 엮음). 경상남도, 1963.
64)『부산일보』6월 4일, 부산일보사, 1950.

시의 밤의 성과」[66]를 실어, 스스로 경남문단에서 지닌 바 자리를 뚜렷이 했다. 그 자리에 유치환·정진업·손풍산과 같은 지역 주요 시인들이 좌/우에 관계없이 모여 성황을 이루었다.

앞에서 살핀 바와 같이 광복기 경남지역 계급시는 무엇보다 그 조직과 매체 활동, 그리고 소지역 활동에서 두드러진 실천 활동을 보여주었다. 경남 계급시인 모든 세대[67]가 한 공간에서 매우 역동적이고 뚜렷한 문학 실천을 시와 동시에 아울러 보여준 셈이다. 그러나 정세의 악화로 1946년부터 1950년 전쟁까지 이르는 시기 동안 월북과 전향, 그리고 조직 해체로 말미암아 좌파 활동은 급격히 물러섰다. 그리하여 뒷 세대의 시 속으로 내면화되는 길을 걸을 수밖에 없었던 셈이다.

5. 마무리

한국 근·현대 계급문학에 관한 연구는 아직까지 찾아내고 따져들어야 할 데가 많다. 계급문학의 지역 전통에 대한 구명도 그 가운데 바쁜 하나다. 이 글은 경남지역 계급시의 흐름을 실증적으로 밝히고,

---

65) 1950년 5월 7일부터 북한 인민군이 서울에 들어섰던 6월 28일까지 연재되었다. 부산, 통영, 진주를 거친 오랜 여정이었다. 조선문학가동맹 아동문학부 위원장으로 있다 보도연맹에 가입하여 전향했던 정지용 스스로 그것의 문단 홍보·선무를 겸한 취재 여행이었던 셈이다. 그 걸음에서 조선미술동맹 회원이었다, 뒷날 월북했던 거창의 정종여가 여정을 같이 하며 많은 화제를 뿌렸다.
「南海五月點綴」, 『국도신문』, 5월 7일～6월 28일, 국도신문사, 1950.
66) 『부산일보』 6월 7일～8일, 부산일보사, 1950.
67) 편의를 좇아 보면, 1925년 카프 결성에 뒤이어 1929년 무렵까지 시단에 나섰던 시인들을 경남지역 계급시 1세대라 일컬을 수 있다. 권환, 이성홍, 이주홍, 이원수, 신고송, 엄흥섭, 박석정, 김병호, 김성봉, 손풍산, 양우정이 그들이다. 1930년 초반에서 1935년 카프 해소 무렵 사이에 시단에 나섰던 이들이 2세대라 일컬음을 받을 만하다. 곧 강로향, 남대우, 박대영, 김용호가 그들이다. 광복 뒤 새로 시단에 나선 이들을 3세대라 할 수 있는데 박산운, 김상훈, 허현이다.

문학사에서 잊혀진 지역시인을 되살려 장차 마땅한 자리매김에 이르기 위한 디딤돌을 놓고자 하는 목표 아래 씌어졌다. 이 일을 위하여 발표 매체·조직 활동·작품의 주제·구체적인 언행이라는 네 조건을 아울러 고려하여 계급시인 또는 계급시라 규정했다. 논의를 줄인다.

첫째, 경남의 계급시는 서울지역·엘리트 언론인 중심으로 이루어졌던 초창기 계급문학과는 그 형성의 길이 사뭇 다르다. 1925년 카프 결성을 앞뒤로, 지역 안쪽에서 소년동맹·문예동아리 조직 활동을 바탕 삼아 여러 사회주의·계급이념을 받아들이는 한 쪽으로, 서울의 매체『별나라』·『신소년』이나 일간신문 투고란을 활용해 시적 역량을 키워나갔다. 그리하여 1928년을 앞뒤로 해, 그들 모두 젊은이다운 결기와 열정이 물씬 풍기는 자생적 계급시인으로 자란다. 권환·이성홍·이주홍·신고송·엄흥섭·이원수·박석정·양우정·손풍산·김병호·김성봉·이구월·정상규·손길상이 그들이다.

둘째, 1930년대에는 한국 계급시의 성숙과 퇴조가 아울러 나타났다. 성숙이라는 쪽에서 보면 정치시로서 가능성을 극대화하며, 계급시의 매체 투쟁이 두드러진다. 이 무렵 경남 계급시인은 주로『음악과시』·『군기』·『별나라』·『신소년』과 같은 매체를 빌려 계급시단의 중심에 소장파로 들어서는 걸음을 거친다. 그 과정에서 각별히 아동문학을 통한 매체 투쟁의 선봉에 경남 계급시인이 있었다. 김용호·김대봉과 같은 동반시인뿐 아니라, 강로향·남대우·박대영과 같은 새로운 아동시인을 배출해 계급주의 아동문학을 확립하며 카프 해체까지 계급시단의 성숙을 이끈 공이 크다.

셋째, 거의 모든 경남 계급시인들은 광복기에도 한결같이 좌파 이념에 동조하면서 활발하게 조직의 상층부와 창작 활동에 나섰다. 김상훈·박산운과 같은 신진시인도 배출한다. 게다가 지난 시기와 마찬가지로 아동시 창작을 겸하고 있어, 계급주의 아동문학에서 지닌 경남 시인의 영향력은 식을 줄 몰랐다. 좌파 조직의 소지역 활동은 문맹 진주지부가 가장 우뚝하다. 그러나 지역 안밖으로 정세가 어려워지기 시작한 1946년을 넘어서면서부터 1950년 경인년 전쟁 앞까지 경남 계급시인들은 월북과 잠적, 전향과 변신을 거치면서 뒷 세대의 몫으로 문학 실천의 깃발을 넘기는 처지가 된다.

따라서 경남지역 계급시는 여느 지역과 다른 개별성이 두드러진다. 첫째, 거의 모든 시인들이 지역 안쪽에서 자생적이고도 점진적으로 문학적 수련을 거치며 제도 편입에 이르고 있다. 둘째, 서울과 지역 그 둘에 아울러 연결고리를 가지고 활발한 조직 활동과 매체 발간을 거듭하는 전통이 뚜렷하다. 특히 아동문학 매체를 줄기로 삼은 계급시에 대한 이바지는 가장 빛나는 성과다. 셋째, 시 갈래를 넘어서는 창작 활동과 성인문학·아동문학에 두루 걸친 복수 갈래 창작현상이 일반적이다. 계급시의 기동성과 기능성을 극대화하기 위한 전략에서 비롯되었음직한 일이다.

성글게나마 경남지역 계급시와 계급시인에 대한 밑그림은 그려본 셈이다. 경남 계급주의시의 매체·조직·작품·인물에 대한 꼼꼼한 개별 조사와 갈무리, 그리고 됨됨이와 의의를 따지는 일이 한 단계 높은 일거리로 남았다. 1920년대 중반에서 시작하여 1950년 경인년 전쟁에 걸치는 어렵고 긴 시기, 경남지역 계급시인들이 보여준 민족광복·인간해방의 열정과 노력이 지역사회의 정신사·문화사·생활사를 헤아리는 작은 디딤돌이 되기를 기대한다.

근대 통영지역 시문학의 전통

1. 들머리

　통영은 영남뿐 아니라 우리 나라 여러 소지역 가운데도 문화 예술인을 유달리 많이 배출한 곳으로 이름이 드높다. 특히 우리 근대문학사에서는 덜어낼 수 없는 무게를 지닌 문학인을 배출한 곳이다. 유치환·김상옥·장응두를 거쳐, 김춘수·박경리로 이어지는 통영 문학인의 면면은 우리 근대문학사의 중요한 국면과 양상을 그대로 보여주는 것이기도 하다.

　그러나 우리 근대문학 연구에 있어서 소지역 단위에 대한 관심은 미미한 쪽이다. 사정이 좋다고 볼 수 있는 통영지역에 대한 연구 또한 아직까지 본격적인 데 이르기 위해서는 넘어서고 바로 세워야 할 일이 한 둘 아니다. 그런 가운데서도 소박한 애향기나 회고기와 같은 글은 밀쳐두고서라도 통영 지역문학 연구에 길잡이로 삼을 수 있는 글은 몇 편 찾을 수 있다.

그 가운데서도 일찍이 이주홍이 경남지역의 근대문학을 두루 말하는 가운데 한 부분으로 살펴둔 글이 가장 앞선 것이다.[1] 그러나 유치진을 맨 앞에 세워두고 유치환·고두동·탁상수·장하보·김상옥·주평과 같은 이들의 등단 연도와 주요 활동, 작품 이름들을 올리는 데에 그쳤다. 통영의 근대문학 활동을 밝히기 위한 일을 목표로 삼고 있지 않은 탓이었겠지만 너무 소략했던 셈이다.

이에 더하여 같은 책에 실린 김상옥의 글이 중요한 사실을 꼼꼼하게 밝히고 있어 눈길을 끈다.[2] '문화운동'을 다루는 자리였음에도 통영 토박이다운 안목을 아낌없이 드러냈다. 통영의 지적·문화적 풍토에 대한 큰 줄기를 마련한 공이 크다. 게다가 『참새』나 『生理』와 같은 초창기 통영의 문학매체에 대한 기록은 뒷날의 연구에 좋은 징검돌이 되고 있다.

김상옥의 글 뒤로는 오래도록 통영 문학의 흐름을 제대로 다룬 글은 씌어지지 않았다. 그런 가운데서 통영 안쪽에서도 지역문학의 줄기를 마련하고자 하는 노력이 있었다.[3] 앞서 마련된 글에서 힘을 얻고, 자료를 더해 통영문학에 대한 대강의 연대기를 가다듬고자 했다. 그러나 건너뜀이 많고 성글어 통영문학의 실체에 다가서는 일에는 힘이 딸렸다.

살펴본 바와 같이 통영지역 문학활동에 대한 해명은 다른 지역에 견주어 사정이 나은 쪽이다. 그럼에도 찾아 가려내고 간추리며, 새롭게 값매겨 나가야 할 일들이 여기저기 기다리고 있다. 무엇보다 정확한 사실 확인을 거쳐야 될 일이 남았다. 출향문인에 대한 배려 또한

1) 이주홍, 「문학」, 『경상남도지(중)』, 경상남도지편찬위원회, 1963.
2) 김상옥, 「문화운동―충무·삼천포 지방」, 『경상남도지(중)』, 경상남도지편찬위원회, 1963.
3) 서우승, 「향토문학사」, 『수향수필』 10주년기념호, 수향수필문학동인회, 1982.
_____, 「향토연극사」, 『수향수필』 12집, 수향수필문학동인회, 1983.
차영한, 「문화·예술·체육―문학과 연극」, 『통영시지(하)』, 통영시지편찬위원회, 1999.

인색했다. 그리고 바깥 문학인들에 의해 이루어진 통영의 지연문학에 대한 관심이 엷었다는 문제도 안고 있다.

이 글은 통영지역 근대 시문학의 통시적 흐름과 전통을 찾아보는 일을 목표로 삼아 씌어진다. 일의 범위가 너무 넓고 다루어야 할 일이 많다. 그러나 이러한 논의가 바람직한 성과를 얻을 수 있다면, 나아가 통영지역 근대문학의 전반적인 흐름을 살필 수 있는 눈길까지도 갖출 수 있을 것이다. 뜻한 목표에 이르기 위해 통영 근대시의 사회·문화적 배경으로서 통영의 지역성과 그 환경을 먼저 살펴두고자 한다.

2. 통영의 지역성과 문학 환경

통영은 경상남도의 가장 남쪽에 자리잡고 있다. 북으로는 고성과 이어져 있고, 바다를 건너 진해만과 창원을 낀다. 서쪽으로는 남해섬을, 동남쪽으로는 거제섬을 거쳐, 남으로 크작은 여러 섬들을 뒤로 하면 활짝 트인 난바다로 이어진다.

통영은 다도해 부근에 있는 조촐한 어항이다. 부산과 여수 사이를 내왕하는 항로의 중간 지점으로서 그 고장의 젊은이들은 조선의 나폴리라 한다. 그러니만큼 바닷빛은 맑고 푸르다. 남해안 일대에 있어서 남해도와 쌍벽인 큰 섬 거제도가 앞을 가로막고 있기 때문에 현해탄의 거센 파도가 우회하므로 항만은 잔잔하고 사철은 온난하여 매우 살기 좋은 곳이다. 통영 주변에는 무수한 섬들이 위성처럼 산재하고 있다. 북쪽에 있는 두루미 목만큼 좁은 육로를 빼면 통영 역시 섬과 별다름 없이 사면이 바다이다.[4]

널리 알려진 박경리의 글이다. 위에서 그려지고 있는 바와 같이 통영은 천혜의 자연환경으로 말미암아 빼어난 풍광을 자랑한다. "두루미 목만큼 좁은 육로"로 이어져 묻이면서도 섬과 같이 온통 바다로 둘러싸인 곳이다. 한 해 내내 알맞게 비가 내릴 뿐 아니라, 해가 늘 쪼이는 곳에 자리잡아 빼어난 풍광과 풍부한 수자원을 갖추었다. 휴양지로서도 뛰어난 곳이다. 갖가지 해양생태 환경을 갖춘 남해의 풍부한 물류 중심지가 바로 통영이다.

게다가 배후에 고성, 창원의 넓은 경작지를 끼고 있어 삶의 터전이 풍족한 쪽이었다. 따라서 일찍부터 사람의 발길이 닿았으리라 여겨진다. 그 가장 오랜 자취는 통영 앞 여러 섬을 비롯해 지역 곳곳에서 발견되는 조개무지나 고인돌을 빌려 엿볼 수 있다. 통영은 역사시기로 내려오면서 삼한과 가야 시기를 거쳤다. 그리고 임진왜란 이전까지는 거제현과 고성현에 들어 있었다.

임진왜란으로 왜구들이 침범해 들어와 분탕을 치자, 선조 36년인 1603년에 두룡포로 알려져 있던 이곳에 통제영이 자리잡았다. 세병관이 창건되고 남해안 지역의 사회·경제 중심지로서, 군사요충지로서 통영이 매우 중요한 몫을 300년에 가깝도록 맡게 된 것이다. 그리고 고종 9년인 1896년 통제영이 문을 닫은 뒤에도 통제영 문화는 통영의 전통에 중요한 요인으로 면면하게 작용해 오고 있다.

1914년 왜로들이 우리나라를 빼앗은 뒤 저들 뜻대로 우리 행정 구역을 강제로 뜯어고친 적이 있다. 그때 통영은 용남군과 거제군 그 둘을 합하여 일컬어졌던 이름이다. 그러다가 1931년 통영군 통영면이 통영읍으로 승격되었다. 1954년에 비로소 통영군에서 거제군이 나뉘어졌고, 1955년 통영읍이 충무시로 승격되어 통영군과 다시 나

---

4) 박경리. 『김약국의 딸들』, 지식산업사. 1980. 7쪽.

뉘어지기도 했다. 그러나 1995년 지역자치제 실시에 따른 행정구역 개편에 힘입어 충무시와 통영군은 폐지되고, 통영시라는 한 이름으로 새로이 출범하여 오늘에 이른다.

이렇게 볼 때 통영지역 삶의 주체인 통영 사람들이 구체적으로 역사 속에 모습을 뚜렷하게 드러내는 것은 통제영 설치와 때를 같이한다. 그 뒤로 통영은 다른 인근의 해안지역과는 달리 세련되고도 잘 짜여진 군사문화, 관문화, 그리고 그와 어울려 기능적이고도 다양한 민속예능이 발달하였을 것이다. 근대 초기에까지 명맥을 이었던 13 공방이 그러한 통영의 분위기를 잘 말해주고 있다.

따라서 인접한 지역에 견주어 인구 집중이 꾸준히 이루어졌다. 근대시기인 1936년 통계에 따르면 현재 왜인 5,548명, 한국인 166,717명(고성 88,864명, 진주133,775명)이 살고 있는 것으로 잡혀 있다.[5] 1954년 현재에도 통영읍만 67,514명이 거주하고 있는 것으로 나타난다.[6] 그러나 인구의 집중에도 불구하고 통영에서는 오래도록 뿌리를 내린 성씨와 그들의 지역분포를 엿보기가 쉽지 않다. "이 고장엔 譜學이 없다"[7]고 한 말이 허투루 뱉은 것이 아닌 셈이다.

통영은 근대 들어 여느 지역과 마찬가지로 발빠른 변화를 겪었다. 그 가운데서도 일찍부터 이루어졌던 왜로 제국주의자들의 식민지 어업 재편과 해양 수탈 과정으로 말미암은 변화가 다른 지역과 다른 특

5) 『慶尙南道勢槪觀』, 경상남도, 1937, 12쪽.
6) 대한군항지편찬회 엮음, 『大韓軍港誌』, 1954, 429쪽.
7) 김상옥, 「문화운동──충무·삼천포 지방」, 『경상남도지(중)』, 경상남도지편찬위원회, 1963, 1178쪽.
　이 글에서 김상옥은 그 사정을 아래와 같이 적고 있다. "忠武公이 이곳에 陣을 치고 敵과 對決하여 閑山大捷의 奇蹟을 이록하였던 그 當時, 八道의 무수한 避難民들이 忠武公을 의지하고 男負女戴 이곳에 몰려와서 生의 雨露를 피하고 살아온 곳이다. 그러므로 이 고장엔 譜學이 없다. 그리고 일찍이 班常의 差別을 打破한 곳이다. 오직 現實生活에 執拗하였으니, 이 고장에 일찍이 手工業이 발달한 것도 오직 이 까닭이다" 소박한 이해에 머물고 있지만 통영지역 사람들이 오래부터 지녀왔을 자유로움과 적극적인 됨됨이를 짐작할 수 있는 눈길이다.

이성이다.[8] 왜로의 행정적·법적 지원 아래 통영에서는 대소 식민자들의 어업자본이 진을 치고 앉아 남해안을 훑어댔다. 항포구의 앞바다를 '어장'이라는 개념으로 경계를 가르고, 불평등한 인허가를 빌미로 막대한 부를 늘렸다. 따라서 통영에서는 일찍부터 왜로들의 어업자본과 그에 빌붙었던 부왜 어업자본이 지역의 부를 독점해 나갔던 셈이다.

게다가 통영은 부산에서 마산을 거쳐, 여수로 가는 뱃길의 가운데에 자리잡은 교통 요지였다. 남해안 어업의 중심지였을 뿐 아니라, 교통·통신의 중계지로서도 중요한 몫을 다했다. 힘든 고기잡이로 말미암아 불교니 샤머니즘이 뿌리내릴 수 있는 바탕이 든든하였다. 여느 갯가와 마찬가지로 금기와 속신이 많이 발달한 것이다. 1937년 현재 신앙공간이 이른바 '통영신사'를 비롯해 왜식불교 절집 한 곳에다, 우리의 사찰과 기독교 포교소를 합쳐 15~6개소에 이르는 것[9]은 통영의 개방적인 분위기와 아울러 민간에 뿌리내리고 있었던 굳건한 신앙심을 엿볼 수 있는 대목이다.

앞에서 살펴본 바와 같이 통영지역은 반농반어의 생산 토대에다 갯가 특유의 강건한 됨됨이, 게다가 오랜 통제영의 설치로 말미암은 관문화와 민속문화의 위계와 조화, 그리고 근대시기에는 일찍부터 들어왔던 섬나라 왜로들의 침탈로 말미암은 강한 저항정신과 개방적

<hr />

8) 통영은 일찍부터 어선의 정박과 물, 석탄 공급이나 상업 활동을 위해 왜인이 드나들었던 곳이다. 1900년에 비로소 정주가 시작된 뒤, 이른바 '순사주재소'와 '우편수취소', '잡화상인'들의 가족이 점점 늘어났다. 1904년 러일전쟁으로 말미암아 음식점과 여숙이 격증하고 정주인도 60여 명으로 갑자기 늘어났다. 1905년 을사늑약 뒤부터는 통영 지역사람과 왜인 사이에 충돌과 시시비비가 잦았다. 1907년에는 지역민들이 왜인 집을 습격, 세간을 파괴하는 일까지 일어났다. 가덕도로부터 '방비대'가 와 주둔하는 소란 끝에 가라앉았던 일도 있었다. 이후 통영에는 항만 매축, 학교 설립, 자본가 투자 방문, 은행과 회사 창립, 학교 병원 증축에다 수산상공업의 발전과 무역으로 말미암아 왜인의 수가 크게 늘어났다. 1915년 현재 574호에 2127명이 살고 있는 집단 정주지로 바뀌었다.
山本精一, 『慶南統營邑案內』, 남선일보통영지국, 1915, 90~94쪽.
9) 『慶尙南道勢槪觀』, 경상남도, 1937, 12쪽.

실용정신이 조화롭게 어울려 특유의 응집된 지역성을 이루었음직하
다. 통영지역 근대문학에 중요한 몫을 맡았던 일본 유학생이 일찍부
터 많았던 것은 개방 정신이 잘 발현된 본보기라 하겠다.

통영지역은 오랜 세월 문화가 싹틀 수 있는 밑바닥이 굳건하게 다
져져 있었다. 통제영 문화가 통영 사람들의 심미적·예능적 기능을
극대화시켰을 터인데, 그것은 나라잃은시기로 내려와서도 마찬가지
였다. 따라서 그러한 예술문화 감각은 일찌감치 1930년대 서울과 마
찬가지로 『벙어리삼룡이』와 같은 영화를 제작[10]하는 것으로 나타나
기도 했다. 민족자본이든 왜로들의 식민자본 아래서도 통영지역은
돈이 잘 돌고, 문화생산의 여건이 잘 다져진 곳이었다.

1937년 현재 '조선식산은행 통영지점' 한 곳, 조선저축은행 대리
점, 조선상업은행 지점, 통영금융조합, 두룡금융조합에 이르는 일곱
곳[11]이나 되는 금융기관이 있었던 사정이 그러한 통영지역 자본 축적
의 역동성을 잘 보여준다. 게다가 문화 소비와 향유의 중요한 장이었
던 학교가 통영에서는 통영공립수산학교와 소학교, 공립보통학교를
합해 열여덟 곳이었다. 1,462명(진주군이 스물 군데에 1,196명)의 학생
이 다니고 있었다. 인근 지역에 견주어 상대적으로 높은 교육열과 잠
재력을 엿볼 수 있다.

이러한 환경 탓에 소지역에서는 보기가 드물게, 을유광복이 되자
곧바로 통영문화협의회와 같은 문화단체가 만들어져 활동을 시작할
수 있었다. 지역 스스로 지지를 거듭 내고 역사 교과서[12]를 만들어 지
역과 학교 학습에 임하는 독자적인 모습도 이채롭다. 1962년부터 열

---

10) 김상옥, 「문화운동—충무·삼천포 지방」, 『경상남도지(중)』, 경상남도지편찬위원회, 1963,
   1178쪽.
11) 『朝鮮都邑大觀』, 민중시론사, 1937, 64쪽.
12) 『통영군지』 (1)·(2)·(3), 통영군지간소, 1934.
   박삼성 엮음, 『통영지지』, 통영공립수산중학교, 1950.
   이해도, 『朝鮮歷史』, 통영인쇄주식회사, 1945.

리고 있는 '충무공한산대첩제전'도 오래도록 통영지역의 예술·문화의 산실로서, 새로운 지역 문화교양의 자리로 굳건하게 뿌리를 다져오고 있다.

오늘날 통영이 근대문학의 중요한 산실로 자리잡게 된 것도 이렇듯 통영지역이 지니고 있었던 풍토적 감각에다 산업적 바탕의 자유 분방함, 거기다 굳건한 예능적 전통이 한몫을 더했음직하다. 따라서 통영 사람들이 어느 지역에 견주어 강한 지역적 긍지를 보이고 있는 것은 자연스런 모습이다. 나라잃은시기에 잦았던 반외세 항쟁,[13] 활발했던 문화, 출판 활동은 통영 지역시의 형성과 전개에 거듭 밑거름이 되어 주었다. 반상의 경계를 일찌감치 내면화시켜 버린 통영지역에서는 비록 왜로들의 문화이지만 그들의 것과 알맞게 길항하면서 통영 특유의 자유로운 정신을 꽃피워낸 것이다.

3. 통영 근대시의 흐름

1) 국권회복기의 한시문학

통영의 근대문학을 이야기할라치면 그 전사로서 『柳洋八仙集』[14]을

---

13) 그러한 지역적 특성이 광복이 되자마자 주둔하고 있었던 왜로 경찰들을 지역민 스스로 무장 해제시킬 수 있는 저력을 보일 수 있었다.
   부산일보사, 『秘話 8·15 전후』, 부산일보사출판국, 19~24쪽.
14) 처음 이 책은 최정규가 이끄는 '물푸레문학동인회'에서 발굴하였다. 이들은 이 책을 동인지 『물푸레』에 소개했고, 그 뒤인 1995년 김상조가 통영문화원의 의뢰를 받아 옮긴 단행본으로 내놓았다. 구성원 개개인의 사람됨에 대해서는 찾아낼 일이 많다. '팔선정계'라는 시계의 구성원들인 강경문, 고제신, 고제경, 김종근, 고철반, 서정로, 박치한, 염상량에 이르는 여덟 사람이 그들이다. 이들은 주로 헌종·철종 시기에 활동했던 사람들이다. 1920년 그들의 후손인 오훈영이 앞서고 김백년과 이운환이 엮고, 교열한 뒤 대구에서 연활자본으로 냈다.
   김백년 엮음, 『柳洋八仙集』, 대구 선일인쇄소, 1920.
   김상조 옮김, 『國譯 柳洋八仙詩集』, 통영문화원, 1995.

들지 않을 수 없다. 이 책은 19세기 중엽 통영지역 위항문인들의 한시선집이다. 그 앞선 시기의 문헌이 보이지 않으니 통영으로서는 매우 소중한 자료다. 조선 후기 통영지역의 토착 농업자본을 중심으로 이루어진 한시문학인 셈이다. 그런 점에서 다른 소지역의 시회와 큰 차이가 없어 보인다. 비록 시풍이 나라의 안위와 국권 회복이라는 당시대의 공통된 민족 지평에서 벗어난 음풍 자리에 머물고 있을 뿐 아니라, 한시문이라는 표기법의 한계를 지니고 있음에도 통영 근대시의 자생력을 일깨워주는 의의가 크다.

1894년 갑오억변을 거쳐 1905년 을사늑약, 그리고 1910년 경술국치로 이어지는 나라의 변고와 변란은 통영 지역사회에도 많은 변화와 자각의 계기를 마련했을 것이다. 여느 지역과 마찬가지로 집안의 가계를 간추리고 족보를 마련하며 가문의 비석을 세우는 일이 잇따랐다. 명승 사적에 한시문을 새기고 유묵을 남기는 일들 또한 빈번하게 이루어졌다.[15] 이러한 역사 경험은 통영지역이 겪은 근대 전환의 급격한 변화와 그로 말미암은 갈등과 무관하지 않은 일이다.

통영지역에서도 갑오농민전쟁과 관련하여 이리저리 쫓겨 다녔을 농민군의 자취나, 그들의 국문문학적 자산이 이루어졌을 법하다. 그러나 현재로서는 찾을 수 없다. 그리고 1896년에는 왜로들에 떠밀려 '삼도수군통제영'이 닫혔다. 그로 말미암아 통영 지역민들이 겪었을 낙담과 노여움, 그리고 사회문화적 대응 또한 쉬 찾을 수가 없다.[16]

다만 한시문학의 명맥을 이었다고 전해 오는 '洛社'니 '松石圓詩社', 그리고 '稷下詩社'와 같은 시사가 있어 눈길을 끈다. 이러한 시사가 지녔던 기능은 단순히 유흥을 위한 것이었다기보다는 무너진 통제영 문화와 그 전통을 은밀하게 보존하고 지켜내기 위한 통영지

---

15) 차영한, 『통영시지(하)』, 통영시사편찬위원회, 1999, 217쪽.
16) 주9)에서 밝힌 사건과 같은 일이 작은 본보기가 됨직하다.

역 공동체의 결집이라는 형식이었을 가능성이 높은 까닭이다.

특히 제승당이나 충무공과 관련된 추념 한시짓기는 단순히 통영 지역 안에서만 걸리는 일이 아니었다. 통제영이 닫힌 뒤부터 나라 안 곳곳의 뜻 있는 이들에 미친 충격과 울분이 오래도록 발현된 결과로 여겨진다.[17] 이렇게 볼 때 국권이 사그르드는 시기에 통영 지역민들이 지녔을 위기감과 패배감, 그에 따른 문화적 대응과 외지 문인들에게 비쳐진 통영의 상징적인 지역 이미지를 나름대로 짐작해 볼 수 있다.

2) 나라잃은시기와 활발한 매체 활동

1910년 경술국치로부터 1945년 을유광복에 이르는 나라잃은시기 동안 통영지역의 근대문학은 다른 어느 지역에서도 보기 힘든 다채롭고 활기찬 모습을 보여준다. 그러한 점은 그 수에서 많은 문인의 배출, 다양한 갈래에 걸친 그들의 활동, 그리고 각별했던 동인지 발간과 같은 매체 활동, 나아가 다른 소지역 문학에 끼친 영향에서 잘 나타난다.

이 시기 통영 지역시의 매체로서 앞머리에 오르는 것은 1926년 8월에 나온 최초의 근대 시조 동인지 『참새』다. 『참새』는 이듬해 정월 4호에 이르기까지 384편이나 되는 작품을 실어 지역매체로서 맡은 바 몫을 충실히 다했다.[18] 시조가 중심이었으나, 자유시가 몇 편 끼이기도 하고, 희곡·한시까지 곁들었다. 시조동인으로 시작하여 다른

---

17) 이 무렵 이건창, 김택영과 같은 이들이 통제영이나 거북선과 관련되는 시문을 남겼고, 여러 한시문 속에서 충무공과 관련된 사적이 이어졌다.
18) 『참새』에 대한 문헌지는 아래 글에 꼼꼼하게 간추렸다.
　　임선묵, 『참새지 연구』, 단국대학교출판부, 1993.
　　송창우, 「경남지역 문예지연구」, 경남대학교 대학원, 1995.

갈래까지 넘나들고자 해, 지역 문학인들의 문학적 관심을 두루 끌어안으려 했던 『참새』의 의욕적인 분위기를 엿보게 한다.

탁상수[19]·김기택·김준호·고두동[20]·김낙제와 같은 이가 대표 동인이었다. 여자로서 추당과 흰샘이 섞여 있어 눈길을 끈다. 이들은 대개 통영 출신이거나 그들과 교분을 지니고 있었던 가까운 지역 사람이었다. 따라서 동인으로서 뚜렷한 이념을 내세우기보다는 시조에 대한 창작열을 채우는 자리로 『참새』가 활용된 듯하다. 작품 경향이 소박한 데 머문 까닭이다.

인간의 殘惡性은 아울길도 바업서라
어진 저즘생을 싸홈이란 되단말가
마주처 뿔이빠저도 히야하야 웃다니

— 탁상수, 「鬪牛」 부분[21]

---

19) 탁상수는 1896년 9월 23일 통영 항남동 67번지에서 났다. 1943년 3월 25일 오후 통영과 마산을 오가던 배의 조난으로 말미암아 마산으로 들어서는 길목이었던 구산 앞바다에서 삶을 마쳤다. 호를 늘샘으로 삼았다. 집안은 소규모 소작을 주고 있어 그리 큰 어려움을 겪지는 않았으며, 일본에 건너가 잠시 공부한 적이 있다. 1925년 11월호 『조선문단』과 1926년부터 『동아일보』에 시조를 발표하며, 작품 활동을 시작했다. 1926년부터 1927년까지 고두동과 함께 『참새』 동인을 이끌었다. 1928년에는 진주에서 나왔던 『신시단』에 작품을 싣기도 했다. 그 뒤 늘샘은 삶을 마칠 때까지 『조선일보』·『동아일보』와 같은 여러 일간지와 잡지에 소박한 자연 서정과 생활 속에서 얻은 자잘한 감흥을 옮긴 작품을 꾸준히 발표하였다.
20) 고두동은 1903년 통영시 태평동 336번지에서 태어나 1994년에 세상을 떠났다. 필명을 춘강(春岡), 호를 황산(皇山)으로 삼았다. 통영의 주산인 여황산에서 따왔다. 1924년 『동아일보』로 작품 활동을 시작했다. 1926년 『참새』 동인으로 2년간 활동했고, 1927년에는 통영에서 『토성』 동인으로 동인지를 5집까지 내었다. 1953년 우리나라 첫 시조전문잡지 『시조연구』를 창간해 한 호를 내고 그쳤다. 1919년 통영공립보통학교를 졸업하고 경성부기전수학원을 마친 뒤, 잠시 향리의 연초판매회사에 몸담으며 머물렀던 시기가 통영에서 활발하게 시조 창작 활동을 한 때였다. 그 뒤 1929년 양산전매서장을 시작으로 출향하였다. 1937년에는 의성전매서장을 맡았고 1940년부터 광복 때까지 김해와 청송 전매서장을 잇달아 거쳤다. 이른바 "專賣報國事業에 多大한 功을" 세웠던 셈이다. 이 시기 그는 조선총독부 기관지였던 매일신문에 자유시뿐 아니라, 왜국의 단가까지 일본어로 활발하게 창작·발표하였다. 1945년 광복 뒤부터는 부산에 터잡고 살면서 부산전매서장직을 거쳤다. 만년엔 지역사·대마도사에 얽힌 글을 여럿 남기는 공을 세웠다. 낸 작품집으로는 아래와 같은 것이 있다.
    시조집 『皇山時調詩』, 태화출판사, 1963.
    『歲月과 바람』, 동백출판사, 1988.
    시문선 『皇山高斗東文選』, 동백출판사, 1983.
21) 『東光』 11월호, 동광사, 1931.

어느 날 마산에 나갔다가 운동장에서 벌이는 소싸움을 보고 느낀 점을 솔직하게 담아낸 글이다. 지은이가 평소 지녔을 진솔한 생활 정감이 그대로 녹아난다. 사람들의 "殘惡"한 웃음소리를 "히야하야"라 표현한 데서 말맛이 들고, 시상이 나날살이 속으로 파고 들어섰다. 그러나 이러한 점을 제쳐두고 보면 표현성이 두드러지지 않는다. 탁상수 한 사람에만 걸리는 일이 아니다. 『참새』 동인들이 두루 지녔던 큰 흐름이다. 그럼에도 이러한 작품들이 그 무렵 통영 지역민들에게 안겨 주었을 문화적 충격은 충분히 짐작할 수 있는 일이다.

시조창의 전통이 사그러드는 속에서도 이렇듯 통영에서 근대 문자 시조로 옮겨가는 변모가 자연스럽게 이어질 수 있었던 까닭은 지역적 특수성이었을 것이다. 오랜 통제영 문화가 마련해준 우리것 지키기의 상고적 전통이 무엇보다 큰 몫을 했음직하다. 거기다 서울을 중심으로 이루어지고 있었던 제2차 시조부흥활동과 같은 흐름이 한 몫을 더했다. 그 무렵 마산창신학교에 교사로 와서 문학·어학을 비롯해 여러 과목을 맡아 박식을 떨쳤던 안자산이 지역 사회와 학생들에게 끼쳤을 직간접적인 영향도 짐작해 볼 수 있다.[22] 동인 가운데서 탁상수와 고두동은 그 뒤에도 작품 활동을 활발하게 이끌어 통영 지역 시조뿐 아니라, 우리나라 시조계에 이바지가 컸다. 『참새』로 말미암은 통영지역 근대시의 첫 풍경은 매우 화려하다. 그 뒤 경남지역문학

---

22) 서울에서 태어난 안자산은 『시조시학』과 『자각론』『조선문법』『조선무사영웅전』『조선문학사』『조선문명사』와 같은 저술로 널리 알려진 국권회복기의 대표적인 계몽지식인 가운데 한 사람이었다. 그는 스물다섯 한창 젊은이 나이였던 1911년에 마산창신학교 교사로 옮겨와 일하면서, 지역 젊은이와 지역 사회에 큰 영향을 주었다. 기미만세의거 뒤에 조선국권복단 마산지부장으로서 왜로 헌병주재소로 쳐들어가 진동의거를 이끌기도 했다. 그가 창신학교에 왔을 무렵에 「安教師熱心」이라는 표제 아래 진주 발행의 지역신문에 오른 아래와 같은 기사가 그에 대한 지역 사람들의 기대를 잘 보여준다. "私立 馬山昌信學校 教師 安廓氏는 中學校 教授 資格을 有혼 故로 基新學問이 馬山 公私立學校 教師中에서 最히 拔萃홀뿐더러 學徒의게 各項 教育을 精神的으로 教授호며 又는 新히 設立한 高等科에 教授홀 터인 故로 全昌新學校 慶南教育界에 第一 模範이 되것다고 遠近 紳士 物論이 藉藉호다더라." 『慶南日報』 1911년 4월 3일자. 영남대학교출판부간 영인본(하권). 339쪽.

사의 성격을 결정 짓는 중요한 디딤돌로서 그 몫을 예견케 한다.

『참새』에 이어 시와 시조를 아울러 실었던 『토성』이 나온 때가 1927년이다. 『토성』은 이미 1920년부터 동경유학생 문학동호인들로 이루어진 '백조'라는 친목 모임이 주축이 되어 만들어진 동인지다. 주요 동인으로는 최상규, 최한기와 최삼한기 형제, 그리고 박명국, 장춘식과 같은 이가 활동했다. 1922년 유치환, 유치진 형제가 가세하면서 이름을 '토성회'로 고쳤다. 그들이 낸 동인지『土聲』은 유인본으로 시와 수필, 소설, 평론 따위를 20~30쪽 분량으로 매번 100권 정도 묶어 냈다고 한다. 그러나 현재까지 실물이 발견되고 있지 않다.[23]

『참새』 동인과 『토성』 동인은 앞서거니 뒤서거니 하면서 1920년대 통영지역 문학을 끌어올리고 활성화하는 데 큰 몫을 다했다. 전통 교양에 밝았으며, 보수적인『참새』 동인의 시조 갈래 선택과 서울이나 나라 바깥 일본으로 나가 공부하면서 보다 자유로운 사상적 세례를 받았던 것으로 보이는『토성』 동인의 자유시 선택은 서로 대비된다. 그러나 그 구성원들은 다같이 통영지역의 부유한 중인 이상의 토착 자본가 집안 출신이었다. 이 두 동인은 서로 길항하면서 지역문학과 문화의 분위기를 이끄는 젊은들로서 기세가 대단했을 것으로 여겨진다. 그러한 기세는 1930년대에 이르러서도 사그라들 줄 몰랐다. 유치환과 유치진·탁상수·고두동과 같은 이들이 전국 규모의 신문이나 잡지의 신춘문예나 추천제에 당선, 활동해 나감으로써 통영지역을

---

23) 『土聲』 발간에 따른 앞뒤 사정은 앞서 든 차영한의 글에서 조사가 이루어졌다.
　차영한, 『統營市誌(하)』, 통영시사편찬위원회, 1999, 218~219쪽.
　오랜 뒤에 동인의 한 사람으로 활동했던 고두동은 『土聲』과 관련된 시조 한 편을 남겨, 각별한 심회를 담고자 했다. 아래에 그대로 옮겨둔다. "土聲 土聲이란 맨 땅이 바로 운다는 뜻/國運이 바뀔 때가 오면 사람이 우름을 울듯/산들이 으르릉대며 절로 운다는 그 뜻이다//土聲誌는 七명의 회원들이/신문에 운동 깃발을 달고/등쇄판으로 글자를 밀어 5호까지 펴냈던 誌名/오늘엔 그 벗네들 가고 흔적마저 없는 이 안타까움. *이 土聲誌는 1924년 봄에 朴明國, 陳斗平, 柳致眞, 韓桂生 등 동경유학생들이 중심이 되어 新文藝運動에 열중했으며 이 외에 張春植, 金判用 필자 등이 加擔했었다."
　고두동, 『歲月과 바람』, 동백출판사, 1988, 64쪽.

중요한 문학 활동의 산실로 올려세운 것이다.

1930년에 이르러 통영지역 문학은 다시 한 번 중요한 변신과 성숙을 꾀한다. 이미 통영에서 『토성』으로 문학적·지연적 우의를 다지고 있었던 동인들은 여러 변화에도 불구하고 다시 한 번 모임을 갖고 그 결과를 1930년 『소제부』라는 이름으로 일본 동경에서 내놓은 것이다. 동인 시집 『소제부』는 1930년 1집을 내고는 더 나오지 않았다. 유치환·유치상·장춘식들이 유인본으로 마련했다.[24] 젊음을 앞세운 자연 서정의 감각이 큰 흐름을 이루었다. 보다 낭만성이 두드러졌던 유치환의 초기시와 아나키스트의 면모를 지녔던 장춘식의 작품이 눈길을 끌면서 통영지역 시의 다양성을 확인하게 해준다.

이어서 동인지 『生理』가 나온 때가 1937년이었다. 이 책을 낼 때는 이미 부산과 깊은 지연을 맺고 있었던 유치환이 앞서 이끌었던 것으로 보인다. 따라서 부산지역 출신의 염주용·박영포와 같은 이들이 동인으로 참가할 수 있었다. 『생리』는 그 주요 동인을 유치환·염주용·박영포 말고도 통영의 장응두·최상규·최두춘[25]이 참가하였다. 『토성』에서부터 같이 활동했던 장춘식[26]이 동인에서 빠지게 된 것은 이 무렵 그는 이미 『소제부』 활동을 끝으로 북쪽 원산으로 삶자리를 옮기고 난 뒤였던 까닭으로 보인다.

---

24) 「지역문학발굴자료 『소제부 제1시집』, 『생리』1·2집」, 『지역문학연구』 2호, 경남지역문학회, 1998.

25) 1908년 통영에서 나서 일본 상지대학, 조도전대학에서 수학했다. 본명은 최삼한기로서 최한기의 동생이다. 동향의 청마와 꾸준히 교분을 가지면서 『신동아』, 『삼사문학』과 같은 매체를 빌려 자유로운 시작활동을 폈다. 제국주의 파시즘이 점점 조여오자 7년 남짓한 세월 동안 북방 지역을 유랑하기도 했다. 뒤늦게 청마에 이끌려 1950년 『문예』지에 추천을 받았으며, 안의중학교에서 교감을 지냈다.

26) 장춘식에 대해서는 알려진 것이 거의 없다. 대단히 준수하고 순수했을 뿐더러 인품과 학식이 높았던 이였다고 초정 김상옥은 기억하고 있다. 김상옥에게 많은 배움을 준 이였다. 통영을 거쳐 서울에 머물다 1935년, 1936년 무렵 원산에 있었다는 벗을 찾아 삶자리를 옮겼다고 한다. 통영에서 몸을 피한 일로 여겨진다. 서정주가 사모했던 한 여인이 서정주는 본 체 만 체 하고 장춘식을 따라다니다 마침내는 그의 사랑을 얻었다는 문단 일화가 전해올 뿐이다.

華麗한 街路에서

그는 只今 모든 것을 虐待를 밧고

멧 번이나 불끈 쥐여든 주먹을

니를 다무는 〈음?〉소리에 그저 둔지 몰은다

兄弟들이여!

兩便에 쭉 달아선 層 놉흔 집들이

누구의 위터러운 生命을 걸고 된 것인가

저 콩쿠리트의 鋪道!

그 놈들은 소리업는 自動車 속에 파무처 안저서

궁뎅이가 털거거린다고 不平을 지기는

저 길은 그는 兄弟여

우리가 밤이 점우도록

왼몸이 솜갓치 풀어질 ㅅ대까지 모—타를

틀어서 다진 것이 아닌가

— 장춘식,「華麗한 街路」부분[27]

다른 동인들의 풍모와 다르다. 기껏 "自動車 속에 파무처 안저서/
궁뎅이가 털거거린다고 不平을 지기는" 가진 이와 못 가진 이의 대비
가 뚜렷하다. 그리고 "밤이 점우도록/왼몸이 솜갓치 풀어"지도록 일
만하는 못 가진 이들에 대한 깨달음이 사뭇 맵다. 그들과 "우리" "형
제"라는 말로 묶여진 동질 감각과 발언의 직접성은 임화류의 헛된 탄
식과는 달리 오히려 권환의 초기 계급시에 맞닿아 있다. 현실감각이
두드러져 그 무렵 통영 지역시단으로서도 이채를 띤다. 그리고 장춘

---

27) 『소제부 제1시집』,『지역문학연구』2집 발굴자료. 경남지역문학회, 1998, 194쪽.
　　이에 대한 해설은 같은 책에서 마련해 둔 아래 글에 도움 받기 바란다.
　　박철석,「청마가 이끈 두개의 동인지—『소제부』제1시집과『생리지』의 모습」

식과 같은 동인이었던 장하보와 최두춘 또한 유치환의 뒤를 따라 이미 문단에 나서 시작 활동을 거듭하던 때였다.『생리』는 경상도뿐 아니라, 전국적인 눈길을 끌었을 것으로 짐작된다.

『참새』·『土聲』·『掃除夫』·『生理』로 이어지는 이러한 매체 발간은 다른 어느 곳보다 왕성했던 통영의 지역시단 활동을 엿볼 수 있는 주요 자료다. 나아가 한국 지역문학사에서도 뺄 수 없다. 그리고 낱낱의 매체 안에서는 노선의 차이로 말미암은 문학적 긴장이 엿보이기도 한다. 그런 긴장이 상승작용을 일으켜 통영지역 문단을 더욱 활성화시키고 여러 길로 분화시켰을 것이다. 이 시기 통영 지역시가 다른 곳과 달리 유다르게 드러내고 있는 역동성을 잘 볼 수 있는 부분이다.

시조에 있어서 통영의 전통을 일신하는 활동기가 또한 1930년대였다.『참새』의 맥을 잇던 탁상수·장응두[28]의 활동과 바로 뒷세대인 김상옥[29]의 등단이 좋은 보기가 된다. 여기에다 거제 출신인 이석봉이 동시를 중심으로 진주의 『신시단』과 서울의 『별나라』에 투고하기도 하면서 통영 지역시단을 다양하게 이끄는 데 한몫을 했다.

1930년대 들어 많은 외부 문인들이 통영을 찾게 되어, 통영지역이 문학사적으로 중요한 장소시의 배경이 되기도 했던 점도 기억할 필요가 있다. 그것은 통영지역이 지니고 있었던 아름다운 풍광뿐 아니라, 여러 언론사들에 의해 이루어졌던 국토순례의 기획 기사 또는 부산에서 여수에 이르는 뱃길의 중요한 중간항으로서 통영이 지니고

---

28) 1913년 통영시 태평동에서 태어나 1970년 부산에서 영면했다. 본명은 응두. 통제영의 마지막 주치의였던 아버지 밑에서 스무 살까지 일을 거들며 동의학에 종사하기도 했다. 3대에 걸친 명의로 소문이 자자했다. 1936년『동아일보』통영지국 운영. 같은 신문의 신춘문예에 당선하였다. 1937년『생리』·『삼사문학』·『맥』동인으로 활약했다. 1940년『문장』추천을 거쳤으며, 좌익인사들과도 교분이 깊었던 장하보는 민족주의자로서 몇 번의 투옥을 당하기도 했다. 1965년 부산문인협회 부지부장을 맡은 것이 유일한 공직이었다. 낸 책으로는 유고집 한 권이 있을 따름이다.
장하보유작시조집,『寒夜譜』, 한국문인협회 부산지부, 1972.

있었던 지역성이 작용했던 것으로 보인다.

따라서 안자산·정인보·이병기·권덕규·조종현과 같은 이들이 통영과 한산도를 글감으로 삼은 시조 작품을 남겨 통영 지역문학사의 부피를 더하게 했다. 통영 출신인 신현중과 함께 조선일보사에서 일하고 있었던 백석이 여러 차례나 통영을 오가면서 통영시 세 편을 우리 시문학사에 올려놓아[30] 통영의 장소 이미지를 한껏 아름답게 끌어올렸던 일도 눈길을 끈다.

3) 광복기와 통영시단의 변화

광복을 맞이하자 통영에서도 많은 변화가 잇따랐다. 특히 통영은 왜로들이 물러가기 앞서 시민들 스스로 왜로 경찰을 무장 해제시킬 정도[31]로 조직적으로 반왜 감정을 표출하기도 했던 도시다. 따라서 통영문화협회[32]가 만들어져 지역 시민교육과 문화 활동을 벌이기 시

---

29) 1920년 통영 항남동에서 나서 향리에서『참새』동인인 이찬근,『생리』동인인 장춘식의 지도와 총애를 받으며 자랐다. 1936년 함안 출신의 조연현과 함께『아』동인, 김해 출신 김대봉의 권유로『맥』동인으로 활동했다. 1938년『문장』추천,『동아일보』신춘문예에 당선하면서 문단에 나섰다. 경남, 부산의 여러 학교에서 교사로 일하기도 했다. 1962년부터 서울로 올라가 골동품 가게를 운영했다. 그 사이에 냈던 책들을 들면 아래와 같다.
　　시조집『초적(草笛)』, 수향서헌, 1947.
　　『삼행시』, 아자방, 1973.
　　시집『이단의 시』, 성문사, 1949.
　　『고원의 곡』, 성문사, 1949.
　　『의상』, 현대사, 1953.
　　『목석의 노래』, 청우출판사, 1956.
　　『묵을 갈다가』, 창작과비평사, 1980.
　　『향기 남은 가을에』, 상서각, 1988.
　　『느티나무의 말』, 상서각, 1999.
　　동시집『석류꽃』, 현대사, 1952.
　　시선집『꽃 속에 묻힌 집』, 청우출판사, 1958.
　　산문집『시와 도자』, 아자방, 1976.
30) 백석이 통영을 오가게 된 일의 배경과 그로 말미암은 것으로 보이는 백석의 통영시에 대한 실상은 아래 글에서 죄 다루었다.
　　박태일,「백석과 신현중, 그리고 경남문학」,『지역문학연구』4집, 경남지역문학회, 1999.
31) 이 일의 경과에 대해서는 아래 책에 간략한 소개가 있다.
　　『秘話 8.15 전후』, 부산일보사, 1995, 19~24쪽.

작했던 것은 앞선 교육열과 이미 전국적인 문화 활동에 종사했던 통영지역 문화인들로 보면 당연한 일이었다. 게다가 당장 지역민에 대한 한글 강습이라는 현안을 해결하기 위해서도 필요했던 문화인의 자연스런 결집이었던 셈이다.

중국 동북성에서 몸을 숙이고 머물다 돌아온 유치환을 주축으로 김용익·박재성·윤이상·옥치정·김춘수·전혁림과 같은 우익계 사람들은 적산가옥을 빌려 한글 강습과 연극 공연을 비롯한 다양한 문화 행사를 벌여나갔다. 활동 범위를 멀리 마산·부산으로까지 넓히기도 했고, 이 무렵 이영도가 통영에 내려와 머물며 화제를 뿌리기도 했다. 『생리』 후신으로 동인지가 3집까지 발간되었다는 기록[33]도 있으나 확인되지 않는다.

그리고 출향문인으로 짐작되는 탁창덕[34]이 부산에서 『衆聲』을 엮어내면서 지역 우익계 문학에 뒷받침을 해주었던 일도 기억될 만하다. 광복기를 거치면서 우익 문학인들이 힘을 얻어 지역의 문화 분위기를 이끌어 나갔던 것은 통영지역만의 경험은 아니었다. 이 무렵 김춘수가 활발하게 작품 활동을 시작했다. 처가가 있는 마산에서 교사 생활을 하면서 진주의 『등불』, 마산의 『浪漫派』 동인으로 들어가 모색기의 작품을 여러 곳에 발표한 것이다.

---

32) 기록에 따르면 통영문화협회는 1945년 9월 15일 창립했다. 대표는 유치환, 간사로는 윤이상·전혁림·정명윤·김춘수 네 사람이 맡고 있었다. 1946년 현재 행사로서는 한글강습회 5일, 정서교육강습회를 1주일 동안 초등교원을 대상으로, 시민상식강좌를 2회, 농촌계몽대를 파견하고, 연극공연을 3회 마련한 것으로 적고 있다.
김용호 엮음, 『1947년판 藝術年鑑』, 예술신문사, 1947, 164쪽.
33) 김상옥, 「문화운동 ― 충무·삼천포 지방」, 『경상남도(중)』, 경상남도지편찬위원회, 1963.
34) 탁창덕은 호를 소성(蘇星)이라 썼다. 1932년 1월 『동광』 29호에 '제1회 중등학생 작품 지상대회'에 입상하여 시 「가을의 새벽」을 발표하면서 첫 얼굴을 내보였다. 광복 뒤인 1946년 8월 '조선청년문학가협회 경남본부' 대표로서 을유출판사를 꾸렸다. 『해방일주년기념시집 날개』와 종합지인 『중성』 1호를 거기서 냈다. 마산에서 조향이 이끌었던 『낭만파』의 동인으로 시를 발표하기도 했다. 작품 수준은 습작기를 벗어나지 못해 볼 바가 적다.

柚子의 숨결은
날이 갈수록 향기로운데

날이 갈수록 가시가
칼날인양 푸르러

가시 가지에 柚子가 달렸던가
가시 가지가 柚子에 달렸던가 하고

이 한나무를 싸고도는 잠자리의 모습이
날이 갈수록 날이 갈수록 발갛게 타다.

　　　　　　　　　　　　　　　　─김춘수, 「잠자리와 柚子」[35]

　습작기 김춘수의 성격을 고스란히 볼 수 있는 작품이다. 두 차례에
걸친 그의 전집 어느 곳에서도 싣지 않은 미공개 작품이다.[36] "유자"
라는 색다른 대상과 그 둘레를 날고 있는 "잠자리"가 마련해주는 동
어반복적 정황은 사물의 물성에 대한 관심을 내성을 빌려 드러내고
자 했던 초기 서정적 체험시의 전형적인 모습이다. 그리고 시 꼴에서
드러나는 바와 같이 두 줄 한 마디로 이어진 단정한 모습은 어중간한
형식 실험에 사뭇 빠졌들었던 습작기다운 모습이다. 이미 청마라는
우뚝한 시인을 지역의 앞선 영향으로 밀쳐나가며 겪었을 통영지역
부호의 자제다운 사회심리적 결백증이 시 속에 묻어난다. 김춘수 시

---

35) 『낭만파』 3호, 낭만파사, 1947, 49쪽.
36) 한정호가 발굴하여 학계에 알렸다. 초기시의 모습은 1950년대 중반까지 "한국의 릴케"라는
　　평을 듣기도 하면서 이어졌다.
　　한정호, 「꽃없는 낭만의 계절」, 『지역문학연구』 5집, 경남지역문학회, 1999.
　　『1957년 문화연감』, 마산문화협의회, 1957, 131쪽.

가 그 뒤에 오래도록 밟아간 궤적을 앞당겨 짐작해볼 수 있는 본보기가 되는 셈이다.

　김상옥의 활동 또한 광복기 통영 시문학에서 특기할 만한 일이다. 김상옥은 이 무렵 나라잃은시기에 써두었던 작품을 비롯하여 왕성한 활동을 벌여 시집과 시조집을 세 권이나 내어 광복기 한국시사에 뚜렷한 자국을 남겼다. 시조집『草笛』, 시집『異端의 詩』,『故園의 曲』이 그것이다.

　　눈을 가만 감으면 구비 잦은 풀밭길이
　　개울물 돌돌돌 길섶으로 흘러가고
　　白楊숲 사립을 가린 초집들도 보이구요

　　송아지 몰고 오며 바라보던 진달래도
　　저녁 노을처럼 山을 둘러 퍼질 것을
　　어마씨 그리운 솜씨에 향그러운 꽃지짐!

　　어질고 고운 그들 멧남새도 깨어오리
　　집집 끼니마다 봄을 씹고 사는 마을
　　감았던 그 눈을 뜨면 마음 도로 애젓하오.

　　　　　　　　　　　　　　　　　　　— 김상옥,『사향』[37]

　『草笛』맨 앞자리에 올린 작품이다. 초정 초기 시조의 특징이 잘 나타난다. 예사로운 우리말을 감칠나게 부려쓰는 힘, 부드러운 사향의 정서를 부풀림 없이 묶어내는 솜씨는 이은상의 화려한 수사나 조운

---

37)『초적(草笛)』, 수향서원, 1947. 40쪽.

의 간결한 말씨와는 또 다른 아름다움을 담뿍 품어내고 있다. 공소한 정치적 긴장이 한껏 품어져 나오거나, 아니면 경험 결핍의 자연 서정으로 밀려나갔던 광복공간의 언어 감각으로 볼 때 순연하고도 풋풋하게 생활 감각을 담아내는 초정의 솜씨는 장응두와 함께 장차 우리 시조의 한 경지를 열어나갈 싹을 벌써부터 보여준 경우다.

4) 경인전쟁기와 1950년대의 통영시

경인전쟁이 일어나자 통영지역도 여러 가지 사건과 변동에 휩싸인다. 그 가운데서 국민보도연맹으로 말미암아 통영지역 좌익 인사들의 실종과 일본으로 밀입국을 위한 출항지로서 겪었을 고난, 피란문단의 형성 그리고 피란민수용소에 따른 외지인 이입의 경험들이 새로운 것으로 여겨진다.[38]

1950년 전쟁 발발과 함께 지난날 좌익활동에 관여했다 전향하여 1949년부터 국민보도연맹에 들어 있었던 통영지역 전향 좌익인물도 많은 피살과 피해를 입었을 것이다. 정확한 사태는 지역 안에서도 드러나 있지 않지만, 여러 백 명에 멈추지 않을 것이라는 짐작도 있다. 그리고 그 뒤 전쟁기 동안 국군과 인민군이 지역에 대한 점령과 패퇴를 거듭하는 동안 알게 모르게 많은 양민과 좌우익 인사가 말할 수 없는 고충을 겪었을 것이다.[39]

대구·부산·마산·진해와 같은 지역으로 피란을 내려왔던 문인들이 통영에 들르거나 머물러 통영문인과 교유하면서 지역문학에 일정

---

38) 구체적인 이입과 이동 사항은 나와 있지 않다. 그런 속에서 휴전과 더불어 준비를 시작한 것으로 여겨지는 『大韓軍港誌』를 살펴보면 1953년 12월 현재 통영읍에 일반피란민 1572명과 한산면, 용남면을 중심으로 흩어져 있었던 1800여 명들을 모두어 통영군 안에 모두 3395명이 남아 있는 것으로 잡혀 있다.
대한군항지편찬회 엮음, 『大韓軍港誌』, 1954, 435~463쪽.
39) 통영시사찬위원회 엮음, 「통사」, 『통영시지(상)』, 1999, 455쪽.

한 영향을 주었던 일도 중요한 경험이다. 이은상이 신현중의 도움을 받으며 통영으로 잠시 피란을 내려와 머물렀던 것도 이때였다. 황순원도 대구·부산 피란길에 이곳 통영에 들렀다. 그때 들었던 '해평 열녀 설화'를 모티프로 단편 「잃어버린 사람들」을 남기기도 했다. 그러나 피란문단의 영향은 욕지 출신으로 당시 국립극장 연출부장으로 일했던 허남실이 향리에 머물면서 지역연극에 끼친 바와 같은 두드러진 영향을 준 것 같지는 않다.

이미 광복기 통영지역의 활발한 문학 풍토를 보며 자랐던 청년 세대들이 이 시기에 들어서서는 주역으로서 문학활동을 펼쳐 나가기 시작했다. 그에 따라 1950년 1월 『문예』지에 평론 추천을 거친 김성욱과 같은 시평론가가 나오게 된다. 최천[40]은 뒤늦게 신춘문예 시조 부문에 당선되어 문단에 나서면서 지역문단을 활성화하는 데 이바지했다. 이 무렵 통영에 머물고 있었던 시인 진장기도 시집[41]을 내 이채를 띄었다. 이런 일련의 움직임에는 알게 모르게 초정 김상옥의 영향력이 컸다.

1950년대 통영지역에서 전문 문학매체의 발간은 보이지 않는다. 다만 통영의 각급 고등학교 학생들로 짜여진 심해선 동인이 습작 동인시집 『심해선』을 내어 바야흐로 통영문학의 이름을 잇고자 한 때가 1956년이었다.[42] 출향문인인 유병근[43]은 『신작품』을 빌려 부산에서

---

40) 1900년에 통영 정량동에서 나서 1967년에 유명을 달리했다. 본명은 석제. 기미만세의거 때 투옥당했다. 중국 마도강 쪽으로 떠돌며 광복 항쟁에 몸담았다. 『동아일보』 통영지국장, 신간회 대의원을 맡기도 했다. 광복 뒤 경찰에 몸담아 인천, 경남, 제주도의 경찰국장을 역임했다. 1954년부터 몇 차례 통영 민의원에 당선되었다. 1954년부터 시조 작품을 발표하기 시작한 늦깎이 문인인 셈이다.
41) 『불사조』, 중앙납세상담소출판부, 1959.
42) 『심해선』, 충무시중등교육회문화부, 1956.
　여기에 글을 싣고 있는 동인은 모두 여섯 사람이다. 최형조(수산고), 이금갑(통영상고), 조성현(통영고), 박재두(수산고), 설치류(통영상고), 한욱성(통영고)이 그들이다. 서문과 표지 글을 초정 김상옥이 맡았고 동인들의 후기에서도 초정에 대한 각별한 고마움을 내비치고 있다.

부터 그의 오랜 활동을 시작하였다. 그리고 광복기 통영을 벗어나 부산에 머물고 있었던 장하보가 작품 발표를 다시 하기 시작했다.

지나간 자췰랑은 돌아라도 보지 말자
한바탕 웃음으로 사연이야 없을쏘냐
이마에 서늘한 바람도 웃고 지나가거라.

— 장하보, 「歲月·2」[44]

대표작이라 할 수는 없지만 장하보가 걸어온 삶의 신산을 잘 엿볼 수 있는 솔직한 고백시여서 눈길을 끈다. 3대 명의 집안의 한 사람으로서 시대의 급변과 역사의 토악질 속에서 자신의 심지를 오롯하게 지키며 버텨내기란 쉽지 않았을 것이다. 그러한 심회가 단아한 말씨 속에 골고루 스몄다.

고두동 또한 부산에 머물며 시작 활동을 다시 하는 한 쪽으로 우리 나라 최초의 시조전문지인 『時調研究』[45]를 발간하여 오랜 시조 사랑을 내보였다. 그리고 이 시기에 이통제사와 관련된 작품이 여럿 씌어

---

43) 유병근은 1932년 통영 광도에서 나서 부산에서 살고 있다. 1954년 『신작품』으로 문단에 나섰다. 그 사이에 낸 책은 아래와 같다.
　　시집 『연안집』, 연문출판사, 1978.
　　『유작전』, 세화기획, 1983.
　　『서신(西神)캠프』, 시로, 1986.
　　『지난 겨울』, 시로, 1988.
　　『사일구유사』, 시로, 1990.
　　『설사당꽃이 떠나고 있다』, 전망, 1993.
　　『금정산』, 한국문연, 1995.
　　수필집 『협주곡』, 친학사(공저), 1980.
　　『허명놀이』, 1981.
　　『목제수필』, 시로, 1990.
　　『춤과 피리』, 수필과비평사, 1996.
44) 장하보유작시조집, 『寒夜譜』, 한국문인협회 부산지부, 1972, 13쪽.
45) 1953년 1월 첫 호이자 마지막 호가 나왔다. 58쪽 남짓되는 작은 책이지만, 의욕적인 발간이었던 셈이다. 필자 가운데는 근포 조순규와 같은 지역 시조시인의 작품과 뒷날 시인으로 활동한 오경웅, 김규태의 학생 시절 작품도 실려 있어 눈길을 끈다.

진 일도 기억할 만하다. 장시 형태를 지닌 설의식의 1952년 작품「백의종군」과 같은 해 나온 김용호의『남해찬가』가 대표적인 것이다. 그들의 작품을 빌려 국난의 시기를 맞이하여 통영과 한산섬이 지니고 있는 뜻이 새롭게 떠올랐다. 이러한 의욕적인 장시의 발간은 통영에서 1952년에 시작하여 1953년에 이루어진 충무공동상 건립 기념행사[46]와 맞물리면서 통영지역의 지역 이미지를 강화하는데, 한몫을 더했다.

5) 1960년대와 통영 지역시의 성숙

1960년대와 1970년대를 거치면서 통영지역 시문학은 성숙기로 들어선다. 출향시인들이 곳곳에서 중요한 업적을 쌓아나가고 있었던 한 쪽으로 젊은 재향문인들이 잇따라 문단에 얼굴을 내밀며 통영 지역시의 밑뿌리를 든든하게 다지기 시작했다. 물론 이 가운데에는 1965년 박재두의 신춘문예 시조부문 당선과 주정애[47]의 활동, 이금갑[48]의 등단과 같은 일이 기록될 만하다. 특히 박재두[49]는 김상옥을 뒤이어 뛰어난 미학적 완성도를 보여줌으로써 통영 시조의 세대 교체가 성공적으로 이루어지고 있음을 잘 보여주었다.

---

46) 1952년에 시작해서 1953년에 끝낸 이 일을 기념하여 통영시 최초로 화보첩을 만들기도 했다. 그 안에 1950년대 통영지역 문화지리적 사항을 간추려 놓았다.
『李忠武公軍史蹟中心 統營郡鄕土寫眞帖』, 六週甲忠武公記念事業統營郡準備委員會, 1953.
47) 1931년 진해에서 나서 통영에서 자랐다. 극작가 주평의 여동생이다. 1963년『현대문학』에 시가 추천되어 문단에 나서,『여류시』동인으로 활동했다. 천식의 악화로 일찍 세상을 떠났다. 그녀 시에서도 병고를 겪는 이의 아픈 심회가 잘 드러난다. 시집 한 권을 남겼다.
『歲月』, 유림문화사, 1975.
48) 1937년 통영에서 나서, 1960년『국제신보』신춘문예 입선, 1974년『시조문학』추천을 거쳤다.
49) 1936년 통영 사량에서 났다. 1965년『동아일보』신춘문예에 시조가 당선되어 문단에 나섰다. 경남지역에서 오래도록 교직에 몸을 담으면서, 시조동인지『율』을 조직하여 지역 시조시단을 이끈 공이 크다. 시조집 한 권을 내었다.
『流雲蓮花文』, 금강출판사, 1975.

목을 뽑아 내둘러도 희멀건 하늘만 벋어

찍어라. 피도 안비칠 마른 살갗 위에

한 방울 봄비가 듣네, 아파라, 봄도 아파라.

회초리를 쳐라. 후리처 진눈깨비

어쩐 일이냐, 참말 이 어쩐 일이냐

피빛 볏 꼭지에 달고, 내다보는 저 눈망울 —.

— 박재두, 『매화, 아파라』[50]

풋보리도, 봇도랑의 아지랭이도 타는 한나절

에미는 에미대로, 애비는 애비대로

눈자위 다 둘러꺼진 아이 혼자 쓸어져 눕고.

— 박재두, 『보리누름에』 부분[51]

　평시조 가락에 얹기 힘든 고양된 서정을 급박한 가락 속에 뭉뚱그려 담아내는 솜씨가 뛰어나다. 앞선 시가 예각적으로 다듬어낸 미학적인 눈길을 보여준다면, 뒤선 시는 우리 근대의 고통스런 경험이었던 보릿고개를 "눈자위 다 둘러꺼진 아이"로 한껏 응축시키고 있다. 박재두의 감수성이 대단한 폭을 마련하고 있음을 잘 보여준 경우다. 통영시조의 전통은 박재두에 와서 한 단계 더 올라섰다.

　1972년 부산에 머물고 있었던 청마의 급서는 통영 지역시의에 커다란 손실이었다. 알게 모르게 그의 영향을 받아들인 이들이 한 둘 아니었다. 청마는 걸림 없는 됨됨이에 걸맞게 동향 인사나, 지역 시인의 문단 활동을 이끄는 일에도 힘을 들였다. 경남 지역문학사에서

---

50) 『유운연화문』, 금강출판사, 1975, 83쪽.
51) 앞서 든 책, 61쪽.

향파 이주홍과 더불어 긍정적 모방을 부추긴 중요한 대상이었던 그다.

그러나 통영 지역시의 자생력은 1972년 통영을 지연으로 가진 이들에 의해 만들어진 『수향수필』[52] 동인이나 최정규[53]를 중심으로 1976년에 만들어진 '통영독서회'[54]와 같은 단체 활동에서 잘 엿볼 수 있다. 재향문인 서우승과 차영한 또한 시조와 시에서 문단에 선을 뵈면서 1970년대 통영시단의 부피를 늘였다.

출향문인으로서는 김은자[55]의 등단과 그 뒤 활동이 두드러졌다. 전일회는[56] 『월간문학』지를 빌려 등단했다. 차한수는 1976년 『현대시학』의 추천으로 등단하여 통영문학의 저력을 단단하게 다졌다. 가까이 부산에 연고를 두고 있었던 출향문인들이 이채를 띠었던 셈이다. 그리고 충무공 탄신 425주년을 기리기 위해 한국시조작가협회에서는 기념 시조집을 내어 통영지역의 문학적 자산을 더한다.[57] 이와 함께 출향문인들의 통영 사향시가 발표되기 시작해 통영의 시적 형상화는 사뭇 풍부해지기 시작했다.

---

52) 『수향수필』은 그 무렵 통영 예총지부장이었던 허창언과 소설가 주남극, 그리고 강수성을 동인으로 삼아 1974년 4월 창간호를 내었다. 필진은 통영의 출향인사에까지 걸쳤다.
53) 1951년에 났다. 물푸레동인을 이끌면서 지역문화 활동에 남다른 힘을 쏟았다. 1987년부터 작품 발표를 시작해, 시집 두 권을 내었다.
『터놓고 만나는 날』, 시인사, 1989.
『통영바다』, 실천문학사, 1997.
54) 1978년 『물푸레』 1집이 나왔다. 1993년까지 11집을 내는 노력을 아끼지 않았다. 시낭송회, 독후감발표회, 문학강좌와 같은 여러 자생적인 지역 문화활동을 펼친 일은 지역문화 활동의 좋은 본보기가 된다.
55) 1948년 통영에서 나서 부산여고를 졸업했다. 1973년 『서울신문』 신춘문예 시부문에 「초설」로 시단에 나선 뒤 두 권의 시집을 냈다. 1981년에는 『동아일보』 신춘문예에 문학평론이 당선되기도 했다.
시집 『상심하는 나의 별에게』, 심상사, 1981.
『떠도는 숨결』, 나남, 1987.
문학평론집 『현대시의 공간과 구조』, 문학과비평사, 1988.
56) 1951년에 났다. 부산에서 『법씨』 동인으로 활동했다.
시조집 『생선장수 전시의 미소』, 해광, 1992.
57) 박정희행정부의 '충무공현양사업'과 맞물려 나온 충무공화담시조집 『한산섬』과 『거북선』이 그것이다. 이 두 권의 시조집에는 나라 안 지명도 높은 시인이 거의 동원되고 있다.

1960년대와 1970년대를 거치면서 통영지역은 지역 안밖에서 중요한 문학적 이바지를 했다. 이러한 일은 김상옥·김춘수·고두동의 꾸준한 활동뿐 아니라, 바깥에 있었던 그들의 지역문인들에 대한 배려와 이끎이 크게 작용했던 결과였다. 각별히 김상옥의 노력이 돋보이는 대목이기도 하다.

6) 1980년대와 통영 지역시의 현재

1980년대 통영 지역시는 양적인 확대를 거듭했다. 그와 함께 조직 활동도 잦아졌다. 1980년 벽두에 만들어진 통영문인협회가 한 본보기다. 이 무렵 경남 지역문단은 부산에서 떨어져 나와 독자적으로 행정 단위를 이루고 있었던 경상도의 도청 소재지, 곧 창원과 마산의 문인 중심으로 그것도 우파 문학 중심으로 재편되고 있었다. 한국문인협회의 하부 소속인 경남문인협회의 또 다른 하부조직으로 통영문인협회가 만들어짐으로써, 통영지역 문학의 독자성과 개별성은 상당 부분 협소화하고 훼손된 점이 있다.

통영문인의 활동이 가까운 마산문학에 영향을 주고, 오히려 이끌었던 앞선 시기의 분위기가 뒤바뀌어지게 된 셈이다. 따라서 통영지역 안쪽에서도 미묘한 노선 갈등이 드러나기 시작했다. 1930년대에 얼핏 엿보이던 긴장이 지역시단의 활성화에 다시 한 번 이바지한 것이다. 그와 아울러 출향문인과 지연적 유대가 느슨해지고, 전문시단이 뚜렷하게 생활시단 쪽으로 옮겨가는 위상 이동을 겪게 된 것 또한 사실이다.

그러나 이와 다른 한 쪽에서는 지역 문학 활동이 자치행정부 문화행정의 한 영역으로 올랐다. 넓게 지역민의 문학 욕구를 받아들이고, 다양한 문화 향유의 기회를 제공해 줌으로써, 긍정적 면모 또한 아울

러 지니게 되었다. 따라서 통영문인협회가 1981년 『충무문학』[58] 1집
을 펴내게 된 의의는 그대로 인정해줄 만하다. 매체 활동을 거듭함으
로써, 통영지역 문학의 생산과 재생산에 주요 장소로서 그 몫을 다해
오고 있는 셈이다.

이 시기 눈여겨볼 일은 시인의 양적 증대 현상이다. 1986년 김보한[59]
의 등단은 통영 시조의 연속성을 일깨웠다. 게다가 1987년 김혜숙[60]
의 등단, 지역 문화 활동을 이끌고 최정규의 꾸준한 향토 사랑 넘치
는 장소시 창작, 1992년 유귀자[61]를 비롯해 최유지, 서대승, 양미경
과 여러 사람의 등단은 통영 재향시인들의 다양한 뒷심을 아낌없이
보여준 경우다. 거기에다 일찍이 손광세, 최진기, 문영과 같은 이들
이 통영에 머물면서 한몫을 더했다.

그리고 출향문인으로서 부산의 정영자[62]의 활동이 활발했다. 서울
의 이향지[63]는 1989년 『월간문학』 시문학 추천으로 문단에 나섰다.
우리 문화 속의 주요한 여성 인물이나 여성시가의 패러디를 빌려 독
특한 전통 재구성에 이르고 있는 신예 조예린[64]의 활동, 정대영[65]의
활동이 돋보인다. 그리고 외부문인으로서, 거제 출신 박철석의 통영
시와 출향문인 박경리가 『토지』 발간 기념으로 시집 『자유』[66]를 내어
통영의 시문학 자산에 한 짐을 더 얹었다. 아래 시에서 보는 바 고향
그리움의 전형을 보는 듯한 과장이 결코 억지스럽지 않은 것은 체험
의 구체성이 뒷받침되고 있는 까닭이다.

---

58) 『충무문학』은 1981년 1집을 시작으로 1999년 현재까지 한 해 한 권씩 내고 있다. 현재 회원
수는 30명 남짓되며, 시로부터 발간비를 지원받고 있다.
59) 1986년 『경향신문』 신춘문예에 시조 당선으로 시단에 나섰다.
60) 1987년 『현대문학』으로 등단했다.
시집 『너는 가을이 되어』, 도서출판 경남, 1989.
61) 1959년에 나서, 『물푸레』 동인으로 활동했으며, 『자유문학』 신인상 당선으로 시단에 나섰다.
시집 『사랑이 깊으면 외로움도 깊다』, 청산, 1994.
『길없는 길 위에서』, 시문학사, 1981.
『바보당신』, 시와시학사, 1996.

서울 잠실에 가면

진짜배기 통영이 있다

밤 깊은 충무항 한 폭

바람벽에 걸어 두고

통영이 없으면

물 한 모금 목구멍에 넘기지 못하는

토박이 통영이 있다

통영이 궁금할 땐

서울 잠실로 전화를 건다

---

62) 정영자는 1941년 경남 창원에서 나서 이내 통영으로 옮겨와 통영에서 자랐다. 1980년 『현대
문학』 평론 추천으로 문단에 나선 뒤, 비평과 시작 활동을 함께 벌였다. 그 사이 낸 책은 아
래와 같다.
　시집 『너를 부르고 만남에』, 글방, 1987.
　『물방울로 흐르는 그대』, 지평, 1989.
　『좋아한다고 너를 보던 날』, 우리문학사, 1991.
　『삼박한 바람 한 줄』, 빛남, 1992.
　『내게로 와 출렁이는 바다』, 빛남, 1993.
　『가지지는 못하지만 추억할 수 있는 사람』, 전망, 1994.
　평론집 『한국문학의 원형적 탐색』, 문학예술사, 1982.
　『현대문학의 모성적 탐색』, 제일문화사, 1986.
　『한국현대여성문학론』, 지평, 1989.
　『부산시인연구(1)』, 빛남, 1991.
　『인간성 회복의 문학』, 지평, 1992.
　『한국여성시인연구』, 평민사, 1996.
　『부산시인연구(2)』, 해오름, 1998.
　『한국 페미니즘 문학 연구』, 좋은날, 1999.
　수필집 『황금비례』, 새로출판사, 1982.
　『사랑―그 영원한 가을, 지평,1990.
　『충분히 사른 삶』, 빛남, 1993.
　『21세기와 여성발전』, 제일문화사, 1996.
63) 1942년에 나서, 1989년 『월간문학』으로 시단에 나섰다. 그 사이 시집 두 권을 내었다.
　『괄호 속의 귀뚜라미』, 현대세계, 1992.
　『구절리 바람소리』, 세계사, 1995.
64) 1968년에 나서, 1992년 『시와시학』 신인상에 당선하였다.
65) 1948년 하동에서 태어나 통영에서 자랐다. 1978년 『현대시학』, 1994년 『심상』의 추천을 거
쳤다. 시집 두 권을 냈다.
　『황색 일기장』, 빛남, 1995.
　『목탄지』, 전망, 1999.
66) 『자유』, 솔출판사, 1994.

자다가도 벌떡 일어서는 통영

그게 어찌 잠실뿐이랴

에스파냐에도 칠레에도

뉴욕의 소호에도

여의도 어느 사무실 구석에서도

똑같은 통영이 있어

세병관 깨어진 기왓장을 주우며

백두들이 모여서

가갸거겨 글공부를 한다.

― 정대영, 「동기들」[67]

이제까지 살핀 바와 같이 통영지역의 근대 시문학은 그 유래의 오램과 이룬 바 뛰어남으로 말미암아 우리나라 소지역 문학 가운데서는 드물고도 특이한 경우를 보여준다. 일찍이 통제영 문화에서부터 비롯하여 나라 힘이 쇠잔해 간 근대 초기와 마침내 나라를 잃어버리고 왜로들의 질곡 속에서 저들의 어업 수탈, 인력 수탈의 장소로서 오래 어두운 시기를 거쳐온 곳이 통영이다. 통영 지역 시문학은 그러한 사회 변동에 걸맞게 다양한 양상과 뚜렷한 성과를 보여온 셈이다. 통영지역 근대시가 우리시사에 끼친 바 영향은 다채롭고 심도 있는 것이었던 셈이다.

---

67) 『목탄지』, 전망, 1999. 49쪽.

4. 통영 지역시의 성격과 전망

이 장에서는 통영 근대시의 지역적 개별성을 공시적으로 살펴보고자 한다. 그 점을 빌려 통영시의 전통과 잠재력을 확인할 뿐 아니라, 통영 지역시의 미래 전망을 얻을 수도 있을 것이다.

1) 통제영 문화와 이순신 담론

통영지역 근대시의 됨됨이를 두루 살피기 위해서 먼저 짚어두어야 할 주요하고도 전통적인 지역가치는 삼도수군통제사가 300년에 가깝게 설치되어 통영이 군사, 문화적 중심지였다는 사실이다. 이 점은 통영 지역민들에게 오래도록 세련되고도 다양한 문화적 경험을 할 수 있는 계기를 마련해 주었을 뿐 아니라, 다른 지역과 엄연히 구별되는 자긍심과 독자성을 길러 준 요소다. 이순신 장군과 세병관, 그리고 충렬사, 한산대첩으로 이어지는 역사지리적 감각은 중요한 통영의 지역 이미지가 되고 있는 셈이다.[68]

그 점은 1896년 통제영 폐문의 굴욕과 1905년 을사늑약, 그리고 1910년 경술국치를 겪으면서도 중요한 문화심리적 중심 장소 가운데 하나로 통영이 남도록 했다. 다양한 국권회복기 한시 창작뿐 아니라, 여러 기행시나 충무공 추념시 가운데서 거듭 재장소화가 이루어지고 있다. 통영지역의 중요한 장소성은 통제영 문화에 빌미를 둔다.

이 점은 그 안쪽에 관과 민, 항왜와 부왜, 세련된 양반 규범 문화와

---

68) 통영지역 안에서도 충무공과 그 사적에 관련된 담론은 꾸준히 만들어지고 있다. 통영지역에서 출판된 것만 보더라도 아래와 같은 책이 금방 눈에 띈다.
　『충무공군사적중심 통영군향토사진첩』, 육주갑충무공기념사업통영군준비위원회, 1953.
　『이충무공전사략』, 한산도 제승당, 1962.
　조상범, 『한산도』, 태화출판사, 1967.
　김상조 엮음, 『바다의 만리장성』, 통영군공보실, 1968.

보다 체험적인 민속문화 사이의 대위적 인식의 가능성을 뜻하는 것이기도 하다. 따라서 문학 바깥에서부터 보다 섬세한 접근을 필요로 하는 자리다. 그리고 구국의 장소라는 통제영 이미지는 통영을 찾는 지역 바깥 시인이나 기행 체험을 한 시인들의 장소 상상력의 뿌리가 되어주었다. 그들의 아름답고도 다양한 통영 장소시의 계기를 마련하게 해 준 일은 예사롭게 볼 것이 아니다.

> 한산섬 높은 수루 홀로 앉아 바라보면
> 성전의 이야기 귀에 들릴 듯 다가오고
> 그날에, 온겨레 지키던 굳은 마음 이제사 아리.
>
> — 김용호, 「한산섬」[69]

> 바다를 가만히 들여다보면
> 초록색 맑은 물이
> 시냇물로 흐르고
>
> 떨어지는 동백꽃나무 아래
> "사랑한다 사랑한다."
> 초록잎새 싱그러움이 바람으로 감고 돌아
>
> 좋은 날
> 좋은 햇볕 아래
> 동백꽃처럼
> 떨어지는 예사람.
>
> — 정영자, 「한산도에서」[70]

---

69) 『한산섬』, 한국시조작가협회, 1970, 61쪽.
70) 『물방울로 흐르는 그대』, 지평, 1989, 28쪽.

"성전", "온겨레 지키던"으로 거듭되는 구국의 장소라는 공적 장소
성이 뒤이은 시에서는 사적인 추억의 장소로 바뀐다. 이러한 변모야
말로 통제영 문화의 다양한 변주를 보여주는 한 본보기다. 앞으로 통
영 지역 이미지 형성에 바람직한 방향 가운데 한 길을 암시한다.

2) 시조 우위의 전통

통영지역은 근대 문자시조의 벽두부터 중요한 창작지며 향유지였
다. 문자시조의 최초 동인지인 『참새』에서부터 비롯된 시조 동인과
작품 활동은 어느 지역과도 구별되는 시조의 전통을 마련했다. 그리
고 그것은 현재까지 변함없이 이어지고 있다. 1950년대 1960년대를
거쳐 오면서도 시들 줄 모르고 경남 시조시단이나 전국 시조시단에
큰 영향력과 모범적 위치를 보여줄 수 있었던 힘이 이에 빌미를 둔
다.

그런데 그러한 활동은 지역 연고를 가진 뛰어난 한둘 시인들에 의
해 이끌린 단선적인 일이 아니다. 여러 세대를 거치며 여러 사람들의
다양하고도 우뚝한 성취를 바탕으로 하는 것이기에 더욱 실감을 갖
게 한다. 작품의 수월성과 유래없이 거듭된 매체 활동, 그리고 한결
같은 시조시인의 배출과 그들의 활동은 통영 근대시조의 전통을 모
자람 없이 보여주는 것이다. 탁상수·고두동에서부터 비롯되어 김상
옥·장응두를 거쳐, 박재두로 거듭된 통영시조의 밝은 길은 한국 근
대 시조사의 한 맥을 짐작케 한다.

물론 그 앞과 뒤를 이어주었던 초정 김상옥의 몫 또한 낮게 평가할
일이 아니다. 그리고 통영지역 시조의 전통은 섬세한 분화를 보여줌으
로써 그 다양한 너비에 깊이를 더한다. 김상옥·박재두로 대표되는 건
강한 미문주의 전통에다, 장응두[71]·고두동으로 대표되는 인생파라 할

전통이 통영시조의 가능성을 한껏 펼쳐갈 자리를 마련해 놓고 있다.

3) 바다시의 전통과 이중성

통영 지역시의 중요 전통은 바다시에 대한 집중적인 인식과 그 창작에 있다. 통영은 널리 알려진 대로 바다라기보다는 강에 가까울[72] 정도로 잔잔한 안바다다. 난바다와는 다른 섬세하고도 아기자기한 풍광을 자랑하는 곳이다. 따라서 통영 사람에게 바다는 땅의 연장으로 지각된다. 이러한 태도는 바다사람의 것이 아니다. 무테사람의 것이라 할 수 있다. 바다는 경계를 짓고 차지할 수 있을 뿐 아니라, 중요한 재산인 토지의 또 다른 모습으로 그들에게 비친다.

바다가 이데올로기로 떠오르는 것은 이러한 논리와 유비관계를 이룬다. 외세 침략에 맞서는 조국 수호의 보루로서 통영과 한산섬을 바라보는 태도는 바로 이에 닿아 있다. 음악가 윤이상을 고향 통영에 돌아오지 못하게 만든 것도 바로 바다를 경계 지우는 무테사람의 논리로 말미암은 탓이라 해도 틀린 말이 아닐 것이다.

　　해 오르면 동바다서 밀려오는 물길 보고

　　해 떨어지면 서바다서 밀려가는 물길 지켜보며

　　눈 뜨고 귀 세워놓은 채 긴 어둠 쫓고 선 사내

---

71) 한춘섭은 장응두의 시조를 논하는 자리에서 "내용상 생활 역사 연정 의지의 시로 분류되며, 자수율이 아닌 음보율의 명쾌한 인생시를 남겼다"고 적고 있다.
　　한춘섭, 『한국 時調詩 論叢』, 을지출판공사, 1990, 467쪽.
72) 이 점은 통영지역민 스스로 통영 앞바다를 바다라기보다 큰강, '육지바다'라 지각하여 무테사람의 눈길을 드러낸다. 남해지역을 '海鄉'이라 일컫는 데에 견주어 '水鄉'이라 일컫는 일도 이와 연관을 지닌다. 그런데 '水鄉'이란 그 이름 비롯됨은 오래된 일로 보이지는 않는다. 일찍부터 이웃 '晉陽'과 맞물리는 이름인 '眉陽'이라 일컬어졌던 통영의 옛 이름에 문학적 상상이 덧붙여져 바뀐 이름으로 보인다. 김상옥의 진술에 따르면 이 이름은 그가 마련한 것이다.

육지바다 고깃배에서

참돔, 멍게 맛같이 뒷맛 남기는 물편 애기며

지리산 더덕내음 배인 산골 소식을

하동 모랫배에서 흘려듣지만

삭풍의 항구에서 생이별한

피붙이들의 소식은 종종 무소식

먹지도 눕지도 않으며 밤낮동안 꼬은

삼백 발 새끼줄 안고 바다에 잃은

낭군님 찾아 물속으로 뛰어든 해평열녀처럼

차가운 갯바람에 쐬인 숨겨온 울음으로

낮이고 밤이고 피붙이 찾는 명줄을 꼬고 있다.

— 최정규, 「등대」[73)]

  오늘날 통영바다는 뭍에서 겪는 삶의 고통과 신산을 거듭 보여주는 삶의 자리며, 그것보다 더한 고통의 땅이다. 위 시에서는 그러한 모습을 "눈 뜨고 귀 세워놓은 채 긴 어둠 쫓고 선 사내"로 표상되고 있는 등대가 "육지바다" 위에서 "피붙이들의" "종종 무소식" 앞에서 "먹지도 눕지도 않으며" "낮이고 밤이고 피붙이 찾는" 것으로 표현한다. 통영 사람에게 바다는 어김없이 삶의 고통스런 노동과 애환이 출렁이는 땅일 따름이다. 그러한 애환은 "듣도 보도 못한 항생제와 발육촉진제가 뿌려져"(「얼룩진 바다」[74)]) 더욱 더 깊어지는 삶의 위기를 표상한다.

  그러나 바다에는 바다사람의 논리가 있다. 육지와 같이 경계 지을 수 없는 장소다. 숱한 변화 앞에 자유롭게 내던져진 바다 또한 중요

---

73) 『터놓고 만나는 날』, 시인사, 1989, 11쪽.
74) 최정규, 『통영바다』, 창작과비평사, 1997, 22쪽.

한 지역성을 엮어낸다. 더 너른 난바다 위에서 통영인들이 꿈꾸었을 경험이 그것이다. 그러한 자유로움 쪽에 최두춘·장춘식과 같은 시인들의 아나키즘이나 김춘수의 몰역사주의가 놓인다. 각별히 김춘수의 역사 혐오는 통영바다가 지니고 있는 자유로움의 겉자리를 취한 것이라 볼 수 있다.

통영 시 속에는 이렇듯 땅의 논리와 바다의 논리가 함께 작용한다. 그러한 지역적 개별성은 바로 통영지역 시인에게 독특한 감각을 일깨웠음직하다. 그 둘의 이중성을 한 사람의 내부에 아울러 간직하고 있는 바다시가 유치환의 것으로 보인다. 유치환 시의 목소리와 표현, 대상 인식 속에 여러 길로 드러나는 이중성, 곧 여성성과 남성성, 감상성과 비판성, 구체적인 묘사와 우주적 추상 그리고 「깃발」로 대표되는 낭만적 아이러니의 이중성이야말로 통영바다의 이원성과 그리 멀지 않을 것이다.

섬이면서 육지고 육지면서 섬인 이러한 통영의 지역적 이중성이 통영바다 시인들의 다양한 시적 현실을 이해하는 한 논리를 마련해 준다. 근대 시기 항왜의 기치 건너 쪽에서 왜로 어업자본 아래서 남해안 어느 곳보다 많은 부를 축적할 수 있었던 도시의 동력과도 이어진 대목이다. 이러한 바다시의 세계는 통영이 남해안과 대한해협의 중요한 정치·문화적 경관으로 떠오르면서 새삼 적극적인 현실 수용과 새로운 변모가 이어질 것임을 짐작케 한다.

4) 동인지 문단의 전통과 지역성

통영 근대시의 중요한 전통은 『참새』에서부터 비롯하여 『토성』·『소제부』·『생리』를 거쳐 광복기의 '통영문화협회'와 최근의 『수향수필』·『물푸레』, 그리고 『통영문학』으로 이어지는 뚜렷한 매체 활동이

다. 이러한 활동은 매체 발간 자체가 쉬워진 이즈음으로 나아오면서
그 비중이 줄어든 것은 사실이다. 그러나 나라잃은시기의 매체들은
매우 중요한 근대시사의 유산으로 기록될 만한 활동이었다.

그리고 그 활동은 통영지역과 연고를 둔 매체뿐 아니라 1930년대
『맥』이니 『자오선』과 같은 서울지역 매체활동, 1920년대 진주의 『신
시단』이나 광복기와 그 뒤, 뱃길로 이어진 마산의 『낭만파』와 부산의
『시연구』·『부산문학』 그리고 진주의 『영문』과 같은 인근 지역의 문
학 매체활동과 맞물리면서 통영 지역시의 살과 결을 키워주었다. 이
러한 유다른 매체활동은 거기에 참여했던 시인 개인의 업적이 보여
준 우수성뿐 아니라, 지역 시인들의 자부심과 지역의 독자성을 강화
시킨 몫 또한 컸다.

5) 출향문인의 이바지와 문학자본

통영 지역시의 또 다른 전통은 출향문인의 이바지가 컸다는 점이
다. 통영 출신 시인 가운데서 대가급이 많았던 까닭에 자연스런 문학
적 영향 관계가 형성될 수 있었다는 점이 작용한 것이겠다. 그러나
무엇보다 그들이 자신의 고향에 대해 지녔던 긍지와 사랑이 유달랐
던 점이 작용한 일이다. 통영지역 출신 시인의 시에는 다른 어느 지
역 시인의 시와는 달리 사향시가 중요한 범주를 이루는 점이 예사롭
지 않다.

이 점은 통영의 시문학을 이끌어올린 청마에서부터 김상옥을 거쳐
김춘수, 그리고 최근의 유병근·차한수, 가까운 거제 출신 박철석으
로 이어지는 시적 경향의 한결 같은 흐름이다. 고향에 대한 체험시와
회고시야말로 시의 진정한 밑뿌리 가운데 하나일 터이지만, 통영의
시인들은 그러한 점에 한결같다.

출향시인으로서 직접 이바지가 많았던 이로서 유치환과 김상옥을 꼽을 수 있다. 일찍이 『문예』에 그의 오랜 친구 최두춘을 추천하기도 했던 유치환은 바깥에 나가 있는 틈틈이 지역문단을 챙겼고, 통영을 중심으로 한 경남지역 시인들의 문단 진출을 이끌고 활동을 뒷받침했다. 청마에 견주어 김상옥의 이바지는 확실한 몫을 한결같이 짊어진 쪽이었다. 시조라는 갈래의 특징이 작용했던 탓도 있지만, 중요한 문예지나 일간지 신춘문예의 심사위원으로 일하면서 다수의 통영 지역시인을 문단으로 이끌어주었다. 박재두는 그 가운데서 옥돌이었다. 고두동 또한 김상옥에 미치지는 않았으나 후진 양성에 한몫을 거들었다.

그리고 무엇보다 중요한 점은 출향문인들의 뚜렷한 업적이다. 통영에서 경주로, 다시 부산으로 이어지면서 이루어진 청마의 시사적 성취뿐 아니라, 마산을 거쳐 대구로 다시 서울로 이어진 집자리의 옮겨감에도 불구하고 김춘수가 보여준 독특한 시는 통영의 장소 이미지를 화려하게 꽃피우는 데 한몫을 더했다. 앞으로도 이 점은 중요한 통영 지역시인들이 문학자산으로 가꾸어나가야 할 거리다. 통영시의 명성뿐 아니라, 통영지역의 개별적 장소성은 이러한 시인들의 작품으로 말미암아 거듭 넓혀질 수 있을 것이다.

따라서 오늘날 부쩍 늘어난 통영지역 시단의 인구는 바로 이러한 통영지역의 문학적 명성 위에서 자연스레 이루어진 바가 크다. 1990년 이후부터 통영지역에 여성 생활시인들이 부쩍 불어난 일이나, 다양한 시문학 동우회의 움직임, 게다가 그들의 두터운 잠재력은 눈길을 끌기에 모자람이 없다. 1990년대 들어 다른 지역에서도 볼 수 있는 모습이긴 하지만, 통영지역이 보여주고 있는 생활문학의 수준과 그 활동은 통영지역 시단이 꾸준하게 가꾸어온 전통적인 수월성과 줄기를 같이 하는 것이다.

5. 마무리

지역문학은 지연문학이다. 그 지역을 고향으로 섬기는 이와 그 지역에 깊은 친밀경험·장소사랑을 실천한 이들이 엮어내는 문학이 지역문학이다. 지역인들이 함께하는 구체적인 문학의 장이 지역문학이다. 통영지역은 아름다운 지역 풍광과 예향이라는 명성에 더하여 경남은 물론 우리나라 어느 곳과 견주어 모자람이 없을 뛰어나고도 한결같은 지역문학의 전통과 업적이 두드러진 곳이다. 이 글에서 글쓴이는 지역시를 중심으로 그러한 성취의 큰 흐름을 살펴보고자 했다.

통영지역 근대시의 앞자리에는 『유양팔선집』으로 짐작되는 한시문학이 자리한다. 이러한 한시문학은 1896년 통제영이 문을 닫은 뒤에도 지역의 문화 분위기를 이끌면서 통영 근대시 형성에 밑거름이 되어 주었다. 나라잃은시대인 1920년대와 1930년대에 들어 통영 근대시의 모습은 시조와 자유시에 걸친 동인매체 활동, 곧 『참새』·『토성』·『소제부』·『생리』를 거치면서 본격적인 근대시의 모습을 갖추었다. 탁상수·고두동에서부터 장응두·김상옥으로 이어지는 통영시조의 흐름, 유치환·최두춘·장춘식에서부터 비롯한 자유시의 흐름과 그 성과는 지역적 한계를 뛰어넘는 바 있었다.

1945년 광복 이후 통영 지역시는 많은 변화를 거치면서 성숙, 확대의 길로 들어섰다. 광복기 김춘수·김상옥을 시작으로 해서, 1950년대 장하보·고두동의 거듭된 시조 창작과 국난을 맞이해 이루어진 충무공의 서정화에 힘입어 통영의 지역적 개별성은 보다 뚜렷해지기 시작했다. 그리고 1960년대를 거치면서 통영 시문학은 성숙기에 접어들게 되는데, 박재두의 완성도 높은 시조가 그 한 경지를 보여준다. 그리고 1970년대 들어 최정규를 중심으로 이루어졌던 지역 문화 활동은 앞으로 이어질 통영 지역시의 성숙을 예견케 했다.

1980년대에 이르러 통영 지역시는 양적 확대와 아울러 '통영문인 협회'로 대표되는 조직화를 이루면서 지역문화 현장에서 제도화된 자리를 굳히기 시작했다. 지역문학이 관변문학의 하위 조직으로 흡수되는 점도 있었으나, 시창작과 그 향유가 지역행정부 문화행정의 한 영역으로 자리잡게 됨으로써, 지역 안쪽의 문화욕구를 수용하고 시의 지역적 기능을 넓혔다. 이에 더하여 지역시인들의 향토 사랑 넘치는 통영 장소시와 여러 재향신인의 활발한 창작, 출향시인의 한결같은 사향시들이 통영 지연문학을 두루 살찌우기 시작하여, 통영 지역시의 면면한 전통을 잇는 지역의 뒷심을 보여준다.

앞에서 본 바와 같이 통영 근대시는 통제영 문화의 전통과 시조의 우월성, 그리고 역동적인 바다 상상력, 나아가 매체 활동의 활성화와 출향시인들의 활발한 이바지에다 다양하고도 잠재력이 큰 시문학 자본으로 말미암아 이채로움을 더한다. 경남의 다른 소지역 문학뿐 아니라, 한국의 다른 지역과도 구분되는 확실하고도 개성 있는 전통을 통영지역은 보여주고 있다. 통영지역 문학의 앞날을 낙관하게 하는 것도 이러한 전통의 한결같음과 다양성에서 말미암은 자연스러운 귀결인 셈이다.

이제까지 이루어온 통영지역 시문학의 굳건함과 지역의 자긍심은 특별하다. 그리고 그것은 미래로 힘껏 키워나가야 될 몫이기도 하다. 무엇보다 통영 지역시의 방향은 통영바다의 경제, 문화적 기초에 대한 뚜렷한 자각에서부터 비롯되어야 한다. 육지의 이념과 자본이 경계를 짓고 갈등하는 바다 건너 쪽에서 생명과 자유로움이 한껏 발현되는 미래의 바다가 놓여 있다. 그러나 바다와 육지 그 어느 쪽으로도 이미 생산과 소비를 위한 숨가쁜 현장으로서 건물이 들어서고 경작이 이루어져 오염되고 있으며, 통영다운 독특한 장소성은 사라지고 있는 것이 오늘날의 모습이다.

따라서 통영의 지역 시인들은 자유로움과 아름다운 풍광 속에 은폐되고 있는 어두움과 지역적 현안을 향해 져야 할 짐 또한 무겁다. 왜로 식민자들에 의해 들앉게 된 노예어업의 찌꺼기, 거기서 벗어나기 위한 인식 전환에 지역 시인들이 맡을 몫이 크다. 게다가 경인전쟁기에 겪었던 통영 피란민수용소와 그 문화에 대한 재인식도 모름지기 힘써 받아들일 현실이다. 그러한 관심에 대한 바람직한 시적 실천 속에서 통영의 문학자본은 더욱 다양해지고 깊어지게 될 것이다. 새로운 생명과 자유로움이 숨쉬는 통영바다를 위한 지역 시인의 구체적인 실천을 기대해 봄 직하다.

이 글에서 글쓴이는 통영을 두고 이루어진 우리 근대시의 장소 이미지를 통·공시적으로 따져 보는 일에는 다가가지 못했다. 통영지역의 근대시 전통은 그 일로 말미암아 더욱 확연해질 것이다. 그리고 희곡과 소설, 비평에 걸친 전통을 넓게 살펴 이름 그대로 통영문학사를 마련하는 일을 과제로 남겨둔다. 그 일은 통영지역의 문학생태 환경과 문학자본을 찾아 문학지도를 마련하고, 통영 지역사회 안밖을 향한 질 높은 문화 교양·문학관광을 위한 프로그램 개발을 위해 무엇보다 앞서야 될 일이다.

둘·지역과 부왜문학

경남 지역문학과 부왜활동

1. 들머리

　지역문학은 지연문학이다. 지역에 대한 친밀경험과 사랑을 문학으로 실천하고자 하는 일이다. 50년 남짓한 기간에 머무는 우리 근대문학 연구의 역사 속에서도 지역문학은 제대로 된 연구 자리에 놓이지 못했다. 그러므로 근대 성찰의 새로운 기운 아래 지역문학을 제대로 된 연구 영역으로 끌어안는 일은 많은 보람과 성과를 내다보게 한다. 적어도 서울 중심·국가 중심의 획일화되고 추상화된 문학 현실과 그 연구 성과가 펼쳐놓은 미망을 가로지를 수 있는 혁신의 자리일 수 있는 까닭이다.

　그러나 지역자치라는 행정 조건의 변화가 이루어진 지 10년이 된 오늘에 이르러서도 지역문학에 대한 관심이나 연구 환경은 부끄럽기 짝이 없다. 지역문학의 실상에 대한 이해도, 관심도 의심스러운 이들이 지역사회를 상대로 이름을 내돌리면서 지역문학에 대한 시민교양의 수준을 왜곡시키는 일이 한 둘은 아니다. 본 데가 없으니 아는 바가 없고, 생각한 적이 없으니 쓸모 있는 말을 담아낼 까닭이 없다.

이런 속에서 잘못 알려진 사실은 더욱 키워지고, 더 찾아 들어서야 될 일은 마냥 잊혀져 간다. 대중적 명성은 문학사적 명성으로 굳어지고, 사실은 한결 부풀려져서 인물 신화로 굳어지기도 한다. 이즈음 국회 한 쪽에서 공개되었던 '일제 친일반민족행위자 708명 명단'도 지역 차원에서 보면 그 범위나 대상이 실상에 한참 못 미친다. 예술·문화 쪽에서만 보더라도, 거기에서 경남지역 사람의 이름은 오르지 않았다. 썩 다행스럽다 할지 모르나, 실상이 그렇지 않다는 데 문제가 가로놓여 있는 셈이다.

경남 지역문학의 부왜활동에 대해서는 이제껏 본때 있게 다루어지지 못했다. 개별 작가의 활동이나 단편적인 사실은 어느 정도 알려진 쪽이다. 그것도 창녕 출신 임종국의 각고[1]에 도움 받은 바가 절대적이다. 그의 조사와 연구만으로도 경남 지역문인의 부왜활동은 많은 부분 확인 받을 수 있다. 그러나 임종국의 것뿐 아니라, 그 뒤 '민족문제연구소'를 중심으로 이어졌던 업적도 모두 한정된 자료에 기대어 이루어진 일이다. 게다가 지역문학 시각에서 다룬 바도 아니었다. 그런 까닭에 빠지고 지나쳐버린 사실이 뜻밖에 많다.[2]

이 글은 이제까지 확인·연구, 문제 되었거나 새로 찾아낸 사실을 중심으로 경남의 부왜문학 활동과 작품에 대한 큰 틀거리를 그려보고자 하는 목표 아래 씌어진다. 더 깊어진 연구를 위한 디딤돌이 시급한 까닭이다.[3] 이 일을 위해 문학작품의 가장 중요한 터무니라 할 수 있는 표기언어의 문제를 앞세웠다. 첫째 일본어, 이른바 '국어'로

---

1) 임종국, 『親日文學論』, 평화출판사, 1966.
2) 아직까지 경남지역의 부왜문학에 대한 지도가 제대로 그려지지 않고 있는 것은 이리 보면 당연한 일이다. 마흔 해나 앞서 임종국이 문제 제기했던 사실에 대해 제대로 된 확인조차 이루어지지 않은 상태라 할 만하다.

이루어진 부왜문학, 둘째 한글, 이른바 '조선어', '언문'으로 이루어진 부왜문학, 셋째 한문으로 이루어진 부왜문학으로 나누어 살피겠다.

2. 경남지역의 근대와 부왜

부왜인(附倭人), 또는 부왜배(附倭輩)는 흔히 '친일파'라는 이름[4]으로 일컬어져 왔던 이들이다. 우리의 근대, 곧 국권회복기나 나라잃은 시기 동안 제 이익을 위하여 왜로에 빌붙어 겨레에게 남다른 해코지를 했던 사람을 뜻한다. 거기에는 이른바 조선총독부의 고위 관리나

---

3) 이 글은 2002년 4월 11일 경상대학교 인문과학연구소에서 마련한 제1회 쟁점학술토론회에서 한 차례 발표했다. 발표의 뜻과 달리 기술에 있어서 일반인의 감각으로 볼 때 오해의 소지가 있는 부분도 있었다. 따라서 그런 부분이나, 단편적인 사항에 이름이 올라 부왜활동으로 놓고 보기 힘들다는 판단이 선 글쓴이의 것은 뺐다. 주요 작가 중심으로 글을 다듬은 셈이다. 이 글에서 다루어진 해당 작가나 내용에 대한 더 꼼꼼하고 깊은 논의는 따로 차례를 좇아 이어질 것이다.

4) 역사용어는 제 나라 잘 되는 길로 붙이는 일방통행이다. 수학 기호가 될 수 있는 대로 만국 공통어로 나아가고자 하나, 역사용어는 그렇지 않다. 나라 구성원들이 제 나라 역사를 바라보고자 하는 큰 생각, 곧 이데올로기를 담은 것이다. 모두 한 가지인 역사적 사건, 1945년 8월 15일의 일을 두고, 우리가 '광복절'이라 기쁨을 담아 일컫는 것과 달리, 일본은 '패전수치일'이라 분을 삼키는 용어로 일컫는 것은 이 이치에 따른 일이다. 우리에 대한 침략 사실을 숨긴 일본 쪽 용어인 '한일합방'과 우리 쪽 용어인 '경술국치' 또한 마찬가지다. 일찍이 우리의 역사 용어 일컫는 방법에 관련된 여러 문제에 대해 려증동이 큰 틀과 세부까지 마련했다. 그러나 학계나 주류 사회에서는 이를 아예 문제로 삼으려 하지 않았다. 생각없이 씌어지고 있는 역사 용어에 대한 헤아림이 이루어져야 할 것이다. '친일파'는 하루바삐 고쳐야 할 역사용어 가운데 하나다. 굳이 입에 익은 '친일'이라는 이름을 버리고, '부왜'로 바꿀 필요가 있겠는가라는 비난이 있다. 그러나 이제 50년을 겨우 넘긴 광복기 이후 극히 짧은 시기 동안 굳어진 일컬음인 '친일'이라는 용어에 문제가 있다면, 장차 우리 겨레가 가꾸어 나갈 먼 뒷날을 생각하여 바로 고쳐져야 한다. 작은 보기이긴 하지만, '국민'학교라는 말을 '초등'학교라 고쳐낸 일이 이미 있었다. '친일'에서 '친(親)'이라는 글자는 언제나 마땅한 뜻이나 관계에 씌어진 글자다. '부자 유친', '친척'과 같은 경우다. 모름지기 '친일'이란 '친한'과 마찬가지로 한국과 일본 두 나라가 서로 가꾸어나갈 아름다운 덕목이다. 그러나 19세기 중반 무렵부터 1945년에 걸치는 근대시기 일본은 우리나라에 쳐들어와 그들의 이익을 위해 우리를 짓밟고 빼앗았다. 그러니 그런 오랑캐 짓을 한 나라에게 '일본'이라 온당한 이름을 붙여줄 수는 없는 일이다. 우리 선인들이 일찍부터 본을 보여준 대로 '왜'라 일컬음이 옳다. 그리고 이 시기 그 '왜로'에 붙어 제 이익을 얻고자 했던 이들은 마땅히 '부왜인'이 되는 것이다. 굳이 '친일'이라는 이름을 고집하고자 하는 일 자체가 오히려 문제의 본질을 흐리게 만들고자 하는 특정 세력이나 힘의 이념작용이 드러난 바다. 우리 사회 깊숙이 남아 있는 왜로 제국주의 쓰레기 가운데 하나인 셈이다.
려증동, 『한국역사용어』, 시사문화사, 1986, 36~40쪽.

조선귀족, 법조인, 군경·밀정, 언론·출판계나 예술·문화계의 유력
인사, 재력가·유명 실업인, 종교계·학계의 주요 인사, 부왜지주와
같은 이가 들 수 있을 것이다.

흔히 이런 부왜인은 나라잃은시대 막바지에 집중적으로 나타났다.
왜로 제국주의자들이 대륙침략전쟁을 벌인 1937년 이후, 식민지 한
국을 '전시동원체제'로 이끌어들이기 위해 갖은 수단과 방법을 획책
했던 무렵부터, 1941년 태평양침략전쟁을 거쳐 1945년 패망에 이르
기까지 시기다. 이른바 '내선일체'와 '황국신민화'를 앞세우며 '대동
아공영'이라는 거짓된 목표를 향해 피식민자 한국인에 대한 '국민정
신총동원'과 '국민총력'을 강요했던 시기였다. 그러나 근대 부왜인의
뿌리는 한참을 더 거슬러 올라간다. 1864년 병자겁약을 앞뒤로 한 시
기부터 1894년 갑오억변과 1910년 경술국치에 이르는 국권회복기를
거쳐, 1920년대와 1930년대 나라잃은시기로 넘어들면서 여러 영역,
여러 방식, 여러 지역에서 부왜인은 준동했다.

각별히 조선말기 부왜집권층이나, 왜로들도 '국민운동의 선구(國民
運動の先驅)'[5]라 치켜세웠던 일진회원들과 같이 국치를 앞뒤로 한 시
기 매국노나 '조선귀족'이라는 허울을 덮어썼던 부왜인의 모습은 여
러 인명록[6]에서 쉽게 그 실체를 엿볼 수 있다. 조선총독부 고위관리
의 경우는 해마다 거듭하여 나왔을 '직원록'[7]이나 각도에서 냈던 '직
원, 공직자 단체역직원 명부(職員, 公職者 團體役職員 名簿)'와 같은
데서 찾을 수 있다. 따라서 제대로 된 조사가 모자란다고 하여, 부왜

---

5) 三田芳夫 엮음, 『朝鮮に於ける國民總力運動史』, 國民總力運動聯盟, 1945, 1쪽.
6) 임인호 편찬, 『朝鮮新政寶鑑』 권일, 임인호주택, 1911.
   『朝鮮紳士寶鑑』, 조선문우회, 1914.
   『朝鮮紳士大同譜』, 조선신사대동보발행사무소, 1913.
   『朝鮮紳士錄』, 조선신사록간행회, 1931.
7) 『朝鮮總督府及所屬官署 職員錄』, 조선총독부, 1937.
   『朝鮮總督府及所屬官署 職員錄』, 조선총독부, 1941.

사실이 부인될 수는 없다. 그들에 대한 발빠른 조사·연구는 한국 근대형성의 성격이나 지배층의 행태 규명뿐 아니라, 겨레의 미래상과도 맞닿아 있는 일이다.

부왜활동 가운데서 주요 영역을 차지하고 있는 부왜문학 또한 마찬가지다. 국권회복기의 집권 관료나 불교계·유림에서 남겨놓은 부왜문자들은 아직까지 접근이 되고 있지 않다.[8] 한글문학에서도 이인직의 소설에서부터 근대가사[9]·수필·논설 모두에 걸쳐 제대로 찾아내고 간추려 두어야 한다. 기미만세의거 뒤, 거짓 문화책략에 따라 분열된 민족진영의 변절, 1931년 중국 동북삼성을 향한 왜로의 침략과 그에 따른 '치안유지'를 위해 이루어졌던 사회주의·민족 진영 인사에 대한 이른바 '전향공작'은 이미 1940년대 이전부터 구조적으로 문학 안쪽에서도 부왜활동이 있었음을 보여준다. 1937년 중국침략에 들어선 뒤, '국민총동원령'이 강제되면서 우리 문학이 놓였던 환경은 더욱 어려워졌다.[10] 1941년 1월부터는 검열과 통제가 더욱 강화되고, '국책'에 따르는 일만이 유일한 생존방식이 되기 시작했던 사정은 잘 알려진 일이다.

따라서 이러한 긴 시기 동안 여러 방식, 여러 조건 아래서 발표되고

---

8) 이완용이 죽은 뒤, 어지러운 칭송의 말로 책장을 도배질하며 세상에 돌렸던 『一堂紀事』나 김윤식의 『雲養集』과 같은, 매국노들의 문집에 실린 작품이 있다. 이른바 조선총독부 둘레를 기웃거렸던 아첨문인들도 빠트리지 말아야 할 일이다. 대표적인 부왜 실업인이자 '황도학회' 회장이었던 문명기의 회갑년과 송덕비에다 칭송의 한시문을 기꺼이 올려바쳤던 이들의 것도 또한 묻어버릴 일이 아니다. 성균관을 뜯어고쳐 만든 '경학원'의 『經學院雜誌』에다 오래도록 작품을 올린 유교인사의 한시문도 부왜문학이라는 관점에서 제대로 살펴져야 할 것이다.
   김명식 엮음, 『一堂紀事』, 일당기사출판소, 1927.
   『雲巖壽帖』, 자가본, 1938.
9) 부왜유림단체 '조선유교회'의 기관지 『日月時報』에 실린 가사들이나, 1930년대 황해도 재령 군수를 지낸 바 있는 신익균이 쓴 「靑年歌」, 「自力更生歌」와 같은 개인의 것들이 한 본보기가 됨직하다.
   신익균, 『戀松集』, 자가본, 1936, 42~43쪽.
10) 이 시기 왜로 제국주의자들의 식민책략과 그 전개에 대해서는 아래 글에서 꼼꼼하게 다루어졌다.
   최유리, 『日帝 末期 植民地 支配政策研究』, 국학자료원, 1997.

이루어졌던 문학활동 가운데서 부왜작품과 부왜활동만을 따로 떼어내는 것은 결코 만만한 일이 아니다. 고려되어야 할 조건항이 한 둘에 그치지 않는다. 첫째, 표기언어를 어느 것으로 삼았느냐 하는 점이 그 하나가 된다. 한글인가 한문인가, 일어인가가 문제다. 이때 일어 곧 '국어'를 끌어댄 경우, 그것도 1940년대 '국어상용' 책략과 맞물릴 때는 부왜문학의 한 조건이 됨직하다. 둘째, 문학 양식에서 왜로의 것을 본뜨거나 즐겨 창작했는가도 한 조건이 된다. '배구'나 '단가'와 같은 것을 따른 경우 부왜작품일 개연성은 그만큼 짙어지는 셈이다. 셋째, 작품의 내용·주제 문제다. 저들의 '사상공작'에 따라 이른바 '내선일체'니 '황민화'를 부추기는 내용, 그들의 식민책략이나 '전시동원체제'를 미화하는 내용, 또는 '대동아공영권'의 원질로서 '일본정신'을 좇고자 하는 뜻을 담은 것은 시기적인 편차가 있을 수 있음에도 모두 부왜작품에 들 것이다.

넷째, 작품이 실린 매체의 성격도 한 조건이 된다. 나올 때부터 왜로 제국주의 책략에 맞장구를 치거나, 그것의 선전·선동을 위해 마련된 매체에 실린 글은 부왜작품일 가능성이 그만큼 크다. 그러한 매체는 이미 겉으로 매체의 됨됨이를 뚜렷이 하고 있었다. 거기에 글을 싣는 일이 어떤 뜻을 지닐 것인가에 대해서는 누구보다 글을 싣고자 했던 작가가 알고 있었을 성싶다. 1940년대 신문으로서 조선총독부 기관지였던『每日新報』와『京城日報』,『每新 寫眞旬報』,『愛國班』과 같은 것이 맨 앞자리에 올라선다. 종합지로는 일찌감치 경학원에서 냈던『經學院雜誌』부터『시천교월보』,『斯文學』, '조선유교연합회'에서 낸『儒道』와 같은 것을 빠트릴 수 없다. 1940년대 들어서는 이른바 "내선일체의 실천 강화를 목표"로 부왜인 박희도가 냈던 월간『東洋之光』,『內鮮一體』가 있다. 처음부터 부왜 빛깔을 뚜렷이 내걸고 1941년에 출발한『新時代』, 조선인 필자 중심의 종합지로 출발한

『春秋』, 김동환이 낸 『三千里』를 이은 『大東亞』, 1940년대의 『朝光』, '국민총력조선연맹'에서 낸 『國民總力』, 이른바 '총후(銃後)' 경제지원에 핵심적인 구실을 맡았던 '조선금융조합연합회'의 『半島の光』 '언문판'들도 있다. 문예지로서는 1941년 이른바 '국민시가연맹'에서 낸 『國民詩歌』, 1941년 최재서가 낸 『國民文學』이 손꼽힌다.[11]

다섯째, 뚜렷한 사회 활동이나 공개 입장 표명도 주요한 조건항이다. 작품 활동은 없었지만, 부왜 색채가 뚜렷한 강연회나 관련행사에서 공개적으로 부왜 입장을 말한 경우가 그것이다. 이때에는 그 활동의 강도나 빈도, 활동 기간의 길고 짧음을 마땅히 문제 삼아야 할 일이다. 여섯째, 부왜작품과 부왜문인 또는 부왜인은 나누어 생각해야 한다는 점이다. 부왜작품을 남겼다 해서 당사자를 부왜문인으로 낙인찍을 수는 없다. 왜로의 혹독했던 '사상범예방구금(思想犯豫防拘禁)'을 부드럽게 벗어나기 위해 꾀를 내거나, 연줄망을 활용해 소극적인 뜻의 부왜를 꾸미는 경우도 가능한 일이다. 문학사에서 궁극에 문제가 되는 것은 일상인 아무개가 아니라 내포작가로서, 세상에 명성으로 굳어진 작가상이다. 따라서 특정 시기의 특정 작품 몇 편을 가지고 그의 삶을 죄 규정짓는 일에는 많은 위험이 따른다. 우리 근대의 강파른 시대 상황이 선택과 처신의 어려움을 가중시켰다는 현실에서 애써 몸을 돌릴 필요는 없을 것이다. 문제는 그런 사실을 숨기거나, 특정 집단의 의도에 따라 인물 신화를 조작하는 일에 긍정적이든 부정적이든 그것이 활용될 경우다.

일곱째, 사실과 그 해석 사이에 가로놓인 거리를 조정하는 일에 신

---

11) 아래 글에서 이른바 '국어상용령'에 따라 만들어진 부왜매체들의 면모에 대한 가벼운 소개가 이루어졌다.
임종국, 『실록 친일파』, 돌베개, 1991, 211~214쪽.
布袋敏博, 「일제 말기 일본어 소설의 서지학적 연구」, 『文學思想』 4월호, 문학사상사, 1996, 59쪽.

중한 태도를 지녀야 한다. 알려진 바와 같이 역사에는 사실로서 역사와 해석으로서 역사라는 두 계기가 있다. 그러나 사실 자체도 해석의 방법에 따라 선택·과정을 겪는다. 거꾸로 해석 또한 부분적으로 확인되고 선택된 기록에 결정적으로 영향을 받는다. 말하자면 텍스트의 역사성과 역사의 텍스트성 사이에 가로놓인 개방적인 성찰 과정에다 부왜문학과 부왜문인을 놓고 보아야 한다는 뜻이다.

앞에서 살핀 바 조건항은 모두 일곱이다. 그러나 이것들이 모두 같은 무게로, 같은 자리에서 죄 다루어져야 할 일은 아니다. 다만 이들을 중층적·복합적으로 꼼꼼하게 고려한 뒤, 해당 작품이나 작가가 놓인 자리나 그 성격 규명에 이르는 것이 마땅하다. 거듭하거니와 부왜 빛깔이 짙은 작품 한 둘이 보이거나, 위에 든 조건항 한 둘에 든다고 해당 작가의 문학적 생애 모두를 부왜로 몰아붙이는 태도는 위험스럽다. 걸음마 단계를 시작한 경남의 지역문학 연구 현황으로 볼 때, 무엇보다 부왜의 사실 확인을 위한 자료 발굴과 정리가 더욱 긴요하게 여겨지는 바다. 이 글이 한 디딤돌이 되기를 바란다.

3. 일어 문학과 부왜활동

해당 작품에 대한 부왜 판단을 이끌어내는 데에는 그것이 일어를 사용한 작품인가 아닌가 하는, 표기문자의 문제가 중요하게 다루어져야 한다. 우리 근대문학이 거쳐온 운명적인 일 가운데 하나가 이 문제다. 일어로 씌어졌으면서, 작품 내용에서 부왜를 부추기는 내용이라면 영락없는 부왜 판단에 이를 수 있다. 그런데 문제는 그리 간단치 않다. 나라잃은시기 내내 일어의 언어능력은 식민지 교육에서 중심적이고 결정적인 자리에 있었던 까닭이다. 거기다 한문이 거들고, 한글은 곁다리 자리에 머물러야 했다. 따라서 이 시기 제도 교육을 받았던 식민지 엘리트층의 학습 활동이나 과외 활동에 있어서 일어로 된 글쓰기와 작품 창작은 부끄러운 일이긴 하나, 겨레에 크게 해악을 끼치는 일로 자각되지 않았을 수 있다. 일문 작품을 남겼다는 사실만으로 부왜작품이라는 혐의를 두기 어려운 까닭이다.[12]

거제의 시조시인 김기호나 진주의 소설가 김성봉, 동래 출신의 박차정 열사 경우도 재학시 일문으로 된 습작품을 남기고 있다. 그들이 부왜적인 빛깔과 거리가 있는 것은 당연한 일이다. '국어' 표기를 따랐다고 해서 부왜작품이라 말하기는 어렵다. 문제는 1940년대 한글에 대한 사용이 억압되고 이른바 '국어상용'을 한껏 강제하였을 때,[13] 한글 표기를 버리고 일어를 표기매체로 끌어들이며 거기다 내용까지 부왜적인 것을 담았다면 부왜 판단에 거리낌이 있을 수 없다.

일문 작품[14]을 남긴 경남지역 문학인은 다시 둘로 나누어 볼 수 있다. 이른바 '내지' 곧 일본문단에서 작품 활동을 한 이와, '조선문단'

---

12) 진주교육대학, 곧 '경상남도공립사범학교' 교우회에서 1925년에 낸 『飛鳳之緣』1집에는 글을 실은 이 모두가 일어로 작품을 쓰고 있다. 비슷한 본보기로 1929년 '동래공립고등보통학교' 교우회에서 낸 『교우회보』7집의 경우에는 글쓴이 65명 가운데서 10명만 한글로 작품을 쓰고 있다. 말하자면 나라잃은시기 내내 각급 학교 창작과 작문의 중심 언어는 일어였다. 따라서 그러한 분위기에 익어 있었던 이들이 졸업 뒤, 기성 문단에 나가 '국어'를 쓴 창작이나, '내지문단' 활동에 대해 크게 거리낌을 갖지 않았을 수도 있다.

13) 이 문제는 단순하지 않다. '국어상용'을 강제하였으면서도, 홍보·선전·선동에 필요하다면 오히려 한글 사용이 권장되기도 한 이중성을 보이고 있는 까닭이다.

14) 아래와 같은 책에서 1945년 광복 앞까지에 발표된 일문, 곧 국어로 된 문학작품이 간추려졌다.
   大村益夫·任展慧 編, 『朝鮮文學關係日本語文獻目錄』, プリントピア, 1984.
   任展慧, 『日本における朝鮮人の文學の歷史』, 법정대학출판국, 1994.
   布袋敏博, 「일제 말기 일본어 소설의 서지학적 연구」, 『文學思想』 4월호, 1996.
   大村益夫·布袋敏博, 『朝鮮文學關係日本語文獻目錄』, 綠陰書房, 1997.
   그러나 이들 죽보기에서 빠진 것들이 뜻밖에 많다. 보다 잘된 죽보기를 마련하는 일이 시급하다. 大村益夫·任展慧의 것은 문학과비평사에서 한 번 되옮겨 널리 알렸고, 경남 지역문학과 관련된 문헌은 大村益夫·布袋敏博의 것에 힘입어, 이장렬이 따로 간추려 한눈에 알 수 있도록 했다.
   「일본어로 표기된 한국인 작품목록」(1)·(2), 『문학과비평』 가을·겨울호, 문학과비평사, 1990.
   이장렬, 「일문으로 된 한국근대문학 경남문학인의 문헌 죽보기」, 『지역문학연구』 7호, 경남지역문학회, 2001.

곧 나라 안에서 작품 활동을 한 경우다.[15]

그 가운데서 1941년 일본대학에 들어가 잠깐 머문 바 있는 조향은 경남에서 교사 생활을 하면서, 1940년 10월부터 『일본시단(日本詩壇)』과 『시문학연구(詩文學研究)』에 18번 이상 작품을 싣고 있다.[16] 그 무렵 시대와는 어느 정도 거리를 둔 스산한 풍경화가 대부분이다. 소설에서는 밀양의 표문태가 1937년 섬나라로 건너가 일본어로 작품을 발표하고 있다. '작가사'에 입사한 뒤, 문예동인지 『작가』·『군성』에 발표한 작품이 그것이다. 현재로서는 작품의 성격이 확인되지 않고 있다. 통영의 박재성이 한국의 농촌 현실을 뛰어나게 그린 사실극 「晩秋」를 『赤門文學』에 실어 문재를 뽐냈던 때가 1942년 5월이었다.

이른바 '국민총력운동'이 획책되었던 시기에 일문으로 된 작품을 일본에서 발표하고 있는 이들의 작품에 대한 부왜 규정에는 좀더 신중한 접근이 필요할 듯하다. 그러나 작품의 내용이 부왜적 빛깔과 거리가 있다고 해도, 문학적 기개가 사뭇 모자랐던 점만은 짚어 둘 수 있을 것이다.

이들과 달리 일문으로 창작하되, 나라 안에서 문단 활동을 했던 한 무리의 문인이 있다. 비평 영역에서 대표적인 사람은 함안의 조연현

---

15) 그 가운데서 일본문단 활동을 본격적으로 한 이는 진주의 김병호다. 1925년 진주교대를 졸업한 뒤, 김해 가락과 진주로 옮겨다니며 초년 교직생활을 할 무렵이다. 초기 경남 계급주의 시의 성향을 잘 보여주었던 시인이다. 밀양 출신으로 카프 동경지부 산하 '동지사'의 결성 위원이자, 코프의 조선협의회의 의장으로 일하며 기관지 『우리동무』의 편집을 맡기도 했던 시인이 박석정이다. 1936년 나라 안으로 다시 되돌아올 때까지 그도 시와 산문을 일문으로 발표했는데, 여러 작품이 묻혀버렸다. 김병호에 대한 연구는 이제까지 이루어지지 않았다. 박경수가 '재일조선인시'를 다룬 연구에서 그의 일문시를 찾아 성격을 규명한 것이 처음이다. 박석정과 관련된 논의는 차민기의 글에서 처음으로 다루어졌다.
박경수, 「일제 강점기 재일 한국인의 일어시에 나타난 민족적 정체성」, 『우리말글』 21집, 우리말글학회, 2001, 26~27쪽.
차민기, 「박석정의 삶과 문학」, 『지역문학연구』 7집, 경남지역문학회.
16) 작품의 성격에 대해서는 박경수의 앞선 글을 참조 바란다. 그는 조향의 고향 회고적 서정 '소극적인 민족적 동일성'을 지닌 것으로 보고 있다.
박경수, 앞서 든 글, 233~335쪽.

이다. 왜로식으로 갈아치운 이름이 덕전연현(德田演鉉)이었다. 그는 1942년 무렵부터 『東洋之光』 학생란에 시를 발표한 뒤, 이어서 평론을 내놓기 시작했다. 6월에는 「國民文學과 東洋之光」을, 1943년 10월에는 「文壇現地報告」를 실었다. 10월에는 『文化朝鮮』에 「評團의 一年」을 올려 부왜 빛깔이 드높은 글을 발표하고 있는 셈이다.[17] 조연현이 신세대 문학인으로서 젊은 나이로 부왜의 길에 나섰다면, 언양의 정인섭은 차근차근 부왜문학을 준비한 경우다.

'경성공업경영전문학교' 교수로 일하고 있었던 그는 신고송과 한 마을에서 자란 사이다. 비록 문학에 대한 믿음과 나아간 길이 매우 달랐지만, 1940년대 어려운 자리를 산 모습은 비슷하다. 정인섭 곧 동원인섭(東原寅燮)은 1939년 조선문인보국회 발기인으로 김소운과 함께 나섰다. "내선일체의 실천을 위하여 일본정신을 깨닫고, 황도를 받잡자"는 취지로 만들어진 '황도학회(皇道學會)'에서는 이사로서 자리를 지켰다. 그는 1940년 '문예보국강연회' 전국 순례를, 1941년에는 '결전문화강연회'에 출연했다. 여러 차례에 걸친 보고·좌담회에 참석하고, 순례기까지 남김으로써 활발했던 부왜문인으로 꼽아 손색이 없을 활동을 보여준다.[18]

소설 쪽에서는 진주 엄흥섭이 있다. 그는 진주의 경남도립사범학교를 졸업한 뒤, 한때 교직에 몸담았으나 이내 그만두고 서울로 올라가 전업작가로서 열심히 작품 창작에 골몰했다. 1930년대 경남지역 계급주의 문학이 한국 근대문학사의 흐름 가운데서 뚜렷한 자취를 남

---

17) 조연현의 부왜문제는 아래 글에서 한차례 짚었다.
　　김 철, 「순수의 정체—붓과 칼의 일치」, 『청산하지 못한 역사』, 청년사, 1994.
18) 그의 위상을 엿볼 수 있는 자료에 그 무렵의 인명록이 있다. 거기에 따르면 조용만, 손진태, 김동환, 박종화, 유치진, 최재서, 김기진, 김용제, 김상용, 채만식, 이서구, 김영포, 이헌구, 유진오, 주요한, 이태준, 이무영, 김동인, 이광수와 더불어 그는 당당히 한 자리를 차지하고 있다. 대부분 나라잃은시기 끝자리에서 대표적인 부왜활동을 한 문인들이다.
　　『1945년 조선연감』, 경성일보사, 1944.

기게 된 것은 『신소년』 편집을 맡았던 이주홍뿐 아니라, 박세영과 함께 『별나라』 편집을 거들었던 엄흥섭의 이바지가 컸다. 그는 평론 「農村과 文化」를 『每日新報』 1942년 9월자에 실었다. 이어서 1943년에는 이른바 '부여신궁'에 힘을 도왔다는 사실을 기꺼이 밝히고 있는 「夫餘神宮 御造營 文化人奉任隊 顔觸」을 『京城日報』 1943년 11월 13일자에 올림으로써 부왜문학의 한 길을 보여준다.

다음은 연극계다. 부왜연극, 곧 '국민연극'에는 여러 유형이 있다. 이른바 '신체제운동'이라는 지배책략을 지지하고 선전하기 위한 '국책극'과 한국인이 '황민'이 되자는 뜻을 담은 '국민극', 그리고 태평양 침략전쟁의 승리를 선동하기 위한 '결전극'에다 일본어를 쓴 '국어극'이 그 안에 묶인다.[19] 유치진은 왜로의 대륙침략이 시작된 1937년 무렵부터 일찌감치 부왜 빛깔이 짙은 작품과 평론, 연출 활동을 하다 1940년대에 들어서면서 아예 내놓고 그것을 온몸으로 실천했다. 그는 현대극장 대표로서 '국민연극'을 힘써 퍼뜨렸고, 부왜연극계에서 커다란 문화권력을 휘둘렀다.[20] 1941년 3월 16일에 창립된 현대극장은 나라잃은시대 가장 충실하게 부왜극 활동을 한 단체다. 1회 공연은 그가 연출을 맡았던 「黑龍江」이다. 제국주의의 중국 동북성 침략을 정당화하는 의도를 담은 작품이었다. 이 작품 공연으로 유치진은 조선총독부의 아낌없는 찬사를 받아,[21] 그 뒤로 이어졌던 그의 승승장구를 예견케 하였다.

왜로는 '총후'의 '국민총력운동'을 드높여 '미영 격멸에 매진할 결의를 북돋운다'는 명분으로 1942년 9월부터 11월까지 '국민연극경연

---

19) 서연호, 『식민지시대의 친일극 연구』, 태학사, 1997, 14쪽.
20) 유치진의 부왜극 창작과 연출 활동에 대해서는 아래에서 꼼꼼하게 간추려져 있다. 18회 이상이나 되는 부연극 평론이 확인된다.
　　서연호, 앞서 든 책, 115~122쪽.
　　김일영, 「국민연극 생성의 배경과 그 실상」, 『사람의 문학』, 도서출판 사람, 1995.
21) 서연호, 앞서 든 책, 90쪽.

대회'를 벌였다.[22] 거기서 유치진은 4막짜리 『棗の木』을 서항석 연출로 올려 작품상을 받는다. 이 작품은 대추나무를 사이에 둔 한 마을두 가족이 그 소유권을 빌미로 애증을 나누다가 마침내 '만주', 곧 중국 동북삼성으로 함께 떠난다는 행복한 결말로 끝나고 있다.[23] 제 나라 땅에서 농토나 소작지를 잃은 한국 농민의 유이민을 '만주낙토 건설을 위한 이주'라 하고 그 곳을 한국인의 유토피아로 그려 부왜의 뜻을 분명히 했다. 충실한 '국어극'이며 '국책극'이었을 뿐 아니라, 자신의 잘못된 믿음을 그대로 따랐던 '신념극'이었던 셈이다.

유치진은 1945년 광복 직전까지 꾸준하게 부왜연극 활동을 거듭함으로써, 뒷세대들에게 적지 않은 영향을 끼쳤다. 그를 따랐던 마산의 이광래나 박재성과 같은 젊은 연극인이 그들이다. 1943년 9월 16일부터 12월 26일까지 개최한 '제2회 국민연극경연대회'에서 이광래는 '황금좌' 소속으로 「北海岸의 黑潮」를 올리고 있다. 이 작품은 '애국'과 '성전'에는 신분 차이도 빈부 차이도 없다는 세뇌공작을 위한 작품[24]이다. '星群' 극단에서는 「新穀祭」를 한로단이 연출을 맡아 올리고 있다. 1950년대부터 부산에서 오래도록 후학을 키웠던 그는 그에 앞서 6월에 「國民劇의 再檢討」라는 글을 『新時代』에 이미 발표한 바 있다.

경남의 대표적인 계급주의 연극인 신고송은 일본 '동지사'에서 활동하다 1932년에 돌아왔다. 1935년 카프 해체 뒤 서대문감옥소에서 4년 동안 갇혀 옥고를 치렀다. 그런 뒤 전향을 하여, 1944년 10월 12, 13일 이틀 동안 이른바 조선총독부의 계책에 따라 이루어진 '연극인 총궐기 예능제'에서 크게 활약을 했다. 그 무대에 집체 형식으로 올려

---

22) 서연호, 앞서 든 책, 70~83쪽.
  '국민연극경연대회'의 경과에 대한 상세한 소개가 있다.
23) 『棗の木』 유치진 작·서항석 연출, 劇團現代劇場上演臺本.
24) 서연호, 앞서 든 책, 76쪽.

진「怒りの亞細亞」에서 유치진은 각본에서, 신고송은 연출에서 책임을 맡았다. 그는 부왜극 연출 활동을 빌려 어두운 시대 막바지까지 나아가고 있었던 셈이다. 이 무렵 박고송이라는 이름으로 여러 편의 신파작품을 내놓은 이가 있었는데, 이 또한 신고송으로 짐작된다.[25]

다음은 수필 쪽이다. 김소운은 능란한 일본어를 구사한 사람이다. 1920년대 일찍부터 '내지문단'에 번역으로 이름을 떨쳤다. 현대시에서부터 민요·동요·설화 번역과 많은 창작 수필을 남겼다. 이런 그의 문필작업은 긍정적인 면도 있지만, 바로 "내선간의 문화교류와 국어보급에 방조적인 역할을 한 것으로도 평가"[26]된다. 1940년대에 들어서 '조선문인보국회'의 발기인 가운데 한 사람으로 이름을 얹었더니, 드디어 내놓은 부왜의 길을 걷기 시작했다. '학병 권유문'인 「父祖의 汚名을 一掃」를 『매일신보』에 실은 때가 1943년 11월 21일이었다.

세계의 동란—문자 그대로 혈전이 거듭되는 이때 장래의 역사의 한 줄 한 줄을 몸으로 써갈 제군을 생각할 때 나는 차라리 눈물겨움을 느낀다. 일신의 생명을 홍모에 부치고 전장을 치참할 때 제군은 참다운 생의 의미를 깨닫게 될 것이다. 그러면 용감하게 나가 싸우라. 제군을 산 신(神)으로 우러르며 이 붓을 놓는다.[27]

이주홍은 한국 계급문학의 발전과 성장뿐 아니라, 오래도록 경남지역 문학을 위해서도 작품 안밖으로 결정적인 이바지를 한 이다. 게다가 뛰어난 서화가로, 다재다능한 편집자로, 온갖 갈래에 걸쳐 많은

---

25) 김봉희, 「신고송의 희곡 선구자들 연구」, 『지역문학연구』 7집, 경남지역문학회, 2001, 115쪽.
26) 정운현 엮음, 『학도여 성전에 나서라』, 도서출판 없어지지않는이야기, 1997, 275쪽.
27) 정운현 엮음, 앞서 든 책, 276쪽.
   이 책에서는 『每日新報』에 실린 이른바 '학병권유' 부왜문장이 거의 모두 옮겨 실렸다. 옮겨 실으면서 어려운 한문투를 한글로 풀어쓰고 있어 읽기 쉽도록 했다.

작품을 발표했다. 한국 근대문학사에서 대가적 풍모를 보여주는 대표적인 작가다. 그도 1940년대 몇 해를 예의없이 어렵사리 거치고 있다. 일문으로 씌어진 작품이 몇 있으나 부왜 빛깔이 드러나지 않는다. 오히려 독특한 개성이 흥미를 끈다.[28]

　일본어를 쓰고 있을 뿐 아니라, 이른바 '내지문학 양식'까지 따라간 이도 있다. 그 가운데서 통영 시조시인 고두동의 경우가 남달랐다. 경남북지역 여러 '연초조합'에서 일하면서 높은 자리까지 올라갔던 그는 '국어'로 된 시와 수필뿐 아니라, '단가'까지 발표했다. 앞선 시기부터 『조선일보』와 같은 일간지에 꾸준히 시조를 싣곤 했던 모습이 식지 않았다. 경남지역 시조문학의 전통 속에 녹아 있을 왜풍의 그림자를 엿보게 하는 사실이다.

4. 한글 문학과 부왜활동

　한글로 된 부왜작품을 남긴 경남 문학인은 숫자가 그리 많지 않다. 이들은 이른바 '국민총력운동'에 따라 나라 안이 온통 '전시동원체제'로 바뀌었던 1940년대에 집중적으로 해당 작품을 발표하고 있다. 나라잃은시기 전기간에 걸쳐 작품을 남기고 있는 이른바 '국어' 문학과는 다른 점이다. 한글로 부왜작품을 쓴 이들은 왜로 대륙침략전쟁의 엄혹한 현실 아래서 일정하게, 비슷한 시기에 전향·훼절하는 모습을 보여주고 있는 셈이다. 어두운 시대를 살아남기 위해 겪었을 선택의 어려움을 짐작케 한다. 그럼에도, 작품 문맥에 드러나고 있는

---

28) 이주홍이 일문 작품을 주로 발표한 곳은 『東洋之光』이다. 1942년에서 1945년까지 모두 여덟 편에 걸치는 수필, 시, 단평을 발표하고 있다. 그 가운데 콩트 「地獄案內」(『東洋之光』 12월호·1월호, 1943～1944)는 그 무렵 일본문단에서도 찾기 힘든 환상문학으로서 흥미를 끌만하다.

부왜 빛깔은 그대로 지적되어야 마땅하다.

유치환은 작품「首」를『國民文學』1942년 3월호에,「前夜」를『春秋』1943년 12월호에, 그리고「北斗星」을『朝光』1944년 3월에 싣고 있다. 이 가운데서 부왜 문제와 연관되어 이제까지 사람들의 입에 자주 오르내린 작품은「首」였다. 이 시에 대한 임종국의 생각을 앞에 옮기고, 뒤에 청마의 회고문을 싣는다.

유치환의「수」(首) 역시도 거짓말 평가를 받고 있다. '작은 가성(街城) 네거리'에 효수(梟首)된 그 시의 '비적'(匪賊)은 대륙침략에 항거하던 항일세력의 총칭이었다. 일제는 조선독립군을 선비(鮮匪), 공산 게릴라를 공비(共匪), 토착 항일민중을 토비(土匪), 항일 만주군벌을 병비(兵匪), 대도회(大刀會)와 같은 항일교단을 교비(敎匪), 홍창회(紅槍會)와 같은 항일 결사원을 회비(會匪)라 하면서, 그 전체를 '비적'이라 총칭했다. 침략적 잔인행위의 고발이 아니라, 항일하다 죽어 효수당한 '머리 두 개'를 꾸짖은 친일시가「수」(首)이다. 이 시가 극히 최근에도 한 중견 평론가에게서 남성적이요, 시의 소재를 확대한 혁명적 업적으로 극찬을 받았다. 이런 거짓말들이 고쳐져야만 민족의 혼이 바로 선다. 혼이 없는 사람이 시체이듯이, 혼이 없는 민족도 죽은 민족이다.[29]

그러므로 그 시기에 있어서는 적으나마 겨레로서 자의식을 잃지 않은 자라면 원수에 대한 가열한 반항의 길로 자기의 신명을 내던지든지 아니면 희망도 의욕도 죄 버리고 한갓 방편으로 그 굴욕에 젖어 살아가는 두 가지 길밖에 없었던 것입니다.

그런데 나는 비굴하게도 그 중에서 후자의 길을 택한 것이었으며 그러

---

29) 임종국,『실록 친일파』, 돌베개, 1991, 6~7쪽.

면서도 그 비굴한 후자의 길에서나마 나는 나대로의 인생을 값없이 헛되게는 버리지 않으려고 나대로의 길을 찾아서 걸어가기에 고독한 노력을 아끼지 않았던 것입니다. 어쩌면 이러한 말은 비열한 위에 더욱 가증스런 자기 합리화의 수작으로밖에 들리지 않을지 모르겠습니다마는.[30]

유치환의 솔직한 마음을 잘 드러내고 있는 진술이다. '악을 판 자도 위선자였고 선을 판 자도 위선자였다'라는, 책 모두에 올린 경귀가 예사롭지 않게 느껴지는 대목이다. 그러나 문제는 이제껏 논의되지 않았던 작품 「北斗星」에서도 나타난다.

北熊이 우는
北方 하늘에
耿耿한 일곱별이
슬픈 季節
이 거리
저 ― 廣野에
不滅의 빛을 드리우다.
      ○
어둠의 洪水가 구비치는
宇宙의 한복판에
홀로 선 난
한낱의 푸른 별이어니!
      ○
보아 千年

---

30) 유치환, 『구름에 그린다』, 신흥출판사, 1959, 22쪽.

생각해 萬年

千萬年 흐른 꿈이

내맘에 薔薇처럼 고이 피다

　　○

구름을 밟고

기러기 나간 뒤

銀河를 지고

달도 기우러

　　○

밤은

어름같이 차고

상아같이 고요한데

우러러 斗柄[31]을 재촉해

亞細亞의 山脈넘에서

東方의 새벽을 이르키다.

—「北斗星」[32]

　다작으로 한결같았던 청마다운 부풀림과 거친 맛이 잘 드러나는 시
다. 첫 도막과 마지막 도막 사이에 말할이의 개인 심사를 올려, 교묘
하게 구체적인 부왜 빛깔에서 비껴나고 있다. 그러나 이 시는 그 두
도막에서 제시되어 있는 바와 같이 '대동아공영권'을 위한 '성전'이라
는 얼개가 끌어잡고 있다. "두병을 재촉해", "동방의 새벽을 이르키
다"가 뜻하는 바를 알아채는 일은 어렵지 않다. 그런데 정작 청마의
부왜와 관련하여 더 무거운 문제는 작품 하나하나에 대한 해석에 머

---

31) 두병 : 북두칠성을 국자 모양으로 보았을 때, 그 자루가 송장을 파내어 극형을 가하던 일.
32) 『朝光』 3월호, 조광사, 1944, 70~71쪽.

물지 않는 데 있다. 무엇보다 그가 1940년 가솔을 거느리고 통영을 떠나 '이주'하여 5년 가까이 머물면서 '總務'로 일했던 중국 길림성 연수현 '自由移住集團 嘉信興農會'의 성격과 그 실체 해명이 관건이다.

이원수 시인은 보다 뚜렷이 한글로 된 부왜시를 남기고 있는 경우다. 어린 소년 화자의 입을 빌려 잘 짠 한 편의 부왜시가 「志願兵을 보내며」다.

지원병 형님들이 떠나는 날은
거리마다 국기가 펄럭거리고
소리 높히 군가가 울렸습니다.

정거장, 밀리는 사람틈에서
손붓처 경례하며 차에 올으는
씩씩한 그 얼골, 웃는 그 얼골.

움직이는 기차에 기를 흔들어
허리 굽은 할머니도 기를 흔들어
「반자이」소리는 하눌에 찻네.

나라를 위하야 목숨 내놋코
전장으로 가시려는 형님들이여
부대부대 큰 공을 세워주시오.

우리도 자라서, 어서 자라서
소원의 군인이 되겠습니다.

굿센 일본 병정이 되겟습니다.

―「志願兵을 보내며」[33]

그도 다른 경남지역 계급주의 문학인들과 마찬가지로 1930년대 중반부터 전향의 길을 걸어, 1940년대에 이르면 확실한 전향의 표지를 세상에 들내고 있는 셈이다. 이제 아래서는 아직까지 보고되지 않았던 그의 다른 부왜수필을 보인다.[34] 노골적이고도 깊은 공감에서 우러나온 부왜문장이어서 읽는이를 놀라게 한다.

어덴지 모르게 아름다운 歷史와 聖地로서의 빗을 發하고 잇는 山水明眉한 부여 따에 다엇다. 지난 그날의 빗나던 文化도 애긋는 滅亡의 悲哀도 옛 記錄에만 남겨노코 千餘年 동안을 衰할 때까지 衰해 버린 이 따에 황송하옵게도 應神天皇, 齋明天皇, 天智天皇, 神功皇后의 네 神께서 御鎭座되옵실 官幣大社 扶夫餘神宮이 御造營되는 것은 半島의 자랑이요 二千五百萬 民衆의 기쁨인지라 우리도 이 神宮 御造營에 赤誠을 다하야 광이를 들고 쌈을 흘리며 밤을 새며 차져온 것이다.
〔…중략…〕
이 고마우신 神宮 御造營의 소식을 듣고 二千五百萬 民衆이 누구나 여기 쌈을 흘려 工事에 힘을 合해보겟다는 熱誠을 안 가질 이 업슬 것이

33) 『牛島の光』 8월호(언문판), 朝鮮金融聯合會, 1942년, 37쪽.
   『경남도민일보』(2002. 3. 5)에 발굴자료로서 한 차례 공개된 바 있다.
34) 이 유형의 작품과 관련된 다른 논의의 글을 한 군데만 옮겨둔다.
   "부여는 이른바 조선총독부가 내선일체를 상징하기 위해 다양한 가공을 시도했던 이른바 '내
   선일체의 성지'였다. 일제는 '내선일체' 이데올로기의 강화수단으로 1941년 '부여신궁'을 짓
   고, 그 공사에 문인들을 동원했다. 부여를 내선일체의 성지로 다룬 문인들의 글도 부지기수
   다. 백철의 「내선유연(內鮮由緣)이 깊은 부소산성」(『文章』, 1941. 1)을 비롯하여, 박영희의
   「부여신궁어조영 근로봉사에 참열하야」(『춘추』, 1941. 4), 이광수의 「부여행」(『신시대』,
   1941. 7), 주요한의 「부여의 꿈」(『신시대』, 1941. 7) 등이 대표적인 '부여찬가'에 해당한다."
   한수영, 「고대사 복원의 이데올로기와 친일문학 인식의 지평」, 『실천문학』 봄호, 실천문학사,
   2002.

며, 그 마음으로 여기 와서 奉仕作業하고 간 이 쏘한 만헛슬 것이다.

우리도 奉仕作業에 參加할 수 잇섯슴을 感謝하는 同時 여기 한 덩이 돌이라도 한 부삽의 흙이라도 파고 싸허 올리는 榮光을 가슴 깁히 느끼엇다.

作業을 마치고 史蹟 見學次로 扶餘山 욱어진 숩 사히 서늘한 바람이 항결 돌고 잇는 산길을 거닐며 이 神宮이 完成되어 옛날 內鮮交誼에 가장 고마우신 御軫念이 게옵신 應神天皇外 세분 祭神께옵서 御鎭座하시는 날, 이곳의 光輝가 半島江山 방방곡곡에 쌔칠 것을 맘속에 그려보며 크다란 感激을 느끼엇다.

　　　　　　　—「古都感懷—扶餘神宮 御造營 奉仕作業에 다녀와서」부분[35]

권환은 경남 계급주의 문학뿐 아니라, 한국 계급주의 문학 발전에 크게 이바지한 시인이다. 그가 카프 해체에 따라 옥고를 치르고 풀려났던 것은 잘 알려진 사실이다. 권환의 전향은 이미 그때 이루어진 것으로 짐작된다. 다만 '내선일체'의 깃발이 세상을 뒤덮고 있을 때, 나서기보다는 뒤로 물러나 지병을 핑계로 버틸 수 있었던 것으로 보인다. 따라서 그의 부왜작품은 빛깔이 엷다.[36] 그리고 그들은 모두 그무렵 세태와는 달리 정보 효과가 큰 부왜잡지나 신문 발표를 벗어나 있다. 1944년에 나온 개별 시집 속에만 실렸다는 특징이 있다.

　　갈가마귀 한떼 획 날러가다
　　山마을 감나무숲 위로

---

35)『半島の光』11월호. 조선금융조합연합회. 1943, 14~15쪽.
36) 권환은 시집에 실린 해당 작품 말고「花郎徒 劇評」을『每日新報』1944년 10월 14일자에 한편 싣고 있다.

힘찬 波紋이 이러나다
맑은 가을 하눌에
개가 궁궁 짓다

어머니는 또 생각하엿다
먼 남녁하눌 날러다니며
마음대로 太平洋을 짓밟는

勇敢한 黃鷺의 아들을

大空의 아들을 그는 생각한다
날러가는 새짐승을 볼 때마다

—「荒鷲」[37]

平安히 가시옵소서
北녁「튼드라」가 오죽이나 추우렷가
平安히 가시옵소서
南녁「장글」이 오죽이나 더우렷가

---

37) 권환, 『倫理』, 성문당서점, 1944, 34쪽.
　　본디 시집 『윤리』는 두 차례 나왔다. 1944년 12월 15일과 같은 달 25일에 나온 것이 그것이
　　다. 앞서 나온 것에는 '저작발행자'로 임화의 이름을 올리고 있다. 25일에 나온 두 번째 시집
　　에는 권환의 왜로성이름인 '權田煥'을 '저작자'로 분명히 밝혔다. 그리고 맨 뒤쪽에 '경성제
　　대부속도서관사서'로 일하고 있는 자신에 대한 해적이를 간략하게 적고, 본문 교정까지 몇
　　개 올리고 있다. 이러한 두 번에 걸친 시집 『倫理』의 간행은 이제껏 학계에는 알려지지 않았
　　던 사실이다. 그런데 출판이 어려웠던 그 시기 짧은 10일 사이에 두 번에 걸쳐 한글로 된 시
　　집 간행이 어떻게 가능했던 것인가. 그리고 그 안에는 어떤 사정이 도사리고 있었던 것인가.
　　재미있는 생각거리다. 다만 여기서 짐작할 수 있는 일은 권환의 한 몸 의탁과 시집 간행에 오
　　랜 친구 임화의 힘이 결정적이었고, 권환의 훼절에도 임화의 영향이 있었을 것이라는 점이
　　다.

몸 고이 조심 하시옵소서
길은 멀고 背囊은 무거운 몸이오니
나라의 소중한 몸이오니

부대 도라오질랑 마시옵소서
높은 凱旋歌가 왼 山河를 덮을 때까진

뉘가 부질없시 기다리오릿가
나라 爲해 가시는 임을

—「送君詞」[38]

그 사람 몸도 억세고 튼튼하더니
거짓말 아니라 쇠방앗공이도 같더니

키도 장승처럼 컷거니와
두 눈엔 불방울이 펄펄 날더니

그래도 늙은 홀어머니 앞엔
洋책기처럼 順하되 順하더니

좋다던 두 볼을 맛대 부비고
미웁다면 이빨로 껑껑 십으려하더니

누구나 한번은 죽고 마는 것이나

---

38) 권환, 앞서 든 시집, 52쪽.

나라 위해 죽는 게 얼마나 神聖하냐고

말버릇처럼 짓그리더니
인제 빙그려 웃으렷다 그대의 英靈은!

―「그대」[39]

경남지역 문학인 가운데서 김정한이 특이하게 희곡에서 부왜작품
을 남기고 있다. 그의 경우 흔히 '일제 말엽에는 절필하여' 절조를 지
킨 작가로 알려져 왔다. 그러나 1930년대를 앞뒤로 한 무렵에 작품
발표를 시작하여 문단에 나선 그는, 이른바 '국민정신총동원운동'으
로 전시동원체제의 수립이 획책되었던 1938년부터 1943년에 이르기
까지 여러 편의 작품을 발표했다. 그리고 이 시기의 작품이 전향적으
로 바뀌어간다는 사실은, 이미 암시된 바 있다.[40] 그 가운데서 「隣家
誌」는 그 동안 이름만 알려져 온 작품이다.[41] 1943년 9월 『春秋』에
실린 이 작품은, 그 뒤 여러 차례 이루어진 김정한의 해적이에서는
늘 빠져 있었다. 두 부분만 옮겨본다.

　①樂三 　벌써 밥하냐? 그런데 늬 이것 좀 봐주게. (손에 든 조이쪽지를
　　　　　내주면서) 눈 뜨고도 몬보는 당달이 (청맹관이)가 돼서 젠
　　　　　장……
　　西分 　(행주치마에 손을 닦고서 조이쪽지를 받아 들고 보더니) 아드님
　　　　　한테 온기네요.―面 事務所에서 勤勞奉仕隊에 나오라는 통지
　　　　　섭니다.

39) 권환, 『倫理』, 성문당서점, 1944. 58~60쪽.
40) 김기호, 「김정한 초기소설과 그의 전향에 대한 고찰―작중인물의 현실대응의 변모를 중심으
　　로」, 『우리문학연구』 3집, 한국외대 사범대 한국어교육과, 1991.
41) 임종국, 『친일문학론』, 평화출판사, 1966. 481쪽.

樂三　머, 勤勞奉仕隊? 정신 빠진 사람들 앙이가! 來日 모레면은 志願兵에 나갈낀데 무엇 나갈 틈이 있능강. 西分아 우리 개똥이 志願兵 나가는 것 늬도 알지 안나. 이담 大將이 되면 뉘사 말리겠나. 너도 봐라 이것저것 준비할라 나갈 수 있겠나.

西分　암마 面에서 잘 모르고 그랬겠지오?

樂三　에이 실업은 놈들!

②西分　일 많이 하능기 나뿐기오? 놀고 묵는기 빙신(바보)이지─.

次乭　조런 방정맞은 년 조둥이 깬 것 좀 봐라! (西分이를 때릴려는 듯이 앉인 채 손을 들먹 들먹하며 겨눈다)

西分　(二順이 등뒤로 피한다)

二順　와 또 이래 쌓능기오? 지발 좀 젊잔해지소. 어째 남자가 대서 그만 일도 모르능기오? (힘을 더욱 가다듬어서) 옛적버텀 난리가 나문 내남없이 남자는 나라를 위해서 목숨을 돌보지 않고 수자리를 직히는 법이고, 여자는 손톱이 달투록 일을 해서 또한 나라와 집을 직히는 것이 아니오? 百濟階伯將軍이애기 당신도 언재하지 않았소?

次乭　야 ─ 이년들이 제북 나를 훈계 할라카는구나. 주지넘은 연들 같이를!

이 작품이 문제적인 것은 첫째, 여러 문학 갈래를 넘나들었던 김정한으로서도 유일한 희곡작품이라는 데 있다. 둘째, 그가 겪었을 삶의 어려움은 짐작하지만 부왜작품이라는 점에서는 논란이 적지 않을 작품이라는 점이다. 셋째, 그의 특장인 경남지역말을 여느 작품보다 돋보이게 쓰면서 극적 효과를 높이고 있다는 점이다. 지원병 '開東'(22살)을 혼인시켜 이른바 '성전'에 내보내려는 아버지 '白樂三'(탕건장

사, 노인)과 '개동'의 아내로 내심 점찍고 있었던 '서분', 그리고 그녀
의 아버지 '방차돌'(생선장사), 어머니 '이순' 사이에서 일어나는 소인
극이다. 지원병 가족을 힘껏 도와줘야 한다는 뜻을 분명히 담음으로
써, 이른바 '총후'의 '국민총력운동' 실천에 이바지하고자 하는 뜻을
일깨우는 '국책극'이 되고 있다.

5. 한문 문학과 부왜활동

이제껏 근대문학 연구에서 바깥으로 밀려나 다루어질 기회가 드물
었던 자리가 한문학이었다. 근대 한문학은 민족국가의 국가언어인
한글로 된 문학이 아니라는 까닭에 자격이 모자라는 것으로 다루어
져 왔다. 그러나 우리의 근대는 전근대와 근대 그리고 후기근대가 뒤
섞여 중층적 양상을 만들어 온 데다, 이민족에 의한 민족예속이라는
특수한 사정을 안고 이루어졌다. 따라서 중심 언어를 문제 삼아 변두
리 언어로 이루어진 문학을 '근대'문학에서 빼버리는 일은 우리 문학
영역의 실상을 많은 부분 왜곡시킬 위험이 크다.[42]

지역문학 차원에서도 조선총독부가 저질렀던 부왜유림 육성 술책
과 그에 따라 부화뇌동했던 문학은 중요한 부왜 양상으로 다루어야
할 것이다. 경술국치에 이어 우리나라의 모든 제도를 저들의 효율적
이고도 영구적인 지배를 위해 뜯어고치고자 했을 때, 한국사회를 움
직이는 가장 주요한 심성과 생활규범을 이루었던 유교계에 대한 지

---

42) 따라서 글쓴이는 아래 글에서 국가적 기획에 따른 근대 반성과 성찰을 위하여, 지역문학 연
구에서는 과감하게 변두리 갈래로 밀려나 있던 근대 한문학이나 가사와 같은 양식을 연구 범
위에 끌어넣어야 한다고 말한 바 있다.
박태일, 「지역시의 발견과 해석—경남·부산지역의 경험을 중심으로」, 『한국시학연구』 6집,
한국시학회, 2002.

배와 탄압은 집중적일 수밖에 없었다. 각별히 '동아시아' 삼국의 공통되는 정서적·윤리적 고리로서 '공자사상'을 끈질기게 부추기고, 그를 빌미로 마침내 '대동아공영권'의 이념적 바닥을 다지고자 했던 책략은 일찍부터 비롯된 일이다. 따라서 그러한 술책에 따라 '經學院'에 뒤이어, 1932년 '朝鮮儒教會'가 마련된다.

최고 높은 '宗道正'으로 대표적인 부왜역적 가운데 하나인 윤용구를 둔 곳이 '朝鮮儒教會'였다. 이 단체의 '朝鮮儒教會創立同志代表者名簿'에 이름을 올린 이가 온 나라에서 11,716명이었다. 그 가운데 738명이 경남지역 사람이다.[43] 그리고 이 단체는 이른바 '국민정신총동원운동'이 시작된 다음 해인 1939년 10월 그에 발맞추어 나머지 부왜유림 단체들과 함께 '朝鮮儒道聯合會'로 통합된다. '帝國畢勝'을 위하여, '國民精神의 團結力을 確固'히 하고, '皇道 정신에 醇化된 儒道를 振作시키기 위한 노력'을 내세웠다.[44] 왜로는 우리 사회의 전통적인 지배계층이자 지식계층이며, 여론주도층이었던 이들에 대한 '사상 공작'을 꾸준히 꾀했던 셈이다.

그들의 매체, 곧 『經學院雜誌』·『斯文學』·『日月時報』·『時中』·『彰明』·『儒道』와 같은 곳에 실렸던 많은 경남지역 인사의 한문학 문장뿐 아니라, 낱책들은 부왜작품이라는 관점에서 살펴야 할 일이다. 이 글에서는 대표적인 본보기로 두 종류의 부왜 한시집에 실린 작품을 소개하고자 한다. 첫째, 1937년 경학원에서 낸 『聖戰誠詩集』이다. '聖戰'이란 왜로 제국주의자의 이른바 '中日戰爭', 곧 중국대륙침략전쟁을 뜻한다. 일찌감치 경학원에서는 부왜시문들을 힘껏 가져다 바치고 있었던 셈이다. 많게는 한 도에서 54명이, 적게는 1명이 작품을 싣고 있다.[45] 시의 형태는 칠언절구가 대종이고, 칠언율시가 그 뒤

43) 『朝鮮儒教會創立宣言書及憲章』, 자가본, 31쪽.
44) 朴澤相駿, 「創刊に際して」, 『儒道』 창간호, 朝鮮儒道會, 1944, 1~2쪽.

를 잇고 있다. 경남에서는 모두 32명이 작품을 실었다. 그들 가운데
서 경남지역 사람 것으로 맨 처음 실린 부산 구주회의 것을 보인다.

앞서 황군이 북평을 향한다고 말하더니
마침내 호드기와 북소리가 남쪽 군영에서 울리도다.
말을 돌격할 때에 대적할 자가 없더니
비행기 울리는 곳에 다시 횡행하도다.
명령대로 沙場 만리를 다닐 수 있어
畵閣에 천추토록 불후의 이름을 남겼도다.
한몸 된 臣民이 하례의 뜻을 다투고
집집마다 처마 끝에 일장기가 밝도다.

　　　　　　　　　　　　　　　　　　　　　　— 구주회[46]

　대부분의 시들이 '爲國安民'을 위한 '충의'로 용감하게 싸워, '열
사'의 명예를 '만년'까지 잇도록 하라는 권유와 '병정'에 대한 찬양,
장차 '중국을 반성하게' 하리라는 전쟁 명분, 왜왕 곧 '천황'의 어진
덕을 기리는 것으로 되어 있다. 위에 옮긴 구주회의 것도 그런 경향
에서 벗어나지 않는다. 왜군의 용감함과 승리를 감격 어린 목소리로
그렸다. "한몸 된 신민이 하례의 뜻을 다투고/집집마다 처마 끝에 일
장기가 밝"다는 데서 이른바 '내선일체'와 '황민화'는 완연히 이루어
졌다.

---

45) 도별로 실린 이들의 수를 헤어보면 아래와 같다.
　　경기도 17명, 충청북도 14명, 충청남도 25명, 전라북도 54명, 전라남도 1명, 제주도 20명, 경
　　상북도 33명, 경상남도 32명, 황해도 16명, 평안남도 22명, 평안북도 76명, 강원도 18명, 함
　　경남도 12명, 함경북도 18명이 그것이다. 여기다 경학원 간부 29명을 더해, 모두 387명이 작
　　품을 실었다.
46) 『聖戰誠詩集』, 경학원, 1937, 44쪽.
　　옮긴시는 부산대 한문학과 김성진 교수의 도움을 얻었다.

『祝徵兵制實施』는 1943년 징병제 실시와 더불어 조선유도연합회에서 낸 한시집이다. '徵兵의 義務를 철저하게 인식하고, 그것을 진심으로 실천해야 할 것'을 머리에 밝혔다. '各道 儒林들이 투고한 수천수 가운데서 160수만 골라' 한 책을 엮어, 이른바 '皇恩을 노래하고 그 惠澤을 永久히 紀念[47]하겠다는 곡진한 뜻으로 펴낸 책이다. 모두 160명이 167편에 이르는 작품을 올리고 있다. 거의 모두 왜식으로 갈아치운 이름자를 쓰고 있는데, 경남지역 문인은 5명에 머물어 그 수에서는 완연히 적다. 이 가운데서 '德田在旭'이라 이름을 뜯어고친 이의 오언시를 보기로 한다.

> 나라에 마땅한 징병 있으니
> 국민 역시 병정이 되고자 하노라.
> 성스러운 은혜는 바다같이 크노니
> 모두 중국 전선병으로 나아감이 옳도다
>
> ― 함안군 함안면 봉성동 덕전재욱[48]

왜로의 징병제도에 뜻을 함께하면서 이른바 '천황', 곧 왜왕의 '聖恩'을 갚자는 뜻이 드높다. 이러한 부왜한문학 작품에 대한 접근은 이제껏 학문공동체의 관심 바깥에 놓여 있었던 까닭에 사실 확인부터 어려움이 크다. 묻힐 위기에 있는 자료 또한 쉽게 그 정체를 드러내지 않을지 모른다. 그러나 근대 경남지역 유림에 대한 접근은 이른바 '신식문학'을 한다고 해서 그 무렵 전경화되어 있었던 한글 문학자들에 견주어, 보다 넓고 단단하게 가로놓여 있었던 부왜인의 바탕에 다가설 수 있는 길이어서 의의가 크다.

---

47) 山本權一郎 엮음,『祝徵兵制實施』, 朝鮮儒道聯合會, 1943 서문.
48) 山本權一郎 엮음, 앞서 든 책, 38쪽.

6. 마무리

앞 시기의 오랜 국권회복 활동은 두고라도, 나라잃은시기에 광복활동을 했다 일컬을 수 있는 이에는 여러 유형이 있다. 먼저 돌아가신 분과 살아남았던 분으로 그것을 나누어 살필 수 있겠다. 첫째, 광복활동으로 말미암아 돌아가신 분이다. 이들의 첫 자리에는 순사(殉死)한 이가 놓인다. 광복전쟁의 전후방에서 목숨을 잃었던 숱한 사람이 이에 들 것이다. 두 번째 자리는 원사(寃死)한 이다. 광복활동 과정에서 오해로 죽임을 당하거나, 동료로부터 죽임을 당한 분이다. 세 번째 자리에 절사(絶死)한 분이 놓인다. 깨끗하게 속으로 절조를 지키다 돌아가신 이다.

둘째, 광복 뒤에까지 살아 삶을 마쳤던 분이다. 그 첫 자리에 옥고를 겪었던 이가 놓인다. 예사사람이 겪어내기 힘들 긴 세월의 고초를 몸소 겪고 이겨낸 이들이다. 두 번째 자리에 광복활동으로 말미암아 장애를 입거나, 거의 폐인이 되어버린 분이 놓인다. 세 번째 자리에는 평생 앞뒤가 깨끗한 이가 놓인다. 경남지역에서만 하더라도 이 여섯 가운데 어느 한 자리에 들어 모자람이 없을 이름이 어찌 천, 이천에 머물겠는가. 그러나 경남문학인 가운데서는 위에 든 자리 가까이 올려다 놓을 이름을 요량해보기가 쉽지 않다.

모름지기 경남지역 근대문학인 가운데서는 그들 가까이에 올려 세울 만한 이들이 없었다는 뜻인가. 그렇지 않을 것이다. 1894년 갑오억변과 경술국치를 거치면서 충렬사 동백숲에다 깊은 울음을 묻었을 통영지역 지사들의 문학이 없을 수 없다. 1910년 경술국치를 거쳐 1920년대 민족·반제 활동 과정에서 순사하거나 원사한 경남 문인이 어찌 한 둘에 그칠 것인가. 매음녀로 스스로를 꾸민 뒤 중국 상해로 건너가, 조선의용대 여자대장으로 싸우다 순사한 동래 박차정 열사의 작품은 작은 한 보기에 지나지 않을지 모른다. 1930년대 중반 한 편 소설을 위해 밤새 연필심을 뼈처럼 깎아내렸을 지하련의 오라버니 이상조와 그가 남겼을 소설을, 지금 당장 우리 손에 잡히지 않는다 하여 묻을 수만은 없는 일이다.

나라잃은시기 광복항쟁의 나날 속에서, 하루하루 생존의 싸움을 거듭하면서 나라 안밖 그 어느 자리에도 이름을 올리지 못한 채 잊혀져 갔을, 적지 않은 문학인을 짐작해 본다. 경남지역의 부왜문학에 대한 연구를 다그치는 까닭은 한때의 크작은 흠을 내세워 그에 관련된 이들의 문학을 죄 묻어버리기 위한, 집단적 가학의 도구로 끌어다 쓰기 위한 뜻이 아니다. 문학에서나 삶에서나 화려하지는 못했을 망정 보다 떳떳할 문학이 있고 삶이 있다면, 그부터 제자리를 찾도록 이끌어야 할 일이라는 성찰과 결의를 거듭 드러내는 한 방식일 따름이다. 지역의 부왜활동과 부왜문학에 대한 조사·연구가 깊어지기를 바란다.

김정한 희곡 「隣家誌」 연구

1. 들머리

우리 근대문학 연구의 역사는 그리 오래지 않다. 그런 가운데서도 많은 담론이 생산·재생산되었다. 숱한 작가와 작품, 집단의 특성과 그 행위에 대한 값매김이 이루어졌다. 다른 생각이 끼어들 수 없을 듯 어느새 굳건한 통념으로 자리잡은 경우도 있다. 그러나 단순하지 않은 역사의 질곡 속을 거쳐온 것이 우리 근대문학 창작 환경의 역사였다. 마찬가지로 그 연구의 역사 또한 단순치 않은 이념적·시대적 자장 위에서 이루어졌다. 그렇다보니 주류적 연구 영역에서 벗어나 있었던 우리 근대문학의 자리는 뜻밖에 넓다.

문학이 삶의 한 방식이며 그 성찰의 기록이라고 한다면, 그에 대한 관심을 우리 근대문학 연구는 여러 쪽에서 놓치고 있었다. 굳어진 잣대로 문학의 자리를 스스로 좁혀 왔다. 그 한 쪽에 지역문학 연구가 있다. 이제껏 국가주의·민족주의 문학 연구의 거대담론 가운데서 비학문적 영역, 값없는 일쯤으로 몰리기 십상이었던 자리다. 근대의 중앙독점·산업화·획일화에 따른 지역 파괴와 왜곡에 대한 분명한 문제 인식과 그것을 가로지르기 위한 새로운 노력이 지역문학 연구다. 문학을 구체적인 삶자리로 되돌려 세우기 위한 혁신적 기획 가운데 하나라 할 만하다.

경남·부산의 문학 흐름 가운데서도 새로 다루어야 할 일은 뜻밖에 많다. 작가 김정한도 그 한 경우다. 우리 근대문학사의 우뚝한 문인으로 거듭나기까지 김정한 담론이 증폭되어온 강도와 속도는 폭발적이었다. 이 글에서는 이제까지 이루어졌던 김정한 담론에서 볼 때, 적지 않은 문제점을 던지고 있는 희곡 「인가지(隣家誌)」를 찾아, 그 됨됨이를 알리고자 한다. 이 일을 빌려 김정한 문학에 대한 다양한 이해가 깊어지기를 바란다. 「인가지」가 놓여 있는 문학 바깥쪽 환경을 살피고 작품 안쪽 맥락을 따져들어, 이 작품이 부왜(附倭)작품임을 밝히는 순서를 따르고자 한다.

2. 김정한 담론과 절필

김정한은 근대 경남·부산 지역문학을 대표하는 문인 가운데 한 사람이다. 나라 안에서도 빼놓을 수 없는 작가로 상찬을 받고 있다. 따라서 그 사이 많은 연구물이 쌓였고, 그것은 여러 길로 재생산되어 왔다. 그러한 담론 증식의 한 자리에 '절필'이라는 아름다움이 있다. 요산 김정한이라는 작가상을 굳히는 데에 그것이 상당한 가늠쇠 구실을 떠맡았음은 부인하기 힘든 사실이다.

예컨대 15년 전쟁 기간 황도사상의 마권에 휩쓸리지 않은 문인의 수는 손가락으로 꼽을 정도에 불과하다. 민족주의문학진영, 프로문학진영을 막론하고 온통 무너져내려 친일의 욕된 명부에 이름을 올렸던 것이다.

〔…중략…〕

이처럼 일제 말기에 작품활동을 한 대부분의 문인들이 관련되었지만 그럼에도 진지한 비판 과정 없이 묻혀버리고 만 친일의 역사에서 김정한 문학은 벗어나 있다. 이 사실만으로도 김정한 문학의 의미는 대단히 크다 할 것인데, 해방 이후의 문학 또한 이에서 벗어나지 않았으니 김정한 문학은 문학사의 한 측면을 선명하게 드러내는 역광의 의미를 지닌다.[1]

그 무렵 많은 문인들이 너나없이 "친일의 욕된 명부에 이름을 올렸던 것"인데, 김정한 문학은 그 "친일의 역사에서 벗어나" 있는 까닭에 "문학사의 한 측면을 선명하게 드러내는 역광의 의미를" 지닌다 했다. 흔히 '친일문학'이라 일컫는 부왜문학 행위에서 김정한이 '절필'로 말미암아 자유롭다는 이러한 믿음은 김정한 후기의 문학 행적과 바로 겹치면서, '대쪽 같은 곧음'이라는 작가상을 굳건히 하는 데 한 터무니가 된 셈이다.[2] 김정한 스스로도 이에 대해서는 '절필'이라 분명히 적고 있다.

① 1939년(32세) 5월, 南海郡 南明 公立普通學校로 轉任.
　　　　　　　8월, 3女 福姬 출생.
　　1940년(33세) 「落日紅」(朝光), 「秋山堂과 곁사람들」(文章), 「月光恨」(文章) 등을 발표함.

1) 정호웅, 「김정한론—굴강(屈强)의 정신」, 『한국현대소설사론』, 새미, 1996, 73쪽.
2) "치열한 문학과 꺾이지 않는 대쪽 같은 삶을 살아온 요산 김정한 선생은 문단 60년의 이력과 명실상부한 민족문학의 거목으로 추앙을 받고 있습니다."
　　김정한, 「낙동강 1」의 '책머리에' 되옮김.
　　정호웅, 앞서 든 글, 71쪽.

학교에서는 우리말 敎育이 불가능하게 되고, 新聞들도
자진 廢刊을 강요받음.

3월, 敎員 辭表를 내고(5월에 수리됨) 東亞日報 東來
支局을 인수하여, 가족을 거느리고 東來로 옮겨옴. 支局
일에 專念하던 중 治安維持法 違反란 억울한 罪名으로
警察에 被檢.

8월, 東亞日報 강제 폐간당함. 日帝의 발악극도에 달해
이로부터 붓을 꺾음.

11월, 慶南 綿布組合 書記로 취직.

1941년(34세) 11월, 2남 允 출생.

1944년(37세) 12월, 4녀 福姬 출생.

1945년(38세) 5월 18일, 父親喪을 당함.

8월 12일, 身邊의 불안을 전해 듣고 일시 龜浦 知人宅
으로 피신.

8. 15 해방. 建國準備委員會에 관계.[3]

② 계속해서 「抗進記」「岐路」「落日紅」「秋山堂과 곁사람들」 등등을
「朝鮮日報」「朝光」「文章」誌 등에 발표해 오다가 朝鮮語敎育이 금
지되자, 1940년 봄 敎職을 내던지고, 廢刊 强要를 받아 오던 東亞
日報 東來支局을 덜렁 인수해서 그 해 8월 東亞日報 폐간과 더불어
완전한 실업자가 되었다. 물론 문학도 絶筆을 했다.

오랜 절필 끝에 해방을 맞이했으나, 해방이 된 뒤에도 붓이 얼른 들
어지지 않았다.

〔…중략…〕

---

3) 김정한, 「樂山 年譜」, 『人間團地』, 한얼문고, 1971, 363쪽.

그래서, 1956년에 발간된 나의 첫 창작집 「落日紅」이 나와 解放前
作品集으로, 이것이 나의 문학적 작업의 마지막이 될 뻔했다.
『모래톱 이야기』로 文壇에 복귀한 것이 1966년, 그러니까 해방 후
20여 년이 지난 때였다. 그것도 쓰기 싫은 것을, 元應瑞 씨가 主幹
하던『文學』이란 文學誌의 간청을 굳이 저버리지 못해 용기를 내어
본 것이었다.[4]

③ 우리말 교육이 폐지되었을 때 봉직해 있던 학교를 그만두고, 폐간 강
요를 받아오던 동아일보 동래지국을 인수한 것도 나의 저항적인 기
질의 탓이었다.
물론 소설을 쓰는 것도 그만두었다. 일본 관헌의 허가(검열)를 받아
가면서까지 작품을 쓰기가 싫었던 것이다.[5]

①은 1971년에 씌어진 것이다. 김정한이 적은 바를 그대로 따랐거
나, 거기에 바탕을 둔 기록으로 보인다. 그의 문학적 삶을 꼼꼼하게
문단에 알린 첫 해적이다. 그 뒤의 다른 해적이도 이것을 그대로 따
르거나, 조금씩 자구를 고치고 있다. 틀을 벗어나지 않았던 셈이다.[6]
②는 1974년에 씌어진 글이다. 스스로 "東亞日報 폐간과 더불어 완
전한 실업자"가 되었고, "물론 문학도 絶筆"한 일을 뚜렷이 했다. ③
은 ②와 마찬가지로 또한 1974년에 씌어진 것이다. 남달리 자신에게
"저항적인 기질"이 많았음을 밝힌 글이다. "일본 관헌의 허가(검열)

4) 김정한,「허덕이며 보낸 人生―나의 作家的 自敍傳」,『金廷漢 小說選集』, 창작과비평사,
1974, 467쪽.
5) 김정한,「남 못 주는 버릇」,『사람답게 살아가라』, 동보서적, 1985, 272쪽.
6) 김정한,「年譜」,『金廷漢 小說選集』, 창작과비평사, 1974, 472쪽.
기념사업회,「年譜」,『樂山 文學과 人間』, 오늘의문학사, 1978, 16쪽.
김정한,「金廷漢선생 年譜」,『낙동강의 파숫군』, 한길사, 1978, 256쪽.
_____,「年譜」,『사람답게 살아가라』, 동보서적, 1985, 316쪽.
편집부,「김정한 연보」,『작가연구』 4집, 도서출판 새미, 1997, 110쪽.

를 받아가면서까지 작품을 쓰기가 싫었던"까닭에 "소설을 쓰는 것도 그만두었다" 했다.

그러나 김정한의 '절필' 부분은 연구가 거듭되면서 고쳐지기 시작했다. 무엇보다 그 일에 공을 세운 이가 조갑상이다.[7] 그의 문학적 삶에 꼼꼼하게 다가서, 밑그림을 제대로 그려놓았다. 최원식 또한 광복기의 '절필' 부분에 대해서 문제 제기를 해 놓은 바 있다.[8] 그러나 그러한 보완작업에도 불구하고, 지역 안밖으로 김정한이 왜로(倭虜)의 억압 앞에서도 '대쪽같이' 붓을 꺾은 작가라는 명성은 흔들림이 없었다. 그러면 작가 스스로도 밝히고 있는 바, '절필'을 어떻게 받아들여야 할 것인가.

첫째, 중앙문단 차원에서 작품 발표가 뜸했던 데서 말미암은 바다. 김정한은 광복 뒤부터 전국 규모 매체에 작품을 내놓아, 문단의 눈길에 오르내린 일이 별로 없었다. 따라서 1966년 「모래톱 이야기」와 잇따른 작품에 대한 폭발적인 관심은 앞섰던 그의 문단 활동을 '절필'이라는 단어로 묶어야 할 만큼, 복귀의 뜻을 키웠다고 볼 수 있다. 둘째, 작가적 자괴감에서 말미암은 바다. 성에 차지 않는 작품에 대한 문학적 자의식이다. 김정한은 소설뿐 아니라, 틈틈이 많은 수필을 발표했다. 지역매체에 실은 중편도 있는 터다. 그럼에도 스스로 '절필'이라 일컬었던 것은 그 사이 씌어졌던 것들에게 제대로 된 작품대접을 할 수 없다는 뜻을 강하게 드러낸 일로 읽힐 수 있다.

어쨌든 김정한은 1936년 「寺下村」 이전부터 작품 활동을 시작하여, 1940년대와 광복기를 거치고 1960년대에 이르기까지 꾸준히 문

---

7) 조갑상, 「김정한 소설연구」, 동아대학교 대학원 박사학위 논문, 1991.
8) "일반적으로 일제말에 절필한 이후 「모래톱 이야기」로 복귀할 때까지를 요산문학의 공백기로 치부해왔다. 그런데 그는 해방 직후 창작 일선으로 귀환하였다. 물론 일제시대보다 덜 활발한 데다 주로 부산을 중심으로 활동한 탓에 공백기로 비추어졌지만, 이 시기에도 중앙문단과 아주 인연을 끊은 것은 아니다."
최원식, 「90년대에 다시 읽는 요산(樂山)」, 『문학의 귀환』, 창작과비평사, 2001, 236쪽.

필활동을 했다. 광복 앞 시기만하더라도, 기록과는 달리 '일본 관헌의 허가(검열)를 받아' 1943년에 작품을 발표하고 있다. 게다가『동아일보』폐간 뒤에는 왜로들의 '銃後', '經濟報國'에 한몫을 맡았을, "경남도청 상공과 산하 민간물자 통제조합"[9]인 '慶南綿布組合'에 한 직원으로서 몸을 맡겨, 징병과 징용이 어지럽게 저질러졌던 한 시기를 지나왔다. 그리고 그 자리에 문제 희곡「인가지」가 놓인다.

「인가지」는 1943년 부왜매체『春秋』9월호에 실렸다. 1966년 임종국[10]에서 한차례 이름이 오른 뒤, 실체는 알려지지 않았다. 그러다 오랜 뒤 조갑상에 이르러 다시 이름을 내보인다.[11] 그러나 내용에 대한 말은 따로 없다. '단막극'이라는 됨됨이가 덧붙었을 따름이다. 만약 작품을 읽은 경우라면, 내용에 대하여 그리 무겁게 생각하지 않았을 수 있다. 논의에서 빠진 까닭이다. 몇 해 뒤 다시 간추린 글에서도 지나쳤다.[12] 작품을 보지 않았을 수도 있겠다. 어느 경우든「인가지」는 쉽게 보아 넘길 작품이 아니다.

첫째, 이 작품은 1940년대 분연히 '절필'한 것으로 알려진 김정한의 미발굴 작품이다. 둘째, 작품 안밖을 살필 때 전향[13]이나 부왜문학과는 관련이 없다고 믿어져 왔던 김정한이 쓴 부왜작품[14]이다. 셋째, 김정한이 남기고 있는 유일한 희곡 작품이다. 넷째, 여느 작품에 견주어 경남지역말을 한껏 부려쓰고 있다. 이제「인가지」가 놓였던 작

9) 조갑상,「김정한 소설연구」, 동아대학교 대학원 박사학위 논문, 1991, 16쪽.
10) 임종국,『親日文學論』, 평화출판사, 1966, 479쪽.
11) "김정한은 소설 이외에 초기 27년부터 30년까지, 그리고 해방공간 동안 시와 시조, 동요 이십여 편을 썼고「隣家誌」(『春秋』43년 9월호)라는 단막극(희곡)도 1편 썼다. 또한 김정한은 많은 양의 수필, 수상, 칼럼 등을 발표하였다."
조갑상, 앞서 든 글, 6쪽.
12) 조갑상,「시대의 질곡과 한 인간의 명징함—김정한론」,『작가연구』4집, 새미, 1997.
13) 1938년을 거쳐 1940년에 이르는 시기에 발표된 작품이 뚜렷하게 '전향적으로 바뀌어 간다는 사실은 알려진 작품을 중심으로, 그것도 작중인물의 현실대응 방식을 좇아서 이미 논의된 바 있다.
김기호,「김정한 초기소설과 그의 전향에 대한 고찰—작중인물의 현실대응의 변모를 중심으로」,『우리문학연구』3집, 한국외대 사범대 한국어교육과, 1991.

품 바깥 환경을 살펴 가며, 작품에 대한 이해를 돕고자 한다.

3. 1940년대 '국민총력운동'과 「隣家誌」

「인가지」가 발표되었던 1943년은 왜로의 식민 지배·수탈이 막바지로 치닫던 무렵이다. 1931년 중국동북성침략을 시작으로, 1937년 중국침략, 1941년 태평양침략으로 나아가면서 열다섯 해 동안 제국주의자들은 전쟁의 야욕을 드높였다. 그 가운데서 가장 믿음직한 식민지였던 한국은 '銃後' '兵站基地'로서 지닐 바 몫을 톡톡히 떠맡아야 했다. 교육·문화·경제·사상·산업·법률·언론을 넘어서는 모든 영역에서 '內鮮一體'와 '皇國臣民化'를 목표로 한국사회와 한국인은 저들의 간계에 따라 구조화되고 재편성되었다.

각별히 1940년부터는 그 앞 시기의 이른바 '國民精神總動員運動'(1938~1940년)에서 더욱 나아가 '國民總力運動'을 꾀했다. '내선일체'와 '황국신민화'에 한결같은 목표를 두면서도 '高度國防國家體制 확립'이라는 기본 목표에 따라 '사상 통일', '국민총훈련', '생산력 확충'을 눈앞의 과제로 삼았다.[15] '전시동원체제'를 한층 군건히 하고, '大東亞共榮'을 위한 '聖戰'에 우리의 모든 물적·인적·제도적 자본을 쓸어 넣기 위한 일이었다. 이미 '국민정신총동원운동' 과정에서 지역의 하부 실천도구로 만들어졌던 '愛國班'은 '국민총력운동'에 이르러서 한결 단단하게 조직화되고, 활동이 강화된다.

---

14) 이 글에서 부왜극에 대한 뜻은 서연호에 따른다. 그는 '친일극', 곧 부왜극을 '國策劇(일본제국주의 정책을 지지하고 선전하는 연극)과 국민극(한국인이 일본 천황의 臣民, 즉 일본 국민이 되자는 연극), 國語劇(일본어로 하는 연극), 決戰劇(태평양 전쟁을 승리로 이끌게 하는 선동극)"이라 보고 있다.
　　서연호, 『식민지시대의 친일극 연구』, 태학사, 1997. 4쪽.
15) 최유리, 「日帝 末期 植民地 支配政策研究」, 국학자료원, 1997. 141~142쪽.

'애국반'은 '町洞里部落聯盟과 各種聯盟' 아래 10호로서 구성된 조직"이다. '常會'는 중요한 일정이었다. '大詔奉戴日'[16] 아침에 여는 '早期常會' 말고도 달마다 10일 밤에 소집하는 '애국반상회'와 여러 '연맹'에서 여는 '상회'가 그것이다. '국민총력'을 꾀하기 위한 지침과 활동이 모두 이 조직을 빌려 이루어졌다. 나날살이 구석구석을 억누르고 지키는 기구며, 모든 '供出과 配給'의 기본조직이었다. 이를 벗어나서는 나라 안에서 살아남는 일 자체가 어려운 상황이었다.[17]

「인가지」는 '이웃집' 또는 '이웃집 이야기' 쯤으로 읽힐 수 있겠다. 그러나 이 '이웃'에 대한 관심은 '총후' '決戰生活'을 떠맡았던 '애국반' 조직, 그 강화 획책과 나란히 생각하지 않는다면 예사롭게 보이기 십상이다.

'勤勞報國隊' 활동 또한 '국민총력운동'의 실천 요목[18] 가운데서 중심 자리를 차지한다. "결전의 현단계에 임하여 조선인이 勤勞總力을 최고도로 發揚하기 위하여 國民動員計劃을 원활하게 수행하고, 결전능력을 강화"[19]시키기 위한 '國民皆勞運動'이었다. '내선일체'를 위한 '精神敎化'와 '전쟁수행'을 뒷받침하기 위한 '戰時協力'이 두 목표였던 셈이다. 만 열두 살부터 마흔 살까지 사이에 걸친 모든 남녀가 참가하는 것이 원칙이었다.

왜로는 이러한 '노력동원'을 지난날부터 있었던 나라의 '부역'과 한 가지로 꾸며대면서, 노동력이 필요한 자리에 한국인을 밀어넣었다. 보수가 주어지지 않았던 것은 당연한 일이다. 주어질 경우에도 고스

---

16) 1941년 12월 8일 태평양침략전쟁을 일으킨 짓을 기념한다는 명분으로 1942년 1월부터 달마다 8일로 정한 날이 '대조봉대일'이다.
17) 최유리,「日帝 末期 植民地 支配政策研究」, 국학자료원, 1997, 99~100쪽.
18) 이른바 아침마다 하도록 꾀했던 '皇居遙拜', '神社參拜'를 비롯하여, '國語使用', '國旗尊重', 하루 한 시간 이상 '勤勞增加', 모든 가족의 '勤勞', '應召軍人 歡送宴', '傷兵慰問', '出征軍人과 殉國 遺家族의 慰問 慰靈', '家族 扶助'와 같은 간계가 그것이다.
　　三田芳夫 엮음,『朝鮮に於ける國民總力運動史』, 國民總力運動聯盟, 1945, 89~90쪽.
19) 경상남도 노무과,『勤勞運動要綱』, 경상남도, 1944, 23쪽.

란히 '헌금', '출정군인위문', '저금', '지원병 환송비'에 넣어 번 사람
이 쓸 수 없도록 했다. '총력'을 다해 인력을 빼앗는 완전한 착취였다.
이러한 '노력동원'이 거듭되었던 나날살이는 침략전쟁 막바지에 이르
면서 마침내 한국인에 대한 '徵用'으로 자연스레 이어졌던 것이다.[20]

　　銃後에 잇서서도 만일 皇國臣民으로서 구든 信念을 갓지 아니하고, 國
　　家的인 立場을 생각하지 안코, 혹은 一身의 利害만을 重視하야, 國家에
　　奉仕하려는 意思가 업슴으로 銃後의 軍律을 깨뜨려서, 自己利益만을 생
　　각하야 闇取引을 한다든지, 쓸데업시 國策을 非難한다든지, 流言을 퍼트
　　린다든지, 또는 機密을 말해서 敵國의 謀略에 빠지는 일이 잇게 된다면,
　　經濟戰, 思想戰, 其他의 謀略戰에서 勝利를 거두기는 到底히 어려울 것
　　입니다.[21]

　'국민총력운동'이 경제적인 쪽에서 '저축'과 '내핍생활', '준법정신'
을 강조할 뿐 아니라 '사상' 쪽, 더 나아가 생존 조건까지 간섭하고 있
었음을 잘 드러내는 보기다. '징병제'는 그러한 '총력동원'의 마지막
책략이었다. 왜냐하면 한국인이 왜로를 위하여 기꺼이 목숨을 바칠
수 있을 정도로 '황민화' 되었음을 전제로 삼은 일인 까닭이다. '내선
일체'의 궁극에 이른 단계이자, 그 상징적 표현이 '징병제 실시'였
다.[22]
　그러나 한국인을 바로 병역에 끌어들일 수는 없었다. 처음부터 지

---

20) 최유리, 앞서 든 책, 111쪽.
21) 宮本元,『시국과준법정신』, 국민총력조선련맹발행, 1942. 8~9쪽.
22) 한국인을 저들의 전쟁에 내몰겠다는 책략, 곧 '조선인지원병제도'의 도입이 논의된 것은
　　1937년 8월 중국대륙침략을 꾀하기 직전이었다. 이것의 목표는 크게 두 가지였다. 첫째, 왜
　　로의 침략전쟁이 커지고, 또한 오래 끌게 됨에 따라 나타날 병력 부족을 한국인을 끌어들임
　　으로써 벗어나 보겠다는 잔꾀다. 다른 하나는 한국인에게 '일본정신', 곧 '황민의식'을 제대
　　로 심는 데 유효한 방법으로 삼겠다는 뜻이다.
　　최유리, 앞서 든 책, 180쪽.

원 대상에 대해 엄격한 자격 조건을 두었다. 1938년 2월 22일에 떠벌린 이른바 '육군특별지원병령'에 바탕을 두어, '帝國臣民인 조선인' 가운데서 '보통학교' 졸업 또는 그와 같은 '학력'을 보증 받은 열일곱 살 이상의 젊은이가 기본 자격자였다. 군경과 행정관서가 두루 나서서 그들을 맡았다. 대상자에 그만큼 신경을 썼다는 뜻이다. 그래도 '황민화' 정도에 믿음을 갖지 못한 까닭에 '훈련소'의 '국민교육'은 필수 조건이었다.

이러한 '지원병제도'로는 태평양침략으로 말미암아 커진 전쟁 병력과 노동력 문제 해결에 어림없었다. 왜로는 '국가총동원' 단계를 나아가 '國民皆兵制度', 곧 '徵兵制'를 꾀한 것이다. 1942년 드디어 식민지 한국에 대한 '징병제' 실시가 발표되었다. 적극적인 '國語普及運動'을 서둘렀음에도 불구하고, '국어' 능력이 만족스럽지 못했던 그 무렵 사정으로는 모든 '국민'을 대상으로 삼은 '징병제' 실시는 무리였다. 다급했던 왜로는 아랑곳하지 않았다.[23] 「인가지」가 발표될 한달 앞인, 1943년 팔월에만도 '徵兵制實施感謝決意宣揚運動'과 '지원병'이나 '징병'의 대상이 될 젊은이를 상대로 '壯丁皆泳運動'을 벌이고 있다. 발표 다음 달인 시월에는 다시 '學徒特別支援兵應募 激勵' 활동을 온 나라 안에서 저질렀다.[24]

'국민징용령'에 따른 '징용'도 '징병제 실시'와 함께 획책되었다. '징병'이 "천황폐하의 명령하시는 대로 전선에 나가 싸우는 것"이라

---

23) 징병 대상자들에 대한 훈련과 교육이 급한 문제였다. 그리하여 식민지 안의 모든 학교는 병력교육학교로 바꾸었다. 1942년 12월에, '청년특별연성소'가 공립 715개, 사립 26개로 마련되었다. 1943년에는 1922개소의 '공립연성소'가 늘어나고 있다. 주로 기존의 '국민학교'를 그대로 썼는데, 교육은 군인과 교원이 함께 맡았다. '국어 습득, 체위 향상, 일본식 생활 수련'은 필수적인 내용이었다. 원칙적으로 17세 이상 21세 미만의 남자로서, 뽑힌 사람은 1년 동안 600시간의 '練成'을 받을 의무가 주어졌다. 1943년 10월 1일에 첫 '徵兵適齡' 신청을 받았으며, 1944년 4월 1일부터 8월 20일까지 처음으로 '徵兵檢査'가 이루어졌다. 그에 따라 9월 1일부터 1945년 5월까지 '現役兵'이 '입영'했다.
최유리, 「日帝 末期 植民地 支配政策研究」, 국학자료원, 1997, 204쪽.

면, 징용은 "총후에서 국가가 명하는 총동원업무에 종사하는 것"이다. 제일 먼저 그 대상이 된 사람은 만 열여섯 이상부터 마흔 살까지 걸치는 남자로서 현재 '총동원' 업무에 나서지 않고 있는 이였다. '징용'에서 빠지는 사람도 있었다. "나라에 중요한 업무에 종사하고 있는 사람 곧 군인, 육해군 군속, 군인이 되는 학교에 다니는 사람"이나 "죄를 짓고 형무소에 들어가 있는 사람"이다.

'관리'나 '공무원'은 원칙적으로 징용 대상이었다. 그러나 "다른 사람이 식힐 수 없는 일을 하고 있는 사람은 여간한 경우가 아니면 징용하지 않았다" '국가의 중직'을 맡은 까닭이다. 이와 달리 "직업이 없이 빈들빈들 노는 사람 또는 직업이 있더라도 그다지 긴급한 사무에 종사하지 않는 사람들은 우선 징용 대상"이었다. 이때 "긴급하지 않은 사무라는 것은 전시에는 있어도 그만이요 없어도 그만인 사무"[25]를 일컬었다. 대상자로 뽑힌 예사사람과 그 가족뿐 아니라, 숱한 지식층·지도층이 '징병'과 '징용'을 벗어나기 위해 갖은 어려움을 겪었을 것은 지극히 당연한 일이다. 그리고 이런 시기에 어려웠을 여러

---

24) 이른바 '국민총력운동'의 내용을 살피기 위해 「인가지」가 발표되었던 1943년의 공식 '日誌'를 살펴보면 아래와 같다.
  1월 雜誌 『國民總力』 月 二回 刊行
  2월 道聯盟役職員 中에서 選拔하여 聖地參拜團 派遣
  3월 産業戰士增産決意宣揚大會 實施
  4월 淸掃運動 實施
  5월 聯盟事務局, 總督府 第三別館으로 移轉, 第五回 理事會 開催, 國民皆唱運動 實施, 早起運動 實施, 軍事技術普及指導者 鍊成會 開催, 金剛山 道場 建設
  6월 米英擊滅全勤勞者總蹶起運動 展開
  7월 決戰生活徹底要綱 決定, 地方 各級 聯盟指導者에 대한 金剛山 道場의 鍊成 開始, 無醫面에 醫療班 派遣
  8월 徵兵制實施感謝決意宣揚運動 展開, 海洋訓練指導者鍊成會 開催, 壯丁皆泳運動 實施
  9월 內鮮滿華 連絡強化 懇談會 開催
  10월 學徒特別支援兵應募 激勵
  11월 事務局 改造
  12월 戰果感謝 百機獻納運動 實施, 會社銀行聯盟仕奉隊 結成
  三田芳夫 엮음, 『朝鮮に於ける國民總力運動史』, 國民總力運動聯盟, 1945, 173~174쪽.
25) 宮孝一, 『朝鮮徵用問答』, 매일신보사, 1944, 8쪽·17쪽.

'검열'을 거쳐 발표된 김정한의 「인가지」가 놓인다.[26]

4. 「隣家誌」의 맥락과 '지원병'

1941년 1월부터 '주식회사 조선춘추사'에서 낸 부왜매체가 『春秋』다. 일찌감치 기자며 출판인이자 저작자로 일해왔던 양재하[27]가 발행인을 맡았다. 『춘추』말고도 그 무렵 '국책'에 필요한 여러 실용서나 문학책을 내기도 했던 곳이다. '국어상용'이 강요되는 가운데서도 한글 표기로, 한국인 글쓴이를 중심으로 나온 매체[28]였다. 몇 호까지 나왔는지는 뚜렷하지 않다.[29]

「인가지」가 실린 1943년 9월호에서도 『춘추』는 그 무렵 '총후'의 '전시협력', '정신교화' 활동을 고스란히 담았다. '권두언'에서부터 '징병제 실시', '육군특별지원병'에 이은 '海軍特別支援兵 실시'를 맞이하여 온전한 '황민'으로 거듭나기 위한 노력을 힘차게 부추기고 있다.[30] 본문 또한 '徵兵制實施와 朝鮮靑年'이라는 특집을 크게 마련했다. 이른바 '조선총독' 남차랑을 비롯, 부왜인 윤치호·한상룡·

---

26) 그무렵 작품 발표의 환경을 일러주는 한 보기가 있다.
   "그럼으로 내 作品의 거이가 日本帝國主義의 侵略戰爭中에 씨워졌으며 文學과도 달리 道警察部, 警務局, 管轄署의 三重四重의 朱線과 憲兵隊, 軍報道部의 符箋을 뚫지 않으면 않되는 야만적 檢閱網은 뻗어나갈려는 나를 文字 그대로 窒息去勢하고 말았다."
   함세덕, 「童僧」을 내놓으며」, 『童僧』, 박문출판사, 1947, 207쪽.
27) 1930년 조선일보 기자를 시작으로 1933년부터 동아일보 기자를 거쳤다. 1940년 동아일보 폐간 뒤 『춘추』를 냈다. 광복 뒤 『신조선보』 주간과 『한성일보』를 냈다. 한국마사회 부회장을 거쳤으며, 1950년 경북 문경에서 제2대 국회의원에 당선되었으나, 전쟁통에 납북되었다.
   『돌아오지 못한 언론인들』, 대한언론인회, 2003, 44쪽.
28) 이른바 '국어상용'이 온통 강제되었던 이 무렵에 '한글'로 나올 수 있었다는 사실도 이 매체가 부왜매체였음을 일러주는 한 터무니가 된다. 그 무렵 부왜매체는 두 가지 표기로 나왔다. 『國民文學』·『東洋之光』·『國民總力』과 같이 일문으로 펴냈던 부왜매체와 『春秋』·『愛國班』과 같이 한글로 펴냈던 부왜매체다. 『半島の光』과 같은 경우는 일문판과 한글판 둘을 한꺼번에 냈다. 신문에서 『京城日報』와 『每日新報』 사이 관계와 같은 경우다.
29) 한차례 영인이 되어 첫 호부터 1942년 8월호까지 소개된 바 있다.
   『春秋』, 현대사(영인본), 1882.

138   둘. 지역과 부왜문학

김성수·김활란들이 글을 올렸다. '지원병'을 다룬 김정한 희곡 「인가지」는 '創作'에 실렸다.

「인가지」는 모두 이웃인 다섯 사람이 엮어내는 단막극이다. '탕건장사' '白樂三'[31]과 '生鮮장사' '方次乭', 두 노인에다 백낙삼의 아들 '開東', 그리고 방차돌의 아내 '二順'과 그 딸 '西分'이 모두다. 개동은 22살로 '지원병'에 나갈 젊은이다. '場所'는 '村邑草家', '싸리짝문을 들어서면 바른편 쪽에 부엌'이 있는 '차돌의 집'이다. '부엌에서 생선굿는 냄새가 흘러나오는' 저물녘이다. 백낙삼은 '지원병'에 나가게 될 아들 개동의 짝으로 일찌감치 서분을 찍어두고 있었다.

樂三 애헴 에헴! 西分이 있능가?

西分 (부엌에서 석 나서며) 아이구 잘 오이소.

樂三 벌써 밥하냐? 그런데 늬 이것 좀 봐주게. (손에 든 조이쪽지를 내주면서) 눈 뜨고도 몬 보는 당달이 (청맹관이)가 돼서 젠장……

西分 (행주치마에 손을 닦고서 조이쪽지를 받아 들고 보더니) 아드님한테 온기네요. ― 面事務所에서 勤勞奉仕隊에 나오라는 통지섭니더.

樂三 머, 勤勞奉仕隊? 정신 빠진 사람들 앙이가! 來日 모래면은 志願兵에 나갈 낀데 무엇 나갈 틈이 있능강. 西分아 우리 개똥이 志願

---

30) "皇軍으로서 훌륭한 武勳을 세운 勇士와 또 아름답게 實로 勇敢하게 太平洋과 大陸에서 散華한 勇士를 나라에 바첫던 것이다. 그 보람이었든가. 오늘 우리는 또 感泣하여 마지 않는 크다란 歷史의 事實을 世界에 자랑하게 되었다. 徵兵制實施, 海軍特別支援兵 오랜 동안 이 얼마나 마음으로 待望했던 것인가.
앞으로 남어진 것은 단 하나 우리가 길러내 보내는 兵士들이 心身兩方으로 內地 出身의 兵士들게 떠러저서는 않되겠다. 그 길은 오직 兵士 自身은 물론 兵士를 내놓은 環境 即 父兄과 姉妹 其他 이웃이 한결같이 內地人게 떨어지지 않는 徹底한 皇民이 되어야 할 것이다. 皇恩에 보답코 健全한 國家 健實한 文化를 爲하여 일어선 靑年, 이들 靑年을 爲하여 우리는 멀지 않은 入營의 榮光스러운 날까지 準備를 完成해야 할 것이다."
「朝鮮靑年의 蹶起」, 『春秋』 9월호, 조선춘추사, 1943, 21쪽.
31) 백낙삼과 백요삼, 둘로 읽을 수 있다. 이 글에서는 백낙삼으로 읽는다.

兵 나가는 것 늬도 알지 안나. 이담 大將이 되면 뉘사 말리겠나. 너도 봐라 이것저것 준비할라 나갈 수 있겠나.

西分 암마 面에서 잘 모르고 그랬겠지오?

樂三 에이 실업은 놈들! (西分의 손에서 조이쪽지를 도로 받아 구겨쥔 다)[32]

들머리다. 개동의 '勤勞奉仕隊 통지서'를 핑계로, 백낙삼이 서분이 있는 방차돌네 마당으로 들어서는 장면이다. 이어서 두 집안이 혼인 합의에 이르는 마무리까지 '촌읍초가'에서는 극적 갈등이라 할 만한 강렬한 사건은 벌어지지 않는다. 다만 첫째, 백낙삼과 방차돌 두 이웃 노인이 생선장사가 좋은 업인가 탕건장사가 좋은 업인가를 둔 말다툼, 둘째 두 집안에서 개동과 서분을 서로 사위와 며느릿감으로 마땅하게 여기고 있는가 어떠한가에 대한 말다툼, 셋째 파리가 돼지 우리에서 생기는가 썩은 생선에서 생기는가 하는 말다툼, 그 세 입씨름이 사건의 전부라 할 만하다. 그러나 개동의 출현으로 두 노인의 입씨름은 그치고, 마침내 두 집안이 혼인에 합의함으로써, 극은 행복하게 마무리된다.

① 次쭐 말 마소. 장사가 젠장 지랄 겉은 장사가 대노이 할 쑤 있나!

樂三 뭐? (뭉클하며) 지랄 겉은 장사라이? 그래 탕건장사가 그럼 고기(生鮮)장사보다 몬하단 말인가?

次쭐 몬하지 그럼 낫소?

樂三 낫다마다. 아무리 세월이사 없다 캐도 장사品이 그렇잖다. 적어도 衣冠장사다, 이놈.

---

32) 이 글에서 작품을 따올 경우에는 될 수 있는 대로 본디 표기를 살리되, 말맛을 바꾸지 않을 정도에서 띄어쓰기는 요즈음 것을 따랐다. 뚜렷하게 잘못이라 여겨지는 글자는 바로잡았다.

② 樂드 그란해도 갈라네. 포리는 이놈아 돼지 우리깬에서 생기는 기 앙이라, 느그집 썩은 괴기 말리는 데서 생긴다 알기나 똑똑이 알아라!

次중 포리가 와 괴기에서 생겨? 돼지 깬에서 나서 묵울 끼 없으니 괴기 말리는데 날라 오는기지.

樂드 야 — 이눔아, 알고 보문 괴기한테서 생겨 가주고 돼지한테 날라 오는 기다.

次중 암만 그래 쌓아도, 돼지한테서 생기오.

①과 ②는 서분이나, 이순의 개입 없이 순전히 백낙삼과 방차돌 사이에 벌어진 처음과 세 번째 말다툼 부분이다. 첫 말다툼은 방차돌의 아내 서분의 출현과 남편에 대한 '훈계'로 마무리된다. 세 번째 말다툼은 백낙삼의 아들 개동의 중재로 이내 그친다. 뚜렷한 극적 장치 또한 나타나지 않는다. 행위극이라기보다는 특별한 무대 활용 없이 등장인물의 대사를 중심으로 극이 진행되는 짤막한 대화극 방식이다.

그러나 작품 맥락을 따져 들어서 보면 그런대로 잘 짜여진 극이다. 이 작품은 크게 세 가지 극적 긴장, 곧 읽는이의 물음이 겹으로 이어져 있다. 첫째 개동은 어떠한 젊은이인가, 둘째 서분이는 어떠한 처녀인가, 셋째 개동과 서분이 혼인에 이를 수 있을 것인가라는 상위의 물음이 그것이다. 그 답에 이르기 위한 지렛대로 세 입씨름이 놓여 있다. 작품은 그러한 물음을 하나씩 풀어주면서, 읽는이의 기대를 배신하지 않고, 혼인 합의에 이르는 행복한 마무리를 보여준다.

개동은 기대했던 대로 지원병 자격에 한 치의 모자람이 없는 뛰어난 인물이다. 장차 그 아내가 되어 '총후'의 가정을 지켜야 할 서분 또한 자격 충분한 처녀라는 점이 두 번째 말다툼에서 밝혀진다. 혼사에 걸림돌이 될 만한 사람은 술에 취한 채 집에 돌아와, 백낙삼이나 가족 앞에서 어깃장을 두고 있는 방차돌이다. 그러나 낙삼과 세 번째 입씨름을 벌이다 '지원병' 개동이 나타나자 그도 금방 태도를 바꾼다. 오히려 한잔 술을 핑계로 백낙삼을 집 밖으로 이끌어내며 자리를 피해준다. 개동에게 저녁식사를 권하며, 누구보다 기꺼워하는 모습이다.

따라서 이 극은 혼기에 든 두 남녀의 사랑이나, 이웃 사이에 있을 법한 갈등에 초점이 있는 게 아니다. '지원병'과 그 가족을 이웃이 힘껏 도와주어야 한다는 '兵役奉公'의 뜻을 분명히 하는 데 전체 맥락이 맞추어져 있는 목적극이다. 그 일을 거들기 위해 극 안쪽에 여러 하위맥락[33]을 다발로 깔아두고 있다. 관객은 자신의 기대지평 안에서 그것들을 끊었다 붙였다 하면서, 작품과 거리조정을 즐기게 되는 것이다. 이제 그 점을 따라가면서 「인가지」 안으로 들어서 보고자 한다.

　　樂三　그래, 학교 댕길 때, 선생님들이 우리 개똥이를 어떻게 보던가?
　　西分　잘 봤임니더.
　　樂三　더러 칭찬을 하던가? (빙긋이 웃는다)
　　西分　예. 밉운님이 있이문 죽우라고 해주고 罰도 더러 서긴 섰지만, 그래도 선생님들이 참 조아 했임니더. 공부도 잘하고 일도 잘한다꼬…….
　　樂三　웅!……미운 눔은 죽으라고 해줘야지.
　　西分　거짓말을 하거나 남을 속이다가 앵기문 안 두거던요 지보다 큰눔이라도 그만…….
　　樂三　(고개를 끄땍거린다)

<hr/>

33) 하위맥락의 유형은 아래 글에서 제시된 구조 모델에서 도움을 받아 마련했다.
Michel Serres, 「The Algebra of Literature ; The Wolf's Game」, 『Textual Strategies』, Methun & Co. Ltd, 1980, 265쪽.

西分　그래서 개똥이를 보고 비실비실 피하는 아이도 있었지만 동무들
　　　도 모두 개똥이를 조아 했입니더. (지나간 시절을 回想하듯이 먼
　　　山을 잠간 바라보더니) 학교서는 돼지꺼정도 개똥이를 조아 했답
　　　니더!

樂三　돼 — 지? (눈을 둥글 하며) 돼지가 우째서.

西分　(벙긋 웃으며) 죽을 잘 주니 그렇지오.

樂三　응, 죽을 잘 주니칸에…… 그럴 터이지.

　잘못 전달된 '근로보국대 통지서'를 빌미 삼아 건너온 백낙삼이 이
어서 개동에 대한 생각을 서분에게 묻는 자리다. 이 장면에서는 두
가지 맥락을 읽을 수 있다. 첫째, 생물학적 맥락이다. 주인공 개동은
'지원병'이나 '근로보국대'로 일하는 데 아무런 장애가 없는, 힘차고
건강한 젊은이라는 사실이 드러난다. 어릴 적부터 "밉운님이 있이문
죽우라고" 혼쭐을 내줄 만큼 힘이 넘쳤다. 백낙삼이나 방차돌과 같은
노인 세대와는 다르다. 건강한 젊은이인 까닭에 '皇軍으로서 훌륭한
武勳을' 세울 수 있는 '勇士' 자격에 모자람이 없다.

　둘째, 윤리적 맥락에서도 개동은 '지원병' 자격에 넘치는 젊은이다.
어릴 적부터 "공부도 잘하고 일도 잘"하는, 부지런하고 성실한 젊은
이였다. 따라서 '선생'이나 동무뿐 아니라, '돼지'까지 개동을 반겼다.
개동의 됨됨이에 대한 부풀림이면서, '지원병'에 대한 미화·영웅화
가 심하다. 지원병은 엄격하고 복잡한 선발과정을 마련해 뽑았다. 그
렇다고 해도 개동과 같은 자격은 우스꽝스럽다. 사실 '지원병'은 스스
로 원한 것이기보다, 거의 관청의 종용에 따른 경우였다. 그리고 그
대부분은 '진지한 애국심'에서 말미암은 것이 아니다. '단순한 명예
심'이나 '일신의 공리적 동기', 또는 '직업적인 호구지책'으로 삼기 위
한 경우였다.[34]

開東 허, 허, 그렇다꼬 포리 때문에 사람꺼정 싸와가주고사 대겠능기
오?

次乭 그런기 앙이라! 한잔 술에 눈물난단 말이 안 있나? 포리가 어데
괴기한테서 생기나? 돼지 우리깬에서 생기지. 그걸 자네 어른이
옳기 모르고서 자꾸 괴기한테서 생긴다고 세와 대거던.

樂三 (차돌이를 보고 갑자기 또 소리를 높여서) 당찮은 소리지를! 포리
가 와 돼지한테서 생겨야? 우리집 돼지가 어데 죽은 돼진가? 포리
란 놈은 원래 죽은 물건, 썩은 물건 — 느그 집 그 썩은 가오리한
테서 생기는 기다 지가 옳가 알지도 몬하고, 젠장 넘 나무래네.

次乭 (樂三이를 쳐다보고) 아따 동네사람한테 다 물어보지! 바당에 포
리가 끓능강, 돼지 우리깬에 포리가 끓능강.

開東 (귀치 않은 듯이 두 손으로 둘을 진정 식히면서) 돼지 우리깬이고
바다고 간에 인자 다 그만 하소. 포리는 포리알에서 생기는 거 앙
잉기오? 포리 알이사 돼지 우리깬에도 있고, 괴기 말리는 데도 있
지오. 이때꺼정 모두 햇나 자싯임더.

개동은 부지런하고 성실한 젊은이일 뿐 아니라, 지혜롭기까지 하다
는 점이 잘 드러난다. 백낙삼과 방차돌 두 노인이 삿대질을 해가며
다투다, 개동이 나타나자 갑자기 말소리를 낮추면서 입씨름을 싱겁
게 끝내고 마는 장면이다. 어찌 보면 개동이는 왜로가 볼 때 이상적·
당위적인 지원병의 모습이다. "心身 양면으로 內地 출신의 병사들에
게 떨어지지 않는 철저한 皇民"[35]일 법하다. '지원병'의 아내가 되어,
'병역봉공'에다 장차 '家族奉公'에까지 앞장설 '서분' 또한 그 점에서

---

34) 1938년과 1939년 통계에 따르면, 주로 빈농들이 집중되고 있었던 호남지역, 영남지역, 충북
지역일수록 지원자가 몰려 있었던 사실이 그 점을 잘 보여준다.
　최유리, 「日帝 末期 植民地 支配政策硏究」, 국학자료원, 1997, 188~191쪽.
35) 「朝鮮靑年의 蹶起」, 『春秋』 9월호, 조선춘추사, 1943, 21쪽.

는 뒤지지 않는다.

물그릇이 뎅그렁하고 땅에 떠어지자 깨어지자 서분이는 불이나케 그걸 말
끔 주서가지고 다시 부엌으로 물러간다.

樂三 (西分의 態度를 물끄럼이 보고 있다가 고개를 두어번 끄땍끄땍
　　하더니 次乭이를 나므래는 듯이) 이 사람, 무슨 짓을 그라는가?
次乭 아 — 니 고년이 너무나 방정맞단 말이오. 어른 하는 일에 ——이
　　조둥머리를 델라고 들거든. 모땐년같이를!
樂三 이 사람아 그래도 자네보다는 훨씬 낫네. 열倍나 百倍나 얌전치.
　　靑出於藍而靑於藍이라고, 얼골을 보나 마음씨를 보나 하나도 나
　　무랠 데가 없는데, 와 그래 쌓는고.
次乭 가신아 허울이사 조 — 치. 그만 하문 젠장 아주 만석군의 맞메누
　　리감이 넓지. 그렇지만 속창자가 지랄이라, 참고 대라지고……!
樂三 (같지 않다는 듯이 웃으며) 야 이 사람, 늬걸은 개구신을 닮았이
　　믄 좋겠단 말인가? 마음씨가 대라진기 앙이고 얌전하고 찬찬한 길
　　세. 이건 젠장 아무 짬도 모르고서 —.

　방차돌은 제 입으로 서분을 어른들 일에 '조둥머리를' 대며 '말간
섭'이나 하려는 '방정'맞고 '모땐년'으로 몰아붙인다. 그러나 술에 취
하고 화가 난 탓에 그랬을 따름이다. 자신도 딸이 "만석군의 맞메누
리감"으로 모자람이 없음을 잘 알고 있다. 개동과 함께 '보통학교'까
지 나온 서분의 됨됨이는 시아버지 될 백낙삼이 누구보다 잘 알고 있
다. 아버지가 던져 깨뜨린 '물그릇' 조각을 '부리나케', '말끔' 치우는
모습에서 그 점을 다시 확인했다. '얌전'하고 '찬찬'할 뿐 아니라, "얼
골을 보나 마음씨를 보나 하나도 나무랠 데가 없"음을 손수 말하기까

지 한다. 어머니 이순을 '꼭' 빼닮았다.

따라서 윤리적 맥락으로 볼 때, 극 안에서는 두 유형의 사람이 어울렸다. 부지런하고 성실한 이와 그렇지 못한 사람이다. 앞쪽에 개동·백낙삼·이순·서분이 놓인다면, 뒤에는 방차돌이 놓인다. 방차돌이 윤리적으로 문제가 되는 사람이라는 사실은 술에 취한 채 극에 들어설 때부터 암시된 바다. 그런 상태에서 세 차례나 입씨름을 벌이고, 가족과도 말썽을 일으킨다. 그러나 방차돌이 '개구신' 같은 짓을 하면 할수록 오히려 긍정적인 쪽의 바람직한 모습은 더욱 돋보인다.

二順   주문 조웃지 몬줄꺼는 또 먼기오? (다부지게 해다 부친다)

次乭   주문 주다이? 야 이년꺼정 사람을 막 보깨네. 이년아 어데 딸 줄
       데가 없어서 하필 새북버터 파밭만 쫓는 이 늙은 꼬랑내 나는 탕
       건쟁이 집에 줄낀가? 아이구 골머리야! 이놈의 대가리가 오늘은
       그만 깨어질랑 갚다. (가깝한 듯이 옷가슴을 확 풀어 헤치며) 西分
       아, 이년 늬 냉캄 冷水 안 떠 오나?

西分   (부엌에서 冷水를 떠가지고 나온다)

次乭   (西分의 손에서 冷水 그릇을 빼았듯이 받아서 쇠물먹듯 꿀떡 꿀
       떡 마시고 나더니, 다시 二順이를 노려보며) 이년아, 늬도 이부지
       서 저 영감집 사정 잘 보았지를. 이붓사람 잠도 몬 자구로 첫새북
       부터 두 父子가 茱田밭을 안 파대드나? 그런 데 딸 조웃다가는 막
       잡을끼다. 잡아!

二順   잡기는 와 잡아야. 잘만 산다카소. 당신처럼 사시장천 늦잠만 자
       문 대는 줄 아능기오?

西分   일 많이 하능기 나뿐기오? 놀고 묵는기 빙신(바보)이지 ―.

방차돌네 가족끼리 엮는 대화 속에서 이웃인 백낙삼과 개동이 오히

려 부지런한 사람임은 금방 드러난다. 그리고 그런 모습에 공감을 보내는 이순과 서분 또한 어느 자리에 서 있는가는 분명하다. '총후' '국민'은 생업에 몸바치면서도, 한 '애국반'으로서 '근로보국대'와 같은 '노력동원'·'가족부조'에 힘을 쏟고, 부지런히 '공동일치적 행동'을 해야 한다. '준법정신', '희생봉공정신'을 성실하게 갖추는 것은 필수적이다. 방차돌을 뺀 나머지 사람은 그런 됨됨이를 갖춘 이다. 그리고 딸과 아내로부터 핀잔을 들어 쌀 만한 위인으로, '비상시국인식에 철저'하지 못한 방차돌조차 예외 없이 개동이 나타난 뒤부터 태도를 바꾼다. '지원병'에 대한 '병역봉공'에는 누구 못지 않다.

셋째, 정치적 맥락에서 볼 때, '지원병'이 모든 일의 앞과 위에 선다.

① 樂三 머, 勤勞奉仕隊? 정신 빠진 사람들 앙이가! 來日 모래면은 志願兵에 나갈긴데 무엇 나갈 틈이 있능강. 西分아 우리 개똥이 志願兵 나가는 것 늬도 알지 안나. 이담 大將이 되면 뉘사 말리겠나. 너도 봐라 이것저것 준비할라 나갈 수 있겠나.

② 二順 와 또 이래 쌓능기오? 지발 좀 젊잖해지소. 어쩨 남자가 대서 그만 일도 모르능기오? (힘을 더욱 가다듬어서) 옛적버텀 난리가 나문 내남없이 남자는 나라를 위해서 목숨을 돌보지 않고 수자리를 직히는 법이고, 여자는 손톱이 달투록 일을 해서 또한 나라와 집을 직히는 것이 아니오? 百濟 階伯將軍이애기 당신도 언재하지 않았소?

③ 次乭 야 ― 이년들이 제북 나를 훈계 할라카는구나. 주지넘은 연들 같이를! 새(혀)를 그만 후아 노올라!(열을 내서 벌떡 일어선다)

①은 들머리 부분이다. 아버지 백남삼의 입을 빌려 개동이 '지원 병'으로 나가면, 장차 '大將'까지도 오를 수 있다는 암시를 준다. 거짓 된 '지원병제도'를 한껏 긍정하고 미화했다. 자랑스러운 아들이요 받 들어야 할 젊은이였던 탓에 백낙삼과 방차돌은 입씨름을 하다 금방 그 일을 그만두고 개동의 말에 따른다. '병역봉공'은 모든 일에 앞설 마련이다. ②에서는 이순이 '지원병' 개동이 마땅하고 훌륭한 사윗감 임을 남편에게 일깨우면서, '총후' '병역봉공'뿐 아니라, '가족봉공'의 정신까지도 힘껏 펼친다. 시골 아낙으로서 하기 힘든 말씨다. 남편에 게 주는 '훈계'조라는 형식을 지니고 있지만, 그 말을 새기게 될 궁극 적인 들을이가 누구일지는 자명하다. '내선일체'·'황민화'를 바탕으 로, '대동아공영'을 위한 '성전'에 내남없이 앞장서야 한다는 권고를 뚜렷이 드러냈다.

성적·세대론적 정치에까지 이 극은 한 목소리를 낸다. 젊은 '남자' '지원병'을 위하여 모름지기 '총후' 가족의 여자 구성원은 남자의 '兵 役' 못지 않게, '병역봉공'에 몸을 바쳐야 한다. 떠나보내는 '지원병' 을 '鼓舞하고 鞭撻'하는 일인 까닭이다. 전체주의의 모성 착취다.

싸움터로 나아가는 出征軍人이 自己의 家庭에 대해서 아무런 걱정됨 이 없이 安心하고 싸움터로 나아가게 될 뿐 아니라 도리혀 家庭에서 싸움 하려 나아가는 軍人을 鼓舞하고 鞭撻하여 주므로 自己가 가지고 있는 힘 을 遺憾없이 내게 하는 데 큰 힘이 되고 있는 것이다.

그러므로 이러한 點에 대하야 家庭에서는 한층 더 — 깊은 理解와 關心 을 가지고 指導해야 할 것이며 특히 여기에는 어머니의 힘이 더욱 관계가 있다는 것을 이저서는 아니된다.[36]

36) 木下斗榮, 『朝鮮徵兵讀本』, 세창서관, 1943, 51~52쪽.

이순과 서분은 진즉부터 개동에게 마음을 두었다. 남편이자 아버지인 차돌을 설득하려 할 정도다. 세월 없는 탕건장사를 업으로 삼고 있는 백낙삼이나, 생선장사로 "가나 오나 술만 가주고 판을 짤 줄" 밖에 모르는 방차돌과 같은 세대는 어찌 보면 '성전'을 위한 새로운 변화, 곧 '신체제'의 '총후' '병역봉공·가정봉공'에 걸맞지 않은 인물이다. 그 둘이 자리를 피해준 뒤, 이순이 서분을 채근해 개동과 저녁식사를 하면서 혼사를 매듭짓기 위해 안방으로 드는 마무리 공간 이동에서, '총후' 여자의 무거운 역할은 다시 한 번 암시된다.

二順 (開東이 곁에 마주 닥어서며) 은재, 늬 때문에 일부러 해났다. 반찬이사 아무 껏도 없지마는…….

次乭 옳지 옳아! (뜰 가운데 석 나서면) 하곤 이깃다. 그렇기 오늘 장에서 괴기를 가만이 팔면서 생각하니, 제일 좋은 감숭어란 놈하고 돔이 몇 마리 없는 것 같더라. (二順이를 흘겨 보며) 인제 보니 늬가 아침에 살짝 빼돌린 기로구나! (開東이를 보고 싱글싱글 웃으면서) 야야, 이왕 글렀네. 그만 천천이 저녁이나 묵고 가게!
(樂三의 손을 끌며) 영감 할 쑤 없소. 우리 늙은 건 그만 술이나 한잔 묵우러 갑시더.
(開東의 등을 툭 치며) 늬는 어서 안으로 들어가게!

開東 고맙심더. 이담에 오지오.

二順 (開東의 손을 잡으며) 그만 들어가자! 내 할 이야기도 좀 있고 ―
(부엌 쪽을 돌아보며) 西分아, 냉캄 밥상 가주 나오나라!

西分이가 곳 밥상을 채려들고 수집은 듯이 부엌을 나온다.
次乭이는 병긋하고 낙삼이를 데리고 사립 밖으로 물러나간다.
二順이는 開東이를 떠밀 듯이 해서 마루 우로 올려 보낸다. 二順, 開東

모다 西分이를 딿아서 방으로 들어간다.

－ 間 －

次乭이가 되돌아 와서, 슬며시 사립을 들어다 본다.

次乭　開東아.

開東　(방문을 열고 내다본다)

次乭　(빙그레 웃으면서 바라보더니) 반찬은 없어도 많이 묵게 응! (또
　　　한번 벙긋 해보이고서 다시 밖으로 사라저 버린다)

－ 幕 －

넷째, 사회적 맥락이다. 이 극에서는 세 관계 행위가 드러난다. 세
차례나 거듭되는 입씨름, '개동'에 대한 저녁식사 대접, 그리고 개동
과 서분의 혼인이다. 백낙삼과 방차돌은 세 차례의 입씨름을 거치면
서 가장 맞서는 듯한 관계를 내비친다. 그러나 둘은 한 마을에서 오
랜 세월을 같이 산 '애국반'의 한 '이웃'이다. 비록 극적 진행을 이끌
기 위해서 방차돌을 '개구신' 술꾼이요, 백낙삼에게 대드는 사람으로
그렸지만, 두 사람 사이에 묵은 증오는 없다. 혼인을 끝내 반대할 것
같던 방차돌이 개동이 나타나자마자 이내 꼬리를 내린 채, 오히려 혼
인을 더욱 기꺼워하는 태도 변화에서 그 점은 잘 드러난다.

물좋은 '감숭어'와 '돔'을 미리 챙겼다 차려낸 이순의 저녁상은 개
동에 대한 적극적인 친밀감과 성원을 아끼지 않는 한 방식이다. 며칠
안에 이루어질 개동과 서분의 혼인식이라는 행복한 결말을 미리 내
다보게 하는 표현이기도 하다. 혼사 장애가 있을 법했던 앞 부분의
긴장은 이내 사라져 버린다. 자랑스러운 '지원병' '개동'을 중심으로
모두 친밀한 '애국반', 한 '이웃'으로 밝게 뭉친 셈이다.

다섯째, 언어적 맥락이다. 지역말을 무겁게 사용한 점이 흥미롭다.

극읽기를 어렵게 만드는 요소가 됨직한 까닭이다. 달리 극적 구체성을 드높이는 데 이바지하기도 한다. 앞의 경우라면, 식민자에게 낯설 피식민자의 말로 해독을 껄끄럽게 하기 위한 한 꾀를 「인가지」는 감추고 있는 셈이다. 그러나 김정한은 그 무렵 자신의 소설에서도 대화 부분에 이르러서는 경남 지역말 부려쓰기를 여느 작가보다 즐겼다. 극적 구체성을 드높이기 위한 방법으로 보는 것이 옳다. 갈등 행위나 사건 전개가 엷은 대신, 더욱 극화된 언어로 손쉽게 무대를 끌어가겠다는 대화극·소인극[37]을 의도한 것이다.

언어적 맥락에서 더 생각해 볼 일은 그 됨됨이다. '극적 언어'에는 사람의 성품을 드러내는 것과 사람을 뛰어넘어 작품 전체 행동에 우리가 어떻게 반응해야 할 것인가를 결정 짓는 것, 둘이 있다.[38] 개동의 말은 두 노인의 귀치 않은 입씨름을 그만두게 만드는 권위를 지녔다. '양복'까지 걸친 개동은 나이에 어울리지 않게 점잖다. 이순 또한 이상화된 여자다. "난리가 나문 내남없이 남자는 나라를 위해서 목숨을 돌보지 않고……"라며 의연히 남편 '훈계'에 나서는 아낙이다. 이들의 말을 듣는 관객들이 어떠한 극적 동일시를 겪을지는 뚜렷하다. '황민'의 한 사람으로서, 부지런히 '총후' 활동에 나서자는 뜻을 한껏 새길 터이다.[39]

---

37) 소인극은 우리나라에서도 계급주의 연극에서 기능적인 양식으로 선호되었던 것이다. 서구 파시즘 연극이나 우리 부왜극에 이르러서도 그것은 학생극·직장극·이동연극과 같은 비전문인의 극활동에 알맞는 목적극 방식으로 권장되었다.
青木治郎,『イタリア國民厚生運動』, 안토서방, 1943, 25쪽.

38) Dawson(천승걸 옮김),『劇과 劇的 要素』, 서울대출판부, 1982, 83쪽.

39) 언어적 맥락에서 볼 때, 두 젊은이의 명명에 있어서도 심상찮은 뜻이 담겨 있다. '開東'과 '西分'이 그것이다. 개동은 '개똥이', 서분은 '서푼이'라는 아명을 한자로 빈 것이다. 그러나 빌려 오면서 '동쪽을 연다'와 '서쪽을 나눈다'는 뜻으로 잡았다. 개동이 태평양을 건너 동쪽 미국으로 쳐들어간 야욕과 이어진 발상이라면, 서분 또한 적국이었던 서구 연합국을 향한 왜로의 희망사항을 떠올리게 하는 이름이다. '米英擊滅'은 그 무렵 대표적인 왜로 제국주의 표어 가운데 하나였다.

5. 마무리

　군사의 뒤를 후원하는 일도 부녀자나 로인이나 어린이들까지라도 적극
적으로 실시행해야 할 것입니다. 더욱이 조선인민은 징병제도 실시를 압
두고 무엇보다도 군사에 대한 지식을 하로밧비 배워야 할 것이오 실험해
보아야 할 것입니다. 조선 안에는 아직 징병이 무엇인지 군사 후원이 무엇
인지 모르는 사람도 적지 안습니다. 징병을 내여보낼 가정의 아버지 어머
니와 안해 누이 아우들을 하루밧비 깨우처주어야 할 것이라고 생각합니
다.[40)]

　이른바 '병역봉공'의 뜻을 잘 녹인 글이다. '皇道에 입각한' '도의
적 질서를 家族主義의 원리로 삼아' 장차 '大東亞를 一大家族으로'
'건설하고자 하는' '聖戰'[41)]에 '전선'과 '총후', 내남이 따로 나뉠 수
없다. 나라잃은시기 '내선일체'와 '황민화'를 앞세우는 왜로 제국주의
자의 '국민총력운동' 획책에 따라 '전시협력'과 '정신교화'에 이바지
하고자 하는 뜻을 담은 부왜극은 여러 쪽, 여러 길이었다. 그 가운데
서 '총후'의 이웃이 마땅히 지녀야 할 모습을 그리는 가족극은 손쉬운
길이다.

　김정한 희곡 「인가지」는 극적 긴장이 뚜렷한 행위극은 아니다. 세
월 없는 탕건장사 백남삼의 아들 개동은 훌륭한 '지원병' 젊은이다.
그 아내 될 서분 또한 나무랄 데 없다. 어머니 이순에 못지 않다. 긍
정적인 사람으로 그려진 이들과 달리 이순의 남편, 생선장사 방차돌
은 술꾼으로 부정적인 사람이다. 이 두 유형의 사람이 귀치 않은 입
씨름을 세 차례 거듭하다 마침내 두 젊은이의 혼사 합의에 이르는 행

---

40) 윤승한, 『新生活의 常識寶庫』, 남궁서관, 1944, 110~111쪽.
41) 조선총독부관방정보과, 『國體本義の透徹』, 조선총독부, 1942, 12~13쪽.

복한 마무리를 「인가지」는 보여준다. 시골의 한 마을 이웃, 두 가족이 특별한 장치 없이 경남 지역말로 극화된 대사의 도움을 받아가며 진행되는 대화극·소인극이다.

나라잃은시기의 특정 작품을 두고 부왜라는 성격 규명에 이르는 일은 쉬운 것이 아니다.[42] 김정한은 부왜활동에 관련된 공개 기록을 남기지 않았다. 「인가지」에 대한 해석도 열려 있다. 게다가 다른 부왜작품은 찾을 수 없다. 그럼에도 「인가지」는 한글 사용이 금지되었던 시기에 어려운 '일본 관헌의 허가(검열)를 받아가면서까지', 부왜매체에 한글로 발표된 부왜희곡이다. 왜로의 '성전'에 나갈 '지원병'과 그 가족을 한 마을 '애국반' 이웃이 '병역봉공'을 다하고, 장차 '가정봉공'까지 아끼지 말아야 한다는 부왜의 뜻을 일깨우는 데 모자람 없는 됨됨이를 갖춘 '국책극'이다. 부왜희곡에서 빼내기 힘들다. 작품 바깥 환경과 안쪽 맥락을 살펴 그 점을 알겠다.

앞으로 「인가지」를 두고 더 따져야 할 일은 여럿이다. 첫째, 그 무렵 다른 부왜희곡이나 '지원병'을 다룬 여느 작품,[43] 나아가 '징병'을 다룬 김정한의 다른 작품 사이에 놓인 상호텍스트성을 밝혀, 마땅한 자리매김을 이루는 일이다. 둘째, 김정한이 어떤 까닭으로 부왜희곡을 썼는가 하는 앞뒤 사정을 밝혀야 한다. 셋째, 김정한의 '절필'에 대한 문제 제기가 이 글에서 이루어졌다. 경남·부산 지역문학 차원에서 김정한 담론의 형성과정과 그 경과에 대한 문학사회학적 이해가 깊어져야 할 일이다. 연구자가 두텁지 않은 지역문학 연구에 보람이 더하기를 바란다.

---

42) 특정 작가가 내놓은 작품 가운데서 어떤 것이 부왜작품이라는 규정에 이르기 위해서는 아래와 같은 일곱 가지 조건항을 중층적·복합적으로 고려하여 이루어져야 할 것이다. 언어 표기, 내용·주제, 문학 양식, 매체의 성격, 뚜렷한 사회활동이나 공개 입장 표명, 작품 규명과 문인 규정의 분리, 사실과 해석 사이의 거리조정이 그것이다.

43) 이원수의 부왜동시 「지원병을 보내며」(『경남도민일보』, 경남도민일보사, 2002. 3. 5)의 경우는 이즈음에 새로 알려진 작품이다.

〔붙임〕

隣家誌(一幕)

金廷漢

· 人物

白樂三 탕건장사. 老人.

開東 그의 아들. (志願兵, 二十二歲)

方次乭 生鮮장사.

二順 그의 妻.

西分 그들의 딸.

· 場所

次乭의 집 —

村邑草家. 싸리짝문을 들어서면 바른편 쪽에 부엌 — 부엌에서 生鮮굿
는 냄새가 흘러 나온다. 樂三이가 조이쪽지 하나를 손에 들고서 텅 —
빈 뜰안을 둘레둘레 살피며 들어 온다.

樂三 애헴 에험! 西分이 있능가?

西分 (부엌에서 썩 나서며) 아이구 잘 오이소.

樂三 벌써 밥하나? 그런데 늬 이것 좀 봐주게. (손에 든 조이쪽지를 내
　　　주면서) 눈 뜨고도 몬보는 당달이 (청맹관이)가 돼서 젠장……

西分 (행주치마에 손을 닦고서 조이쪽지를 받아 들고 보더니) 아드님한
　　　테 온기네요. — 面事務所에서 勤勞奉仕隊에 나오라는 통지섭니
　　　더.

樂三 머, 勤勞奉仕隊? 정신 빠진 사람들 앙이가! 來日 모래면은 志願
　　　兵에 나갈낀데 무엇 나갈 틈이 있능강. 西分아 우리 개똥이 志願

兵 나가는 것 늬도 알지 안나. 이담 大將이 되면 뉘사 말리겠나. 너도 봐라 이것저것 준비할라 나갈 수 있겠나.

西分 암마 面에서 잘 모르고 그랬겠지오?

樂三 에이 실업은 놈들! (西分의 손에서 조이쪽지를 도로 받아 구겨쥔다) 그런데 참 정지(부엌)에 누가 있능가?

西分 엄니 있입니더.

樂三 응, 그럼 괜찮다. 나는 또 불때놓고 그냥 나왔다고 그런데 저 — (망서린다)

西分 머 말씀입니꺼?

樂三 그래, 이리 좀 앉게. (저부터 마루턱에 걸터 앉더니 西分이를 곁에 앉힌다) 늬 학교 댕길 때 우리 개똥이하고 한반에 댕깄재?

西分 (뜻밖엣 소리에 어정쩡 하다) 내가 한반 떠러집니더.

樂三 아 — 참, 그렇던가. 이런 정신 봐라! 나 깨나 훌치문 그만 이 지경이란 말이다. 그런데 — 그래도 댕기기는 같이 댕깄지를?

西分 예.

樂三 그래, 학교 댕길 때, 선생님들이 우리 개똥이를 어떻게 보던가?

西分 잘 봤임니더.

樂三 더러 칭찬을 하던가? (빙긋이 웃는다)

西分 예. 밉운님이 있이문 죽우라고 해주고 罰도 더러 서긴 섰지만, 그래도 선생님들이 참 조아 했입니더. 공부도 잘하고 일도 잘한다꼬…….

樂三 응!…… 미운 눔은 죽으라고 해줘야지.

西分 거짓말을 하거나 남을 속이다가 앵기문 안 두거던요 지보다 큰눔이라도 그만…….

樂三 (고개를 끄맥거린다)

西分 그래서 개똥이를 보고 비실비실 피하는 아이도 있었지만 동무들

도 모두 개똥이를 조아 했입니더. (지나간 시절을 回想하듯이 먼 山을 잠간 바라 보더니) 학교서는 돼지꺼정도 개똥이를 조아 했답니더!

樂三 돼 ― 지? (눈을 둥글 하며) 돼지가 우째서.

西分 (벙긋 웃으며) 죽을 잘 주니 그렇지오.

樂三 응, 죽을 잘 주니칸에…… 그럴 터이지.

西分 그 놈의 돼지가 개똥이만 가문 어느새 알아 채고 꿀꿀 해댔지오.

樂三 (담배에 불을 부처 물며) 그래, 늬 보기는 우리 개똥이가 어떻던고?

西分 그런기사……! (얼골을 약간 물드린다)

樂三 늬한테도 밉은 짓은 안 했지를? (西分의 낯을 물끄럼이 들어다 본다)

西分 (얼골이 더욱 빨개지며) 참 벨껄 다 뭇내요. 와요 ― ?

樂三 그렇기 말이다 허허. 저! 그런데…….

次乭이가 生鮮바지게를 재찍하게 지고 홍겨웁게 노래를 부르면서 비틀비틀 사립을 들어온다. 西分이는 귀치 않은 듯이 부엌으로 그만 들어가 버린다

次乭 (노래) ― 洋衣 갓옷을 떨떠리고 벗일 줄을 모르는구나, 쥬 ― 타! (울타리 밑에 지게를 털썩 벗어놓고 돌아서더니) 야 ― 白生員 이거 우짠일고 ― 제 ― 기 한담새에 살면서 十年이 넘어도 놀러 안 오더니, 오늘은 젠장 무슨 개맘이 내떴던공? (樂三의 곁에 앉으며) 그래, 오늘 장에는 탕건 깨나 팔았소?

樂三 팔긴 멀 팔아. ― 요새 어데 탕건 사는 놈 있던가!

次乭 그럼 또 한 개도 몬팔았소?

樂三. 팔기는 카이는 아랬장날 판 것까지 다부 물려 줬네 그래.

次三 그건 와 그랬소?

樂三 아들 장개 보낼라꼬 사갔더니, 집에 가서 시아보니 너무 크드라나. 젠 — 장, 대가리 쇠똥도 안 벗어진 자식을 장개 보낼라캤든동 몰라. 그보다 작은 거는 없고, 할쑤없이 도로 물려 줬지 우째. 에이 망할 놈, 그만 다 탕건 속에 쑥 빠저서 나오지도 몬할꺼 앙이가!

次三 온창(워낙) 시운찮은 것만 가주고 댕기니 안 그렇소. (입을 비쭉한다)

樂三 와 내 물건이 시운찮아! 고놈의 대가리가 방정맞어서 그렇지. (次三이를 빤이 처다보며) 암매 이 사람 늬 대가리처럼 멍든 돌탱주 같에던 모양이라.

次三 말 마소. 장사가 젠장 지랄겉은 장사가 대노이 할 쑤 있나!

樂三 뭐? (뭉클 하며) 지랄겉은 장사라이? 그래 탕건장사가 그럼 고기(生鮮)장사보다 몬하단 말인가?

次三 몬하지 그럼 낫소?

樂三 낫다마다. 아무리 세월이사 없다캐도 장사品이 그렇잖다. 적어도 衣冠장사다, 이놈.

次三 衣冠장사—? 빛조은 개살구라카소. (입을 비쭉 삐쭉 하며) 예—, 兩班나으리 거기 나오십니까? 애헴—(밤가시 같은 수염을 쓰담으며 닥어 앉는다)

樂三 (次三이를 밀어 내며) 야 이놈아 비령내 난다, 저리 나 앉거라.

次三 西班나으리 한테서는 꼬랑내가 납니다. 웩! 웩! (구역질 시늉을 낸다)

樂三 이놈이 어데서 또 술을 이리 처묵고는—.

次三 많이 자싯지오. 종일 꺼적자리에 앉어서, 눈이 빠지도록 기다리

봤자, 탕건 한 개 몬 팔고, 생배만 출출 골라문 속도 상할끼오. 가
련하오. 불상하오.

樂三 야 이놈아, 술묵울 돈 쭘이사 나도 있다. 누가 늬처럼 가나 오나
술만 가주고 판을 짤 줄 아나? 이놈의 그저, 잘 팔린 날은 잘 팔았
다고 술, 안 팔린 날은 몬팔았다고 술…… 야 이놈아 그라지말고
함부재 술독을 목안지에 달고 댕기라무나.

次乭 냄이사 술독을 목에 달고 댕기든지 등에 지고 댕기든지 와그래 쌓
소? 그만 집에 돌아 가서 고놈의 탕건이나 푸욱 고아 자시소.

樂三 야 이놈아, 안잉기 아니라 씨든 탕건을 고아 묵우도 느그집 그 썩
어 빠진 가오리보다는 훨씬 맛이 조을끼다. 무슨 지랄로 밤낮 그
썩은 가오리만 삶아대는고? 어느 놈의 코를 막우 망칠라카나! 더
러운 이웃에서 그놈의 魚物 썩은 냄새 맡을라카이 인자 따악 재읍
다.

次乭 허허, 그럴끼라. 맛 있는 고기를 우리만 묵고, 꽁치 한 마리도 한
분 안 보내주었으나……. 그건 내가 잘몬 했지. 하리 이틀도 앙이
고 제장, 영감 할멈이 밥때마다 수까락을 들고 앉아서 얼매나 침
을 생키고 한숨을 섰겠소? 원래 그놈의 고기란건 맛 있는 놈일쑤
록 냄새가 더 멀리 간단 말이지.

樂三 예이 미친 놈! (열을 버쩍 내며) 그놈이 늙은 사람을 막우 놀릴라
카네. 고─약한 놈 같이를!

次乭 무, 무슨 그럴 理야 있겠입니꺼? (말하는 혀가 더욱 어둔해진다)
아이구 골치야! 西分아, 여, 여 冷水 한 그륵 떠가 오나라. (마루
에 그만 쓰러저 눕는다)

樂三 그러키 바라 이놈. 늙은 사람 놀리다가 공연히 罰맞낼끼다.

西分 (冷水를 들고 登場) 아이구 참 어데서 또 술을 이렇게 많이 자싯
능기오?

次兄 (벌떡 이러나 앉으며) 술은 누가 묵웃근대! 늬, 늬 날 술 받아 조
　　 옷나? (눈을 벌어케 부릅뜬다)

西分 어서 물이나 드소.

次兄 내사 어서 들든지 어짜든지 늬가 무슨 상관고? 요년이 꼭 지 에미
　　 를 닮아서 내 하는 일에는 머어든지 말간섭을 한단 말이라. 조둥
　　 이를 그만……! (西分이가 들고 있는 물그릇을 홱 뿌리쳐 버린
　　 다)

물그릇이 댕그렁하고 땅에 떠러져 깨어지자 西分이는 불이나케 그걸 말
끔 주서가지고 다시 부엌으로 물러간다.

樂三 (西分의 態度를 물끄림이 보고 있다가 고개를 두어번 끄떽 끄떽
　　 하더니 次兄이를 나므래는 듯이) 이 사람, 무슨 짓을 그라는가?

次兄 아―니 고년이 너무나 방정맞단 말이오. 어른 하는 일에 ――이
　　 조둥머리를 델라고 들거든. 모맨년같이를!

樂三 이 사람아 그래도 자네보다는 훨씬 낫네. 열倍나 百倍나 얌전치.
　　 靑出於藍而靑於藍이라고, 얼골을 보나 마음씨를 보나 하나도 나
　　 무랠 데가 없는데, 와 그래 쌓는고.

次兄 가신아 허울이사 조―치. 그만 하문 젠장 아주 만석군의 맞메누리
　　 감이 넓지. 그렇지만 속창자가 지랄이라, 참고 대라지고……!

樂三 (같지 않다는 듯이 웃으며) 야 이 사람아, 늬겉은 개구신을 닮았이
　　 믄 좋겠단 말인가? 마음씨가 대라진기 앙이고 얌전하고 찬찬한 길
　　 세. 이건 젠장 아무 짬도 모르고서―.

次兄 (듣기 싫다는 듯이) 아따 이 영감이 우짠 잔소리가 이리키 많노?
　　 대간절 우리 집에는 머하러 왔소?

樂三 머 늬한테 일이 있어서 온 줄 아나? 西分이한테 물어볼 말이 있어

서 왔다. 西分이한테.

次乭 西分이한테? 서분이한테 무슨 일이 있소?

樂三 자네 알 일은 아니네.

次乭 머 내 알 일은 앙이라? 야 이 영감이 머하러 댕기는 것고! (樂三의 턱밑에 주먹을 쑥쑥 내민다)

樂三 (물러 앉으며) 이런 고얀 놈 봐라!

次乭 이런 늙은이 봐라!

樂三 에이 고약한 놈! (분한 듯이 일어나 서며) 다 틀렸다 이놈. 너를 그래도 사돈이나 삼을까 했더니, 하는 짓 보니 이놈 아주 틀렸다. 순 개망냉이 같은 놈!

次乭 허허허…… (可笑롭다는 듯이 웃어댄다) 야 이 늙은이야 누가 당신네 집에 딸 줄라 햇던가? 허허허…… 아주 막 손꾸락을 가주고 하늘 똥구녕 찌를라카네. 허허허!

二順 (부엌에서 바삐 登場) 아이구 와 이래 쌓능기오?

樂三 보래. 이 영감이 우리 西分이를 갖다 메누리 삼을라 햇더란다 허, 허, 허…… 줄 사람한테는 물어 보지도 않고, 허, 허, 허……!

二順 주문 조옷지 몬줄꺼는 또 먼기오? (다부지게 해다 부친다)

次乭 주문 주다이? 야 이년꺼정 사람을 막 보깨네. 이년아 어데 딸 줄 데가 없어서 하필 새북버터 파밭만 쫓는 이 늙은 꼬랑내 나는 탕 건쟁이 집에 줄낀가? 아이구 골머리야! 이놈의 대가리가 오늘은 그만 깨어질랑 갔다. (가깝한 듯이 옷가슴을 확 풀어 헤치며) 西分 아, 이년 늬 냉캄 冷水 안 떠 오나?

西分 (부엌에서 冷水를 떠가지고 나온다)

次乭 (西分의 손에서 冷水 그릇을 빼았듯이 받아서 쇠물먹듯 꿀떡 꿀떡 마시고 나더니, 다시 二順이를 노려보며) 이년아, 늬도 이부지 서 저 영감집 사정 잘 보았지를. 이붓사람 잠도 몬 자구로 첫새북

부터 두 父子가 茱田밭을 안 파대드나? 그런 데 딸 조옷다가는 막
잡을끼다. 잡아!

二順 잡기는 와 잡아야. 잘만 산다카소. 당신처럼 사시장천 늦잠만 자
문 대는 줄 아능기오?

西分 일 많이 하능기 나뿐기오? 놀고 묵는 기 빙신(바보)이지—.

次乭 조런 방정맞은 년 조둥이 깬 것 좀 봐라! (西分이를 때릴려는 듯
이 앉인 채 손을 들먹 들먹하며 겨눈다)

西分 (二順이 등뒤로 피한다)

二順 와 또 이래 쌍능기오? 지발 좀 젊잔해지소. 어쩨 남자가 대서 그만
일도 모르능기오? (힘을 더욱 가다듬어서) 옛적버텀 난리가 나문
내남없이 남자는 나라를 위해서 목숨을 돌보지 않고 수자리를 직
히는 법이고, 여자는 손톱이 달투록 일을 해서 또한 나라와 집을
직히는 것이 아니오? 百濟階伯將軍이애기 당신도 언재 하지 않
았소?

次乭 야—이년들이 제북 나를 훈계 할라카는구나. 주지넘은 연들 같이
를! 새(혀)를 그만 후아 노올라! (열을 내서 벌떡 일어 선다)

二順이와 西分이는 잠자코 부엌으로 들어 가버린다.

樂三 訓戒를 들어야 사지.

次乭 잔소리 말고, 영감도 인자 그만 돌아가소. (박박 깎은 머리에 휘휘
틀어 썼던 手巾을 벗어 가지고 파리로 쫓으면서) 비러묵을 포리는
와 이래 대에들어 쌓노? 여보 어서 가서 그눔의 돼지 우리깬이나
딴데로 좀 뜯어 앵기소. 포리 따문에 사람 몬 살겠소.

樂三 그란해도 갈라네. 포리는 이놈아 돼지 우리깬에서 생기는기 앙이
라, 느그집 썩은 괴기 말리는 데서 생긴다 알기나 똑똑이 알아라!

次乭　포리가 와 괴기에서 생겨? 돼지 껜에서 나서 묵울 끼 없이니 괴기 말리는데 날라 오는기지.

樂三　야—이눔아, 알고 보믄 괴기한테서 생겨 가주고 돼지한테 날라 오는 기다.

次乭　암만 그래 쌓아도, 돼지한테서 생기오.

樂三　괴기한테서 생긴다.

次乭　(樂三의 턱밑에 뽀듯이 닥어서며) 돼지한테서 생기오!

樂三　머라카노? 아로 모르고 이눔아, 버럭 버럭 고집만 세와 쌓지 마라.

次乭　흥! (冷笑를 치며) 너—무 잘 알았소!

開東　(뚜벅 뚜벅 사립을 들어 서며) 멀 이래 쌓는기오? (가까이 닥어선다)

西分이가 부엌에서 잠깐 내다 보더니 이내 얼골을 숨켜버린다.

樂三　(곳 싱긋이 웃으면서) 머 다른기 앙이네. 이걸 좀 봐달라고 왔네—. (天然스럽게 아까 그 조이쪽지를 아들에게 끄내 보인다)

開東　(조이쪽지를 받아들고 보더니, 이내 양복 포케트에 집어 넣고서) 그럼 머한다꼬 고함은 질러 쌓능기오? (알고도 모르는 체 웃는다)

次乭　(亦是 선웃음을 지어 보이면서) 머 벨끼 아닐세. 그저 그놈의 포리 때문에, 헤, 헤…… 포리가 어떻기 성가시게 모여 드는지…… 아니, 정말 암껏도 아닐세.

開東　허, 허, 그렇다꼬 포리 때문에 사람꺼정 싸와가주고사 대겠능기오?

次乭　그런기 앙이라! 한잔 술에 눈물난단 말이 안 있나? 포리가 어데 괴기한테서 생기나? 돼지 우리껜에서 생기지. 그걸 자네 어른이 옳기 모르고서 자꾸 괴기한테서 생긴다고. 세와 대거던.

樂三　(차돌이를 보고 갑자기 또 소리를 높여서) 당찮은 소리지를! 포리
　　　가 와 돼지한테서 생겨야? 우리집 돼지가 어데 죽은 돼진가? 포리
　　　란 놈은 원래 죽은 물건, 썩은 물건―느그집 그 썩은 가오리한테
　　　서 생기는 기다 지가 옳가 알지도 몬하고, 젠장 넘 나무래네.

次乭　(樂三이를 쳐다 보고) 아따 동내사람한테 다 물어보지! 바당에 포
　　　리가 끓능강, 돼지 우리갠에 포리가 끓능강.

開東　(귀치 않은 듯이 두 손으로 둘을 진정식히면서) 돼지 우리갠이고
　　　바다고 간에 인자 다 그만하소. 포리는 포리알에서 생기는 거 앙
　　　잉기오? 포리 알이사 돼지 우리갠에도 있고, 괴기 말리는 데도 있
　　　지오. 이때꺼정 모두 햇나 자싯임더.

次乭　(意外란 얼골로써) 머라카노? 늬도 딴소리를 하고 있네? 그럼 괴
　　　기한테서도 포리가 생긴단 말인가?

樂三　(원망스런 듯이 아들을 훌터보며) 돼지 우리갠에서도―?

開東　암 그렇지오. 돼지 우리깐에서도 생기고, 괴기 말리는 데서도 생
　　　기지오.

次乭　(다시 열을 버쩍 내며) 당찮은 소리지를?

樂三　(亦是 性急하게 아들을 노려보며) 당찮은 소리지를!

開東　모두 술들을 자시고 空然히…… (樂三의 손을 잡으며) 인자
　　　그만 집에 갑시더.

樂三　(아들의 손을 뿌리치며) 내사 야야 술 안 묵웃다.

開東　(樂三의 앞을 막아서며) 자시고 안 자시고 간에 그만 갑시더.

樂三　허 ― 그거 참! (허는 수 없이 돌아선다. 開東이도 따른다)

二順　(부엌에서 바삐 나오며) 보래!

開東　樂三 (발을 멈추고 돌아 본다)

二順　(開東이 쪽으로 두어 거름 나아가며) 저―늬 밥이나 한때 믜일라
　　　꼬 저녁을 해났는데, 묵고 가게.

開東　(고개를 두어번 숙여 보이며) 고맙심더. 이담에 또 오지오.

二順　(開東이 곁에 마주 닥어서며) 은재, 늬 때문에 일부러 해났다. 반찬이사 아무 껏도 없지마는…….

次乭　옳지 옳아! (뜰가운데 석 나서면) 하곤 이깃다. 그렇기 오늘 장에서 괴기를 가만이 팔면서 생각하니, 제일 좋은 감숭어란 놈하고 돔이 몇 마리 없는 것 같더라. (二順이를 흘겨 보며) 인제 보니 늬가 아침에 살짝 빼돌린 기로구나! (開東이를 보고 싱글싱글 웃으면서) 야야, 이왕 글렀네. 그만 천천이 저녁이나 묵고 가게!
　　　(樂三의 손을 끌며) 영감 할 쑤 없소. 우리 늙은 건 그만 술이나 한 잔 묵우러 갑시더.
　　　(開東의 등을 툭 치며) 늬는 어서 안으로 들어 가게!

開東　고맙심더. 이담에 오지오.

二順　(開東의 손을 잡으며) 그만 들어가자! 내 할 이야기도 좀 있고—
　　　(부엌 쪽을 돌아보며) 西分아, 냉캄 밥상 가주 나오나라!

西分이가 곳 밥상을 채려들고 수집은 듯이 부엌을 나온다.
次乭이는 벙긋하고 낙삼이를 데리고 사립 밖으로 물러나간다.
二順이는 開東이를 떠밀 듯이 해서 마루 우로 올려 보낸다. 二順, 開東 모다 西分이를 떓아서 방으로 들어간다.
　　　　　—間—
次乭이가 되돌아 와서, 슬며시 사립을 들어다 본다.

次乭　開東아.

開東　(방문을 열고 내다본다)

次乭　(빙그레 웃으면서 바라보더니) 반찬은 없어도 많이 묵게 응! (또 한 번 벙긋 해보이고서 다시 밖으로 사라저 버린다)
　　　　　—幕—

　　　　　—『春秋』 9월호, 朝鮮春秋社, 1943, 155~163쪽.

이원수의 부왜문학 연구

1. 들머리

2002년 기미만세의거를 하루 앞둔 2월 28일, 이른바 '친일 반민족 행위자' 708명의 이름이 국회에서 발표되었다. 이 일로 말미암아 새 삼스럽게 일었던 부왜인 문제는 올해 내내 여러 단체, 여러 자리에서 거듭 공론의 대상이 되었다. 경남·부산지역에서도 3월 5일 글쓴이가 이원수의 부왜동시 「志願兵을 보내며」 공개를 처음으로, 4월 11일 경상대학교 인문과학연구소 쟁점학술토론회에서 「경남 지역문학과 부왜활동」[1]을 두루 짚어 한차례 논란거리를 내놓았다. 그 뒤 글쓴이 는 거기서 다루어졌던 작가들에 대한 개별 논의를 하나씩 마련해 가 고 있다. 이 글은 8월에 내놓은 「김정한 희곡 〈인가지〉 연구」[2]에 이어

---

1) 그것을 다듬어 6월에 발표를 마무리했다.
   박태일, 「경남 지역문학과 부왜활동」, 『한국문학논총』 30집, 한국문학회, 2002.
2) 박태일, 「김정한 희곡 〈인가지〉 연구」, 『우리말글』 25집, 우리말글학회, 2002.

두 번째로 쓰여진 것이다.

이원수는 한국 근대 아동문학계의 큰 인물로 알려진 이다. 특히 그가 쓴 「고향의 봄」은 노래로 가꾸어져 오래도록 많은 사람들에게 사랑을 받고 있다. 그가 세상을 떠난 뒤인 1993년에는 『이원수아동문학전집』 서른 권이 만들어져 여느 작가와는 다른 융숭한 대접까지 받았다. 그러나 이원수의 삶과 문학에 대한 연구는 대중적인 관심과 명성에도 불구하고, 아직까지 제대로 이루어지지 않았다. 우리 근대 아동문학의 이른 시기 활동에 관한 한 알려진 쪽보다 알려지지 않은 쪽이 훨씬 더 많은 터인데, 이름이 들난 이원수의 경우라 해서 예외는 아니었던 셈이다.

이 글은 이미 글쓴이에 의해서 한 차례 알려진 이원수의 부왜작품, 곧 동시 「지원병을 보내며」와 수필 「古都感懷」를 포함하여 지금까지 찾아낸 것들을 한자리에 묶어서, 그 실재를 알리고 뜻을 살피고자 한 글이다. 그들은 1937년 이원수가 '함안금융조합'에 되돌아간 뒤[3]부터 왜로 제국주의의 이른바 '국민정신총력운동'과 '국민총력운동'을 거쳐, 1945년 광복 앞까지 걸치는 시기에 쓰여진 작품이다. 이 무렵 이원수의 문학과 삶에 대한 일은 알려진 바가 많지 않다. 이 글에서 다루는 작품으로 말미암아 한 고리가 마련된 셈이다.

순서는 그가 몸붙여 살았던 '조선금융조합연합회'와 그 기관지인 『半島の光』의 됨됨이를 살피는 일을 앞에 세웠다. 이어서 거기에 발표하고 있는 이원수의 부왜작품을 갈래에 따라 동시와 시, 그리고 수필로 나누어 그 뜻을 살피는 길을 따랐다. 지금까지 밝혀낸 동시 두

---

3) 이원수가 '마산공립상업학교'를 마치고, '함양금융조합'에 들어간 때는 1930년이었다. 1935년 함안에서 '독서회' 일로 말미암아 왜로들에 잡혀 1년 동안 옥고를 겪고 나온 뒤, 잠시 마산에서 건재약방에서 일한 다음. 그의 나이 스물 일곱 살 때인 1937년에 다시 '함양금융조합'에 들어갔다. 그리고 여덟 해 동안 거기서 일하다 광복을 맞이했다. 이 기간에 있었던 그의 문학 활동은 많은 부분 빈자리로 남아 있다.

편, 시 한 편, 수필 두 편 모두 다섯 편이 그 대상이 된다. 이원수가 부왜에 이르게 된 깊은 속사정이나, 우리 근대 아동문학 가운데서 그것이 지닐 바 자리 매김은 다음 일로 밀쳐 두었다. 장차 우리 아동문학의 부왜활동에 대한 관심이 깊어지고, 이원수의 아동문학에 대해서도 보다 통합적인 이해를 마련하는 한 디딤돌이 이 소론을 빌려 마련되기 바란다.

2. 부왜매체 『半島の光』

금융조합은 나라잃은시기 왜로 제국주의의 농업금융과 그 기구가 지녔던 역할을 가장 잘 보여주는 소농 금융조직이다.[4] 금융조합은 농업금융 체제 맨 아래에서 금융과 농촌조직 활동을 일삼아 그 금융자본의 논리를 우리 농촌사회에 실천하고자 한 대표적인 기구였다. 근대 조합 이념이 본디부터 지녔던 바 긍정적인 역할과는 사뭇 달랐다. 우리의 농민 계층을 이른바 '천황제 전체주의'에 입각한 지주적 농업 구조에 순응시키려 한 바, 전형적인 제국주의 통치기구 가운데 하나였던 셈이다. 그 됨됨이는 크게 둘로 나누어 볼 수 있다.

첫째, 조선에서 금융조합은 처음부터 왜로 제국주의자의 책략 수행을 위해 만들어진, 농민들에 대한 고리대 대부기관이었다. 나라잃은 시기 우리 농업과 농민 해체는 겉으로 볼 때 농민가계 수지 적자가 가장 큰 외인이다.[5] 만성적인 적자와 만성적인 가난으로 말미암아 우리 농민 계층은 몰락한 셈인데, 그 한가운데 금융조합이 있었다. 제

---

4) 이경란, 『일제하 금융조합 연구』, 혜안, 2002, 22쪽.
5) 신용하, 「일제하의 지주제도와 농민계층의 분화」, 『한국근대사회사연구』, 일지사, 1987, 339쪽.

국주의 독점자본의 독점적 상품시장과 식량·원료 공급지로서 우리의 대다수가 몸담고 있었던 농업부문의 생산과 유통, 분배의 모든 부문을 완전히 그들의 화폐자본이 지배했다. 모든 농가 경제와 농민을 그들 금융자본의 지배망 속으로 고스란히 끌어넣어 수탈한 결과인 셈이다.[6]

둘째, 왜로의 대륙침략기에는 강제예금 책략을 폈던 제국주의 수탈의 실천 기관이었다. 강력한 중앙집권적, 관치 운영으로 전시하 '총후봉공'을 수행하는 중추기관이 금융조합이었다. 조합의 설립과 그 임원을 이른바 '조선총독'이 임명한 것이 그것을 잘 보여준다.[7] 그 동안 해온 주된 일이었던 대출과 더불어 새로이 '국채'를 비롯한 유가증권을 인수하여 왜로 제국주의 전쟁수행에 필요한 돈과 '군수산업체'의 자금을 마련하는 일에 매달렸다.[8] 섬나라와 우리를 이어주는 금융 단일망 형성에 따라 농촌지역의 강제저축을 실행하는 중심조직으로 자란 것이다. 1933년에 이르러 그 앞의 '조선금융조합회'에서 더 나아가 '조선금융조합연합회'로 이름과 조직을 바꾸었던 것이 그 까닭이다. '전시 통제경제'의 효율적인 관리와 수탈을 위하여 조선총독부의 중앙 지배를 한껏 키우고, 우리 농촌사회를 그들 전체주의 체제와 전쟁 수행에 알맞게 재편한 것이다.[9]

---

6) 김영호,『협동조합론』, 박문출판사, 1949, 107쪽.
　고승제,「금융조합에 의한 촌락통제의 전개과정」,『한국촌락사회사연구』, 일지사, 1979, 347
　～349쪽.
7) 김영호, 앞서 든 책, 113～127쪽.
8) 이경란,『일제하 금융조합 연구』, 혜안, 2002, 223쪽.
9) 본디 1907년에 실시된 이른바 '금융조합'이라는 우리의 특이한 농업금융기관이 그 처음이었
　다. 그러나 그것은 한국 농민의 경제적 지위를 향상시키는 기관이 아니라, 부왜지주층 중심으
　로 한국 농민을 왜인들의 통치에 예속시키는 것을 궁극적인 사명으로 삼고 있는 조직이었다.
　1914년 '지방금융조합회'가 마련되었고, 1918년 '조선경제협회'를 거쳐, 1928년에 중앙기관
　으로서 '조선금융조합협회', 1933년에 '조선금융조합연합회'를 설립하게 되었다. 도시금융조
　합의 성격이 강했던 그 무렵의 금융조합을 이른바 농촌금융과 농촌진흥에 이바지할 수 있도
　록 재편한 것이 조선금융조합연합회라는 중앙기구였다.
　문정창,『朝鮮農村團體史』, 일본평론사, 1942, 233～269쪽.
　고승제,『한국금융사연구』, 일조각, 1975, 141쪽.

우리의 농촌과 도시에 대한 전시 수탈을 위하여[10] 금융조합은 중앙
집권기구로서 위의 '조선금융조합연합회'와 나란히, 아래 말단 농촌
기구로서 '식산계'까지 마련했다. 이로써 왜로 제국주의 금융시장과
맞닿는 자금 순환체계를 갖추고, 농촌사회와 도시 구석구석에 금융
조합망을 깔았을 뿐 아니라, 다수의 농촌 말단 조직을 거느리는 가장
큰 조직으로 거듭난 것이다.[11] 이러한 조직을 빌려, 대륙침략을 강행
한 뒤부터 나타나기 시작했던 '군수물자'와 노동력 부족을 깁기 위한
꾀로 '산미증산계획'이니 해서 공급 극대화 책략을 펴는 한 쪽으로,
1940년부터는 '양곡자유매입' 방법을 '공출제'로 바꾸었다. 1942년
에 이르러 아예 강제공출 방법을 효과 있게 끌어들일 수 있었던 것이
다.

이렇듯 왜로 제국주의 수탈의 전형적인 기구였던 '조선금융조합연
합회'에서는 그 조직의 매체[12]로『金融新聞』과『家庭の友』라는 두 월
간지를 냈다. 섬나라의 금융조합 기관지였던 월간『家之光』을 본따
우리나라 안에서 만든 간행물이『家庭の友』였다.[13]

'조선금융조합연합회'는 이른바 '국민총력운동' 시기에 이르자, 그
둘을 묶어 1941년 4월부터『半島の光』라는 이름을 앞세우고 일문판,
곧 '화문판'[14]과 한글판, 곧 '선문판'으로 나누어 새 잡지를 창간했다.
이른바 '국어상용'으로 한글 쓰임이 막히고, 게다가 극심한 용지 부족

---

10) 그 기본 성격은 금융조합이었다. 광복 뒤 1945년 '조선금융조합연합회'로 다시 활동을 시작
했다. 1948년 대한민국 정부 수립 뒤부터 '대한금융조합연합회'로 바뀌었다가, 1958년 '금
융조합법'의 폐지로 활동을 그쳤다가, 1961년 '농업협동조합'으로 거듭났다. 그 상세한 변천
과정은 아래 책에서 도움 받을 수 있다.
박복래 엮음,『한국농업금융사』, 농업협동조합중앙회, 1963.
11) 이경란,『일제하 금융조합 연구』, 혜안, 2002, 337~340쪽.
12) 기관지 발간의 버릇은 오래도록 이어진 것이다. 조선금융조합연합회 훨씬 앞선 시기인 1909
년 무렵부터『地方金融組合』이라는 기관지 발간의 첫발을 내디뎠다. 조선경제협회 시기에
는 월간『金融과 經濟』를 발간했다.
13) 1936년 12월에 첫 호가 나와 1941년 3월까지 나왔다.
14) 왜인 조합원을 위해서 낸 일문판, 곧 '화문판'은 책 크기가 이른바 4·6판형으로, '언문판' 보
다 반이 작다. 달마다 4만 6천부를 냈다.

으로 시달렸던 시기에 한글판은 4·6배판 크기로 10만부나 펴냈다. '조선총독부' 기관지였던『매일신문』과 함께 한글로 광복 바로 앞까지 꾸준히 나왔다. 그 비중과 영향력이 엄청났던 매체가『半島の光』이었음을 엿볼 수 있다.[15] 우리나라 농촌에는 어느 곳 없이 침투할 수 있었던 셈이다.

따라서 전형적인 부왜 종합지로서,『半島の光』이 그 기사 내용의 대부분을 왜로들의 무모한 침략전쟁의 승리와 그를 위해 이른바 '내선일체'와 '황민화'를 부추기고, '성전'의 연전연승을 거짓으로 꾸며댄 것은 지극히 당연한 일이었다. 어른 아이, 남자 여자 할 것 없이 '총후' 농민의 수탈을 꾀하기 위한 선전·선동과 그 방법에 한 길을 걸었던 셈이다. 그 편집 일은 조선인으로서는 드물게 '조선금융조합연합회'의 '본부 참사' 자리에까지 올라갔던 박원식이 맡았던 것으로 보인다. 문학 작품도 비중 있게 실렸다. 소설, 야담, 동요, 수필, 번역시, 아동물들이 달마다 붙박이로 올랐다. 다양한 독자 계층을 아울러 고려한 꾀였다.

주요한 글쓴이를 들면 다음과 같다. 종교인으로서는 양주삼과 권상로, 법률인으로서는 이인, 교육자로서는 박관수(琴川寬)와 홍선표, 그리고 고봉경이 보인다. 경제인으로서는 박흥식과 인정식이, 정치인으로서는 함상훈과 윤치호가, 역사가로서는 윤희순과 김성칠, 그리고 문정창이 글을 실었다. 관료는 손정규과 방태영의 이름이 잦다. 문화예술인으로서 김규택, 최영수, 김은호, 박영선, 정현웅과 같은 화가가 거들었다.

문학인으로서는 최정희, 채만식, 이원수, 이석훈, 김 억, 김동인, 정인택, 안회남, 주요한, 김동환, 이하윤, 이헌구, 박계주, 이기영, 이광

---

15) 박복래 엮음,『韓國農業金融史』, 농업협동조합중앙회. 1963. 98쪽.
　　서광운,『韓國金融百年』, 창조사, 1972. 554~555쪽.

수, 정비석, 장혁주, 차상찬이 빠지지 않았다. 비중이 컸던 부왜매체
였던 만큼 오늘날 부왜문인으로 눈총을 받고 있는 문인 가운데서 여
러 사람이 예외 없이 그 이름을 얹고 있음을 볼 수 있다.[16) 안함광[廣
安正光]의 경우는 이원수와 마찬가지로 금융조합 직원으로 일한 경
우였다. 평안남도 지역조합의 이사 몸으로 두 차례 글을 싣고 있다.[17)

3. 이원수의 부왜작품

1941년부터 1945년까지, 왜로 제국주의가 꾀했던 이른바 '국민총
력운동' 시기는 조선에 대한 '내선일체'와 '황민화'를 이루어, 저들의
대륙침략 전쟁을 승리로 이끌기 위하여 모든 힘을 짜내던 때였다. 조
선에 대한 수탈과 억압이 극에 달했던 시기였다. 이 시기 우리의 문
학인들은 그 속에서 살아남기 위해 온갖 대응방식을 보였다. 아예 공
적 검열의 바깥 자리로 물러나 자신의 문학적 절조를 지키기 위해 애
쓴 경우도 있었다. 그러나 더 많은 이들은 왜로의 제국주의 책략에
마음속 깊이 동조하면서, 검열 안쪽에 머물며 거기서 얻을 수 있는
자신의 안위와 명리를 한껏 추구하기도 하였다. 이원수 또한 나라 안
에 남아 그 두 경우 사이 어느 자리를 서성거리며 여느 문인들과 다
를 바 없는 고심에 젖었을 것이다.

---

16) '조선금융조합연합회'에서는 『半島の光』 말고도 『조금련순보』(1300권), 『식산계보』(5만부)
와 같은 연속 간행물을 냈다. 비연속 간행물도 내었는데, 『싸우는 조선의 금융조합』, 『昭和
國民鑑』 같은 것에서부터, 비라·포스터와 같은 '성전'의 선전·선동물들이다.
박복래 엮음, 『韓國農業金融史』, 농업협동조합중앙회, 1963, 98쪽.
이러한 출판 관행은 광복 뒤 '조선금융조합연합회'의 이름을 내걸고 다시 활동을 시작하자
기관지 『협동』 발간과 '협동문고'의 발간으로 이어졌다. 거기에서도 『半島の光』의 편집을
맡았던 박원식이 그대로 일하고 있었다. 글쓴이 또한 많이 겹쳤다. '조금련'에서 『협동』과 아
울러 낸 것에 『협동문고』가 있다. 현대소설, 옛소설 번안, 야담, 고전 번역에 걸쳐 여러 책을
내어 광복기 문단에 큰 영향을 끼쳤다.
17) 수필 「農村과 나」 1942년 2월호 ; 소설 「농민, 직삼이」 1942년 10월호.

우리말을 쓰지 말고 일본말을 쓰게 했고, 창씨 제도를 만들어 한민족의 성까지 일본 사람 성처럼 고치게 한 압정 아래서의 나는, 동시인이란 이름도 모르고 사무원으로만 엎드려 있었다.

젊은 사람은 보국대에 나가야 하고 한번 나가면 좀처럼 돌아오지 못하고 노무에 매여 있곤 했다.[18]

그 어려웠을 시기에 대한 이원수의 자전 기록이다. "동시인이란 이름도 모르고 사무원으로만 엎드려 있었다"고 적었다. 그러나 그는 『半島の光』에 네 차례에 걸쳐, 다섯 편의 작품을 실었다. 그가 '사무원'으로 있었던 '조선금융조합연합회'의 부왜매체를 빌려 일찌감치 얻은 바 있는 '동시인'으로서 자신의 '이름'을 한결같이 지키고 있었던 셈이다.

1) 동시와 '兵役奉公'

이원수의 부왜동시는 두 편이 보인다. 「志願兵을 보내며」와 「落下傘」이 그것이다. 이 가운데서 앞은 이미 전문이 한 차례 공개된 것이다. 「落下傘」은 이 자리에서 처음 밝혀지는 작품이다.

지원병 형님들이 써나는 날은
거리마다 국기가 펄럭거리고
소리 높이 군가가 울렷습니다.

정거장, 밀리는 사람틈에서

---

18) 이원수, 「군가를 부르는 아이들에게」, 『솔바람도 그 날 그 소리』(이원수아동문학전집 27), 웅진출판, 1993, 130쪽.

손붓처 경례하며 차에 올으는
씩씩한 그 얼골, 웃는 그 얼골.

움직이는 기차에 기를 흔들어
허리 굽은 할머니도 기를 흔들어
「반자이」소리는 하눌에 찻네.

나라를 위하야 목숨 내놋코
전장으로 가시려는 형님들이어
부대부대 큰 공을 세워주시오.

우리도 자라서, 어서 자라서
소원의 군인이 되겟습니다.
굿센 일본 병정이 되겟습니다.

—「志願兵을 보내며」[19]

　말할이를 어린이로 마련했다. 어린 그의 입과 눈길을 빌려 '지원병'을 격려하고, 이른바 '성전'을 위한 '총후 병역봉공'을 다하고자 하는 뜻을 새삼스럽게 다진다. 첫째 도막에서는 "지원병 형님들이 써나는 날" 거리의 풍광을 그렸다. '거리마다' 펄럭거리는 '국기'와 "소리 높히" 울리는 '군가'를 통해 지원병이 지닌 명예로움에 한껏 공감하고 있다. 둘째 도막에서는 그 '지원병'이 떠나는 기차역으로 말할이는 자리를 옮겼다. '씩씩'하게 '웃는' '지원병'들을 향하여 '만세' 소리를 드높이며, 깃발을 흔든다. 참으로 영광스럽고 감격적인 장면을 몸소 연

19) 『牛島の光』8월호(언문판), 朝鮮金融聯合組合會, 1942년, 37쪽.
　　「경남도민일보」(2002. 3. 5)에 발굴자료로서 한 차례 공개한 바 있다.

출했다.

그리고 셋째 도막에서는 말할이의 결의를 드러냈다. "나라를 위하여" '형님들'이 '전장'에서 '큰 공'을 세워주기를 빌면서, 자신도 "어서 자라서" '소원'하는 대로 '지원병'이 되고, "굿센 일본 병정"이 되겠다는 다짐이 굳세다. 이 시가 발표된 '국민총력운동' 시기 어린 학생, 소년들에게 누구라 할 것없이 요구되었던 이른바 '병역봉공'이다. 후방에 남아 있는 이웃들이 '지원병' 가족들을 도와주어 '지원병'들이 '성전'을 아무 걱정 없이 승리를 이끌어낼 수 있도록 노력을 다하는 '가족봉공'과 마찬가지로, '성전'에 나가는 '지원병'을 격려하고 뜻을 같이 하는 '군사후원'의 자세인 것이다.

> 푸른 하눌 날르는 비행기에서
> 뛰어나와 써러지는 사람을 보고
> 「앗차」하고 놀래면 솟송이처럼
> 활작 피여 훨―훨, 하얀 낙화산,
> 오오, 하눌 공중으로 사람이 가네.
> 새들아 보아라
> 해도 보아라,
> 우리나라 용감한 낙하산 병정,
> 푸른 하눌 날러서 살풋 내리는
> 낙하산 병정은 勇敢도 하다,
> 낙하산 병정은 참말 조쿠나.
> ― 防空飛行大會에서
>
> ―「落下傘」[20]

---

20) 『牛島の光』 8월호(언문판), 朝鮮金融聯合組合會, 1942년. 37쪽.

「落下傘」또한 '병역봉공'의 뜻을 잘 살려냈다. 앞선 「志願兵을 보내며」와 견주어 더 뛰어난 형상력을 보여준다. 말할이는 어른이다. 어른 말할이가 어린이들에게 두루 일러주는 듯한 말씨를 갖추었다. '防空飛行大會에서'라는 곁텍스트가 이 시의 정황을 잘 말해준다. '방공비행대회'는 그 무렵 빈번하게 이루어졌던 '총후', 곧 후방의 전쟁 지원 행위 가운데 하나였다.[21] 그런 '방공훈련' 자리에서 "하눌 날르는 비행기에서" 뛰어내리는 '병정'을 보고 느낀 생각을 담은 시다. 낙하산에서 "쩌러지는 사람을 보고" 그들을 "활작 피여 훨 — 훨 하얀 낙화산"이라 한 은유에서 뛰어난 솜씨가 잘 드러난다. 이어서 새와 해를 끌어들여, "우리나라 용감한 낙하산 병정"은 '용감도' 하고, '참말' 좋다는 사실을 새삼스럽게 확인하고 있다.

왜로들은 '비행기헌납운동'이니 '항공일'과 맞닿아 있는 이런 행사를 빌려 모든 우리의 나날살이를 이른바 '성전 승리'를 위한 "생활 신체제의 확립"을 꾀하고자 했다. '총후' 병역봉공의 또 다른 모습을 이 작품은 잘 보여주고 있는 셈이다. 특히 이 작품이 발표된 1942년에는 이른바 '국민총력운동조선연맹'에서 '國民三守則'을 마련해, "일본정신을 앙양하기 위한 애국행사를 일층 강화"하고자 했다. '청소년훈련 강화', '국방사상의 보급'과 함께, "전시태세를 완비하기 위하여 가정방공을 시작하고, 국민의 각오를 다지는 일인" '방공·방첩·방공·방범'을 주요 실천 요목으로 강조하였다.[22]

그런데 이 두 동시는 『半島の光』에 싣고 있는 이원수 자신의 다른 동시에 견주어 그 부왜 빛깔과 강도가 너무 완연하다. 게다가 『半島の光』에 실은 다른 이들의 동시와도 뚜렷이 구별된다.

---

21) 이른바 '적'의 후방 침략을 봉쇄하기 위하여 '방공'·'방첩'·'방범'·'방화'의 철저 또한 '결전생활운동'으로서, 주요한 일거리였다.
三田芳夫 엮음, 『朝鮮に於ける國民總力運動史』, 國民總力運動聯盟, 1945, 134쪽.
22) 三田芳夫 엮음, 앞서 든 책, 125~126쪽.

너 어데서 우느냐

보이얀 봄 하늘에

봐도 봐도 없건만

비일 비일 종종종

빌일 비일 종종종 —

종달새

종달새

네 동무는 만코나 누나 따라 천리길

—「종달새」 부분[23]

종달새 울음소리를 본뜬 '비일 비일 종종종'이라는 말을 끌어와 "봄 하늘" 종달새의 아름다움을 잘 보여주고 있는 작품이다. 앞서 보였던 두 편의 부왜동시와는 됨됨이가 사뭇 다르다. 이원수가 동시 초기부터 흔히 끌어왔던 누나 이미지와 그 특유의 정감이 거듭 살아나고 있는 작품이다. 그의 부왜동시가 이러한 작품들과 함께 발표되었다는 점에서, 그의 부왜동시는 뚜렷한 문학적 자의식를 거친 것이라는 점을 알 수 있다.

앞에서 살핀 두 편의 부왜동시를 발표했던 1943년은 이른바 '지원병'으로는 더욱 급박해가는 '성전'으로 내몰 사병을 감당할 수 없어, 아예 조선인에 대한 강제 '조선징병제' 실시를 준비하고 있었던 해다. 이원수는 '전시동원'과 '전시조직'을 위한 '병역봉공'의 선전·선동이 힘차게 요구되었던 그 무렵 왜로의 요구를 적확하고도 감동적으로 잘 드러내고 있다.

---

23) 이원수, 「종달새」, 『半島の光』 6월호, 조선금융연합회, 1942, 28쪽.
  이 작품은 이원수아동문학전집에 따르면 1940년 작품으로 적혀 있다. 사실은 1942년에 발표된 작품인 셈이다.

2) 농민시와 '農業報國'의 정성

이원수는 오랜 아동문학 활동 속에서 시도 적지 않은 양을 남겼다. 여기서 소개하는 「보리밧헤서—젊은 農夫의 노래」는 1945년 을유광복에 앞서 일찌감치 쓰여진 그의 시다. 부왜매체 『半島の光』의 본문 맨 앞에 축시 꼴로 발표되고 있어, 이례적으로 그 부왜의 강도가 공시되고 있는 작품이다. 그리고 '농민시'라는 곁텍스트가 붙어 있어 작품의 됨됨이를 미리 묶어주고 있다.

바람이 분다
옷속엘 들어도 보드럽기만한,
이른 봄 三月에 南風이 불어온다.

눈어름 속에 숨엇든 보리싹시
웃줄웃줄 자라겟구나
이 부드러운 바람과 햇볏 아래
막 퍼부어주는 구수한 거름 바다 먹음고
왼 들이 가득허니 뻐더나리라
그 씩씩한 푸른 줄기들.

아아 원통해 가슴치든 凶作의 지난해여
나라에 바칠 그나마의 精誠도
가무름 속에 헛되히 말나지고
주림의 괴롬만 맛보게 된 원수의 해,
그러나 이도 하눌이 주신 試鍊이라면
旱害克復의 이 정성도 크다란 힘이려니.

聖戰의 내 나라에 목숨 비록 못 밧첫서도
우리 힘 나라를 배불리 못할거냐,
모든 努力 왼갓 窮理로
올 一年 이 따에 豊年을 이뤄노코
지난해의 그 恨을 풀고야 말리라.

南風은 불어온다
산과 들을 건너 보리밧흐로 보리밧흐로,
봄 실은 그 바람은 내 품에도 안겨든다.

모다 나와 밭골을 매고 또 매자
올해야 말로 決戰의 해!
勝利를 위해 피흘리는 一線의 將兵을 생각하며
生産의 戰士들, 우리도 익여내자
올해야말로 豊作과 勝利의 즐거운 해 되리라.

—「보리밧헤서—젊은 農夫의 노래」[24]

  모두 여섯 도막 스물여덟 줄로 이루어진 자유시다. 셋째 도막에서
보이는 바 '아아'와 같은 감탄사에다 작품에 두루 감탄형 어미를 끌어
다 쓰고 있어 한껏 느낌을 드높였다. 게다가 둘째 도막에서 보는 바
와 같은 도치, '바람이 분다'에서부터 비롯하여 두 번 거듭된 '남풍이
불어온다'와 같은 반복은 이 작품의 감동을 끌어올리는 효과적인 장
치로 잘 들어앉았다. 말하자면 이 작품은 상당한 높이의 정서적 진실
성을 확보하고 있는 셈이다. 읽는이에게 울림 큰 감동을 주기에 모자

---

24) 『半島の光』 5월호, 조선금융조합연합회, 1943. 1쪽.

람이 없는 솜씨다.

배경 시간은 '봄', 공간은 '보리밭'이다. 셋째 도막에서부터 부왜 빛깔을 분명히 드러냈다. "흉작의 지난해"는 '성전'의 승리를 돕기 위해 "나라에 바칠 그나마의 정성도" "가무름 속에" 말라버려 "주림과 괴롬만 맛보게 된 원수의 해"였다. 그럼에도 올해에는 그 '시련'을 벗고 '한해극복'을 다하고자 하는 "이 정성도 크다란 힘이" 된다 했다. 비록 지난해의 '정성'은 실패로 끝났으나, 올해에는 올해다운 새로운 '정성'이 가득해야 함을 말하고자 한 것이다. 그 무렵 왜로 제국주의의 이른바 '공출'이라 일컬었던 농민수탈을 정당화하고, 미화하고자 한 뜻이 곡진하다.

넷째 도막에서는 해를 거듭하여 아낌없어야 할 그 '정성'의 성격을 분명히 했다. 직접 '지원병'이 되어 "성전의 내 나라에 목숨"을 바치지는 못하였지만, "나라를 배불리"하여 침략전쟁 수행을 '총후'에서 '목숨' 바치듯이 돕는 일을 위한 정성인 셈이다. "모든 노력 모든 궁리"를 다해 '풍년'을 이루어야겠다는 다짐은 전선의 '지원병' 못지 않은 각오와 신념으로 가득하다. 마지막 여섯째 도막에서 그 점이 보다 또렷이 밝혀진다. "결전의 해"인 올해, "승리를 위해 피흘리는 일선의 장병을 생각하며/생산의 전사"로서 "풍작과 승리"를 위하여 노력을 다하자고 외쳐대는 읽는이들에 대한 권고가 힘차다.

「보리밧헤서―젊은 農夫의 노래」는 그 무렵 우리 농민이 지녀야 할 '총후봉공', 그 가운데서 '農業報國'의 자세와 내용을 일깨우고자 한 뜻을 잘 담은 부왜시다. 작품을 매만지는 이원수의 뛰어난 글솜씨까지 잘 드러났다. 중국대륙침략전쟁으로 말미암아 왜로의 군대와 군수산업 건설에 많은 우리 농민이 끌려간 것은 잘 알려진 사실이다. 노동력 부족은 곧바로 생산량 감소를 불러들였다.[25] 또 우리에게서 거둔 '조선미'가 대륙 침략군의 식량을 맡게 되었으므로, '증산'은 발

등에 떨어진 불이었다. 이러한 전시하 급격한 식량수급의 급증에 따라 '조선미곡증대'를 위한 꾀가 '산미증산'이다. '국민총력' 획책 가운데서 가장 주요한 부문이 '생산력의 확충'이 된 것이다. 이에는 '전시경제의 추진'과 함께 '증산의 수행'이 중요한 사업이었다.[26]

전시 식량과 군량미 공급을 위한 궁여지책으로 마련된 이 책략에 따라,[27] 우리의 농촌은 가혹한 수탈에서 한 발도 벗어날 수 없었다. 게다가 미곡매상이라는 이름으로 강제 공출을 합법화하면서 1940년부터 가혹한 강제약탈 제도를 획책하였다.[28] 이른바 '국민총력운동'의 중요한 '요목'이 '仕奉增産'의 강화였다. 그것을 위하여, 농촌에서는 '증산상황시찰격려반'을 시골에 보내기도 하고, '농업봉사대'를 만들고 '활동을 강화'했을 뿐 아니라, 농촌에서 '적기 공동작업의 지도철저', '국민개로운동'의 강화를 꾀했다. 이원수의 「보리밭헤서—젊은 農夫의 노래」는 그러한 왜로의 강제 수탈을 두고 온 정성을 다해 '내선일체'를 실천하고, 성전에 병역봉공을 다하는 일이라고 목소리를 드높여 부왜 빛깔을 감추지 않았다.

3) 수필과 '皇國臣民'의 길

이제까지 찾아낸 이원수의 부왜수필은 두 편이다. 그 가운데서 「古都感懷—扶餘神宮 御造營 奉仕作業에 다녀와서」(「古都感懷」로 줄

---

25) 일본에서는 그러한 사정이 '농업보국운동'을 일으켰다. 전시농림국책과 경제사정의 변천에 따라, 모든 농촌, 어촌에까지 시국인식을 철저히 하고 전시국책을 수행하고, 군시후원의 철저, 관민일치의 시국인식 철저를 위해 협력하자는 획책이다. 그에 대한 꼼꼼한 이해는 아래 책에서 도움 받을 수 있다.
　西村彰一,『時局の農業及農村經濟』, 산업경제학회, 1940, 239쪽.
26) '부락생산확충계획을 완수하고 '쌀의 증산장려' 또는 자급비료의 증산이다. 공한지의 이용, '교화인예술인의 노무자위문회 개최'와 같은 것이다.
　三田芳夫 엮음,『朝鮮に於ける國民總力運動史』, 國民總力運動聯盟, 1945, 113~114쪽.
27) 주봉규,『한국농업사』, 부민문화사, 1971, 119쪽.
28) 강동진,『한국농업의 역사』, 한길사, 1984, 337쪽.

임)는 이미 글쓴이가 한 차례 밝힌 바 있다.[29] 이 글에서는 그 전모를 살피게 될 것이다. 그리고 편지글 꼴로 되어 있는 「戰時下 農村兒童과 兒童文化」[30]는 처음으로 밝혀지는 글이다. 「古都感懷」는 이른바 '扶餘神宮'에 대한 '扶餘神宮 御造營 勤勞報國 作業'을 위하여 부여에 가서 겪었던 2박 3일의 경험을 다룬 글이다. 1941년 4월부터 이른바 '內鮮一體의 徹底'를 위하여 각계각층의 사람들을 동원하여 꾀했던 이 '勤勞奉仕'[31]에 이원수가 몸소 다녀온 시기는 1943년 여름에서 가을 사이로 짐작된다. 이 작품은 그 어느 첫날, 논산에서 내려 부여에 도착해서 겪은 일과, 둘쨋날 '근로봉사'를 하고 잠에 이르는 데까지 걸치는, 이틀의 경험을 순차적으로 적고 있다. 따라서 작품 내용은 크게 두 도막으로 나뉜다. 첫날 일과 둘쨋날 일이 그것이다. 먼저 첫날 기행 경험 가운데 주요 부분을 옮겨본다.

①　論山에서 車를 내린 것은 午前 열 時 百濟의 옛 서울 扶餘로 가는 自動車에 몸을 실은 우리 一行은 과일나무와 葡萄밧치 連달아 잇는 탐스런 風景에 눈을 팔리며 約 한 시간 후 지금은 一小邑이나 어덴지 모르게 아름다운 歷史와 聖地로서의 빗을 發하고 잇는 山水明眉한 부여 따에 다엿다. 지난 그날의 빗나던 文化도 애닯는 滅亡의 悲哀도 옛 記錄에만 남겨노코 千餘年 동안을 衰할 때까지 衰해 버린 이 따에 황송하옵게도 應神天皇, 齋明天皇, 天智天皇, 神功皇后의 네 神께서 御鎭座되옵실 官幣大社 扶餘神宮이 御造營되는 것은 半島의 자랑이요 二千五百萬 民衆의 기쁨인지라 우리도 이 神宮 御造營에

29) 박태일, 「경남 지역문학과 부왜활동」, 『한국문학논총』 30집, 한국문학회, 2002.
30) 제목이 없다. 본문을 활용해 내용에 걸맞은 제목을 글쓴이가 임의로 붙였다.
31) 1942년에는 앞선 해를 이어 약 2만명에게 '勤勞報國'을 겸하여 "內鮮一體의 眞髓를 體得"할 수 있는 기회로 삼고자 했다.
　　三田芳夫 엮음, 『朝鮮に於ける國民總力運動史』, 國民總力運動聯盟, 1945, 122쪽.

赤誠을 다하야 광이를 들고 쌈을 흘리며 밤을 새며 차져온 것이다.

② 奉仕作業團을 마터 보아주는 半月寮에 들어가니 바루 점심 時間이여서 우리 一行은 先着 作業團 二百餘名과 함께 食事에 나갓다.

이 半月寮는 奉仕 作業團만 周施 處理해 주는 것이 아니라 奉仕作業團員의 精神的 鍊成所며 內鮮一體의 實踐과 皇民으로서의 決意를 굿게 해주는 것이다. 그리하야 日本精神을 心臟에 색여 由緖 기푼 이 싸, 이 거룩한 神宮 造營工事에 聖汗을 흘리는 隊員으로 하여금 內鮮一體의 한 쏟이 되고 先頭者가 되도록 하는 것이 目的이라 한다.

〔…중략…〕

半月寮에서는 食事時間도 훌융한 鍊成의 時間이엿다.

寮生이 一室에 秩序 整然히 들어선다. 極히 조심스럽게, 절하고 들어와서는 차례차례 食卓 압헤 서서 一同이 다 들어오기를 기다린다.

食事를 하는 이 방은 單純한 食堂이 아니요, 神께서 머므르시는 곳이여서 神前이요, 天皇陛下의 압과 갓흔 곳이여서 이곳은 敬虔함이 업슬 수 업스며 神의 恩惠로 해서 내려주신 食事인즉

〔…중략…〕

여기서 느끼는 것은 우리들 家庭의 食生活이 얼마나 簡素와 嚴肅과 感謝의 精神에 貧한 것인가를 쌔닷게 하는 同時, 平素 內地 食事樣式에 對한 一種의 부러움을 一層 더하게 하는 것이엿다.

③ 우리는 寄宿인 白江寮에서 『天の鳥船』運動을 햇다.

이『도리부네운동』은 라듸오 體操等에 비길 수 없는 굿센 運動이다. 그 嚴하고도 烈烈한 敢鬪精神과 腹中에서 우러나오는 듯 힘찬

喊聲과 肉體의 세찬 活動에 누구나 全身에 구슬땀이 솟게 되는 것이다.

—에잇—에잇—

—에잇—에잇—

큰 배의 櫓를 젓는 듯, 두 팔을 下前面으로 냅다 쌧는 動作과 함께 이 意氣에 찬 고함소리와 사이사이 외이는 愛國歌詞는 우리들의 마음을 한결 씩씩하게 해주는 것이엇다.

〔…중략…〕

(백성된 이 몸 사는 보람 잇도다, 하눌과 따이 번영하는 이 세상 맛난 것을 생각하면—)

〔…중략…〕

우호로 天皇의 御稜威를 밧잡고 七生報國의 赤誠에 타는 勇敢無雙한 우리 國民에겐 아모 무서울 것이 업는 것이다.

쒸는 波濤를 헤치고 太平洋이라도 한숨에 건너 가서 못된 무리들을 쳐부시고 참된 世界를 建設하는 것이 우리들의 使命이요 지금 當場 이 大東亞戰爭下에 우리들의 가야할 길인 것이다.

敵의 大陸이 멀리 보인다. 자— 힘껏 저어라. 그리하여 勇敢히 가서 부뒷자— 고 指揮하는 寮長의 말은 眞摯한 態度로 계속된다.

(이제부터는 뒤 도라보지 안코 이 賤함 몸도 놉흐신 님의 방패 되여서 나가노라)

④ 비개인 저녁의 한째를 어더 우리는 自由時間을 散策兼 白江寮 뒤ㅅ길을 거니러 水北亭이 건너다 뵈는 白馬江까지 가 보앗다.

〔…중략…〕

저녁해가 西天 구름 속에 숨어버리고 黃昏빗치 차츰차츰 지터감에 江 건너 하늘이 붉고 누른 彩雲의 繡를 노키 始作한다.

첫날 일은 논산역에서 기차를 내려, 저녁 식사 뒤 자유시간을 갖는 데까지 걸친다. ①은 논산역에 내려 공주에 도착하기까지 일정을, ②는 '부여신궁' 공사장 안에 있는 '반원료'에 들어가 점심식사를 경건하게 한 경험을, ③에서는 저녁체조 시간의 경험을, ④가 자유시간의 경험을 다루었다. ①에서는 "반도의 자랑이요 이천오백만 민중의 기쁨인" "신궁 어조영에 적성을" 다하기 위해 왔다고 하여 '황송한' 여행의 목표와 의의를 분명히 했다.

②에서는 "봉사작업단만 주선처리해 주는 것이 아니라" 그 단원의 "정신적 연성소며 내선일체의 실천과 황민으로서의 결의를 굳게 해 주는" '반월료'의 식사예절을 다루었다. "사회적 지위, 신분, 연령, 학력, 직업"과 같은 모든 것을 벗어 버리고, "경건한 봉사자로서 지도에 절대 복종"하면서, '식사시간'마저도 훌륭한 "연성의 시간"이 되고 있음을 기꺼워하고 있다. 더 나아가 평소 우리 "가정의 식생활"과 달리 '간소·엄숙·감사의 정신' 넘쳐나는 "내지 식사양식에 대한" "부러움을 일층" 더하고 있다. 이른바 '내선일체의 철저'를 위하여 '내지식 作法과 生活樣式의 普及'을 주요한 방법[32]으로 삼았던 그 무렵 왜로의 책략을 잘 따르고 있다. 온몸을 바쳐 '내선일체'를 완성하고, '황민'이 되기 위한 노력을 게을리 하지 말아야 할 것이라는 결의가 엄숙하다.

③은 다음 날의 '적성'을 다한 봉사에 앞서 몸을 풀기 위해 했을 이른바 『天の鳥船』運動', 곧 『도리부네운동』을 설명하고 있는 곳이다. 위로 '천황'을 받들고, '용감무쌍한' '국민'은 이 운동으로 힘과 뜻

---

32) 이른바 '일본취미의 고조'나 "내선 양풍미속의 조장 융합"도 '내선일체의 완성'을 위한 방법으로 권장되었다.
　　三田芳夫 엮음, 『朝鮮に於ける國民總力運動史』, 國民總力運動聯盟, 1945, 130쪽.

을 키워야만 한다. 그리하여 "태평양이라도 한숨에 건너가서 못된 무리들을 쳐부시고 참된 세계를 건설하는 것이 우리들의 사명이요 지금 당장 이 대동아전쟁하에 우리들의 가야 할 길인 것"이다. "그 의기와 신체를 함께 단련하는 이 『도리부네운동』을" 끝까지 "기쁨과 긍지를 가지고" 마치고 있다.[33] 현재 시제에 담긴 '황민'으로 '연성'되기 위한 운동의 경험과 그에 임한 서술자의 느낌이 눈앞에 잡힐 듯이 선명하게 잘 그려졌다.

⑤   翌日 扶蘇山 허리 扶餘神宮 御造營 工事場에 나갓다. 이제 基礎工事가 거진 完成되여가는 이 神宮工事는 크고 넓은 자리와 그 柱礎돌만으로도 能히 압날의 雄壯하고 莊嚴할 神宮의 모습을 想像할 수 잇섯다.

이 고마우신 神宮 御造營의 소식을 듣고 二千五百萬 民衆이 누구나 여기 쌈을 흘려 工事에 힘을 合해보겠다는 熱誠을 안 가질 이 업슬 것이며, 그 마음으로 여기 와서 奉仕作業하고 간 이 쏘한 만헛슬 것이다.

우리도 奉仕作業에 參加할 수 잇섯슴을 感謝하는 同時 여기 한덩이 돌이라도 한 부삽의 흙이라도 파고 싸허 올리는 榮光을 가슴깁히 느끼엇다.

作業을 마치고 史蹟 見學次로 扶餘山 욱어진 숩 사히 서늘한 바람이 항결 돌고 잇는 산길을 거닐며 이 神宮이 完成되여 옛날 內鮮

---

33) 왜로들은 이른바 '국민총력운동' 시기 동안, '지원병'들에 대한 '갑종합격운동'인 '조기운동'이니, '건민운동'이니 하면서, "화민적 건강관을 확립하고 무도, 체육진흥, 위생보건사상을 보급하며, 이른바 '皇民鍊成의 徹底'를 위하여, 武道, 角力, 水泳, 登行, 國防競技 등의 獎勵, '해양국방훈련의 보급'을 꾀했다. '징병제 실시의 준비'로서, '징병제 취지의 선전'과 아울러 "군대생활의 인식, 군사사상의 보급을 철저'히 하기 위하여, 일반인을 위해 "육해군에 관한 전람회를 개최하거나, 학생들에게는 '군대숙박연성회'나 '군대생활과 강습견학'을 수시로 했다.
三田芳夫 엮음, 『朝鮮に於ける國民總力運動史』, 國民總力運動聯盟, 1945. 144~148쪽.

交誼에 가장 고마우신 御軫念이 게옵신 應神天皇外 세 분 祭神께
옵서 御鎭座하시는 날, 이곳의 光輝가 半島江山 방방곡곡에 쩌질
것을 맘속에 그려보며 크다란 感激을 느끼엇다.

⑥ 洛花岩에 서서 여러 깃 밑헤 흘으는 白馬江물을 구버보며 百濟 滅
亡의 悲劇을 想像해본다.
〔…중략…〕
春園 先生의 洛花岩노래를 가만가만 읇허보며 물결도 업시 흘러내
리는 江물 우에서『옛날 이 따의 슬픈 恨도 오늘 이 새로운 歷史의
出發에서 한 慰安을 어더지이다』고 어데다인지도 모르게 그저 빌고
십헛다.

⑦ 저녁 후의 白馬寮는 새로 들어온 女學生部隊의 노래로 해서 즐거
운 밤이 되엇다.
〔…중략…〕
그 노래는 敬虔하고 勇敢한 意志에 불타는 神武天皇의 御歌엇다.
즉 나제 우리들이『도리부네運動』때 가치 부른 노래이다.
〔…중략…〕
(씩씩한『구메』사람 조밧 가운데 한 포기 부추 쌕리 그 쌕리 차저
모조리 파버리듯 擊滅코야 말리라)
神武天皇께옵서 御東征時, 敵으로 하야 御兄君 五瀨命께서 戰傷
死하심을 슬퍼하시며 陣中에서 불으신 이 軍歌는 지금 神國의 處女
들이 모여 端正히 꾸러안저
〔…중략…〕
노래는 日本女性의 勇敢과 强한 意志를 表하는 것처럼 힘 있게 寮
內에 울리고, 또 이 扶餘의 밤하눌에 울려퍼니는 것이엇다.

우리는 황홀한 가운데 벙어리처럼 안자서 주린 듯 그 노래소리를 두 귀를 기우려 듯고 잇엇다.

⑧ 點呼도 싯치고 자리에 누엇스나 아싸 그 노래 소리는 맛친지 오래 건만 아직도 그 노래의 意志가 살어서 白江寮를 싸고 돌아 메로듸의 비를 쑤려주는 듯, 잠드는 우리들로 하여곰 神國의 福된 百姓이요, 神國의 앞날을 짐어질 아들과 쌀임을 꿈속에서까지 몸으로 切實히 느끼게 하는 것이엇다.

──「古都感懷 ─ 夫餘神宮 御造營 奉仕作業에 다녀와서」[34]

⑤는 다음날 장차 "웅장하고 장엄할" '공사장'에 나가서, '봉사작업' 참가에 대한 '감사'와 '영광'을 "가슴 깊히" 느끼며, '봉사작업에' '열성'을 다한 뒤, '사적 견학'을 위해 '부소산'에 올라, 장차 '부여신궁'이 완성되어 왜로의 "제신께옵서 어진좌" 하여 그 "광휘가 반도강산 방방곡곡에 뻐칠 것을 맘속에 그려보며 크다란 감격을" 느끼는 부분이다. 마음 저 밑에서부터 솟구쳐 오르는 감동과 감격이 잘 살려냈다. 이어서 ⑥은 "낙화함에 서서" "백마강물을 구버보며 백제멸망의 비극을 상상"한 뒤, "춘원 선생의 낙화암노래를" 읊조리며, "오늘 이 새로운 역사의 출발에서" 지나간 모든 한들이 '위안을' 얻게 되기를 빌고 있다.

⑦은 "저녁 후의 백마료"에 "새로 들어온 여학생 부대의 노래로 해서 즐거운 밤"의 경험을 그렸다. "경건하고 용감한 의지에 불타는 신무천황의 어가"를 부르고 있는 여학생들은 어느덧 "신국의 처녀들"이며, "일본여성의 용감과 강한 의지를 표하는 것처럼" "부여의 밤하

34) 『半島の光』 11월호, 조선금융조합연합회, 1943, 14~16쪽.

눌에 울려퍼지는 것"이었다. 글쓴이는 "황홀한 가운데 벙어리처럼 앉아서 주린 듯 그 노래소리를" 듣고 있어, 그 노래에 취한 상태를 매우 효과적으로 표현하고 있다. 마지막 ⑧에서는 다시 한 번 "저녁 후의 백마료"에서 들었던 "여학생 부대의 노래"를 되새김질한다. 그 노래가 잠드는 모든 사람들로 하여금 "신국의 복된 백성이요, 신국의 앞날을 짐어질 아들과 딸임을 꿈속에서까지 몸으로 절실히 느끼게 하는" 듯 감동스러웠음을 말했다.

이틀에 걸친 이른바 '夫餘神宮 御造營 奉仕作業'의 경험은 매우 곡진한 언어구사에다 왜풍에 대한 깊이 있는 이해를 바탕으로 쓰여졌다. 이른바 '봉사작업'을 이음매로 '내선일체'에서 한 발 더 나아가 '황국 신민'이 되기 위한 결의와 노력이 곡진하게 담긴 작품이 「古都感懷」인 셈이다.

이와 달리 「戰時下 農村兒童과 兒童文化」는 편지글로 된 수필이다. '戰勝 新春에 農村의 벗에게 붓치는 편지'라는 난에, 최정희·이기영·최만식·박계주·박승극·장혁주의 글과 함께 실렸다. 그들 모두 도시에서 농촌에게 보내는 편지글 형식을 취하고 있다. 이원수의 경우는 농촌에 있는 그가 도시에 있는 이에게 부치는 형식을 갖고 있음이 다르다. 짧은 글이어서, 글을 모두 보이면 아래와 같다.

김형!

惠書는 반가이 읽엇습니다.

적어보내 주신 兒童文化에 關한 형의 卓越하신 意見에서 엇는 바 만헛습니다.

諸般施設이 完備된 서울에 게신 형께서 切實히 느끼시는 兒童文化의 貧寒은, 直接 農村兒童의 生活과 그 文化의 眞狀을 삷히실 쌔 一層深刻함을 痛感하시리다.

오늘의 半島의 兒童은 지난날의 兒童과 同一視할 수 업는 크나큰 任務를 가진 寶貝로운 存在임을 생각할 째 父兄된 자는 勿論, 兒童問題에 觀心을 갓는 者 再考三考 아니할 수 업습니다.

오늘의 兒童이야말로 日本精神을 막바루 그 生命에다 불어 너흘 수 잇는 皇國臣民입니다.

우리는 어린 生徒들이 스스로 神社 압헤 나아가 공손히 參拜하는 아름다운 光景을 봅니다.

그들이야말로 强制밧지 안코서 日本精神을 가슴에 색이고 훌륭한 皇國臣民이 되어가는 것입니다.

오늘의 成人들에 比하야 얼마나 多幸한 그들인지요. 허지만 이런 多幸한 오늘의 兒童들에게도 文化的으로 悲慘한 處地에 써러진 不幸은 實로 큽니다.

都市의 兒童은 그래도 多少 나혼 點이 잇겟습니다만 시골일수록 兒童의 生活은 荒凉하고 그들의 環境은 어른들의 舊態와 因習에 물들게 되어 잇는 것입니다.

이들 精神的 糧食에 주린 農村兒童이 數的으로 半島兒童의 大部分을 차지하고 잇는 것과 그들이 어른들의 루추한 生活精神까지 繼承하게 되어 皇國臣民으로서의 潑刺한 將來를 開拓함에 支障이 되는 바 만흘 것을 生覺할 째 憂慮하지 안흘 수 업습니다.

內地에서는 過去의 亂發한 兒童文化財의 淨化와 强化를 위하야 日本兒童文化協會의 結成까지 보게 됏다합니다만 內地 以上의 周到한 用意와 熱意로서 이루워져야할 特殊한 地域인 이곳 兒童文化가 이럿틋 貧寒해서 되겟습니까.

兒童讀物, 童話, 映畵, 演劇, 繪畵, 音樂, 舞踊 玩具 그 어느 하나 반반하게 주워지는 게 업습니다. 우리가 國民學校에 이 點에 關하야 特別한 留意 잇기를 바라는 바도 큽니다만, 同時에 우리의 힘으로 건전한 兒

童讀物의 出生을 바라는 마음, 쪼한 간절합니다.

　김형!

　항시 아동문제에 마음 쓰시는 형께서 戰時下 農村兒童의 實情을 짐작하셔서 이네들을 위하야 積極的 盡力이 잇서 주시기를 바라면서 이 두서 업는 글을 멧겟습니다.

—「戰時下 農村兒童과 兒童文化」[35]

　'김형'이라는 이가 보내온 "兒童文化에 關한 형의 卓越하신 意見"에 대한 답으로 쓰여진 편지글이다. 이원수는 "오늘의 반도의 아동"이 "지난날의 아동과 동일시 할 수 없는 크나큰 임무를 가진 존재"라 하여 그 각별함을 먼저 말하고 있다. 말하자면 이른바 '대동아공영을 위한 성전' 아래 있는 그들은 "일본정신을 막 바로 그 생명에다 불어넣을 수 있는 황국신민"이며, "강제받지 않고서" "훌륭한 황국신민이 되어가는" 존재인 것이다. 지금의 어른들이 지난날 조선의 인습이나 서양문화에 물들어 있어, 곧바로 '충량한 신민'이 되기에는 어려움이 있으나, "오늘의 반도의 아동"은 '황민화'의 과정에서 볼 때 매우 '다행'스런 위치에 있는 셈이다.

　그럼에도 "문화적으로 비참한 처지에 떨어진 불행"을 지니고 있는 것이 "오늘날 반도의 아동"들이다. 게다가 '도시아동'에 견주어 대부분을 차지하고 있는 '농촌아동'은 더 큰 문제를 안고 있다. 환경이 '황량'하여 "어른들의 구태와 인습에" 물들게 되어 있는 것이다. '황국신민으로서의' "장래를 개척함에 지장이 되는 바" 많을 것이 분명한 사실이다. 걱정스러운 일이다. 게다가 '내지'에서는 '일본아동문화협회'가 만들어졌다. "과거의 난발한 아동문화재의 정화와 강화를 위하

<hr />

35) 『半島の光』 1월호, 조선금융조합연합회, 1943, 15쪽.

여", "내지 이상의 용의와 열의로서 이루어져야 할" 특수성을 지닌 '반도'의 '아동문화'가 '빈한'해서야 되겠는가 하고 이원수는 탄식에 이르고 있다. 따라서 "우리의 힘으로 건전한 아동독물의 출생"을 위하여 '특별한' 노력이 필요함을 그는 힘주어 말한다.

왜로 제국주의의 침략전쟁으로 말미암은 '전시하' 우리 '조선'의 '농촌아동의 실정'을 바로잡기 위해 "적극적 진력이 있어" 주기를 당부하는 마음이 간곡하다. 말하자면 올바른 '황민'으로 아동을 이끌기 위해서는 '내지' 못지 않게 식민지 조선에서도 도시·농촌 할 것 없이 '적극적'인 노력이 필요함을 역설하여, 이른바 '황국 신민화'에 적극 앞장서야 함을 힘주어 일깨우고자 한 수필이다. 이른바 '전시국민생활체제강화'를 위하여 1942년 4월부터 책이나 음반, 무용에서 이루어진 문화추천과 나란하다. 주로 '국민총력본부' '문화부'에서 맡았던 일이다. '학술기예, 신문, 출판물, 영화, 연극흥업, 오락기타 문화 진흥'뿐 아니라, 생활 전반에 '皇道文化의 作興'[36]을 위하여 노력하자는 그 뜻이 이원수에게도 분명하다.

앞에서 살핀 바와 같이 이원수의 두 수필은 이른바 '부여신궁' 건축 획책에 나아가 진정한 '내선일체'를 이루고, '황민'이 되기 위해 '적성'을 다하고자 한 글이다. '황민연성'과 '황민문화'의 발흥을 위하여, '대동아 성전' 아래 있는 '반도의 아동문화'를 위해 힘껏 노력하여, '조선의 아동'들이 하루바삐 온전한 '황민'이 되는 데 힘를 쏟자는 권고의 뜻을 오롯이 담았다. '황국 신민화'를 위하여 정성을 다해야 함을 힘껏 일깨우고 있어 부왜의 강도가 극진하다.

---

36) "퇴폐적인 영미문화를 일소하고, 문화의 근본적 전환을 꾀하여, 건전한 황국민풍"을 만들어 나가기 위한 일이 초미의 관심사 가운데 하나였다. "황국 세계관에 철저하여, 문화제기관의 결정적 동원과 국민의 결의를 키워나가면서, 황도문화의 지방적, 직역적 삼투를 통하여, 정조를 도야하기 위해 노력하고, 청신발랄한 국민문화의 배양을 기하고자 하는 일이 '황도문화의 작흥'"이다.
三田芳夫 엮음, 『朝鮮に於ける國民總力運動史』, 國民總力運動聯盟, 1945, 141쪽.

4. 마무리

내가 처음 취직한 것이 금융 조합이었던 것이다. (…중략…) 군청 면사무소가 있고 버스가 유일한 교통기관인 이 마을에서 나는 전표와 주판과 묵직한 장부를 만지며 몇 해를 보낸 것이다. (…중략…) 이렇게 청춘을 봉사한 결과는 아무런 보람도 없는 일이었고, 나는 나대로 그 길에 철저치 못한 한 사람으로 농촌을 이야기했고……비록 내 건강을 해치고 문학의 길에 어느 정도 마이너스가 되었으며 또 내가 마음을 기울이지 않을 수 없었던 농촌 사람들에게는 보람 없는 봉사였을지라도 나의 금융 조합 생활은 나의 사회관에 무시할 수 없는 영향을 끼치고 있는 것이 사실이다.[37]

이원수가 '함안금융조합'에서 일하면서 "전표와 주판과 묵직한 장부를 만지며" 부왜작품들을 내놓았을 때는 나이 삼십대 초반이었다. 이른바 '강제노역'과 '강제사찰'이 늘 저질러지고 있었던 그 무렵, 한 차례 투옥 경험을 지닌 '사상전과자' 이원수의 삶이 매끄러웠을 리는 없다. 아무리 대표적인 '국책'기관에서 일하는 지역 엘리트였다 하더라도, 그에게 1941년부터 시작된 '조선사상범예방구금령'은 큰 족쇄였을 것이다. 그런 가운데서 1942년과 1943년에 그는 부왜작품을 내놓고 있다. 이른바 '생계형' 부왜의 전형으로 몰아가, 쉽게 그의 경우를 감싸버리는 쪽으로 나아가는 길도 한 방편일 수 있다. 그러나 그렇게 넘겨버리기에는 그의 작품이 지니고 있는 부왜의 뜻과 열정이 사뭇 진지하고 곡진하여, 수사적 차원을 뛰어넘고 있다는 데 문제가 크다.[38]

---

37) 이원수, 「보람없는 청춘 봉사」, 『이 아름다운 산하에』(이원수아동문학선집 26), 웅진출판, 1993, 121~124쪽.

이 글에서 글쓴이는 이원수의 부왜문학에 대한 섬세한 가치평가에 이르는 일을 될 수 있는 대로 피했다. 무엇보다 이른 시기의 우리 근대 아동문학에 대해 제대로 된 조사와 연구가 거의 없다시피한 상황으로 보아, 손쉽게 예단할 수 있는 일이 아닌 까닭이다.[39] 이원수의 경우는 다행히 한 차례 전집이 나왔으니, 장차 그것을 깁는 자리에서 이 점은 나아질 수 있을 것이다. 그리고 그 과정에서 이미 이 글에서 살핀『半島の光』은 물론, 다른 매체에서도 부왜작품이 더 나올 가능성이 크다.

이 글에서는 그 스스로 "보람없는 청춘 봉사"로 흘러갔다고 말했던 한 시절, 이른바 '국민총력운동' 시기 이원수가 내놓은 다섯 편의 부왜문학 작품을 살폈다. '성전'의 '총후'에서 '병역봉공'과 '농업보국'을 다하며, '내선일체'에 힘을 기울이고, '황국신민'이 되기 위해 몸과 마음을 다 쏟아야 함을 동시와 시, 그리고 수필 갈래를 빌려 들내고 있다. 작품으로서도 여느 대표 부왜 문인에 지지 않을 수준을 갖추었

---

38) 앞으로 이원수의 부왜문제에 대한 해석과 깊이 있는 가치평가가 조심스럽게 이어져야 할 일이다. 그리고 그 일을 하는 데 있어서 먼저 고려해야 할 점은 그의 문화자본이다. 이른바 식민지 노예교육 획책 아래서도 조선인으로서는 대표적인 지위상승 기관 가운데 하나로 열려 있었던 지역의 '공립상업학교' 출신으로서, 이원수의 발자취는 그의 문학적 바탕을 따지는 주요한 터무니가 될 수 있다. '마산공립상업학교' 재학 시절, 일문으로 된 작품들을 발표하고 있는 것도 함께 생각해야 할 거리다. 다음으로, 그의 문단 활동 문제다. 흔히 이원수의 삶과 문학을 말할 경우, '마산공립상업학교'를 졸업하고 함안금융조합에서 일할 때, '독서회'로 말미암아 겪었던 투옥과 1년에 걸친 감금 경험을 크게 드높인다. 그러나 그와 함께 잡혔던 양우정의 문학 활동과 그 앞뒤를 견주어보면, 이원수의 소극성은 금방 드러난다. 게다가 경남·부산지역 아동문학이라는 틀 안에서, 그 무렵 활동했던 지역의 다른 아동문학가의 활동 경험과 견주어보아도 다르지 않다. 이원수의 문학적 생애의 앞머리는 왜로 제국주의 체제 내화의 길에서 벗어나지 않은 것으로 보인다. 그리고 그러한 길의 한 오르막에 "충량한 신민으로서 일본정신을 체득하고 실천궁행에 이른" 이른바 '국민총력운동' 시기의 부왜작품이 놓인다. 소년 습작기를 포함한 그의 초기 아동문학 활동에 대한 꼼꼼한 갈무리와 해명은 장차 바삐 이루어져야 할 일이다.

39) 우리 근대 문학 연구 과제 가운데서 부왜 문제는 앞으로 새로운 접근 방식이 필요하다. 분단 이후 우리 역사가 파행적인 길을 걸었음을 인정하면서도 그 기초사료 조사, 그 안에서 마련된 담론이나 그 흐름 또한 파행적일 수 있으리라는 감각이 뜻밖에 모자란다. 부왜문학에 대한 기초사료조차 완연하게 세상에 공개되지 않은 상황에서, 벌써부터 부왜문학인의 성격을 의심 없이 단정해버리거나, 서둘러 명단이니 해서 세상에 이름이나 내돌리는 손쉬운 일은 어쩌보면 더 깊은 논의와 해명을 막는 일이다. 부왜인 고발 못지 않은 문제점을 안고 있다.

다.

왜로의 오랜 침략과 지배 35년에 걸치는 긴 억압·치욕의 나날은 민족 분단 못지 않게 참혹한 결과를 가져왔다. 그 긴 세월 동안 우리 겨레를 이끌거나, 장차 이끌어 나갈 수 있었을 많은 인재들을 빼앗겨 버린 것이다. 게다가 남아 있는 사람들도 그들의 삶에 흠집을 남기지 않을 수 없도록 조직적이고 구조적인 획책이 저질러졌다.[40]

이원수는 우리 근대 아동문학사에서 뚜렷한 발자취를 남긴 문인 가운데 한 사람이다. 많은 이들에게 전혀 뜻밖으로 여겨질 그의 부왜작품을 세상에 알리는 이 글로 말미암아, 이원수에 대한 조사와 연구가 더욱 깊어지기를 바란다. 그 과정에서 우리 근대 아동문학뿐 아니라, 근대문학의 부름켜는 더욱 크고 단단해질 것이다. 근대문학을 향한 우리 사회의 추억과 사랑은 더욱 가혹하게 단련되어야 하리라.

〔붙임〕

古都感懷 ― 扶餘神宮 御造營 奉仕作業에 다녀와서

論山에서 車를 내린 것은 午前 열 時 百濟의 옛 서울 扶餘로 가는 自動車에 몸을 실은 우리 一行은 과일나무와 葡萄밧치 連달아 잇는 탐스런 風景에 눈을 팔리며 約 한 시간 후 지금은 一小邑이나 어덴지 모르게 아름다운 歷史와 聖地로서의 빗을 發하고 잇는 山水明眉한 부여 짜에 다엇다. 지난 그날의 빗나던 文化도 애슷는 滅亡의 悲哀도 옛 記錄에만 남겨 노코 千餘年 동안을 衰할 째까지 衰해 버린 이짜에 황송하옵게도 應神天

---

40) 신용하,「日帝植民地政策과 그 遺産의 淸算」,『韓國近代史와 社會變動』, 문학과지성사, 1980. 190~191쪽.

皇, 齋明天皇, 天智天皇, 神功皇后의 네 神께서 御鎭座되옵실 官幣大社 扶餘神宮이 御造營되는 것은 半島의 자랑이요 二千五百萬 民衆의 기쁨인지라 우리도 이 神宮 御造營에 赤誠을 다하야 광이를 들고 쌈을 흘리며 밤을 새며 차져온 것이다.

○

奉仕作業團을 마터 보아주는 半月寮에 들어가니 바루 점심 時間이어서 우리 一行은 先着 作業團 二百餘名과 함께 食事에 나갓다.

이 半月寮는 奉仕 作業團만 周施 處理해 주는 것이 아니라 奉仕 作業團員의 精神的 鍊成所며 內鮮一體의 實踐과 皇民으로서의 決意를 굿게 해주는 것이다. 그리하야 日本精神을 心臟에 색여 由緖 기푼 이 짜, 이 거룩한 神宮 造營工事에 聖汗을 흘리는 隊員으로 하여금 內鮮一體의 한 쏜이 되고 先頭者가 되도록 하는 것이 目的이라 한다.

우리나라는 神의 나라니 『아마데라쓰오호미가미』를 밧드러 비롯하야 우리나라를 永久히 두호하시는 여러 『가미사미』(神樣)로 말미아마 日本은 世界에 類업는 永遠의 나라요 쉿업시 繁榮하는 나라인 것을 明確히 쌔닷게 되는 것이다.

一千三百年 前의, 한 집안가치 아름다웁던 內地와 百濟 相互 文物의 交流며 百濟가 敵國의 侵犯을 當햇 째의, 그 厚한 援助와 기푼 情誼의 각가지 쏫치 爛漫하게 피엿던 이 짜에, 오늘, 皇國臣民이 된 우리가 그 째 그 흙을 밟는 마음은 感懷가 깁다는 한 마듸로 表할 수 잇는 것이 아니엿다.

○

寮生活은 起居가 모다 鍊成이요 교―(行)다. 嚴格한 規律 아래서 神의 恩惠를 생각하고 神의 道를 배우는 것이다.

그러케 하기 爲하야 여기 들어온 사람은 무엇보담 먼저 왼갓 社會的 地位 身分, 年齡, 學歷, 職業 等 모든 것을 버서 버리고 敬虔한 奉仕者로서 指導에 絶對 服從할 것을 盟誓한다.

半月寮에서는 食事時間도 훌융한 鍊成의 時間이엿다.

寮生이 一室에 秩序 整然히 들어선다. 極히 조심스럽게, 절하고 들어와서는 차례차례 食卓 압헤 서서 一同이 다 들어오기를 기다린다.

食事를 하는 이 방은 單純한 食堂이 아니요, 神께서 머므르시는 곳이여서 神前이요, 天皇 陛下의 압과 갓흔 곳이여서 이곳은 敬虔함이 업슬 수 업스며 神의 恩惠로 해서 내려주신 食事인즉 ××× ×× ××× ×× ××는 것 갓흔 無禮가 잇슬 수 업다.

全員 入室이 씃나면 正坐, 그리고 神殿에 拜禮하고 寮長이 『하라이』(祓)를 읽는 동안 무릅 쑬고 머리 숙엿다가 『하라이』가 씃나면 食卓에 向해 한번 揖하고 食前誦을 외인다.

『たなつもの ももの木草も 天照らす 日の御神の 惠み得てこそ』

(뭇 穀食과 草木들은 날빗 밝으신 해의 神의 두터운 恩惠를 입고야만.)

그리고 一拍手한 後 『いたべだます』(감사히 먹겟습니다)하고 비로소 箸를 든다.

여기서는 그릇을 쌀그락거리는 소리도 겻눈질도 雜談도 업다. 반드시 正座하야 고요한 가운데서 오직 感謝의 念으로서 食事를 맛치면 食卓을 整頓하고 食後誦을 외인다.

『朝夕に もの食ふ每に 豊受の 神の 惠みを 思へ 世の人』

(아침과 저녁 食事하는 쌔마다 豊年 주시는 神의 恩惠 生覺하라. 이 세상 사람들아)

다음엔 一拍手하고 『御馳走さま』(잘 먹었습니다) 한 후 神殿에 揖하고 조용히 退場하는 것이다.

여기서 느끼는 것은 우리들 우리들 家庭의 食生活이 얼마나 簡素와 嚴肅과 感謝의 精神에 貧한 것인가를 쌔닷게 하는 同時, 平素 內地 食事樣式에 對한 一種의 부러움을 一層 더하게 하는 것이엿다.

○

××으로 ××× 나가××××× 우리는 宿舍인 白馬寮에서 『天の鳥船』運動을 했다.

이『도리부네운동』은 라듸오 體操 等에 비길 수 업는 굿센 運動이다. 그 嚴하고도 烈烈한 敢鬪精神과 腹中에서 우러나오는 듯 힘찬 喊聲과 肉體의 세찬 活動에 누구나 全身에 구슬쌈이 솟게 되는 것이다.

—에잇— 에잇—

—에잇— 에잇—

큰 배의 櫓를 젓는 듯, 두 팔을 下前面으로 냅다 쌧는 動作과 함께 이 意氣에 찬 고함소리와 사이사이 외이는 愛國歌詞는 우리들의 마음을 한결 씩씩하게 해주는 것이엇다.

みたみ吾 生ける しるしあり あめつちの 榮ゆる 時に あへらく 思へば

(백성된 이 몸 사는 보람 잇도다, 하눌과 짜이 번영하는 이 세상 맛난 것을 생각하면—)

—에이 호—

—에이 호—

바다를 직히고 바다에 勇敢할 우리는 進取의 氣象과 올치 못한 무리를 뭇질를 勇猛이 필요하다.

적의 무리가 돈과 物資를 밋고 덤빈다. 그러나 이는 다 부질업는 妄動일 것이다.

우흐로 天皇의 御稜威를 밧잡고 七生報國의 赤誠에 타는 勇敢無雙한 우리 國民에겐 아모 무서울 것이 업는 것이다.

쒸는 波濤를 헤치고 太平洋이라도 한숨에 건너 가서 못된 무리들을 처부시고 참된 世界를 建設하는 것이 우리들의 使命이요 지금 當場 이 大東亞戰爭下에 우리들의 가야할 길인 것이다.

敵의 大陸이 멀리 보인다. 자— 힘껏 저어라. 그리하야 용감히 가서 부뒷자― 고 指揮하는 寮長의 말은 眞摯한 態度로 계속된다.

今日よりは かえり見なくて 大君の 醜のみ楯も 出で立つ吾は

(이제부터는 뒤 도라보지 안코 이 賤한 몸도 놉흐신 님의 방패 되어서 나가노라)

다음엔 呼吸도 急하게

―에이 사―

―에이 사―

눈 압혜 大洋의 저 편 敵의 뭇이 보인다.

잇는 힘을 다하야 一擧에 上陸이다.

에이 사― 소리는 점점 빨러지고 왼몸에는 흡흡허게 땀이 흐른다.

이러케 하야 한다름에 大洋을 건너가는 그 意氣와 身體를 할쇠 鍛鍊하는 이 『도리부네』 運動을 우리는 끗까지 기쌤과 矜持를 가지고 마치엇다.

○

비개인 저녁의 한째를 어더 우리는 自由時間을 散策兼 白江寮 뒤ㅅ길을 거니러 水北亭이 건너다 뵈는 白馬江까지 가 보앗다.

江물은 예나 이제나 다름업시 유유히 흘러내리고, 江가의 버들들은 저녁바람에 가만가만 입사귀들을 흔들고 잇다.

水北亭 밋으로 釣龍臺. 그편으로 건너가는 배다리는 쌔마침 豪雨에 어지고 업서 건너가기를 斷念하고 江가에 머무러 나루ㅅ배에 오르내리는 이 마을 사람들을 바라보며 千數百年前 이곳 千十萬長安 사람들이 繁雜히 밟엇슬 이 싸에, 지금 이 子孫들은 그날의 개와 쪽을 밟으면서 無心히 밧흘 갈고 곡식을 심그는 것을 볼 제 傳하고 십흔 가지가지의 옛일을 저 山과 이 물이 말업고, 부서진 개와쪼각이 쏘한 말업스니 恨만흔 옛일을 그 누가 애기해 주랴? 참으로 歲月의 흐름이란 기막힌 것이라고 세삼스레 느끼어지는 것이엇다.

저녁해가 西天 구름 속에 숨어버리고 黃昏빗치 차츰차츰 지터감에 江

건너 하늘이 붉고 누른 彩雲의 繡를 노키 始作한다.

　그 붉은 구름, 누른 구름 사이로 새파란 하늘의그 아름다운 빗갈, 大自然이 꾸며내는 自然美는 사양업시 江물 속에 흘러내려 水北亭 밋의 어둠과 함끼 宛然히 一大畫幅을 펼처논 듯, 그 壯觀은 이 따의 懷古의 感懷와 함께 어우러저서 一生에 이처지지 안는 記憶의 詩畫가 되여 永久히 머리 속에 남어지리라고 생각되엇다.

○

　翌日 扶蘇山 허리 扶餘神宮 御造營 工事場에 나갓다. 이제 基礎工事가 거진 完成되여 가는 이 神宮工事는 크고 넓은 자리와 그 柱礎돌만으로도 能히 압날의 雄壯하고 莊嚴할 神宮의 모습을 想像할 수 잇섯다.

　이 고마우신 神宮 御造營의 소식을 듣고 二千五百萬 民衆이 누구나 여기 쌈을 흘려 工事에 힘을 合해보겟다는 熱誠을 안 가질 이 업슬 것이며, 그 마음으로 여기 와서 奉仕作業하고 간 이 쏘한 만헛슬 것이다.

　우리도 奉仕作業에 參加할 수 잇섯슴을 感謝하는 同時 여기 한 덩이 돌이라도 한 부삽의 흙이라도 파고 싸허 올리는 榮光을 가슴 깊히 느끼엇다.

　作業을 마치고 史蹟 見學次로 扶蘇山 욱어진 숩 사히 서늘한 바람이 항결 돌고 잇는 산길을 거닐며 이 神宮이 完成되여 옛날 內鮮交誼에 가장 고마우신 御軫念이 게옵신 應神天皇外 세 분 祭神께옵서 御鎭座하시는 날, 이곳의 光輝가 半島江山 방방곡곡에 쌔칠 것을 맘속에 그려보며 크다란 感激을 느끼엇다.

○

　洛花岩에 서서 여러 길 밑헤 흘으는 白馬江물을 구버보며 百濟 滅亡의 悲劇을 想像해본다.

　三千宮女의 지는 쏫처럼 쩔어저간 이 바위, 아래를 굽어보기조차 눈이 어지러운 이 바위에서 신마저 벗겨젓슬 연약한 발로 황급히 달려나온 宮

女들이, 사라 敵軍을 맛남도바 깨끗이 죽기를 願하고 훨훨 쥐여 까마득한 저 물로 쩌러저갓슬 슬픔의 이 바위. 皐蘭寺의 有名한 藥水로 마른 목을 축인 後에도, 못이즐 바위인 듯 이번엔 배를 타고 물 우에서 洛花岩을 우러러보며 내리다.

  泗沘水 내리는 물에 夕陽이 빗길제
  버들옷 날리는 곳에 洛花岩 예란다
  모르는 아이들은 피리만 불건만
  洛花岩 洛花岩 외 말이 업느냐……

  春園 先生의 洛花岩노래를 가만가만 읇허보며 물결도 업시 흘러내리는 江물 우에서 『옛날 이 따의 슬픈 恨도 오늘 이 새로운 歷史의 出發에서 한 慰安을 어더지이다』고 어데다인지도 모르게 그저 빌고 십헛다.

                    ○

  저녁 後의 白馬寮는 아침에 새로 들어온 女學生部隊의 노래로 해서 즐거운 밤이 되엇다.

  千里旅路의 피곤도 이즌듯 百名 가까운 女學生들은 引率先生과 함쯰 모여 노래로 이 古都의 한곳에다 아름다운 音響의 옷을 피여 놋는다.

  그 노래는 敬虔하고 勇敢한 意志에 불타는 神武天皇의 御歌엿다. 즉 나제 우리들이 『도리부네運動』 때 가치 부른 노래이다.

  『みつなつし 久米の子等が 栗生には がみら一本

  そ根がもさ そ根芽 つなぎて 擊ちてし止まむ』

  (씩씩한 『구메』 사람 조밧 가운데 한 포기 부추 쑤리 그 쑤리 차저 모조리 파버리듯 擊滅코야 말리라)

  神武天皇쎄옵서 御東征時, 敵으로 하야 御兄君 五瀨命께서 戰傷死하심을 슬퍼하시며 陣中에서 불으신 이 軍歌는 지금 神國의 處女들이 모여

端正히 쑤러안저 神武天皇께옵서 ×敵의 ××에 자실 것과 가치 米英擊
滅의 熱意에 타는 가슴으로 노래 부르고 잇는 것이다.

　『みつみつし 久米の子等が 垣下に 植えし はぢかみ 口ひづく

　　我は 忘れず 擊ちてし 止まむ』

　(씩씩한『구메』사람 울타리 밋헤 심어논 새양 맛은 맵기도 하다.

　그와 가치 잇지 안코 擊滅코 말리라)

　비록 銃을 메고 戰場에 나가지 안는 女子일지라도 나라를 직히고 敵을
물리치려는 마음엔 사나히와 다름이 업스리라. 가슴들을 한쑷 부풀리고
힘차게 부르는『うちてし止まむ』의 노래는 日本女性의 勇敢과 强한 意
志를 表하는 것처럼 힘 잇게 寮內에 울리고, 또 이 扶餘의 밤하눌에 울려
퍼니는 것이엇다.

　우리는 황홀한 가운데 벙어리처럼 안자서 주린 듯 그 노래소리를 두 귀
를 기우려 듯고 잇섯다.

○

　時間이 되여 노래소리는 쑷치고 寮內는 물을 씨여언진듯 조용해젓다.

　열어논 窓박게서 풀버레소리가 無數한 실가닥처럼 우리들의 방으로 쏘
다저 들녀왓다.

　點呼도 쑷치고 자리에 누엇스나 아싸 그 노래 소리는 맛친지 오래건만
아직도 그 노래의 意志가 살아서 白江寮를 싸고 돌아 메로듸의 비를 쑤려
주는 듯, 잠드는 우리들로 하여곰 神國의 福된 百姓이요, 神國의 앞날을
짐어질 아들과 쌀임을 숨속에서까지 몸으로 切實히 느끼게 하는 것이엇다.

—『半島の光』 11월호, 조선금융조합연합회, 1943, 14〜16쪽.

셋·이주홍과 그의 시대

이주홍의 초기 아동문학과 『신소년』

1. 들머리

향파 이주홍(1906~1987)은 우리 근대문학사에서 대가다운 풍모를 보여준 몇 되지 않는 작가 가운데 한 사람이다. 여러 문학·예술 갈래에 걸쳐 다재다능했던 역량, 1920년대 중반에서 시작하여 임종에 이르기까지 예순 해를 넘도록 한결같았던 문필활동은 예사 작가들이 넘보기 힘든 경우였다. 그럼에도 그에 대한 연구는 이제까지 제대로 이루어지지 않았다.[1] 부분적인 연구가 적지 않은 터이지만, 그를 제

---

1) 이주홍에 대한 언급은 활동 초기 무렵에도 그리 많지 않았다. 비교적 꼼꼼하게 초창기 근대 문인과 문단 사정을 갈무리하고 있는 백철에서도 소극적이었다. 이주홍의 「玩具商」(1937년 『조선문학』 2월)을 두고 "그 시기를 반영한 것"이라 한 차례 이름을 올렸을 따름이다. 이주홍 의 문학적 생애는 한참 뒤인 1974년 신동한에 이르러서야 본격적으로 다루어지고 알려졌다. 그 사이 여러 차례 일반인을 상대로 마련된 문학사전류에서도 그의 이름을 찾기는 쉽지 않다. 그에 대한 비평계나 학계의 관심이 많지 않았던 탓이다. 비록 단편적인 것들이나마 그를 다룬 주요 업적은 이즈음 들어 『이주홍 문학 연구』로 묶여 그 흐름을 쉬 알도록 했다.
  백 철, 『조선신문학사조사 현대편』, 백양당, 1950, 269쪽.
  신동한, 「향파 이주홍론」, 『재부작가론·작품집』, 한국문인협회 부산지부, 1974.
  이주홍아동문학상 운영위원회 엮음, 『이주홍 문학 연구』 1권·2권 대산, 2000.

대로 드러내는 일에는 턱없이 못 미쳤다.

일이 이렇게 된 까닭은 크게 둘로 보인다. 첫째, 시·소설·아동문학·수필·시나리오·희곡·연출·번역·편집·출판·만화·서화·음악에 걸치는 그의 다양한 예능활동은 본격적인 순문학 작가로서 자신의 문학적 특장을 인식시키는 데에 오히려 장애요소가 되었음직하다. 둘째, 그의 오랜 활동 기간과 굵직굵직한 업적에도 뜻밖에 그의 삶과 문학에 대한 기초 조사·정리 작업이 빈약했다. 그를 다룬 연구 업적들이 거의 모두 1960년대 이후, 곧 손쉽게 찾을 수 있는 부분 자료에 기댈 수밖에 없었던 사정이다.

이 글은 이주홍의 초기 문학, 그것도 『新少年』을 중심으로 한 아동 문학 활동을 학계에 처음으로 밝히는 일을 목표로 쓰여진다.[2] 이제껏 한국 근대 계급주의 아동문학의 보고로 알려져 왔던 매체가 『신소년』이다. 그러나 그에 대한 연구는 한 차례도 이루어지지 않았다. 중요도에 무관하게 실물을 찾을 수 없었던 까닭이다. 주도적으로 그 잡지의 편집과 작품 활동을 했던 이주홍에 대한 관심이 일어날 리는 더욱 없었다.

뜻한 목표에 이르기 위해 이 글은 다음과 같은 순서를 따른다. 첫째, 이제까지 잘못 알려져 왔던 그의 등단 연도와 등단 작품명을 바로잡는다. 둘째, 『신소년』에서 보이는 이주홍의 작품 활동을 두루 갈무리해, 그 됨됨이를 살핀다. 일의 편의를 좇아 서사작품, 곧 동화와 소년·소녀소설 그리고 동요·동시, 아동극으로 나누었다. 학계에서 두어 줄로 건너뛰곤 했던 그의 초기 아동문학뿐 아니라, 『新少年』에 대한 관심이 장차 깊어질 일이다.

---

2) 이주홍의 초기 동시 경우는 김지은에서 한 차례 다루어졌다. 이주홍의 시를 묶어 살핀 그 글에서 연구자는 『신소년』에 실린 이주홍의 동시의 존재를 처음으로 학계에 알렸다. 이 글은 그 뒤에 발굴된 동시를 포함해, 『신소년』에 실린 이주홍의 아동문학 작품 활동을 죄 다룬 것이다. 김지은, 「이주홍의 시 연구」, 『지역문학연구』 7호, 경남지역문학회, 2001.

2. 등단 작품 「배암색기의 舞蹈」 변증

『신소년』은 1923년부터 1934년까지 '중앙인서관'에서 낸 월간 아동문학 전문지였다.[3] 이주홍은 이미 십대 어린 소년 시절부터 『신소년』을 읽고, 거기다 투고를 하면서 문학적 소양을 키웠다.[4] 게다가 『신소년』을 통해 공식적으로 한국 문단에 얼굴을 내밀었을 뿐 아니라, 1929년부터는 여러 해 『신소년』의 편집장으로 일했다. 『신소년』은 그의 문학적·예술적 모태일 뿐 아니라, 재능을 한껏 꽃피운 중심 매체였던 셈이다.

> 신영철 형의 알뜰한 주선과 내가 오래 전부터 투고를 해 나왔다는 연고가 주효해서 나는 신소년사에 입사해 잡지편집을 맡게 되었다…… 혼자서 여러 다른 이름으로 작품을 메워 넣어야 하기도 했고 표지에서부터 컷 삽화까지 혼자 도맡아서 하는 일인다역을 했다.[5]

『신소년』의 원고 청탁, 편집, 장정에서부터 곳곳의 지사 활동에까지 그의 책임이 미쳤던 것으로 보인다. 활발한 작품 발표는 물론, 香波·李向波·이향파·주홍·李周洪에 걸치는 이름을 쓰면서 여러 갈

---

3) 『신소년』은 1923년 10월에 창간되어, 1934년 봄까지 11년에 걸치는 동안 나온 것으로 짐작된다. 검열이나 출판사 사정에 따른 결호가 여러 차례 있었고, 때로 합본호까지 내었던 까닭에 모두 몇 권이 나왔는지는 확인하기 어렵다. 글쓴이가 실물로 확인한 것은 모두 67권이다. 앞으로 죄 발굴되어, 전모가 밝혀지기를 바란다. 그리고 이 글에서 작품을 따올 경우에는 작품의 맛을 다치지 않도록 하기 위해 오늘날 쓰이지 않고 있는 복자음과 띄어쓰기만 손을 보는 소극적인 방식을 택했다.

4) "우연한 기회에 신문을 봤더니만 서울서 내는 동명의 신소년이란 잡지광고가 나 있는 것이었다……천신만고 돈을 구해 주문을 해 받아봤더니……아름다운 소년잡지였다……권말에 독자투고란이 있기에 나도 즉시 그 규정에 따라 대담하게도 44조의 동요 한 편을 가명으로 보냈더니 그 작품이 선평과 함께 다음달 잡지에 버젓이 나오는 것이었다……그래서 계속해 투고를 하는 일방, 문예작품뿐 아니라 표지, 그림까지 있는 재주를 다해 그려 보냈는데." 이주홍, 「이 세상 태어나서」, 『격랑을 타고』, 삼성출판사, 1976, 281~282쪽.

5) 이주홍, 앞의 책, 284~285쪽.

래에 중복 발표도 마다하지 않았다. 표지그림도 그가 도맡는 형국이
었다.[6] 1931년 후반에 잠시 활동이 뜸해졌다.[7] 1932년 8월 무렵부터
다시 활동하기 시작한다.[8] 그리고 1934년 봄『신소년』이 나오지 못하
게 되기까지 이주홍은 다시『신소년』의 편집일을 이끌었다.[9]

그런데 이제까지 이주홍의 등단 작품은 1925년에『신소년』에 실렸
다는「뱀새끼의 舞蹈」로 알려져 왔다. 여러 해적이와 연구물이 그 점
을 꾸준히 확인했다. 그러나 어느 경우도 작품 줄거리나 내용을 언급
하고 있지는 않다. 실제로 그 작품을 읽어 본 연구자가 없었다는 뜻
이다. 그런데도「뱀새끼의 舞蹈」는 실체가 드러나지 않은 채 이주홍
문학의 전면에 나앉아 있었던 셈이다. 이제 사정이 그리 된 까닭을
찾아본다. 이주홍을 표제로 올리고 있는 주요 사전류나 연구물의 기
록을 몇 보인다.

---

6) 표지그림말고도 이 글에서 다루지 않은 활동은 더 있다. 1930년 6월호에서는 엄홍섭의「녀름
밤」이라는 동요에 그림을 그려넣고 있다. 그리고 이주홍은 독자투고 작품에 대한 선도 맡았
다. 1930년 7월호 '독자 담화실'에 따르면, '동요는 누가 선합니까'라는 독자의 서신 질문에
'모다 이주홍선생님이 선합니다'(45쪽)라 적고 있다. 이밖에도 1934년 2월호에서는「톡탁톡
탁」이라는 홍구의 동요에 작곡을 맡았다. 평론도 썼는데, 실제 작품은 보이지 않는다. '못 나
온 신소년의 1934년 4월호 내용'이라는 광고에 '이향파'의「아동과 음악」이 나열되고 있다. 수
필은 한 편이 보인다. 1930년 5월호 '독자통신'에 실었던「뺏대어라 판남아」가 그것이다. 이렇
게 보면 이주홍은『신소년』출판과 관련해, 거의 모든 갈래에, 모든 업무에 관여하고 있는 셈
이다.
7) 고향 합천에 내려가 있었던 시기로 보인다. 1931년 3월호의 '독자 담화실'에 따르면, "이주홍
선생님이여? 그 동안 평안하십니까. 그런데 2개월 전에 동아, 조선일보에 무산소년이라는 잡
지가 발간된더니만 엇지나 되엿습니까? 아르켜주세요"라는 물음에 "본사에서도 궁굼이 생각
하는 중입니다. 이선생이 시골내려가셧는데 '무산소년'은 이달초새쯤 나올 듯하다는 소식이
잇습니다"(49쪽)라는 답변 기록이 보인다.
8) 1932년 8월호에 "이주홍군 동요작가이며 평론가인 김병호군 이분들은 지금은 조금도 활약을
안하야준다"(홍구,「아동문학작가의 프로필」, 29쪽)는 부분과 '독자편지'에 "신고송, 윤복진,
이주홍 선생의 주소 알으켜 주셔요." "답변 신고송 경성부 안국동 98 기타는 불명"(56쪽)이라
는 기록, 그리고 '편집후기'에 "이달에는 동요가 좀 만흔것갓다. 오랫동안 소년문단에 소식을
끈헛든 이주홍씨의 동요가 이달에 신소년에 나타낫다. 반갑게 마저주자'라는 글이 실려 그에
대한 기사가 한꺼번에 보인다.
9)『신소년』의 자매지격이었던『별나라』에는 1934년 9월호(77호)에 표지 '압흐로갓'을, 그리고
1935년 1·2월합호에「새해의첫소리」라는 표지를 그리고 있다. 게다가 동화「곰방대」, 만화
「어둥둥先生」을 그렸다. 이로 보아 카프 맹원에 대한 검거가 거세게 휘몰아쳤던 1935년 초반
까지는 서울에서 활동하였음을 알 수 있다.

① 이주홍(소설) 1906년 경남 합천, 『신소년』 『풍림』 『신세기』지 등 편집, 단편집 『조춘』 『탈선춘향전』 등 1929년 『여성지우』에 단편소설 「결혼전날」로 출발.[10]

② 선생은 열여섯 살 때, 신소년 잡지의 애독자였다. 그 잡지에서 힘입어 동요를 발표하여 기쁨에 젖은 것도 바로 그 즈음의 일이었다. 뿐만 아니라 이즈음하여 선생의 첫 동화 뱀새끼의 무도가 신소년에 발표되었다.[11]

③ 1925년에는 『신소년』에 창작동화 「뱀새끼의 무도」를 투고하여 이 작품이 독자란이 아닌 본문 가운데에 실리게 된다. 이것이 말하자면 향파가 본격적으로 문단에 발을 딛게 되는 첫 번째의 데뷔작품이라고도 할 수 있다.[12]

④ 이주홍 〈인명〉 1906—소설가. 아동문학가. 호는 향파. 경남 합천 출생. 일찍이 일본 유랑 후 귀국. 1925년 『신소년』에 「뱀새끼의 무도」를 투고 발표, 『신소년』 『풍림』 『신세기』 등의 편집에 종사했고[13]

이른 기록인 ①에서는 이주홍의 등단 시기에 대한 문제가 적시되지 않은 쪽이다. 일찍부터 『신소년』과 인연을 맺었던 사실이 기술되고 있을 따름이다. 그러다가 ②와 ③에 이르러 그의 등단 연도와 등단지, 작품이 1925년 『신소년』의 「뱀새끼의 무도」라고 분명하게 적혔다. 1974년과 1975년의 기록이다. 그리고 그 뒤 기록들은 이 사실을

---

10) 이상로 엮음, 『世界文學案內』, 범조사, 1957, 417쪽.
11) 손동인, 「해설」, 『이주홍아동문학독본』, 을유문화사, 1963, 1쪽.
12) 신동한, 「향파 이주홍론」, 『재부작가론, 작품집』, 한국문인협회 부산지부, 1974, 61쪽.
13) 서울대학교 동아문화연구소 엮음, 『國語國文學辭典』, 신구문화사, 1975, 520쪽.

거듭 되풀이하고 있는 형국이다. 이주홍의 자술 기록 또한 쓰여진 시기에 따라 한결같지 않다.

⑤ 1922년 『신소년』지에 동화 「뱀새끼의 무도」, 1929년 『여성지우』지에 단편 「결혼 전날」을 발표함으로써, 해서 출발, 아동문예지 『신소년』을 편집하면서.[14]

⑥ 끝으로 필자는 1925년에 동화 「뱀새끼의 무도」가 발표되고 1929년 조선일보 신춘문예에 단편 「가난과 사랑」이 입선된 이래 서울에 있으면서[15]

⑦ 이미 4년 전에 투고만 해 놓고 일본에 가서 있느라고 까맣게 잊고 있었던 내 동화 「뱀새끼의 무도」가 진작 1925년도 『신소년』에 나 있었던 사실을 처음으로 발견해 낸 일이었다. 발표를 한 것도 기성대우를 해 당당히 유명작가의 예에 끼워 놓은 것이었다. 만일에 이 작품을 발견 못했더라면 그만큼 내 작품년보는 줄어졌을 것이었다.[16]

1960년대의 자술 기록인 ⑤에서는 등단 시기와 작품이 1922년 「뱀새끼의 무도」로 되어 있다. 1973년의 기록인 ⑥에 와서부터 1925년 「뱀새끼의 무도」라 분명하게 적히기 시작했다. 따라서 앞서 본 ③과 ④의 기록도 자술에 따른 것임을 짐작할 수 있다. 말하자면 '1925년

---

14) 이주홍, 「문학」, 『경상남도지』 중권(경상남도지편찬위원회 엮음), 1963, 1,058쪽.
15) 이주홍, 「부산문학사략」, 『부산문학』 6집, 한국문인협회 부산지부, 1973, 76쪽.
16) 이주홍, 「이 세상에 태어나서」, 『격랑을 타고』, 삼성출판사, 1976, 285쪽.
　　이 글은 1974년 8월 31일에서 1974년 10월 2일 사이에 『국제신보』에 연재했던 것이다. 그의 고희기념 수필집이기도 한 위에 든 책에 되실렸다. 그리고 이 책의 끝에 붙인 「작품 연보」는 이 글에 바탕을 두어 상세하게 만들어졌는데, 1925년 동화 「뱀새끼의 무도」가 『신소년』 지에 발표된 사실을 맨 앞에 올려 등단작임을 밝혔다.

『신소년』에 「뱀새끼의 무도」 발표로 등단'이라 굳어지게 된 것은 1970년대 초반, 그의 자술 기록에 바탕을 둔 셈이다. 그리고 이주홍 스스로도 그것을 오기했을 것이다. 작품의 됨됨이나 줄거리에 대한 언급을 더하지 않았던 까닭이다. 이 작품을 곁에 지니고 있지 못했고, 다만 기억에 의존해서 인지하고 있었을 것으로 짐작된다.

그런데 이제껏 의심할 바 없이 믿어져 왔던 바, 이주홍의 등단 작품은 실물을 확인한 결과 「뱀새끼의 무도」가 아니라 「배암색기의 무도」다. 그 발표 시기도 1925년이 아니라 1928년, 『신소년』 5월호에서였다.[17] 그런데 이 점에 대해 두 가지 반론이 있을 수 있다. 첫째, 그의 등단 작품이라고 일컬어져 왔던 「뱀새끼의 舞踊」와 「배암색기의 舞踊」는 서로 다른 작품일 가능성이다. 그러나 이 점은 설득력이 엷다. 뱀과 배암 사이의 뒤섞인 쓰임은 경상도 지역말에서 지극히 자연스러운 일이다. 실제 작품 원본을 곁에 지니지 못했던 이주홍으로서는 지역말 '배암'을 '뱀'으로 오기했을 수 있다.

두 번째, 1925년에 발표된 등단 작품 「배암색기의 무도」가 1928년에 이르러 재수록되었을 가능성이다. 이럴 경우 「배암색기의 무도」는 두 번 실리게 된 것이고, 1925년이 등단 연도라는 데에는 의심의 여지가 없어진다. 그러나 이 점도 가능성이 엷다. 왜냐하면 『신소년』은 순수한 아동문학 창작지로서, 현재까지 재수록은 한 차례도 보이지 않기 때문이다. 게다가 이주홍이 직접 『신소년』 편집에 관여하게 된 때는 일본에서 돌아왔던 1929년 후반기였다. 따라서 자신의 편집 권한을 활용해 한 해 앞인 1928년에 재수록할 수 있는 가능성은 없다 하겠다.

따라서 이제까지 잘못 기록되어 왔을 개연성이 가장 높다. 사실 이

---

17) 1925년도 『신소년』 가운데서 글쓴이가 확인하지 못한 책은 2, 3, 5, 6월호다. 확인된 책에는 「배암색기의 무도」가 실리지 않았다.

주흥의 해적이나 작품 죽보기는 빠트린 부분이 많아 거론하기 힘들 정도다. 무엇보다 활동 초기에서부터 쉰 해를 훌쩍 넘긴 1970년대에 와서야 이주홍 스스로 간수한 자료나 자신의 기억에 의존하여 이룩된 죽보기다. 여러 잘못과 누락의 가능성은 처음부터 컸다. 따라서 글쓴이는 1928년 『신소년』 5월호에 실린 「배암색기의 舞蹈」가 그의 등단 작품이라 변증한다. 기존의 잘못된 기록들은 바로 잡혀야 마땅하다.

3. 계급 모순과 계몽적 서사의 두 길

『신소년』에 실린 서사작품은 그 갈래 이름을 '동화'와 '소년소설', '소녀소설', 또는 '소설'이라 붙이고 있다. '동화'는 문제될 것이 없지만, 소설은 일컬음이 셋이다. 그러나 '소년'과 '소녀'라는 말은 주인물의 성별에 따라 달라진 표현일 뿐이다. 『신소년』에서 '소설'이라는 일컬음도 아동·소년을 대상독자로 삼은 소년(소녀) 주인물의 작품을 일컫는 경우다. 그 세 일컬음은 '소년·소녀소설'이라 묶어 살펴 무리가 없겠다. 이주홍의 작품 또한 그 둘로 나누어 보고자 한다.

1) 동화와 우화적 상상력

『신소년』에 실린 이주홍의 동화는 여덟 편이 확인된다.[18] 그 가운데서 「개고리와 둑겁이」는 학계에 한 차례 알려진 것이다.[19] 나머지 일

---

18) 「배암색기의 舞蹈」(1928년 5월호), 「토끼꼬리」(1929년 12월호), 「눈먼 호랑이」(아프리카 동화 1930년 3월호), 「개고리와 둑겁이」(1930년 5월호), 「우체통」(1930년 7월호), 「천당」(1933년 5월호), 「호랑이 이약이」(1934년 2월호), 「군밤」(1934년 2월호).

곱 편은 이 글에서 처음 밝혀지는 작품이다. 그리고 「토끼꼬리」는 미국 동화를, 「눈먼 호랑이」는 아프리카 동화를 번안했다.[20] 이 둘을 빼고 나면 순수한 이주홍의 창작동화는 여섯 편인 셈이다. 이들은 다시 두 유형으로 나누어 볼 수 있다. 동물우화와 어린 주인공의 동심 어린 세계를 다룬 작품이 그것이다. 「배암색기의 舞蹈」와 「개고리와 둑겁이」 「호랑이이약이」 「천당」이 앞에 든다면, 「우체통」 「군밤」은 뒤에 든다.

등단 작품 「배암색기의 舞蹈」는 "늙은 느름나무밑 언덕 아래"에 살고 있는 '배암' 가족에 얽힌 이야기다. '어미뱀'은 날마다 밖에 나가 먹이를 얻어 오고 세 "새끼 배암"은 "집을 직히고" 있었다. 새끼뱀들은 어미뱀의 경고에도, 개구리가 먹고 싶어 집 밖으로 나갔다, 막내를 까치에게 잃고 만다. 그 사실을 어미뱀이 알까 봐 맏이는 둘째에게 거짓말을 부추겨 위기를 넘긴다. 어미뱀은 그 뒤 "먹지는 못하지만, 싸우지 말고 가지고 놀기나 하여라"며 개구리 한 마리를 던져 준다.

색기들은 깁버 날뛰면서 문밧게 가지고 나가 풀입 우에 언저노코 빙빙 돌면서 자미나게 춤을 추엇습니다. 점심때가 늦도록 아모 것도 모르고 춤만 추고 잇섯습니다 [21]

---

19) 정춘자, 「이주홍 아동문학의 특성」, 『한국아동문학 작가 작품론』(사계 이재철 선생 회갑기념 논총간행위원회 엮음), 서문당, 1991.
20) 꾀 많은 토끼가 연못 건너 달린 열매를 따먹기 위해 꾀를 냈다. 악어를 속여 그들의 등을 밟고 연못을 건너고자 한 것이다. 뒤늦게 속은 줄 알고 화가 난 악어에게 꼬리를 먹힌 까닭에 토끼꼬리가 짧아졌다는 내력담이 「토끼꼬리」다. 미국 동화의 번안이다. 「눈먼 호랑이」 또한 아프리카 동화를 번안했다. 호랑이 굴에 '도토리술'이 있는 것을 안 거북이가 밤에 살금살금 들어섰다가 잡혔다. 그러나 호랑이에게 아침 해를 바라보게 하는 꾀를 내어 오히려 호랑이의 눈을 멀게 만든 다음, '도토리술'을 훔쳐 달아난 기지담이다.
21) 『신소년』 5월호, 신소년사, 1928, 63쪽.

그러나 개구리를 혼자 먹고 싶은 욕심이 생긴 맏이는 동생에게 느릅나무 위로 먼저 기어오르기 내기를 청한다. 사정을 모르는 동생은 형을 이기기 위해 "땀을 밭죽갓치 흘니면서" 기어오르다 밑을 내려다보니 '심술쟁이' 형이 보이지 않았다. 아우 몰래 개구리를 먹다가 목이 막혀 "캑캑"거리며, "아이고 죽네 죽네"라며 울고 있었던 것이다. 그것을 본 동생 뱀은 "에! 시원하다 나를 속이면 그럿타 어머니 말슴을 아니 들으면 그럿타"고 중얼거리며 "나무끝에서 춤을" 추었다. 두 차례에 걸친 "배암 새끼"의 춤을 빌려 모름지기 바른 가족의 행동거지를 일깨우고자 하는 우화 형식을 따랐다.[22]

「개고리와 둑겁이」는 「배암색기의 舞蹈」와 달리 짜임새가 무르익었다. 개구리 울음소리의 유래와 청개구리가 울면 비가 오게 되는 까닭, 그리고 두꺼비가 못 생긴 데다 미련스런 몸짓을 하게 된 까닭을 밝히고 있는 내력담이다. 세상에 새로 물고기와 짐승이 생기던 먼 옛날이다. 그들은 먹을 것을 빼앗기 위해 싸우다 못해, 논둑과 같은 것으로 경계를 삼아 서로 넘어서지 않도록 의논했다. 그러나 저희들 안에서도 "힘센 놈과 약한 놈", 내 차지 네 차지가 생겨 싸움이 끊이질 않았다. 개구리 또한 마찬가지였다. 약한 놈은 늘상 죽도록 일만하고, 먹을 것을 얻기 위해 강한 개구리에 복종할 수밖에 없었다.

힘센 개고리들은 엇드케나 잘 먹고 만히 먹고 몸을 편히 하엿든지 그저 날마다 살이 뿌득뿌득 쪄서 번듯번듯한 몸은 기름이 흐를 듯하엿습니다. 그럼으로 지금 우리들은 그것을 둑겁이라고 부릅니다만은 그때에는 특별히 큰 개고리라고만 불넛드랍니다.[23]

---

22) 이주홍이 자란 마을이 "사동', 곧 '배암골(배양골)'이다. 뱀을 글감으로 끌어온 작품으로 이주홍이 등단하게 된 일이 흥미롭다.
23) 『신소년』 5월호, 신소년사, 1930, 39쪽.

큰 개구리인 두껍이는 약한 개구리 가운데서 골라 고방 감독을 시켰다. 하루는 감독 개구리의 어머니가 큰 개구리 고방 속으로 몰래 들어가 먹을 것을 훔쳐 먹고 나오다 '고방직이'에게 들켜 물려 죽게 되었다. 감독 개구리가 그 일을 항의하자 그마저 죽여버렸다. 그 소문이 '양사방'에 퍼지게 되자, "그냥 둘 수 없다"하고 약한 개구리들은 "홍수와 같이 몰려" 들었다. 때마침 서리가 내리기 시작해서 한 차례 겨울잠을 자는 동안 약한 개구리들은 큰 개구리를 물리칠 "모든 계획을 다 세웠"다. 그리하여 오월이 되자 수백 마리씩 모여 큰 개구리 집으로 쳐들어갔다. "아무리 힘이 강하다 하지만" 큰 개구리들은 워낙 수가 많았던 약한 개구리들에게 쫓기는 신세로 떨어진다. 그리하여 다시 평화를 되찾아 걱정 없이 잘살게 된 약한 개구리들은 지금도 첫여름이 되면 "이놈 큰 개고리야 또 좀 와서 보아라 이놈 이놈"하고 밤마다 외치게 된 것이다.

그들은 할 수 업시 육지로 쫓겨나고 난 뒤로는 말할 수 업는 고생을 하엿습니다. 첫재에 먹을 것이 귀해서 배를 쫄쫄 고랐습니다. 그차에 하도 오랫동안 놀고만 잇든 몸이라 손이 압흐고 발바닥이 가려워서 일을 할줄 몰낫습니다. 그럼으로 지금 여러분들도 밧고랑이나 돌덤불 속에서 멋 십 년이나 굶은 듯한 허느적한 얼골로 크다란 눈만 꺼무럭꺼무럭 하고 있는 둑겁이를 보시겟지요. 엇지보면 불상한 듯도 보이는 마치 아편쟁이나 장돌뱅이갓지 안습닛가

그래도 지금 그 문둥병자가치 살이 푸등푸등하고 커다란 몸집을 보십시오.

그래도 옛날에는 만흔 약한 개고리들의 피땀을 글거먹고 저러케 살이 찐 것이람니다. [24]

쫓겨간 큰 개구리는 "논둑만 보면 웃둑허니 겁만내는 놈이라고 둑 겁이라는 별명을 부첫다." 그런데 두껍이도 한 가지 재주가 있었으니, 돌덤불 속에서 나와서 하늘을 자꾸 바라보면 비가 오게 되는 것이다. 그래서 "약한 개고리들의 소리가 구찬키도 하고 무섭기도 하여서 때때로 재조를 부려서 비를 오게 하여서" 개구리들이 입을 벌리지 못하게 하였다. 약한 개구리들도 꾀를 내어 "담대하고도 날낸 놈을 뽑아 가지고" 두꺼비가 어디서 무엇을 하고 있는지 염탐하도록 하였다. 청개구리가 바로 그들이다.

이 작품은 완연히 큰 개구리와 약한 개구리로 대비되는 계급 투쟁을 다루고 있다. 무산계급과 유산계급 사이에 대립이 나타나게 된 유래뿐 아니라, 약한 개구리의 행동을 빌려 계급 모순을 벗어나는 방법과 모순 극복의 믿음을 심고자 한 뜻이 확연하다. 동화의 틀을 빌려 유물사관과 계급 투쟁에 대한 초보적인 일깨움을 어린 독자들에게 주겠다는 의도다. 아이들에게 낯익은 개구리와 두꺼비를 끌어댄 우화 형식에다 수수께끼 짜임새가 작품의 재미를 한껏 높였다.

「호랑이 이약이」도 호랑이·벌, 강한 짐승·약한 짐승이라는 대립을 앞세워 계급적 이해 관계를 뚜렷이 했다. "적은 힘도 모으면 커지고 큰힘은 언제든지 저근힘을 익인다는 리치"[25]를 벌들은 알고 있었다. 자신의 벌집을 밟아 동료를 다치게 하고 죽였던, "배짱 뻔뻔하"고 '권세조흔' 호랑이를 힘 모아 골려 준 것이다. 벌들에게 쏘인 호랑이는 마침내 떨어져 죽고, 온 산의 짐승들이 모여 그 치상을 즐기는 우화다.

「천당」은 '교당엽' "목사집 고방 속에" 살고 있는 "젊은 쥐" 내외 이야기다. "거의 밤밤마다" '남녀노소' 사람들이 "긔도를 드리고 찬송가

---

24) 『신소년』 5월호, 신소년사, 1930, 41쪽.
25) 『신소년』 2월호, 신소년사, 1932, 37~38쪽.

를" 부르는 것을 본 쥐 내외는 그 '천당'이 그리 좋다면 그들도 그리로 가보기로 하고, 열심히 따라 믿었다. 그러는 가운데 언제부터 소년들이 한 둘 교회에 나오지 않는 것이었다. 그래서 그 쥐 내외는 그들이 '천당길'로 간 것으로 알고, 한 소년의 뒤를 따라가 보았다. 어렵사리 "내ㅅ물을 건너서" "×××× 조합 ×× 지부"라는 간판이 나붙은 곳에 이르게 되었다. 물론 쥐 내외는 그 글씨를 단지 '천당'이라 쓴 줄로 짐작했다.

가로 통한 넓짓한 두 칸 방안에는 칠팔인 사람들이 드러안저 잇섯다. 낫서른 사람들과 천당가고 없는 줄 알엇던 소년신자들 다섯 사람도 모다 입을 꼭 담을고 책만 읽고 잇섯다. 조금 나만흔 한 사람은 흥흥 코노래를 부르면서 혼자 등사판에 무엇을 박고 잇섯다. 〔…중략…〕 그곳에는 교당에서와 가튼 넓은 마루와 아름다운 그림과 번적거리는 풍금은 없엇다.[26]

교회에 나오던 소년들이 거기에서 열심히 책을 읽고 등사판에 무엇을 박고 있었다. 그 광경을 본 쥐들은 크게 실망하여 천당이 교회보다 더 못한 것으로 생각하게 된다. 그래서 차라리 천당보다는 그 들머리에 있는 목사집이 나을 것이라며 돌아와, 그 뒤로는 기도를 그쳤다. 그리고 "교당에서 찬송가 소리가 울여나올 때마다" "또 사람놈들"이 "그 사랑방이 그리워" 그러는 줄로만 생각했다. 교회와 소년 사랑방을 맞세워 두고, 어린 소년들에게 더 필요한 배움을 주는 곳이 소년회의 사랑방 모임이나 밤배움이라는 암시를 주기에 모자람이 없다. 우스꽝스러운 동물우화 형식을 빌려 가벼운 종교비판까지 다룬 셈이다.

___

26) 『신소년』 5월호, 신소년사, 1933, 15쪽.

「우체통」은 어린 '숙희'가 우체통이 무엇인가를 어머니로부터 일깨워 가는 과정을 담고 있는 작품이다. 처음에는 집앞 우체통이 무엇인지 숙희는 몰랐다. 점차 그것이 편지를 보내는 곳이며, 멀리 일본 공장에서 일하고 있는 아버지 편지가 오가게 되는 것도 그 덕이라는 것을 알게 된다. 그리고 그 일은 우체통 밑으로 길이 뚫려 있어 가능한 것이라 생각했다. 어머니가 외가로 양식을 빌러 가서 늦게까지 돌아오지 않은 날 저녁, 숙희는 개떡을 아버지에게 보내리라 작정했다. 그것을 정성스레 싼 뒤, 글자를 몰랐던 까닭에 아버지에게서 온 편지 봉투를 그냥 붙여서, 우체통에 넣었다. 그런데 다음날 어머니는 우체부가 되돌려준 그 개떡을 주며, 우체부가 있어 편지가 오가게 되는 이치를 깨우쳐 주셨다. 어린 숙희의 눈길을 빌려, 동심 어린 물음에 대한 일깨움을 담았다. 그러면서도 일본으로 떠난 아버지와 양식을 꾸러다니는 어머니의 처지에서 그 무렵 한국인이 겪었던 빈궁의 현실을 알게 했다.

「군밤」은 짧은 동화다. 군것질을 즐기는 주인집 아들이 혼자 군밤을 구워먹으려 하고 있었다. 그때 집안 심부름꾼으로 있는 종수가 나타났다. 아들은 그를 내보내려고 꾀를 냈으나, 오히려 종수의 꾀에 되말려, 군밤을 다 빼앗기고 말았다는 이야기다. 군밤을 이음매로 주인집 아이와 심부름꾼 아이라는 빈·부, 무산·유산의 계급 문제를 제시하고, 오히려 가난한 심부름꾼 아이가 부자 주인집 아들을 골려주는 유머스런 작품이다.

앞에서 본 바와 같이 이주홍의 동화는 크게 두 유형으로 나뉜다. 거북이, 호랑이, 개구리와 같이 아이들에게 친근한 짐승을 등장시켜 강·약, 빈·부라는 계급 대립적 인식을 틀로 뚜렷하게 내세운 동물우화의 방향이 그 한 가지다. 내력담이나 기지담 형식 안에 당대 계급 모순의 현실을 일깨우고, 그 속에서 약한 쪽, 못 가진 쪽의 힘과 자각을 불러일으키기 위한 계몽적 의도를 뚜렷하게 드러낸다.

두 번째는 동심 어린 어린이를 주인물로 내세워 표면 줄거리를 끌어가면서 그 아래 당대의 빈궁 현실이나 계급 모순 상황을 간접적으로 암시하고자 한 쪽이다. 등단 작품 「배암색기의 무도」에서 보는 바와 같이 소박한 가족 윤리에 머무는 작품이 없는 것은 아니지만, 이주홍의 초기 동화는 거북이, 쥐와 같이 친근한 글감으로 싸안은 우화적 상상력 속에서 계급적 이해 관계를 전경화하면서 당대 현실을 일깨우고자 하는 뜻에 한결같았던 셈이다. 서술방식도 '습니다체'를 주로 끌어들여 독자·청자들에 대한 지향 의도를 드높였다.

2) 소년·소녀소설의 현실성

『신소년』에 실린 이주홍의 소년·소녀소설은 모두 아홉 편이다.[27] 이 가운데서 「물싸홈」은 검열로 삭제되었다. 소설로 발표된 「보뚝의 구멍」은 '부기'[28]에서 보는 바 번안작이다.[29] 따라서 모두 일곱 편이 창작소설인 셈이다. 그 가운데서 「아버지와 어머니」「북행열차」「청어 뼈다귀」[30]는 한 차례 알려진 바 있다. 나머지 네 편은 밝혀지지 않았던 작품이다. 이들 일곱 편은 다시 크게 셋으로 나누어 그 내용을 살필 수 있다. 소년·소녀 주인물들이 겪는 가난의 체험에 초점을 둔

---

27) 「눈물의 치맛감」(1929년 12월호), 「아버지와 어머니」(1930년 1월호), 「북행열차」(1930년 3월호), 「청어 뼈다귀」(1930년 4월호), 「물싸홈」(1930년 7월호), 「보뚝의 구멍」(1930년 7월호), 「잉어와 윤첨지」(1930년 6월호), 「돼지 꽃구멍」(1930년 8월호), 「회치」(1933년 7월호).

28) "이번에 소설을 쓰랴든 것이 부득기한 관계로 쓰지 못하게 되어서 시일은 급박하고 하는 수 업시 현대세계소학독본에서 이 이약이 하나를 가려 쓴 것입니다."
『신소년』 8월호, 신소년사, 1930. 10쪽.

29) 네덜란드에서 '수문지기'하는 이의 아들인 "뻬―타"라는 소년이 조그만 보뚝의 물구멍을 손가락으로 눌러 막아 대견스럽게도 "무서운 물난리"를 막았다는 잘 알려진 이야기다.

30) 정춘자, 「이주홍 아동문학의 특성」, 『한국아동문학 작가 작품론』(사계 이재철 선생 화갑기념논총간행위원회 엮음), 서문당, 1991.
이재복, 「웃음 속에 배어 있는 고통스런 현실」, 『우리 동화 바로 읽기』, 한길사, 2001.

작품, 농촌의 소작문제와 그 갈등상을 다룬 작품, 그리고 노동야학의 현장을 보여주는 작품이 그들이다.

「눈물의 치맛감」은 가난한 소녀 '정옥'과 '보악'이라는 두 학생이 추석 명절을 맞아 겪게 되는 사건을 다루었다. 둘은 "가난한 집에 태여나서" "아버지를 여의게 된" 처지가 같아 '남달리' 친하게 된 사이다. 그런데 보악은 석 달째 아파서 학교에 나오지 못하고 있다. 정옥과 친구들은 추석 다음날 음악회를 열어 보악의 약값을 마련하기로 계획했다. 그러나 정작 정옥은 그날 입고 나갈 치마가 없다. "남의 바누질품을 들어 밥 한 그릇씩 어더가지고 오는 어머니"로서는 지어 입힐 여유가 없었던 탓이다.

정옥의 사정을 알아차린 어머니는 "생명가치 중하게 역이든 가락지"를 팔아 치맛감을 사오나, 정옥은 치마를 되물리고, 전당포에 가 가락지를 되찾는다. 그리고 행사 당일 제대로 된 치마를 입지 못한 부끄러움에도 불구하고, 보악을 위해 기꺼이 음악회에 나가 뛰어난 솜씨를 들낸다. 다음날 아침 정옥의 집에는 이웃들이 보낸 예쁜 치맛감이 놓였다. 어린 몸임에도 불구하고 그들의 단결은 가난한 현실을 잠시나마 이길 수 있는 힘이 될 수 있다는 뜻을 잘 담아냈다.

'순남'과 그 동생이 아버지와 어머니를 잃고, 소식 없는 어머니를 찾아 떠돌이가 된 가난 체험을 그린 작품이 「아버지와 어머니」다. 돈을 벌려 일본으로 건너갔다 "석탄파는 탄광"까지 들어가 고생을 겪었던 아버지는 마침내 여비도 없이 도적질하는 처지로 떨어져 버렸다. 어머니는 아버지를 대신하여 품을 팔아 살림을 꾸렸는데, 돌아오지 않은 지 두 달이 넘었다. 돌아가셨을지도 모를 어머니를 순남은 동생과 함께 찾아 나선 것이다. 이 작품은 이미 그런 떠돌이 생활 십 년에 거지가 되어버린 오누이가 추운 겨울밤 서술자인 '나'의 집에 이른 때부터 시작한다. 나의 어머니가 그 오누이를 데리고 들어와 밥을 먹이는 시점이다. 시간 역전 기법을 끌어들였다. 서술자의 주관적인 감정 개입이 많음에도 순남이 오누이가 겪었을 떠돌이 삶의 고초를 강조하기 위한 배려를 아끼지 않은 셈이다.

「북행열차」는 「아버지와 어머니」를 부풀린 듯한 얼개를 갖추었다. '순남'과 그 동생의 모습이 '호진'으로 바뀌었을 따름이다. 큰물 탓에 남의 집에 얹혀 사는 처지에 놓인 '종구' 식구들은 그런 속에서도 중국 동북삼성 외가에서부터 아버지를 찾아 든 아이를 거두게 된다. 그가 호진이다. 살림이 더욱 어렵게 되자, 종구 누나는 일본 방직공장으로 떠났다. 아버지만 혼자 남고, 종구와 호진은 이백 리 남짓 떨어진 고모에게 맡겨지기 위해 길을 나선다. 그러나 가족처럼 지냈던 호진은 도중에 외가로 되돌아가기 위해 기어이 봉천행 기차를 탔다. 남은 종구는 그를 말리지 못한 자신을 자책한다.[31] 어린 소년이 겪는 빈궁과 유랑, 거기다 그들의 삶을 감싸고 있는 가족적·시대적 고난이 곳곳에서 구체적으로 드러나고 있다. 게다가 서술자는 독자·청자를 향한 직접 진술을 숨기지 않아 낭송문학으로 갖출 바 효과까지 고려했다.

소년·소녀 주인물이 겪는 가난의 문제를 중심으로 당대 현실을 그려주고 있는 앞의 작품과 달리, 구체적인 계급 갈등상을 보여주고 있는 작품이 있다. 「잉어와 윤첨지」 「청어 뼈다귀」 「돼지 콧구멍」이 그들이다. 「잉어와 윤첨지」는 지주와 소작인의 대립을 다루었다. 여름 큰물이 들어 "뜯어놓은 걸네가튼 들판"이 되고 만 마을의 소작인들은 넋을 놓을 수밖에 없었다. 그런데도 지주 윤첨지는 성화만 부린다. 소작인인 '점석이' 아버지는 들에 나갔다 '아름드리' 잉어 두 마리를 건지는 행운을 얻었다. 점석이 아버지는 그것으로 윤첨지에게 양식

---

31) 이 작품은 연재소설로 발표되었으나, 1회에 그쳤다. 따라서 종구와 호진이 고모집으로 가다 겪었음직한 일은 드러나지 않는다.

을 빌까 하고 문 앞에서 서성거리다, 오히려 그집 개들에게 잉어를 빼앗기고 물려 상처까지 얻은 몸으로 되돌아온다. 점석이는 자는 체하면서 아버지의 눈물을 뜨겁게 느끼며 주먹을 '뽀도독하고' 쥔다. 지주의 행패와 소작인의 처절한 살림살이라는 이원 대립적 상황을 뚜렷하게 맞세웠다.

「청어 뼈다귀」 또한 비슷한 짜임새를 지녔다. "지주 김부자"와 "순덕 아버지", 그리고 어린 순덕으로 얼개를 짰다. 소작을 떼이지 않을 요량으로 순덕 아버지는 청어로 밥을 해 김부자를 대접했으나 기어이 소작은 떼이고 말았다. 순덕은 김부자가 밥상을 남길 것을 예상하고 주린 배를 참고 있었다. 그러나 기대와 달리 밥상은 깨끗하게 치워져 있었다. 분한 김에 삼킨 청어 뼈다귀가 순덕의 목에 걸리게 된다. 사건 설정에 새로운 맛은 없다. 그러나 어린 독자들에게 "누구엔지 업시 그 어느 모퉁이에서는 주먹이 쥐여지고 이가 갈니고 살이 벌벌"[32] 떨리는 적개심을 막연하게 일깨우기에는 알맞는 글감이다.

가난한 '종구네집' 호박밭을 '뒷집' 부자 '주사댁' 돼지가 뭉개버림으로써 일어나게 된 사건을 다룬 작품이 「돼지 콧구멍」이다. '종구' 아버지는 호박을 내다 팔아 빚도 갚고 할머니 제수라도 장만할 작정이었는데 일이 뒤틀려 버린 것이다. 그래서 항의하러 뒷집으로 갔다가 그 집 "삽살개가 물어 뜯고 있는 소뼈다귀에" "식욕의 충동"이나 받으며, "입술을 깨물고" 그냥 돌아나올 수밖에 없었다.

똘똘―똘 또 돼지가 우루룩하게 나온다 종규는 다 먹은 죽사발을 치우고 겻방에 두엇던 활을 가지고 나와서 돼지코를 모고 냅다 쏘았다.
꽥―꽥―돼지는 활촉을 코에다 꿰고서 자긔집으로 다름질처 간다.[33]

32) 『신소년』 4월호, 신소년사, 1930, 30쪽.
33) 『신소년』 8월호, 신소년사, 1930, 9쪽.

아버지와 달리 종규는 그 돼지가 내려온 것을 보고 활촉을 쏘아 코에다 박아버린 것이다. 주사영감이 놀라 아버지에게 항의하자, 아버지는 종규를 '모질게' 때린다. 그러나 종규는 반성하기는커녕, 오히려 "참칼을 가지고 다시 활촉을 뾰족하게" 다듬으며 적개심을 키울 따름이다. 부유한 하급 관리·가난한 농민, 호박농사·돼지농사로 맞세운 계급 대립이 뚜렷하다. 어린이에게 그 모순 상황을 일깨우기에 효과 있는 사건 설정인 셈이다.

「회치」는 단오날 '신흥노동야학'을 다니는 아이들과 마을 어른들이 산속 큰 정자에서 어울려 '회치'를 하는 과정을 서술자인 '내'가 보고 겪은 대로 보고하는 특이한 짜임새를 갖춘 작품이다. 따라서 작품을 읽다보면 오락회나 '회치' 하는 방법을 자연스레 배울 수 있도록 했다. '개회사'를 시작으로 '야학노래'와 '동요', '합창시'는 물론 '동화'까지 학생들이 낭송한다. '폐회사'를 끝으로, 어느새 마을 어른들과 밤배움 아이들이 하나가 되어 부르는 "만세 만세" 외침소리가 '힘차게' 들린다. 전국 곳곳에서 '소년회'나 '소년동맹', 또는 노동야학을 할 때[34] 필요할 각본을 소설의 이름으로 마련했다. 작품의 실천적 이바지를 고려한 이주홍의 의도가 분명한 작품이다.

앞에서 살펴본 바와 같이 이주홍의 소년·소녀소설은 몇 가지 특성을 보여준다. 첫째, 동화에서 보이던 동물우화 형식과 달리 소년·소녀 주인공이 겪는 가족사적 불행을 구체적으로 담고 있다. 그것은 소작 문제, 그로 말미암은 가난과 굶주림, 그리고 교육 소외, 가족 결손과 이산, 유민의 현실이다. 그들이 겪는 불행은 어버이 세대의 삶자

---

34) 1926년에서 1934년까지 경남·부산지역만 하더라도, 기록으로 올려져 있는 지부는 한 둘이 아니다. 거의 모든 군 단위에서 마련되어있다. 함안, 하단, 녹산, 명지, 사하, 의령, 함양, 창원, 밀양, 문산, 남해, 산청, 마산, 합천, 덕포, 동래, 명지의 이름이 확인된다. 지부별로 소년회나 소년동맹 모임이 이루어졌을 것으로 보인다. 활발했던 활동을 엿볼 수 있는 한 터무니다.

리일 뿐 아니라, 마침내 시대의 전형적인 현실을 암시한다. 인정머리 없는 지주와 불행에 빠진 소작인, 가진 사람의 난폭함과 못 가진 사람의 고초라는 계급 모순과 갈등상을 전경화하면서 그 바닥에 식민지 민족 현실을 드러내고 있는 셈이다.

둘째, 소년·소녀 주인공들은 계급 대립 현실이나 어버이 세대의 비참을 깨닫게 되는 데서 더 나아가, 현실 극복 의지를 다진다. 서로 도우고 밤배움에 열중하면서 뒷날을 준비하거나, 새로운 자각에 이르는 모습을 보여줌으로써 계몽적 의도를 뚜렷이 했다.

셋째, 서술자의 주관적 개입이 많아 냉정한 사실 묘사나 다양한 현실 재발견에까지는 이르고 있지 않다. 그러나 소년·소녀의 노동야학 행사를 구체적인 각본을 빌려 제시하고자 하는 교본소설 형식이라든가, 동화와 마찬가지로 '습니다체'에 대한 선호, 또는 독자·청중에 대한 직접 진술의 방식은 문학의 현장성·실천성을 드높이겠다는 이주홍의 한결같은 의도를 잘 보여준다.

4. 동요·동시와 민족 모순의 수용

『신소년』에서 보여준 이주홍의 동시·동요[35] 활동은 다른 갈래에 견주어 활발하지 않은 쪽이다. 카프의 아동문학 기관지였던 『별나라』에서 보였던 활발한 활동과 견줄 만한 일이다. 그리고 그 작품 발표도 1932년부터 나타나 동화나 소설 갈래에 견주어 뒤늦은 쪽이다. 그럼에도 일곱 편이 확인된다.[36] 이 가운데서 원고 검열로 삭제된 「새

---

35) 동요와 동시는 이 글에서 따로 구분하지 않았다. 노랫말로 쓰여진 동요와 문자시로 쓰여진 동시는 그 제시방식에서 차이가 있다. 그러나 실제 눈으로 읽는 문자시로서 그 둘은 크게 변별되지 않는다.

「벽」을 제치고 나면 실물은 여섯 편이다. 그들은 크게 둘로 나누어 볼수 있다. 제도교육의 소외 현실을 중심으로 그 무렵 어린이들의 고통스런 삶을 그리고 있는 작품과 식민지의 민족 수탈 현실을 구체적으로 다루고 있는 작품이 그것이다.

① 우리는 (1행략)
　오늘도 해넘도록 똥뒤깐의 소제다

　얼는 안 가면 집심부럼 못하지만
　선생얼골 처다보니 아이고 무서워 저 눈꼴

— 「벌소제」[37]

② 날마다 지나치는
　낫익은 벽에
　날마다 틀닌
　×라가 부텃다

　딸강 딸강
　빈 변또 차고는
　이 벽 저 벽
　읽으며 간다

— 「벽」[38]

36) 「벌소제」(1932년 11월호), 「벽」(1932년 11월호), 「염불긔도」(1932년 12월호), 「새벽」(1933년 2월호), 「연」(1933년 5월호), 「풀꾹」(1933년 7월호), 「자리짜기」(1934년 3월호).
37) 『신소년』 11월호, 신소년사, 1932. 4쪽.
38) 『신소년』 11월호, 신소년사, 1932. 4쪽.

③ 오동나무 끝가지

　우리 연이 걸엿네

　붉게 크게 쓴 글씨

　아즉도 아즉도 잘 보인다

　글도 모르는 까막까치

　무엇이 조타고 그러는지

　이 가지에서 깍깍

　저 가지에서 깍깍

　멋도 모르는 동리 개는

　나무 보고 벙벙

　까치 보고 벙벙

—「연」³⁹⁾

　①은 학교에서 이른바 '월사금'을 내지 못해, "똥뒤깐의 소제"나 할 수밖에 없는 제도교육의 차별 현장을 그렸다. ②는 더 나아가 '학교'에 나가지도 못하고, '변또'를 차고 일터로 나가야 하는 어린 소년·소녀의 고달픈 소외 현실을 담았다. "날마다 지나치는/낫익은 벽"에 붙은 '×라', 곧 '삐라'에 쓰여졌을 '틀닌' 글자란 말할 것도 없이, 말할이와 비슷한 또래의 아이들이 써두었을, '노동야학' 안내문이었을 것이다. ③에서 '우리연'에 "붉게 크게 쓴 글씨"라 한 것도 비슷한 경우겠다. '복'이니 '수'니 전통연에 흔한 문자도와 달랐을 그 글씨야말로 나라잃은시기 제도교육에서 배제되었던 어린이들의 삶에 공감하고, 새로운 배움⁴⁰⁾의 필요성을 강조하는 것이었음을 짐작한다.

---

39) 『신소년』 5월호, 신소년사, 1933, 2쪽.
40) 나라잃은시기 우리 동시에 나타나고 있는 밤배움(야학) 모티프와 왜로 제국주의 규율권력의 관련상에 대한 폭넓은 이해는 김지은을 참고 바란다.
　　김지은, 『한국 근대 현실주의 동시 연구』, 경남대 대학원 석사학위 논문, 2000.

④ 산꼴중놈 목탁은

　　밤낮없시 토ㅡㄱ탁

　　말도 못하는 부처한테

　　잘되게 해달나고 염불염불

　　부처가 움즉이나

　　손바닥이 부르키나

　　오늘도 홀닥

　　해가 빠젓다

　　어리바리 예수꾼

　　자나새나 아ㅡ멘

　　눈도 업는 하눌한테

　　구원해 달나고 긔도긔도

　　　　　　　　　　　　　　　　ㅡ「염불긔도」 부분[41]

⑤ 바듸치는 아버지

　　모가지가 꼽 박

　　어서짜야 빗을 갑지

　　화가 난다 쿵닥쿵

　　미는 잣대 굽 신

　　빼는 잣대 굽 신

　　잣대잡은 큰형님

　　허리뼈가 굽 신

　　어서 짜야 책을 보지

41) 『신소년』 12월호, 신소년사, 1932, 16쪽.

속이 탄다 딸그락

―「자리짜기」 부분⁴²⁾

⑥ 이 산에 가도 풀꾹
　저 산에 가도 풀꾹

　이 산 넘어는 사방공사
　더워서 죽는다고 왁자글

　저 산 넘어는 보리타작
　눈알을 찌른다고 후닥딱

　이 산에 왔다가 풀꾹
　저 산에 갓다가 풀꾹

―「풀꾹」⁴³⁾

④와 ⑤, 그리고 ⑥은 당대 민족 현실에 대한 서정적 관심이 돋보이는 작품이다. ④는 가난에는 아랑곳없이 '밤낮업시' 염불과 기도에 여념없는 종교윤리와 종교인에 대한 비난을 숨기지 않았다. '산꼴중놈'과 "어리바리 예수꾼" 둘을 내세워, 시의 앞과 뒤에 놓은 뒤 서로 비교가 이루어지도록 했다. 이에 견주어 ⑤에서는 그래도 가난 극복을 위한 실질적인 노동이 있다. 비록 '화가' 나고, '속이' 탈지언정, '쿵닥쿵', '딸그락' '자리짜기'를 한다면, '빗'도 갚을 수 있고 배울 기회가 있을 마련이다.

---

42) 『신소년』 3월호, 신소년사, 1934, 26쪽.
43) 『신소년』 7월호, 신소년사, 1933, 7쪽.

⑥은 '풀꾹새' 곧 뻐꾸기 울음소리에 기대 간결하게 당대 민족 현실을 잘 담아냈다. 일찌감치 우리의 무성한 원시림을 벌목해, 민둥산을 만들어버린 곳에다 뒤늦게 왜로는 '사방공사'를 한답시고 시끄럽다. 사람들을 강제로 거기에 끌어들여 '부역'을 시켜도 더위에 '왁자글'할 뿐, 우리 농민의 삶이 장차 더 나아질 리는 없다. 타작마당의 보리도 어차피 죄 수탈당할 것이 뻔하다. '보리타작'이 흥겨울 리 없는 까닭이다. 그러니 보리이삭은 '눈알을' 찌를 뿐이다. 뻐꾸기는 그러한 부역과 수탈이 저질러지고 있는 식민지의 산과 들로 날아다니며 '풀꾹' '풀꾹' 울음소리로 그 현실을 고스란히 되돌려 놓고 있다.

이상에서 이주홍의 동요·동시를 크게 두 가지로 나누어 살폈다. 첫째, 나라잃은시기 왜로 제국주의의 제도교육에서 배제된 소년·소녀의 고난스러운 현실이 하나다. 배우는 아이·못 배우는 아이, 학교를 오가는 아이·일터를 오가는 아이라는 틀을 빌려 그들이 놓여 있는 식민지 민족 현실을 암시하고자 했다. 둘째, 식민지 당대의 노동 수탈 현실이 그것이다. 가난을 거듭할 뿐인 가족 현실과 수탈당할 뿐인 노동 현장을 그려, 민족 모순을 간결하게 담아내고자 했다. 실사구시할 줄 모르는 종교비판도 거기에 한몫을 더한다. 동화나 소설과는 거꾸로 계급 모순과 그 대립상이 바탕으로 가라앉는 대신, 식민지 우리 민족의 전형적인 현실이 전경화되고 있어 감동을 더한다.

5. 아동극의 형식성

이주홍이 『신소년』에 발표한 극은 다섯 편이다.[44] 그 가운데서 「팥

---

44) 「뱀사람·말사람」(1930년 1월호), 「팥밧」(1930년 3월호), 「젊은 통장사」(1930년 4월호), 「개떡」(1934년 3월호), 「낙동강 봄빗」(1934년 4월호).

밧」과 「낙동강 봄빛」은 삭제되어 실리지 못했다. 작품 전모를 볼 수 있는 것은 세 편에 머문다. 그리고 그들은 모두 교육극으로서 활용될 것을 염두에 둔 형식성이 유별나다.

「뱀사람·말사람」은 가장 먼저 쓰여진 작품이다. 작품 배경은 1929년 섣달 그믐밤이다. 등장하는 사람은 복순이, 점식이, 삼만이에다 뱀사람과 말사람이다. 1929년이 뱀띠해고, 1930년 새해가 말띠해여서 뱀사람과 말사람을 마련했다. 그 둘이 어린 복순이, 점식이, 삼만이 앞에서 자신의 특징과 의의를 일깨워준 뒤 사라지는 짜임의 극이다. 동짓달 그믐을 맞이하여 절후 교체의 뜻과 말과 뱀의 특징, 새해를 맞는 각오를 다지도록 이끌겠다는 작가의 계몽적 의도가 뚜렷한 아동극이다. 거기다 합창까지 곁들여 소인극으로 쉬 공연할 수 있도록 했다.[45]

「젊은 통장사」는 아동희극이다. 소년 통장사 '삼만이'와 그를 따라다니는 '계명이'는 "어느 겨울" "김별감의 집 사립문 밖"에서 테를 메우게 된다. 평소 계명이에게 일을 배운 지 칠 년이나 되었다며, 거드름을 피우던 삼만이는 김별감 부부가 보는 앞에서 테를 메운다. 그러나 일이 뜻같이 잘되지 않아 갖은 박대를 받는다. 나중에는 오줌장군 속으로 숨어야 할 신세가 된다. 그러다 계명이의 도움을 받아 마침내 훌륭하게 테를 메운 뒤 의기양양하게 별감집을 떠난다. 일찍부터 밥벌이에 나서 떠돌아다니는 두 소년을 내세워 그들이 벌이는 일을 우스꽝스럽게 그려 재미를 더하도록 했다. 특정한 계급에 대한 적개심이 아니라, 애처러운 소년 떠돌이의 가난과 애환을 잔잔하게 담아, 쉬 좌절하지 말 것을 부추긴다.

「개떡」은 '야학가극'이라는 표제가 붙은 작품이다. 「뱀사람·말사

---

45) 그런데 서술자가 절후 교체를 설명하고 있는 보기는 양력으로 된 달력이다. 그것을 보면서 음력의 띠개념을 설명하고 있어, 당대 시간 관념의 혼란을 엿보게 한다.

람」과 마찬가지로 그 무렵 유행했던 이른바 합창극, 곧 '슈프레히
콜' 형식을 따랐다. 봄을 맞아 들판에 나온 '영숙', '순남', '혜순'은 부
잣집 딸이다. 그들은 오라버니가 서울에서 사온 '조코레—트'를 나누
어 먹으며 놀고 있다. 나물죽에 쓸 나물을 뜯으러 나온 '봉달'은 그들
을 만나 자신의 '나물광주리'에 담긴 개떡을 보여주게 된다. 영숙 일
행은 짐짓 그것을 먹으려 하다 내버리며 "재수도 업다"며 타박을 준
다.

> 영숙　애 봉달이 너 나물광주리 속에 조희로 싼 건 그거 뭐니?
> 봉달　(황급히 붓그러운 듯이 만지면서) 안야 아무 것도 안야
> 영숙　좀 보자! 좀 보자! (세 아희 달겨드러 볼랴한다)
> 봉달　내 보여주마 개떡이다…… 좀 먹어보련? 그래두 애 맛이 잇너니
> 　　　라 어머니가 어제 상동댁 방아찌어 주고 어더온 게란다(세 아희 놀
> 　　　니면서 더럽고 추접다는 듯이 웃는다)
> 영숙　오냐 고맙다 내 먹을게 (버리는 입에 봉달이가 개떡을 너어줄랴니
> 　　　까 혀끗만 쑥 내면서)
> 　　　으애! (하고 놀닌다 두 아희 왁작 웃는다)[46]

봉달은 '인정머리 없는' 그들을 보내고 난 뒤, 밤배움에 같이 다니
고 있는 친구들을 만나 '동화연습'을 함께하게 된다. 봉달과 동화연습
을 하고 있던 분악이 마침 영숙이 그곳을 다시 지나가게 되자, 그녀
를 불러 혼을 낸다. 그런 다음 봉달이 가져온 개떡을 서로 나누어 먹
으며, 남녀 밤배움 학생들은 연극연습을 새로 시작한다. 곳곳에 검열
로 삭제된 자리가 많은 작품이지만, 부잣집 자식·가난한 집 자식, 정

---

46)『신소년』3월호, 신소년사, 1934, 10쪽.

규학교 학생·밤배움 학생, '조코레―트'·개떡, 놀러 다니는 아이·일하러 다니는 아이 사이의 대립이 뚜렷하다. 그러면서 밤배움 학생들이 정규학교에 다니는 부잣집 학생들보다 더욱 조직적이고 훌륭하게 배울 수 있음을 일깨우고자 했다.

이주홍의 아동극은 그 수에서 많지 않다. 그러나 그 무렵 곳곳에서 번성했던 노동야학이나 소년회, 소년동맹 활동과 같은 모임에서 배우고 실제 연행하기 쉬운 단막극, 소인극 형태에다 효과적인 극양식으로 유행했던 합창극까지 끌어들여, 다양한 형식 모색을 보여주고 있어 이채롭다. 계몽적·교육적 효과를 적극 의도했던 까닭이겠다. 게다가 확인할 수 있는 다섯 편 가운데서 두 편이나 검열에 의하여 삭제가 되었다. 노골적인 계급 의식이나 반제 의식이 담겼음직한 작품으로 여겨진다. 그러나 현재 확인되는 작품은 가난하고 어려운 살림 속에서도 어린 소년·소녀들이 좌절하지 말고, 그것을 극복하기를 일깨우는 상황을 마련하는 데 머문다. 계급 모순이나 민족 모순에 대한 일깨움이 엷어지는 대신, 계몽극적 형식성이 돋보이는 까닭이다.

6. 마무리

이주홍은 한국 근대문학사에서 다양한 문학·예능 갈래에 걸쳐 대가다운 업적을 남긴 사람이다. 그러나 1920년 중반에서 1930년대 중반에 걸쳐 『신소년』을 중심으로 이루어졌던 그의 초기 아동문학 활동은 그 중요성에도 불구하고 이제까지 세상에 알려지지 않았다. 이 글은 그것을 발굴, 됨됨이를 처음으로 알리는 일을 목표로 삼아 쓰여졌다. 논의를 줄여 마무리로 삼는다.

첫째, 이주홍의 등단 작품과 등단 시기를 바로잡았다. 1925년 『신소년』에 실린 「뱀새끼의 무도」가 등단 작품이라고 오래도록 알려져 왔던 것은 그 작품을 보지 못했던 탓에 거듭된 잘못이었다. 이 글에서 처음으로 실물을 확인하여, 이주홍은 1928년『신소년』 5월호에 「배암색기의 무도」를 발표하면서 한국 문단에 공식 등단했음을 밝힌다.

둘째, 『신소년』에 실린 이주홍의 서사작품은 동화와 소년·소녀소설에 걸친다. 동화는 거북, 쥐와 같이 어린이에게 친근한 짐승을 내세워 강·약, 빈·부, 현실윤리·종교윤리의 대립을 앞세워 계급 모순을 일깨우고자 하는 동물우화 양식이 주류를 이룬다. 이와 달리 소설은 소년·소녀 주인공이 겪는 불행한 가족사·시대사를 구체적으로 담고 있다. 지주의 횡포와 소작인의 가난, 그로 말미암은 제도교육의 소외, 가족 붕괴와 이산, 그리고 고통스런 떠돌이 체험의 상승적 현실이 그것이다. 이주홍의 아동 서사작품은 줄곧 계급 모순과 그 대립상을 전경화하면서 식민지의 민족 모순을 암시하는 일에 한결같다.

셋째, 동요·동시는 두 가지 됨됨이를 보여준다. 나라잃은시기 왜로제국주의의 제도교육에서 배제된 소년·소녀의 고통스런 현실을 보여주는 길과 가난을 거듭할 뿐인 식민지 당대의 노동 현실·수탈 현장을 담아내는 길이 그것이다. 이 둘을 빌려 이주홍의 동요·동시는 서사작품의 경우와 달리 구체적인 민족 모순의 현실을 간결하고 힘있게 전경화하면서 계급 대립상을 그 바탕에 보여준다.

넷째, 이주홍의 아동극은 1920년대 중반에서 1930년 중반에 이르는 시기, 나라 곳곳에서 번성했던 노동야학이나 소년회, 소년동맹 활동 현장 실무에서 활용하기 쉬운 단막극·소인극·합창극과 같은 형식을 적극 모색했다. 계급 모순이나 민족 모순과 같은 내용상이 퇴조하는 대신, 어린 소년·소녀들이 좌절하지 말고 힘 모아 현실을 극복하는 일에 이바지가 될 만한 계몽극적 형식성을 두드러지게 보여준 셈이다.

이와 같이 『신소년』을 중심으로 이루어졌던 이주홍의 초기 아동문학은 한국 계급주의 아동문학이 나아가고자 했던 방향을 여러 갈래에 걸쳐 다양하게 온축한 뜻있는 업적이다. 아동물이라는 양식상의 특성 탓에 섬세하고도 다양한 계급 모순·민족 모순 현실을 담아내고 재발견하는 데까지는 나아가지는 못했지만, 내용의 계몽성과 형식의 현장성을 아울러 얻고자 했던 그의 실천적 노력은 우리 근대 아동문학의 중요한 디딤돌로서 지닌 바 의의가 뚜렷하다.

앞으로 『신소년』과 이주홍의 아동문학 활동에 대한 복원·연구는 더욱 속도가 붙을 것이다. 『신소년』에 미치지는 못했지만, 이주홍이 남다른 활동을 아끼지 않았던 『별나라』의 성과까지 아울러, 이름에 걸맞은 이주홍 초기 아동문학 연구가 온전히 마무리되기를 바란다.

이주홍론―교육자로서 걸었던 길

1. 들머리

한국 근대문학사에서 향파 이주홍만큼 오래도록 여러 자리에서, 빼어난 활동을 한 문인을 찾기란 쉽지 않다. 예순 해를 넘도록 줄기차게 우리 문학의 주류를 끌어온 그다. 향파가 남긴 많은 저작물은 두 번 키를 넘기고도 나머지가 있다. 그러나 뜻밖에 그 삶에 대해서는 알려진 바가 많지 않다. 다양한 예능 영역에서 이루어 놓은 작품 활동을 묶어내는 일도 어려운 마당이다. 삶은 대한 것은 말할 나위가 없겠다.

향파는 가까운 시기인 1987년까지 생존했던 문인이다. 직접적인 조사와 재구성에 이를 기회가 열려 있었다. 그런데도 많은 자리에서 건너뛰거나, 소략하게 삶의 자국만 엿보도록 내버려둔 책임을 지역 사회와 문학 연구자들이 무겁게 질 일이다. 고난 잦고 오내림 많았던 그에 대한 회고기나 문학적 자서전이 제대로 쓰여졌더라면, 중요한 우리 근대문학사의 기초문헌이 될 법했다. 아쉬움이 크다.

이 글에서 글쓴이는 뜻밖에 성근 향파의 삶을 더듬어보고자 했다. 물론 주제넘는 일이라는 두려움이 있다. 향파 문학의 언저리에 다가서는 일에도 힘이 모자란다. 그 삶까지 다루고자 하는 데서 지니게 되는 주제넘음이 그 하나다. 게다가 향파가 밟아온 험난한 시대와 삶을 떼어놓고 바라볼 만한 눈길이 엷은 글쓴이다. 그런 처지로 향파의 삶을 다루고자 하는 주제넘음이 그 둘이다. 그러나 언젠가는 거쳐야 될 일거리다. 지닌 바 힘을 돌보지 않고 나아가기로 한다. 한둘이라도 새로운 사실을 밝히고 더할 수 있다면, 뒷사람을 위한 보람이 없다고만 못할 일이다.

이 글에서는 향파의 삶 가운데서 각별히 교육자로서 지나온 길에 초점을 두어 살펴보고자 한다. 시대의 질곡과 간난 속에서도 삶의 가장 긴 시간을 국립부산수산대학교를 비롯한 교육 현장에서, 교육자로서 겪었던 이가 향파다. 문학 활동 또한 빛났다. 그의 문학 첫 자리에 놓이는 아동문학이나 희곡 창작의 주도 동기는 교사 경험과 무관하지 않다. 교육자로서 향파가 걸었던 길을 묶어보는 이 일로 그의 삶 가운데 두터운 한 켜는 짚어볼 수 있기를 바란다.

2. 1920년대 청년 이주홍과 일본 '근영학원'

향파 이주홍[1]은 1906년 5월 20일 경남 합천의 빈한한 농가 장남으로 태어났다. 외숙은 당대 합천에서 '漢詩大家'로 이름을 떨치고 있었던 강만달[2]이다. 게다가 부친은 배움에 포한이 깊었던 분이다. 일찍부터 한문과 문향을 익힐 기회가 잦았던 셈이다. 그리하여 향파는 "칠팔 세 때"부터 "영남 유학계의 태두 김사문 선생의 서당에서 동몽

선습을 배우면서" 한문을 닦았다. 많은 집에서 "신학문을 왜놈들의 개글이라고 배척"[3]하면서 꺼렸던 무렵이다.

그러나 왜로들은 경찰을 동원해 아이들을 보통학교에 다니게 할 것을 강권하였다. 향파도 부친이 경찰에 끌려가 몰매를 맞는 고초를 겪은 뒤, '합천보통학교'에 입학하지 않을 수 없었다. 졸업한 해는 1918년, 향파가 열 셋 나던 때였다. 보통학교를 마친 향파는 다시 '진서'인 한문을 더 배우기 위해 서당에 드나들었다. 그런 한 쪽으로 자작연극이며, 문예문집·신문 편집을 거듭하면서 활발한 습작기를 거쳤다. 열 여덟 무렵인 1923년부터는 아동문예지 『新少年』에 작품을 투고하여 실리기도 했다. 1921년 4월에서 1924년 3월에 이르는 동안 통신학습 과정이었던 서울 한성중학원을 졸업했다.[4] 학업에 대한 꿈을 꾸준히 닦았던 셈이다.

향파가 더 공부할 뜻을 품고 부산에서 일본으로 건너간 때는 1924년이다. 이 무렵 나라 안에서는 일본 유학의 분위기가 크게 달라져 있었다. 기미만세의거를 지나서면서부터 앞선 시기에 유학을 독점했던 국비유학생이나 부유한 지주·관료 자제들과는 사정이 바뀐 까닭

---

1) 향파 이주홍은 본관이 경주다. 1906년 5월 20일 아버지 이동신(李東信)과 어머니 강정화(姜汀華) 사이에서 장남으로 태어났다. 이동신은 다섯에 어머니를 여의고 열둘에 아버지마저 잃은 채, 그런대로 부유했던 백부 밑에서 자라나, 빈한한 농군으로 여생을 마친 이다. 어머니는 본관이 진주로서, 향파 외숙은 만정(晩汀) 강만달(姜晚達)이다. 그는 당시 합천에서 이름이 드높았던 한시인이었다. 향파는 그에 대한 존경이 컸을 뿐 아니라, 문학살이에 큰 영향을 받았다. 그가 유명을 달리한 뒤, 한시 작품을 「晩汀詩抄」로 옮겨 세상에 내놓기도 했다. 이주홍이 호적에 올린 이름은 주홍(柱洪), 족보명은 환주(煥周)다. 그러나 늘 주홍(周洪)을 썼다. 호는 향파(向破)로, 그렇게 굳어지기 전에는 향파(香波), 주홍, 여인초(旅人草), 망월암(望月庵)과 같은 이름을 썼다. 서화 예능 작품에는 홍, 파(破)와 같은 이름을 올렸다. 1965년 현재 키는 163cm, 몸무게는 53kg으로 여위었으나 건강하고 당찬 몸집을 지녔으며, 혈액은 A형이다.
2) 이주홍,「晩汀先生의 生涯」,『藝術과 人生』, 세기문화사, 1957, 171~179쪽.
    _____,「이 세상 태어나서」,『激浪을 타고』, 삼성출판사, 1976, 249쪽
3) 이주홍,「이 세상 태어나서」, 앞서 든 책, 250쪽.
4) 국립부산수산대학교(현 부경대학교)에 남아 있는 자필 이력서에 따른다. 이 시기 향파는 직접 서울로 올라가 학업을 닦지는 않고, 독학생들을 위해 유행하고 있었던 통신학습을 받은 것으로 보인다. '한성중학원'은 독학 통신교육 과정으로 중등과정을 거치는 준교육기관이었을 것이다.

이다. 향학열이 높은 도시 서민이나 농촌 자작농 자제들도 유학을 떠나는 경우가 빈번했다. 인원도 가파르게 늘어났다. 그러한 시대 분위기는 향파의 일본행 결심을 도운 것이다. 한국 농촌의 붕괴에 따라 일자리를 찾아 일본으로 건너가는 노동자 또한 부쩍 늘고 있었던 무렵이다.[5]

이른바 '도항자', 곧 일본으로 건너간 한국인들이 맞닥뜨린 문제는 한 둘이 아니었다. 유학생이건 노동자건 민족 차별, 계급 차별에다 지역 차별까지 감내해야 했다. 그러한 문제를 어느 정도 줄일 수 있

5) 19세기 후반부터 이루어지기 시작했던 우리 겨레의 일본 도항과 이주는 1910년 경술국치를 거친 뒤 역사적 시기마다 됨됨이를 달리하면서 1945년까지 급증했다. 1910년 경술국치 무렵 '재일한국인'은 공관원, 유학생, 시찰인, 망명인을 모아 모두 790명에 머물렀다. 거기에 견주어 재한일본인은 126,168명이었다. 1906년 현재 청국으로부터 건너간 재일 유학생만 7,000명에 이르렀고, 1908년 현재 프랑스 점령 아래 있었던 베트남에서도 200명 넘게 머물렀던 사실을 염두에 두면 많지 않은 수다. 그러나 높은 임금과 고용 가능성이 높은 일본으로 옮겨가는 한국인은 해마다 늘어났다. 1920년 자비 유학생에 대한 수속 폐지와, 1922년부터 한국인 노동자에 대한 이른바 '자유도항제' 실시가 그것에 기름을 부은 격이었다. 1930년에는 재일한국인이 318,212명에 이르렀다. 일본 안쪽의 제국 경제, 자본 발전에 따른 한국인력의 수탈과 배제라는 법적·행정적 장치에도 불구하고, 유입과 이주는 거듭되었다. 이주민 가운데서 유산계급 출신들은 생활 수준이 일본인에 못지 않았다. 그렇더라도 한국인이었던 까닭에 굴욕적인 노예대접을 벗어나기 힘들었다. 1937년 대륙침략전쟁, 1941년 태평양침략전쟁들을 계기로 한국인을 전장과 군수산업 노동 착취 자리로 이끌어 넣기 위한 강제 연행이 이루어졌다. 그리하여 그 수가 1939년 현재 961,591명, 이른바 징용령이 내려진 1942년 드디어 1,469,230명에 이르고 있다. 그리고 1944년 징병령 이후에는 무려 1,936,843명이나 된다. 1920년대의 요란한 선전을 동원한 꼼수에서부터 시작하여 인원 할당을 통한 강제동원으로 말미암은 한국인 노동자 수탈 체제의 결과였다. 특히 경상도, 전라도(제주도)지역 사람들이 그들 대부분을 차지했다. 이에는 두 가지 까닭이 있다. 첫째, 경상도·전라도지역이 배를 이용한 도항에 유리했다는 점이다. 둘째, 왜로들에 의한 우리 농촌 해체와 농민 수탈 책략으로 말미암은 궁민화 현상이 빚어낸 자연스런 결과다. 한국인 노동자들이 머문 대표 지역이 대판이다. 1924년 현재 그들의 본적지 구분이 일본 모든 지역에 걸쳐 머물고 있었던 한국인 이주자의 것을 반영한다고 볼 수 있다. 이 점을 전제하고 경상도, 전라도를 본적지로 둔 이들이 태반이었다는 점과 한국 농촌에 이입된 일본인 농가의 88.6%가 마찬가지로 경상도와 전라도를 비롯한 남한권에 집중하고 있었다는 사실 사이에는 끊을 수 없는 함수관계가 가로놓여 있음을 알 수 있다. 일본인 농가에 의한 한국농촌에 대한 지배도가 높아 가면 갈수록, 한국농민의 궁민화와 이주, 유민화 현상은 격화되었다. 불가피한 귀결로서 도일 한국인 노동자의 격증현상이 이어졌던 것이다. 재일 한국인 이민사와 그 성격에 대해서는 아래에서 도움 받을 수 있다.
고승제, 『한국이민사연구』, 장문각, 1973, 236~237쪽.
민관식, 『재일본한국인』, 중산육영회, 1990, 23쪽.
김인덕, 『식민지시대 재일조선인운동 연구』, 국학자료원, 1996, 32~47쪽.
정혜경, 『일제시대 재일조선인민족운동연구』, 국학자료원, 2001, 32~47쪽.
재일본대한민국민단 중앙본부 엮음, 『韓國民團50年の步み』, 오월서방, 1997, 21쪽.
강재언·김동훈(하우봉·홍석덕 옮김), 『재일 한국 조선인—역사와 전망』, 한림대학교 한림과학원 일본학연구소, 2000, 29~63쪽.

는 방법이 사회적 역할망·연결망을 이어나가는 방법, 곧 가족·친척과 같은 연고자를 찾아 건너가는 길이다. 그리고 그것이 점점 더해가면서 사회적 유대와 연줄 자체가 도일을 지속적으로 이끌고 규모를 키웠다. 일인의 차별 속에서 특정한 지역에 대한 집주화와 정주화가 아울러 일어나게 된 셈이다.[6] 도항 한국인들이 갖춘 나름의 현명한 삶의 방식이었다.

향파가 처음 건너가 머물렀던 광도(히로시마)지역에서는 토목 건축 노동자와 같은 이동성이 높은 인부, 항만 노동자들이 큰 줄기를 이루었다. 생산 연령에 드는 이들의 단신 이주라는 됨됨이에서부터 시작하여 시간이 흐름에 따라 그들의 집주화·정주화는 이어졌다. 고향에서 처자를 불러들이는 경우에다, 새 가족을 꾸미는 경우도 있어 인구가 부쩍 늘어났다. 그런 속에서 경상도 출신, 그것도 합천 출신의 집주화·정주화는 거듭되었던 셈이다. 궁벽한 합천을 떠나게 된 향파 또한 예외는 아니었다. 합천에서 같이 자랐던 외종형 강의범[7]이 이미 광도고등사범학교를 다니고 있었다. 게다가 광도는 일찍부터 합천 고을 사람들이 많이 드나들었던 곳이기도 하다.[8]

향파는 한문에 숙달되어 있었고, 보통학교를 졸업하여 일본어 소통에도 문제가 없었다. 도일 자체가 향학열로 말미암은 것이었다. 그러나 살림 형편으로 볼 때, 노동이주라는 성격도 배제할 수는 없는 처지였다. 유산 계층의 유학생이 아니었던 탓에 낮에는 힘든 일을 하고, 밤에는 공부를 하는 생활을 거듭했던 것이다. 1920년대는 주경야독으로 고학을 감내해야 했던 일본 유학생의 숫자가 늘어나고 구성

---

6) 특히 도일 제주도민을 다룬 글이 있어 두루 참고가 된다. 1920년대 말 통계에 따르면 대판지역에서 제주도 출신이 84%나 되는 집주화 현상을 보여준다.
이준식, 「일제 강점기 도일 제주도민의 사회사」, 『바다와 섬의 사회사』, 한국사회사학회 학술발표대회 발표요약문집, 2000, 128쪽.
7) 평론가 신동한의 아버지, 신형철과 동서 관계다.

도 다양해졌던 시기다.

많은 고학생들은 신문배달, 인력거꾼, 일용노동자로 노동에 종사하면서 생계를 유지하고 학비를 벌었다.[9] 유학 기간이 길어질 수밖에 없었던 것은 당연했다. 공부와 노동이라는 이중 생활 속에서 향파도 큰 어려움을 겪었다. 흥미로운 것은 그런 속에서도 가까운 사람들과 연극 활동을 멈추지 않았다는 점이다.[10] 그 과정에서 1926년 4월부터 1928년 3월까지 2년 동안 일본 동경 '정칙영어학교'에 적을 두고 학업을 계속하여 그곳을 졸업했다.[11] 그런 다음 그는 다시 광도로 되돌

---

8) 광도에 한국인이 들어가게 된 것은 1910년대다. 그러나 향파 고향인 경남 합천지역 사람의 광도에 대한 집주화·정주화는 일찌감치 1910년대부터 이루어진 것으로 보인다. 이주형태는 자유모집과 관알선대에 의한 조직동원 그리고 이른바 징용령에 의한 동원에 이르는 셋으로 나누어 볼 수 있는데 합천 사람의 도항은 초기에 주로 가족, 친적과 동행하는 자유모집에 의한 것이 많았다. 1974년과 1975년 귀환자들에 대한 조사(丸山孝一·江鳥修作)에 따르면 향파의 고향인 합천의 금양리는 72세대 가운데서 30.6%가 이민경험자였을 정도로 비중이 높았다. 그리고 그들 대부분은 광도였다. 광도 합천민회가 따로 있을 정도다. 이민 동기는 자유이민의 경우 대체로 면학이나 경제적인 배경이 대다수였다. 그들은 일쩍부터 도로건설, 저수지건설, 토목공사들에 투입되었다. 발전소 건설공사의 경우 사고로 한 번에 40명이 죽은 적이 있었는데, 그 가운데 14명이 한국인이었다 한다. 광도에 대한 합천 사람들의 집주화·정주화의 경과는 광도 한국인 원폭 피해자의 많은 수가 합천 사람이라는 점에서도 알 수 있다. 1972년 통계에 따르면 합천군 피폭자들은 6000명 정도였다. 그러나 그들은 생존자 가운데서, 그것도 피폭으로부터 27년이나 지난 뒤에 이루어진 조사로 말미암은 결과다. 실상과 크게 떨어진 통계로 여겨진다. 가족 자체가 몰살당한 경우나 그 뒤 환국 후 실종, 사망한 수까지 짚어내기란 사실상 불가능한 탓이다. 오늘날까지 남아 있는 대부분의 원폭 피해자 또한 광도에 머물고 있었던 합천 출신이 대부분이다. 2003년 현재 560명 합천군 출신 생존 피폭자 가운데서 557명이 광도지역에서 피폭당한 이들이라는 점이 합천군 사람들의 정주화·집주화 현상을 잘 말해준다.
이정식, 『한국과 일본―정치적 관계의 조명』, 교보문고, 1986, 29쪽.
권희영, 『해외의 한인희생과 보호문화』, 국학자료원, 2001, 199쪽.
심진태(62살, 사단법인 한국원폭피해자협회 합천지부 지부장), 2003. 7. 10. 구술.
丸山孝一·江鳥修作, 「移民と社會構造-金陽里の場合」, 『移民と文化變容』, 일본학술진흥회, 1976, 152·201~203쪽.
9) 일본 유학생들이 겪었을 어려운 고학 상태를 엿볼 수 있는 한 본보기가 있다. 곧 1924년 3월, 사립 명치대학이 재적 한국인 유학생 224명 가운데서 200명을 수업료 체납을 이유로 제명처분한 일이 그것이다. 향파가 겪었을 법한 고된 고학생 생활을 짐작해 볼 수 있는 회고글이 한 편 얼핏 보인다. "의사 서재관 박사가 문상을 왔었다. 몇 년 전 향파 선생님의 수술 때 집도를 하신 분이다. [···중략···] 그때 서박사는 이런 말을 했다.
「향파 선생님의 오른쪽 어깨뼈가 휘어져 있었어요. 일본에서 고된 노동을 하셔서 그렇게 되신 것 같더군요. 그게 노후에도 영향을 미쳤을 거예요.」
『일본유학100년사』, 재일한국유학생연합회, 1988, 59쪽.
강남주, 「以制潤身을 타이르시더니―向破선생의 文學과 人間」, 『輪座』 17집, 1987(이주홍아동문학상 운영위원회 엮음, 『이주홍의 문학과 인생』, 세한, 2001, 117쪽에서 되옮김).

아온다. 1928년 4월부터 '광도사립근영학원'의 교무주임으로 한국 이주민 아이들을 교육하기 시작했다.

　일본 히로시마에서 교포교육을 위한 사립 槿英學院에서 아이들을 가르치고 있었을 적이었다. 나는 신춘문예에 응모하기 전에도 의종인 姜義範 형이 다니던 廣島高師의 우리나라 학생 그룹이 내는 잡지에 소설을 한 편 얻어 실은 적이 있었으니, 그것은 어느 쪽이냐 하면 다다 같은 다분히 난해한 내용의 소설이었다.[12]

　'근영학원'의 구체적인 됨됨이는 현재로서 알기 힘들다. 이름으로 미루어 겨레사랑이 만만찮았던 배움터로 보인다. 나라잃은시기 재일한국인의 민족 교육이 지녔던 흔한 모습과 다르지 않았을 것이다. 자생적인 서당식 강습소와 학교 교육이 겹친 모습이 그것이다. 나이나 학년은 무시하고, 일본어와 한국어를 주로 가르치는 학습기관이었겠다. 한국에서 일본어 능력를 갖추지 못한 채 건너간 많은 재일한국인은 언어 불통으로 말미암아 많은 피해를 입고 있는 형편이었다. 재일한국인들은 어른, 아이 할 것 없이 일본어를 배울 필요성이 컸다.
　그 무렵 대다수의 배움터는 주로 재일한국인 엘리트들이 사회활동의 하나로 운영하였다. 그러니 배움터 자체가 알게 모르게 한국의 광

---

10) "일본의 광도서 교포친구들과 그곳 공회당을 빌려 했던 것으로, 각본은 물론 내가 쓴 것이었으나 내용도 제목도 지금은 까맣고, 내 기억 속에 남아 있는 것으로는 연기 도중에 가발의 수염이 떨어져서 웃음을 샀던 일과, 내용이 불온하다 해서 임석경관이 광도에서 떠나가라고 추방명령을 했던 두 가지 일이 있을 뿐이다."
이주홍, 「나의 演劇 노우트」, 『뒷골목의 落書』, 을유문화사, 1966, 265~266쪽.
11) 일본 동경 '정칙영어학교'를 졸업한 사실은 그의 자필 이력서에 따른다. 그런데 향파가 수학한 것으로 되어 있는 이 학교의 구체적인 성격은 알기 힘들다. 향파는 자신의 '외국어 해독' 능력에서 일본어를 '중'으로 적고 있는 바와 달리, 영어의 경우는 '하'로 적고 있다. '정칙영어학교'는 영어학습이나 제도권 대학 진학 자격 인증을 위해 거쳐야 되었을 비정규 학교로 여겨진다.
12) 이주홍, 「이 세상 태어나서」, 『격랑을 타고』, 삼성출판사, 1976, 283쪽.

복이나 차별적 노동 현실에 대한 선전·선동을 부추기는 자리이기 십상이었다. 도일 한국인은 경제상태가 좋지 않았다. 그 탓에 아이들은 거의 무취학 상태였다. 정식학교 수업을 받지 못한 채, 야학에서 일본어를 학습했다. 시설, 교사, 교재 모든 것에서 제대로 갖추어진 바 없이 어려운 상태였다. 그러나 가르치는 교사, 배우는 학생, 그리고 학보모의 강한 열의만은 매우 높았을 것임은 짐작된다.[13]

향파가 '교무주임'으로 자리를 지키며, 일한 기간도 정확하게 알기는 힘들다. 다만 향파가 서울로 올라간 시기를 두고 볼 때, 1929년 1월까지는 근영학원에 머물렀음이 틀림없다. 그리고 가르친 과목은 한글·일본어를 주로 하여, 한문·미술·한국역사[14]에 걸치는 영역이었을 것으로 짐작된다. 이때 겪었을 향파의 어린이 교육 경험이야말로 장차 그의 아동문학을 더욱 깊고 넓게 만들었음에 틀림없다. 아동의 눈높이에 맞춘 수용자 중심의 아동물 창작이나 연출 기법과 역량을 근영학원의 짧은 교사 경험으로 닦을 수 있었다.

향파는 근영학원 무렵에도 문학 습작을 멈추지 않았다. "廣島高師의 우리나라 학생 그룹이 내는 잡지에 소설을"[15] 싣는다든가, 멀리 일본에서 『조선일보』 신춘문예에 투고하는 열성은 그런 과정에 자연스럽게 드러난 일이었다. 1929년 『조선일보』 신춘문예 「가난과 사랑」이 입선된 뒤, 문학에 대한 뜻을 더욱 단단하게 다진 향파는 어려웠을 그 동안의 일본 생활을 접고 귀국한다. 그리고 서울로 올라가 『신소년』 편집실에 몸을 담고 본격적인 문단 활동을 시작했다.

---

13) 민관식, 『재일본한국인』, 중산육영회, 1990, 24쪽.
    김인덕, 『식민지 시대 재일조선인운동 연구』, 국학자료원, 1996, 47쪽.
14) 광복 뒤 향파가 서둘러 맨 처음 내놓은 책은 문학작품집이 아니라, 『초등국사』였던 점이 이 사실을 짐작하게 한다. 이 책은 이미 근영학원 시절에 간추렸던 앎을 광복기라는 시대 요청에 따라 드러낸 것으로 보인다. 『초등국사』의 빌미는 근영학원의 교사 경험에 뿌리를 둔 셈이다.
    이주홍, 『초등국사』, 명문당, 1945.
15) 이주홍, 「이 세상 태어나서」, 『격랑을 타고』, 삼성출판사, 1976, 283쪽.

향파가 일본에서 돌아오게 된 시기는 세계 대공황의 여파로 일본 경제가 위기에 깊이 빠져 있었던 무렵이다. 1927년에 금융공황을, 1929년에는 미국에서 내습한 경제공황의 영향을 받았던 일본 경제계의 만성공황은 다량의 실업자를 배출하였다. 따라서 한국인 노동자들은 처참한 실업상태에 놓였다.[16] 일상적인 실업의 위험이다. 향파로서는 정칙영어학교도 졸업하였고, 1년에 걸친 근영학원 교사 일을 겪은 터다. 학생들을 위한 연극활동으로 말미암아 광도 '추방명령'까지 받은 적도 있다. 나름대로 결단을 내려야 했음직하다. 게다가 문학에 대한 꿈은 더욱 단단해졌다. 그는 서슴없이 귀국길을 따랐다.

3. 광복기 서울과 부산에서

1929년 봄 일본 생활을 마무리 짓고 향파는 서울로 올라갔다. 다행히 지난 시기부터 열성적인 투고로 인연이 깊었던 『신소년』에 편집기자로 들어가게 된다. 거기서 향파의 문학은 넓고 다양하게 꽃피기 시작했다. 새로운 주류로 편입되면서 1930년대부터 한국 문단을 이끌었던 그의 빛나는 활동이 시작된 것이다. 『신소년』에 이어, 『풍림』 『신세기』로 이어진 향파의 매체 편집 활동이 그 점을 거들었다. 그러나 생계를 마련해야 했던 향파에게 시대와 삶은 한결같이 곤궁하게 가로놓여 있었다. 게다가 그 무렵 다른 지식인들과 마찬가지로 시대가 주는 억압은 향파의 삶을 지리멸렬하게 만들기에 모자람이 없었다.

---

16) 1927년 현재 이른바 '실업구제토목사업'에 취업한 노동총수에 있어 한국인 노동자들이 차지하는 비율이 42%였다고 한다. 1930년 현재 명고옥(오오사까) 시청에 등록한 실업자구제 신청자의 90%가 한국인 노동자다.
고승제, 『한국이민사연구』, 장문각, 1973, 243쪽.

그런 가운데서 그는 '출판미술'[17]가로, 가벼운 만화 기고가로 황량하게 몸을 숨기고 떠돌면서 생활을 이어나갔다. 그의 시대와 삶이 주는 고통은 서울에 굳건한 연고가 없었던 향파를 여지없이 짓밟고 지나간 것이다. 그런 세월 속에서 태평양침략전쟁 막바지, '요시찰인물'이었던 향파도 마침내 고향에서 올라온 경찰들에 붙잡혀 거창형무소로 끌려 들어간다. 풀려난 때가 광복절 뒷날이었다. 곧장 서울로 올라간 그는 교과용 도서 『초등국사』를 서둘러 내면서 교육계와 뗄 수 없는 긴 인연을 다시 맺기 시작한 것이다.

1) '배재중학교' 시절

배재중학교는 우리나라 근대 기독교 사학을 대표하는 학교다. 일찌감치 1885년 아펜젤러 목사에 의해 세워진 배재학당은 여러 차례 이름이 바뀌는 곡절을 겪으면서도 그 역사를 오늘날까지 거듭하고 있다. 그런 만큼 배재학교 출신 명망가는 매우 많다. 문인만도 잘 알려진 시인 김소월을 시작으로 하여 박팔양·박세영, 아동문학가 최병화, 소설가 육정수·나도향·방인근이 있다.

『신소년』을 낸 중앙인서관 대표 신명균 또한 배재 출신으로 1918년에 졸업했다. 이주홍이 광복기 배재중학교 교사로 일하게 된 데에는 신명균과 박세영의 이끎이 큰 몫을 했음직하다. 특히 박세영은 1922년 배재학교를 졸업하여, 카프 아동문예지 『별나라』를 엄흥섭과 같이 내면서 향파와는 절친했던 이다. 그리고 계급주의 문단이 무너진 뒤인 1930년대 중반 이후 배재중학교에서 교사 생활을 한 것으로 보인다.[18] 그런 연고로 광복 뒤 이내 출옥하여 합천에 있었던 향파를

---

17) 이주홍이 만든 용어다. 이즈음 말로 바꾸면 책장정과 출판 디자인, 표지 그림 그리기와 같이 책 맵씨를 다듬는 일을 묶어 일컫는 일이다.

불러 올린 것이다.

향파는 서울문단에서 활발한 창작, 조직, 출판 활동을 하게 된다. '조선프로레타리아문학동맹'의 중앙집행위원, '조선프로레타리아예술연맹'에서는 미술분과의 상임위원이었다.[19] 좌파 아동문학에서도 뺄 수 없는 문인이었다. 득의의 영역인 출판미술에서는 굵직굵직한 당대 작품집의 표지 그림이나, 책 맵시를 죄 가다듬었다. 주요한 좌파 문예잡지의 경우, 향파의 솜씨를 거치지 않은 것이 없었다 할 정도다.

학교 바깥의 활발한 활동과 아울러 향파는 학교 안에서도 힘껏 일했다. 미술, 한문, 국어에 걸치는 과목들이 향파가 맡았음직한 것들이다. 게다가 향파는 학교 안에 만연했던 좌우 대립 속에서도 희곡 창작과 연출 활동을 통해 진면목을 아낌없이 내보이고 있었다.

해방이 된 즉시로 그때 培材에 있었던 나는 우선 어느 일보다도 演劇에 손을 먼저 대었다. 混亂 속에서 갈팡질팡하는 靑少年들의 歷史的 興奮을 우선 劇的 理性 안에다 붙들어주자는 생각에서였다. 「眞理의 뜰」, 「집」, 「待車」. 「집」은 「좀」이라 改題해서 당시 김송씨가 主幹하던 『白民』에 발표도 했었지만, 培材의 講堂에서 數3回를 거듭해 上演을 한 이 演劇들은 모두 大成功이었다.[20]

연극에 대한 열정을 잘 보여주는 글이다. "갈팡질팡하는 청소년들

---

18) 현재의 기록에서는 박세영이 근무한 일자를 정확하게 밝히고 있지 않다. 그러나 1941년의 『배재동창회원명부』에 따르면 박세영의 재직사실이 밝혀진다. 그리고 같은 시기 이주홍도 배재중학교 교사로 함께 적을 두었던 것은 분명하다. 그러나 둘다 을유광복까지 근무한 것으로 보이지는 않는다. 이 점에 대해서는 섬세한 조사가 이어져야 하겠다.
배제백년사편찬위원회 엮음, 『배재백년사』, 재단법인 배재학당, 1989, 445쪽.
『배재동창회원명부』, 배재동창회, 1941, 154쪽.
19) 박태일, 「경남지역 계급주의 시문학 연구」, 『어문학』 80집, 한국어문학회, 2003, 308쪽.
20) 이주홍, 「나의 演劇 노우트」, 『뒷골목의 落書』, 을유문화사, 1966, 268쪽.

의 역사적 흥분을 우선 극적 이성 안에다 붙들어주자는 생각"이라 창
작과 연출 의도를 적었다. 좌우대립과 들뜬 시대 분위기 아래서 교육
자로서 향파가 지녔음 직한 고민의 한 자락을 엿볼 수 있다. 그 가운
데서 단막극 『대차』는 배재중학교에서 창작·연출한 대표 작품이자,
광복기 향파 희극을 대표하는 것이기도 하다. 경상도와 전라도 시골
사람, 유행과 겉멋에 빠진 신여성, 무뢰한들을 왁자지껄 무대에 올
려, 밤늦은 시각 마지막 전차를 기다리면서 겪게 되는 한바탕 풍속극
을 펼쳤다. 능숙한 지역말을 통해 시골·서울, 시민·무뢰한, 남자·여
자와 같은 대립 구도를 마련한 뒤, 당대 시류와 풍속을 꼬집어 가벼
운 웃음마당을 펼쳐 보이고 있다.

　향파는 1947년 9월 학기에 맞추어 서울 배재중학교 시절을 마무리
하고 부산으로 내려온다.[21] 이 무렵은 중학교 6년 편제로, 해묵은
664제에서 벗어나 장차 6334제로 바뀌기 직전이었다. 중학교 3년을
수료하고(졸업이 아님), 이어서 고교에 진학했던 시기였다.[22] 향파는
그러한 학제 개편을 앞둔 변화의 시기에 서울 생활을 접고, 부산행을
결심한 것이다.

2) '동래중학교' 시절

　향파가 부산에 내려온 때는 1947년 여름이었다. 6년제 동래공립중
학교(현재 동래고등학교)에 국어 교사로 부임하여 9월부터 일하기 위
해서였다. 앞선 시기에 향파는 부산과 큰 지연을 가지고 있지 않았
다. 그런 그가 부산에 내려오게 된 데는 몇 가지 요인이 상승적으로

---

21) 부경대학교에 보관되어 있는 인사기록카드에는 10월로 적혀 있다. 발령일을 잣대로 삼은 까
　　닭이겠다.
22) 신영묵 엮음, 『배재사』, 배재중고등학교, 1955, 251～252쪽.

작용한 결과로 보인다.

첫째, 고향 합천이 속한 경상남도에서 가장 큰 도시가 부산이었다는 지리적인 성격이다. 게다가 일본 광도 시절 함께 생활했던 외종형 강의범이 이미 부산에서 피아니스트로 활동하고 있었다. 둘째, 동래중학 교감으로 일하고 있었던 집안 동생 김용기의 권유다. 좀더 나은 조건의 학교에 머물고자 했을 향파와 이해가 일치한 까닭이다.[23] 게다가 그 무렵 교장으로 일하고 있었던 김하득은 1945년 광복 뒤부터 부산에서는 처음으로 연극반을 만들어 부산 학생연극계에 불을 지핀 교육자다. 연극반을 맡고 있었던 이시우가 부산중학교로 옮겨가게 된 바, 후임이 필요했던 터다. 서울 배재중학교에서 연극활동을 하면서, 문명이 드높았던 향파는 적임자였던 셈이다.[24] 셋째, 점점 격하게 학교사회에까지 밀어닥쳤던 좌우 대립과 좌파의 입지 위축에 따라서 향파는 서울에서 계급주의 문인으로 생활하기 힘들었을 정황이었다. 새로운 변신을 할 계기가 필요했던 것이다.[25]

향파가 머물게 된 동래공립중학교는 부산지역에서 오랜 전통을 지닌 학교로 이름이 드높은 곳이다. 부산지역 중심이 동래에서 부산포로 옮겨가기 앞서부터 부산지역을 대표하는 민족 사학이었다. 구성

23) "경남상고에 있던 양달석 씨가 같이 있자 해서 2학기가 되면 나는 그 학교에 있기로 되어 있었다. 그러던 중에 마침 수창(漱蒼, 이용기의 호)이 경남여고에 있다가 동래고 교감으로 가 있단 소식을 듣고 동래에 가서 그를 찾았으나 김천엔가 어딘가 갔다고 해 첫날은 허행을 하였다. 두 번째로 그를 찾은 것은 며칠 뒤이었는데 그는 몹시 반가워하면서 「형님, 그럴 게 없이 저하고 같이 있읍시다!」고 권하기로 경상을 포기하고 동고에서 있기로 했다. 처음 소개해 주는 연각 김하득 교장도 그럴 수 없이 인자한 분이었다. 나는 처음 있을 만한 데가 없어서 얼마 동안은 기숙사에서 합숙생활을 했던 것 같다."
이주홍, 「먼 데 가 있는 친구들」, 『진달래를 주제로 한 명상』, 학문사, 1981, 199~200쪽.
24) "1947년 6월 1일 예술제가 개최되었을 때 이시우 교사가 주도한 「넋」이라는 제목의 연극을 동래극장에서 공연하였지만, 본격적인 재학생의 연극 활동은 1947년 9월 이주홍 교사가 부임해 온 이후의 일이다."
발간위원회 엮음, 『동래고백년사』, 동래고등학교동창회, 2002, 280쪽.
25) 따라서 1930년대부터 계급문학 활동을 함께 했던 대구의 이갑기나 마산의 김용호, 하동의 남태우, 진주의 손풍산과 같은 이들이 그 무렵 모두 부산에 모여들었다. 그리고 1947년 여름 향파가 서울서 열차를 타고 대구를 거쳐 부산으로 내려올 때, 이갑기와 김용호는 함께 동행을 한 처지다.

원들의 긍지 또한 높다. 일찌감치 김정한·김대봉·서정봉·유치환과 같은 문인을 길러낸 곳이기도 하다. 항왜동맹휴학과 항왜활동 또한 빈번했다.

처음 향파가 동래중학에 머물렀을 무렵, 그곳에서는 시인 김수돈이 사회 교사로 일하고 있었다. 밀양의 한학자 이가원, 함안의 소설가 조진대, 동래의 국어학자 박지홍과 같은 이들이 국어과에서 자리를 지켰다. 김수돈·박지홍은 향파와 짝을 맞추어 즐겨 어울렸던 것으로 보인다. 타관에서 향파는 자신의 문학적 명망을 익히 알고 있었을 뿐 아니라, 연극 연출에 뜻을 같이했던 김수돈 시인과는 특별한 친밀감을 느꼈음직하다. 굳이 「洙敦 생각」이라는 수필을 따로 마련한 뜻도 거기에 있겠다.

落葉이 시멘트 길바닥을 뒹굴고 있는 오늘 같은 날 洙敦과 나는 어느 다 쓰러져 가는 초가주막 컴컴한 방안에 들어앉아 막걸리를 마시고 있지 나 않았던가 하는 생각이 든다. 얼큰하게 고추장을 많이 풀어 끓인 동태국으로 땀을 뻘뻘 흘려가며 連脈도 잘 안 되는 藝術論을 즐기면 수돈은 곧 잘 남의 얼굴에다 침을 튕겨가며 바보 같은 상을 하곤 했다. 해방 후 내가 D고에 부임해 갔을 때 洙敦은 그 학교에 먼저 와 있었다.

「저 金洙敦이올시다」

본인의 인사에 이어 옆에 있던 동료 교사들이 그가 「召燕歌」로 『文章』 추천을 거쳐나온 시인임을 소개해 주었다.[26]

연극에 대한 향파의 관심은 문학에 눈뜬 처음부터 비롯된 바다. 1921년 무렵 『開闢』지에 발표된 현진건의 「貧妻」를 읽고 크게 감동

---

26) 이주홍, 「洙敦 생각」, 『격랑을 타고』, 삼성출판사, 1976. 180~181쪽.

한 뒤, 희곡 「病母」를 만들어 자신의 방 안에서 벗들을 데려다 놓고 상연을 했던 체험을 향파는 즐겁게 회고한 적이 있다. 그리고 그것을 바탕으로 『신소년』에서 일할 때 아동극을 줄기차게 썼다. 영화·시나리오까지 손을 댔던 향파다. "해방 후 부산에 내려와서 살게 된 뒤로부터 많은 희곡을 썼고, 또 쓴 대로 다 상연"하였다.[27] 향파가 동래중학교에 머물렀던 2년 동안은 학교 연극과 문예 활동에 불을 부은 격이 되었다. 그 첫째가 연극부를 부산 제일의 학교연극 장소로 끌어올린 일이다. 향파가 교사로 일하면서 창작·공연했던 작품은 이미 배재학교에서 선보였던 「대차」를 비롯해, 기미만세의거를 배경으로 삼은 창작극 「熱風」으로 거듭 이어졌다.

첫 공연은 단막극 「탈선 춘향전―월매집편」이었다. 동래중학 강당에서 공연했다. 두 번째는 배재중학교에서 올렸던 단막극 「대차」다. 동래극장과 동래중학 강당에서 공연했다. 세 번째 작품이 고구려 온달 장군 설화를 모티프로 삼은 5막극 「청춘기」다. 이 작품은 동래극장은 물론 부산 시내로 진출해, 부산극장 공연으로 절찬을 받았다. 그밖에 4막극 「호반의 집」, 2막극 「탈선 춘향전」, 단막극 「아버지는 사람이 저래」, 번안극 「봄없는 마을」들이 이어졌다. 아직까지 연극 활동에 대하여 부정적인 생각이 높았던 무렵인데도, 학교의 적극적인 후원과 배려로 향파가 이끄는 동래중학교 연극은 나날이 발전했다. 향파는 그러한 작품들을 양광남·김동사·박재용과 같은 재능이 뛰어난 학생들과 호흡을 맞추며 열연하여 성황을 거두었다.

시인 김수돈은 이러한 향파의 작품 공연에서 연출 일을 거들었다. 동래중학교 연극은 "당시 이름 높은 문사였던 이주홍 교사의 영향과 지도에 크게 힘입"어 성장한 셈이다.[28] 부산지역 각급 학교에 연극 바

27) 이주홍, 「이 세상 태어나서」, 『격랑을 타고』, 삼성출판사, 1976, 270~274쪽.
28) 발간위원회 엮음, 『동래고백년사』, 동래고등학교동창회, 275쪽·280~281쪽.

람이 일어나게 된 계기도 이로 말미암는다. 동래여고를 시작으로 부산여고, 경남여고, 부산여상고, 학산여중으로 이어지면서 연극부가 만들어졌다. 거기에서도 향파의 작품은 단골로 무대에 올랐다. 동래중학 연극부는 이름 그대로 부산 학생연극의 요람이었다. 이러한 향파의 영향은 수산대학교로 이어진다. 향파가 1949년 수산대학교로 자리를 옮기자, 열성적인 동래중학 연극부 학생들은 수산대학교로 진학하여 수산대학 연극의 기틀을 세웠다. 그리고 그들이 바탕이 되어 1954년 '靑門劇會'를 조직, 장차 부산 성인연극의 커다란 줄기가 마련된 것이다.

두 번째는 문학 창작에 끼친 영향이다. 문예반 지도에서부터, 문예지 맵시에까지 꼼꼼하게 챙겼다. 이 무렵 문예반 지도교사는 시조시인으로 틈틈이 지역에서 작품 활동을 하고 있었던 조순규였다. 향파는 『풍요』와 『푸로가토리오』라는 학생 문예지의 표지와 책맵시를 화려하게 꾸며 책을 빛냈다.[29] 소설가 김동사, 시인 정정화·장세호·김규태가 향파와 글 인연이 깊었다. 정정화는 동래중학을 졸업한 뒤, 연세대학에 입학하였다가 그만두고 향파가 있는 수산대학으로 다시 진학한 경우다. 졸업한 다음 언론계에서 일했는데, 활발한 시작 활동을 점치게 했던 이다.

향파에게 있어 동래중학교 교사 경험[30]은 매우 값진 것이었다. 첫째, 중년 이후 교육자로서 향파가 새로운 삶과 문학의 중심장소로서 부산에 뿌리를 내리게 되는 든든한 디딤돌이 되었다. 둘째, 연극에

---

29) '푸르가토리오'는 단테 「신곡」에 나오는 연옥이란 말이다.
　　『풍요』, 동래중학학우회문예부, 1949.
　　『푸르가토리오』, 동래공립중학교문예부, 1950.
30) 향파는 1948년 처음으로 우리말로 된 동래고등학교 교가를 짓는다. 당시 경남상고 음악교사였던 박용식이 작곡하였다. "푸른 하늘 은하수 파도 소리에/씩씩하게 자라는 남쪽의 아들/열어라 눈부신 지혜의 등창/맹세하여 빛내리 동중의 전통//아침 안개 저녁비 모진 바람에/참을 찾아 달구는 영원의 젊음/불러라 벅차는 영광의 노래/날 기르는 요람터 망월의 언덕" 발간위원회 엮음, 『동래고백년사』, 동래고등학교동창회, 2002, 261쪽.

대한 향파의 묵은 열정을 더욱 굳건히하면서 광복기 부산 지역연극에 이바지한 향파의 공이 두드러진 자리였다. 셋째, 지난 시기 계급주의 문학 조직 활동과 거리를 둔 채 전향을 할 수 있는 계기를 마련해 주었다.

4. '국립부산수산대학교'와 이주홍

향파는 1949년 9월부터 국립부산수산대학교 전임강사로 자리를 옮겼다. 수산대학은 광복 뒤 이른바 '국대안' 회오리에 휘말려 국립부산대학과는 통합과 분리의 갈등을 겪었던 곳이다. 그런 뒤 1948년에 국립수산대학 학칙이 마련되었다. 그러한 재편 과정을 겪은 수산대학에 1·2학년을 수강대상으로 삼은 '국어와 국문학' 과목 교수로 향파는 들어섰다. 외국어를 빼면 유일한 어문학 교수였다.

수산대학에 발령을 받자, 향파는 바로 수대학보사의 주간을 맡았다. 『수대학보』는 1948년 『부산수대보』로 창간되어 1953년 『수산타임스』로, 1959년 『수대학보』로 이름이 거듭 바뀐 대학신문이다. 초창기인 1949년부터 1959년까지 오래도록 주간으로 일했으니, 그 성장에 향파의 노력과 헌신은 결정적이었다. 수산계라는 특수대학의 학보였지만, 수준 높은 문학·문화 향취를 드러내고 있어 향파의 꼼꼼한 솜씨와 안목이 잘 드러났다. 『수대학보』의 성장사야말로, 수산대학에 대한 향파의 이바지를 쉬 엿볼 수 있는 터무니가 된다.

첫째, 향파는 『수대학보』를 통해 활발한 학내 문학 활동을 이끌었다.[31] 「수대문학의 밤」을 비롯하여, 손동인·이병주·모윤숙·김종문·김광섭·이철범과 같은 문인들이 문학강연을 위해 수산대학교를 거쳐갔다. 둘째, 굵직굵직한 문인들의 글을 받아 『수대학보』에 실었다. 수산대학교 구성원들의 문학능력 향상에 크게 이바지한 셈이다. 향파가 주간으로 있었던 1950년대는 물론이고, 1960년대까지 동원된 글쓴이는 유치환·정비석·김영일·정태용·김정한·장덕조·송지영·정진업·이경순·최계락·정공채·박문하·김태홍·박영준·김규태와 같이 소장, 원로를 죄 포함했다. 셋째, 직접 주요한 글쓴이로 나서서 뛰어난 문향을 수산대학 구성원들에게 끼쳤다. 향파가『수대학보』에 실었던 글들을 묶어 낸 유고집『저 너머에 또 그대가』[32]는 그 점을 한눈에 보여준다.

수대학보사 주간 활동과 더불어 향파는 수산대학교 연극부를 동래중학교에 이어 부산지역 대학연극의 산실로 올려 세웠다. 수산대학 연극부는 이미 동래중학교 연극부와 힘을 모아, 1948년 5월에 「갈매기」(함세덕 작)를, 9월에 「신부추방」(이주홍 작)을, 1949년에는 「봄없는 마을」과 「탈선 춘향전」(이주홍 작)을 공연한 바 있다. 게다가 향파 밑에서 연극을 이끌었던 동래중학교 학생들이 거듭 수산대학으로 입학해, 수산대학교 연극부는 도약하기 시작했다.

1950년 경인전쟁이 터진 뒤 수산대학은 무기휴교를 당했다. 그러나 이때 수산대 연극부원들은 정훈공작대에 들어가 순회 연극 공연을 벌인다. 전선 이동을 따라가면서 정훈연극을 이끌었다.[33] 향파의 지도를 받았던 동래중학교와 수산대학교 연극부의 재능을 일깨워주

---

31) 편찬위원회 엮음,『부산수산대학교50년사』, 부산수산대학교50년사편찬위원회, 1991, 218쪽.
   『수대학보』(축쇄판 1), 부산수산대학교 수대학보사, 1991.
32) '향파 이주홍 유고집'이라는 부제가 달려 있다. 이 책에서 1953년에서부터 시작하여, 임종 무렵까지 수대학보에 실었던 향파의 수필·소설·시·동화가 죄 갈무리되어 있다.
   이주홍,『저 너머에 그대가』, 수대학보사, 1989.
33) 경인전쟁 전쟁기 동안에 멀리 제주도에서 원산에 이르는 지역 곳곳에서 수십 회의 순회 공연을 하여 국민계몽과 군대 위문을 포함하는 정훈 활동을 폈다. 이들이 중심이 되어, 1954년 청문극회가 만들어졌다.
   서국영, 「해방 후 20년의 부산연극」,『부산문예』 2집, 예총부산지부, 1965.
   이주홍, 「나의 연극 노우트」,『뒷골목의 落書』, 을유문화사, 1996, 269쪽.

는 본보기다. 그들은 전선에서 향파의 「탈선 춘향전」을 즐겨 무대에 올렸다. 이어서 1953년에는 수산대학 극회의 창립공연으로 중앙극장에서 「신부추방」을, 향파의 동래중학과 수산대 제자인 장수철의 연출로 올렸다. 전쟁기 동안에도 향파의 지도가 빛난 부분이다. 1950년 「성웅 이순신」, 1952년 「구원의 곡」, 1954년 12월 청문극회 창립공연 「구원의 곡」과 「청춘계도」는 수산대학 연극부가 거듭 올린 향파의 작품 목록이다.[34]

수산대학 극회를 중심으로 부산의 지역 연극에 끼친 향파의 영향은 컸다. 그것은 1970년대까지 꾸준히 이어졌다. 1960년에는 「시궁창에도 꽃이 핀다」, 1967년에는 「위험지대」와 같은 작품들이 제자들의 손에 의해 무대에 올려진다. 모두 향파의 작품이다. 그리고 1970년 시민회관 착공기념 종합무대에서도 「방자 부활하셨네」를 올린다. 그러니 향파의 희곡은 1970년대 초반까지 부산연극의 창작극 활동을 앞서 이끈 셈이다.[35]

연극 활동뿐 아니라, 향파가 수산대학교에서 끼친 문학적 향취는 여러 문인을 배출한 것으로도 잘 드러난다. 정정화, 강남주, 김영의 이름을 금방 떠올릴 수 있겠다. 게다가 이름을 떨치지는 않았지만 향파로부터 알게 모르게 영향을 받은 많은 수대인들을 염두에 둘 수 있다. 수산대학교를 퇴직한 뒤인 1977년부터 수산대학교에서는 향파문학상이 만들어져 해마다 시상되고 있다. 향파가 끼친 바 문학적 영향의 무게를 짐작하게 하는 일이다.

---

34) 편찬위원회 엮음, 『부산수산대학교50년사』, 부산수산대학교50년사편찬위원회, 1991, 218~221쪽.
　　김동규, 『부산연극사』, 예니, 1997, 49~51쪽.
35) 편찬위원회 엮음, 앞서 든 책, 434~435쪽.
　　김동규, 「부산 초기 연극과 향파」, 『아동문학의 탑』 15호, 1995(『이주홍의 문학과 인생』, 188~190쪽에서 되옮김)
　　김동규, 앞서 든 책, 60~65쪽.

부산의 지역문학 담론 창발과 실천에 끼친 공 또한 짚어둘 일이다. 향파는 수산대학교뿐 아니라, 부산 지역문학사 속에서 중요하게 자리잡고 있는 바다문학 담론을 가장 먼저 계발하고, 그 실천을 북돋웠다. 수산인들에 대한 문학향유 역량을 드높인 점도 그 하나다. 『수대학보』를 이용해 바다문학에 대한 기사를 싣는다든가, 유명 문인들의 관련 수필을 싣고, 스스로도 각별히 바다문학에 대한 비평이나 작품을 썼을 뿐 아니라 작품집까지 묶었다.[36] 오늘날 부산 지역문학이 나아갈 주요한 길 가운데 하나인 바다문학에 대한 향파의 선견과 이바지가 새삼 돋보이는 자리다.

수산대학교에서 향파가 일군 중요 업적 가운데서 빼지 말아야 할 하나가 지역문예지 『문학시대』 발간이다. 출판·소비 환경이 어려운 지역 도시에서는 내기 힘든 종합문예지였다. 1966년 3월 창간 첫 호를 낸 뒤 1967년 12월 7집까지 이어졌으니, 커다란 공력이 들었다. 그 어려웠을 사정을 향파는 한 수필에 적어 놓고 있다.

『文學時代』는 1966년 3월에 창간해서 1967년 12월까지 通卷 제7집을 내고 막을 닫았다. 그러나 부산 같은 立地條件 속에서 종합문학지를 7집이나 내었다면 후세의 文壇 史家들이 그냥 까문대지는 않을 것으로 생각한다. 이의 무리한 발행으로 결국 『문학시대』 사장을 겸했던 태화인쇄소 추성구 사장님은 막대한 출혈을 하고 말았지만, 그러나 釜山文學史에 남긴 그 공적은 영원히 남게 될 것이고, 따라서 이 잡지의 출간에 心力을 다 쏟았던 박광호 씨의 공과도 길이 기억 속에 남겨 두어야 할 것이다. [···중

---

36) 그러한 분위기 아래서 제자인 강남주의 『남해의 민속문화』와 같은 책이 수산대학교 공동체 안에서 자연스레 나올 수 있었고, 수산대학 교수 수필집 간행이 이어졌다.
　이주홍, 「해양문학의 개발」, 『백경』, 부산수산대학교 학생회, 1972.
　＿＿＿, 『파도따라 섬따라』, 현대해양출판부, 1980.
　강남주, 『남해의 민속문화』, 둥지, 1991.

략…] 학생을 대상으로 편집을 했던 것인데, 학생을 흡수하자니 순수문학 쪽에 치중해야 했고, 순수문학의 질을 높이려다가 보니 자연 권위 있는 내용을 찾지 않을 수가 없어서, 종국에 가선 처음 생각하고 있었던 것과는 상당한 거리가 있게 되어 결국 중앙에서 발간되는 『現代文學』이나 『自由 文學』類의 체재가 되지 않을 수 없었던 것이었다.[37]

부산문학사에 남을 추성구 태화출판사 사장의 공적을 향파는 넌지시 일깨우고 있다. 그러나 사실 이 부분은 향파에게 고스란히 되돌릴 일이다. 향파는 주간으로서, 자신의 폭넓은 문단 연고를 활용하여 『문학시대』를 "학생을 대상으로" 삼고 "순수문학의 질을" 생각하는 수준 높은 지역문예지로 키워가고자 했던 셈이다. 그러나 "운영상의 결함"에다, "부산 지식층의" "냉담한 반응"까지 겹친 출혈 출판은 두 해를 넘기지 못했다. 하지만 『문학시대』는 많은 경남·부산 지역문학인들에게 문학적 쇄신을 새롭게 다짐하는 계기를 마련해 주었다. 아울러 전국의 문인들에게 경남·부산 지역문학의 실상을 알리는 좋은 기회로 모자람이 없었던 매체였다.

향파가 교수로 일했던 23년과 그 뒤 명예교수·시간강사로 이어졌던 기간, 수산대학교와 맺은 오래고도 묵은 인연은 매우 각별하다. 수산대학교는 우리나라에서 수산계열의 특성이 가장 뚜렷한 대학으로 자라왔다. 문학연구나 인문학적 학술 영역에 향파가 깊이 관여하거나, 집중해야 할 부담감은 없었다. 그런 사정이 창작에 좋은 요인이 되었음직하다. 게다가 강의에 대한 부담 또한 많지 않았다. 향파는 부산 시절 대부분을 보낸 수산대학교 안에서 아동문학과 소설, 희곡에 있어 중년 이후 대표작들을 거듭 내놓았다. 다양한 문학예능 활

---

37) 이주홍, 「지나간 사람들」, 『격랑을 타고』, 삼성출판사, 1976, 164~165쪽.

동의 꽃을 피웠다. 이름에 걸맞은 문단 원로로 꾸준히 성숙해 갔던 셈이다.

그러나 문학 쪽 사정과 달리 대학 안에서 행정적으로 받았던 대접은 그리 만족스럽지 않았던 것으로 보인다. 이른바 신교육 제도 아래서 정규 대학 수학의 혜택을 받지 못한 향파다. 오로지 자신의 힘과 문학 역량으로 수산대학교로 옮겨왔다. 1950년대 대학 재편 과정에서 비슷한 경우를 겪은 다른 창작 겸직 한국어문학 교수들과 마찬가지로 향파도 교수자격 검증을 거치지 않으면 안되었다. 유인본으로 나온 『국문학발생서설』이 바로 그 자격 인증 논문으로 보인다. 그런 다음 1956년에 이르러 향파는 조교수로 승진했다.

제도권 대학 학위가 없었던 향파는 여느 교수들과 같은 행정적 승급에 이르기 어려웠을 것이다. 조교수에서 부교수로 올라선 때가 조교수로 승진한 지 13년 만인 1969년, 곧 향파 나이 63살 때였다. 이어서 2년 뒤인 1971년 5월, 정년퇴직을 몇 달 앞두고서야 비로소 향파는 교수로 승진한다. 대학의 행정적·법적 처리는 규정에 따른 일이었다 하겠다. 그러나 원로 문학 창작인에 대한 대접으로서는 이례적인 홀대였던 셈이다. 향파의 글 어디에서도, 그러한 문제에 대한 내색은 보이지 않는다.

제도와 관련된 이 점만 밀쳐 놓고 본다면, 향파가 국립부산수산대학교에서 보낸 오랜 세월은 작가 교수로서나, 생활인으로서 비교적 행복한 기간이었다 할 수 있다. 본디 오랜 경륜과 풍류를 익힌 선비 풍모였다. 학교 안밖으로 따르는 사람이 많았다. 게다가 향파가 키워낸 제자들이 교수로 일하면서 스승대접까지 빠뜨리지 않았을 터이니, 큰 마음고생은 없었을 것으로 짐작된다.[38] 국어국문학과라는 전

---

38) 명예교수로 있었던 향파를 가까이에서 바라볼 수 있었던 남송우 현재 부경대학교 국문학과 교수에 힘입었다. 2003년 7월 1일 구술.

문 학과가 없는 특수대학 안에서 활발하게 활동한 창작 예술인으로서, 향파가 강의실 안밖에서 끼쳤을 영향은 한 두 가지 말로 잴 수 없는 일이다. 수산대학교 공동체로서는 큰 혜택을 받았던 셈이다.

5. 마무리

향파는 앞으로도 보기를 찾기 힘들 만큼 다채로운 면모를 지닌 작가다. 그가 가장 오래도록 생업을 이루었던 자리는 교직이었다. 이 글은 교육자로서 향파가 걸었던 길을 성글게나마 되짚어 본 것이다. 1920년대 섬나라 일본 광도 근영학원 시절에서부터 광복기 서울 배재중학교와 부산 동래중학교, 그리고 그 뒤로 23년 동안 몸담았던 국립부산수산대학교의 재직 경험은 향파의 문학살이에서 중요한 국면이다. 그러한 교직 경험이야말로 그의 다채로운 문학 창작에 알게 모르게 깊은 영향을 주었다.

향파 문학이 보여주고 있는 넓은 진폭과 편벽 되지 않은 통합적·다층적인 작품세계, 그리고 넉넉한 웃음 문학은 교육 현장에 몸담은 이의 내면 윤리와 깊이 맞물린 일로 보인다. 그러면서도 향파 특유의 개성은 누그러지지 않았다. 무엇보다 해박한 지식과 당당한 자긍심은 향파의 생활과 문학 모두를 끌어 담고 있다. 학교 현장에서 기존의 교과용 도서를 밀어내고, 스스로 만들어 활용하는 꾸준한 태도[39]에서 그런 점이 설핏 드러난다. 근대 정규 제도교육의 혜택과는 떨어져서, 스스로 우뚝하게 올라섰던 문학인이자 교육자였던 그의 자존이 자연스럽게 드러난 바다.

한 회고에 따르면, "향파는 언제나 제자를 끔찍이 사랑하셨다" 한다.[40] 스승 대접을 위해 마련된 췌사가 아님을 많은 사람이 증언하고 있다. '청출어람'은 향파는 즐겨 쓴 말이다. 그런데 그 속뜻은 흔히 알려진 대로 스승을 뛰어넘는 제자가 되라는 것이 아니다. 오히려 자신을 뛰어넘는 제자를 키워낼 만큼 좋은 스승이 되라는, 세상의 교육자에게 되돌릴 경계의 말이다. 교육자로서 향파의 자기 반성과 성찰이 깊었음을 짐작케 하는 대목이다. 우리 근대문학 형성의 어지러운 길 위에서 어쩌면 계몽주의 대가 풍모로 한결같았던 향파는 우리 문학이 길어 올린 이채로운 한 스승의 본보기다.

그러나 그의 시대는 너무 오래 개인 향파에게 가혹했다. 1920년대 빛나는 한국 계급주의 아동문학 1세대로서, 또는 2세대 경남·부산 지역문학을 대표하는 작가로서 향파가 마땅한 대접을 받았던 자리는 교육계였다. 선정적인 돌발문학과 이념적 돌출문학을 문학적 명성으로 굳혀버리는 파행적인 근대문학사 속에서, 향파가 이룩한 바는 오래도록 제대로 평가받지 못했다. 게다가 향파는 경남·부산지역 근대문학사의 충실한 증언자이며 중심 작가였을 뿐 아니라, 뒷세대 문인을 위한 훌륭한 후원자였다.

각별히 향파가 부산에서 교육자로 머물렀던 광복기 이후의 긴 세월은 경남·부산 지역문학이 제 목소리를 찾고 큰 줄기를 다듬어 나갔던 과정과 그대로 맞물린다. 동래중학교에서 국립부산수산대학으로

---

39) 대표되는 것만 들면 아래와 같다.
　　이주홍 엮음, 『中等國文』(상·하), 남푸린트사, 유인본.
　　＿＿＿ 엮음, 『新國文選』, 남푸린트사, 유인본.
　　＿＿＿ 엮음, 『新稿國文選』, 유인본.
　　＿＿＿, 『李朝文學槪觀』, 유인본.
　　＿＿＿, 『國文學發生序說 1』, 유인본.
　　＿＿＿, 『散藁集編』, 유인본.
　　＿＿＿, 『散藁集編』, 용문사, 유인본.
　　＿＿＿, 『이문잡취』, 유인본.
　　＿＿＿, 『신고 이문잡취』, 천우사, 유인본.
　　＿＿＿ 엮음, 『李朝가사집』, 유인본.
40) 강남주, 「이제윤신을 타이르시더니—향파선생의 문학과 인간」, 『윤좌』 17집, 1987(『이주홍의 문학과 인생』, 128쪽에서 되옮김).

이어진 시절 내내 향파는 그 밑자리를 마련하고 키우고 닦고 끌었다. 경남·부산 지역문학 발전을 위한 실제적이고 실천적인 이바지가 어느 문학인보다 컸다. 부산지역에서 볼 때, 향파와 같이 오래도록 교육자며 작가로 함께 활동한 이들은 몇 있었다. 그러나 향파만이 오로지 그 둘에서 홀로 우뚝했다.

향파는 부드러운 웃음과 꼿꼿함을 한꺼번에 품은 재사다. 1906년 궁벽한 고을 합천에서 태어나, 어려운 시대와 삶에 부대끼면서도 오로지 자신의 재능과 노력으로 한국 근대문학사의 큰길을 넓혔다. 학연도 지연도 엷은 부산 자락에서 스스로 세상길을 고향 황강의 부드러운 물살인 양 밟았다. 밤마다 동래 금정산 너머로 드높이 가야산을 세웠다 지워 내렸다. 향파 이주홍의 중년과 노년은 부산에서 마냥 넓고 또 깊었던 것인가. 오랜 세월 향파에게 강의실은 자신의 소중함을 새롭게 일깨워주기 위해 늘 열려 있는 커다란 소슬문이었던 셈이다.

향파 이주홍의 등단작 시비

1. 시비의 비롯됨

향파 이주홍 문학 연구의 어려움은 크게 두 가지로 말미암는다. 첫째, 일차 문헌에 대한 갈무리가 되어 있지 않다는 점이다. 이제까지 이루어진 그의 해적이와 작품 죽보기는 정확하지 않다. 게다가 많은 데가 빈 채 이루어져 있다. 향파가 각별한 활동을 했던, 1930년을 앞뒤로 한 시기부터 1950년대 초반까지 업적에 대한 통합된 실제적인 작품 죽보기는 이제 걸음마 단계에 이르렀을 따름이다. 이 문제는 하루아침에 해결될 일거리가 아니다. 앞으로 향파에 대한 총체적인 연구에 있어서 한 난제로 남을 수밖에 없을 듯하다.

둘째, 오랜 동안 매우 넓은 영역에서 다채롭게 보여주었던 문학 · 예능 활동에 대한 종합적 안목을 어느 한 자리 연구로 갖추기 어렵다는 점이다. 이제까지 향파에 대한 연구는 소설 쪽에 치우쳐 이루어졌다. 아동문학가로서도 그 명성과는 달리 본격 연구는 드물었다. 지난해에 이르러서야 초기 문헌이 부분적으로 갈무리된 단계다. 음악·서화·만화·편집·출판·아동문학·소설·시·수필·시나리오·연출·희곡과 같은 영역에 대한 개별 연구와 그것을 온축한 이주홍에 대한 종합 연구는 먼 일거리다.

그럼에도 부분적 이해를 넘어 향파 문학에 대한 통합된 간추림과 조사가 하나씩 이루어지고 있다.[1] 글쓴이는 지난해 2002년 12월에 향파의 초기 아동문학을 처음으로 갈무리하는 글에서, 이제까지 오래도록 그의 등단작으로 알려져 왔던, 1925년 『新少年』의 「뱀새끼의 舞蹈」는 지면 확인과 변증을 통해 두 가지 점에서 잘못이 있음을 짚었다.

등단작품의 이름은 「뱀새끼의 舞蹈」가 아니라, 「배암색기의 舞蹈」[2]라는 점이 그 하나다. 발표 연도가 1925년이 아니라, 1928년 5월치 『신소년』라는 사실이 그 둘이다. 해묵은 잘못을 바로잡은 셈이다.[3] 그런데 이즈음, 류종렬이 이어진 두 글에서 향파의 문단 데뷔작을 1929년 12월호 『女性之友』에 실린 단편소설 「結婚前날」로 밝혀, 지역 언론에 보도되기도 했다.

①「결혼전날」은 향파의 실질적인 문단 당선작이자 처음으로 지면에 발표된 소설이란 점에서 그의 처녀작에 해당된다. 처녀작인 만큼 앞으로의 그의 작품세계를 살펴보는 데 매우 중요한 작품이다. 〔…중략…〕 이 작품(「배암색기의 무도」)은 엄밀한 의미에서 향파의 문단 데뷔작이 아니고 향파가 독자로서 이 잡지에 투고한 것이 독자 문예

---

1) 현재로서 가장 꼼꼼한 죽보기는 류종렬에서 이루어졌다. 소설을 중심으로 아동문학과 기타 문학 쪽을 그림으로 그리지 않고 풀어서 담은 것이다. 그러나 빠진 것에다 기워야 할 곳이 많다.
   류종렬, 「이주홍과 부산지역문학」, 『2003년 전국학술대회 발표문집』, 한국현대소설학회, 2003.
2) 본디 제목이다. 이즈음 표기법에 따르면 「배암색기의 舞蹈」다.

란이 아닌 본문 속에 실리게 되었기에, 그대로 당선작으로 여겼기 때문이다. 〔…중략…〕 널리 알려진 바와 같이 향파는 1929년 문단에 데뷔하여 1987년 작고하기까지 60여 년을 일관되게 작품활동을 해왔다.[4]

② 일반적으로 향파가 문단에 데뷔한 작품은 1925년 아동잡지 『신소년』에 실린 동화 「뱀새끼의 무도」와 1929년 조선일보 신춘문예 입선작인 단편 소설 「가난과 사랑」으로 알려져 왔다. 그러나 최근 조사에 의하면 「뱀새끼의 무도」는 『신소년』지에 1925년이 아니라 1928년 5월호에 실려 있는 작품이며, 그 제목도 「배암색기의 무도」였다(나까무라 오사무) 〔…중략…〕 그런데 이 작품은 엄밀한 의미에서 향파의 문단작이 아니고 향파가 독자로서 이 잡지에 투고한 것이 독자 문예란이 아닌 본문 속에 실리게 되었기에, 자신의 당선작으로 여겼기 때문이다. 〔…중략…〕 그러므로 「결혼전날」은 향파의 소설로는 실질적

---

3) 그리고 이 사실은 2002년 10월 17일자 일간신문에 기사로 다루어져, 지역사회에 널리 알려진 바 있다.

"부산 문학의 산맥을 이룬 향파 이주홍(1906~1987)은 작품활동 초기 '계급주의 아동문학'을 철저히 추구한 것으로 분석됐다. 동화·동시·소년소녀소설·아동극 등을 통해 계급과 민족의 모순을 적극적으로 작품화한 그는 한국 근대 아동문학사에 있어 중요한 징검다리 역할을 했다는 지적이다. 경남대 박태일(국문학과) 교수는 12월 현대문학이론학회의 학회지 『현대문학이론연구』에 발표할 논문 「이주홍의 초기 아동문학과 '신소년'」에서 향파 이주홍의 초기 작품을 처음으로 대량 발굴하여 향파의 문학을 본격 해부했다. 이 논문은 몇몇의 작품에만 의존하던 그 동안의 향파 연구에서 한발 나아가 다양한 자료를 통해 구체적인 접근을 하고 있다는 점에서 의미를 더한다. 박 교수는 먼저 향파의 등단 작품이 그동안 알려져온 1925년 『신소년』에 실린 「뱀새끼의 무도」가 아닌 것으로 확인했다. 『신소년』 1928년 5월호에 실린 「배암새끼의 무도」가 등단작이며, 따라서 향파 문학사가 새로 쓰여져야 한다고 주장하고 있다."

그런데 2002년 5월 22일 이주홍문학제 행사 가운데서 중촌수라는 일본인이 '새로 발굴된 '신소년'이라는 이름으로 발표를 하면서, 그 유인물에서 이런 사실에 대해 언급한 바 있다는 점을 뒤늦게 알게 되었다. 따라서 글쓴이가 내놓은 글은 향파 등단작의 작품명과 연도에 잘못이 있다는 사실과 그 까닭을 보다 상세히 논리적으로 밝히고, 처음으로 등단작 「배암새끼의 무도」(「배암색기의 무도」)에 대한 해석에 이른 셈이다.

「경남대 박태일 교수, 작품 대량 발굴 해부」, 『부산일보』, 부산일보사, 2002. 10. 17.

박태일, 「이주홍의 초기 아동문학과 '신소년'」, 『현대문학이론연구』 18집, 현대문학이론학회, 2002. 12.

4) 류종렬, 「'結婚前날'에 대한 소고 — 이주홍 문단 당선작의 의미」, 『오늘의 문예비평』 봄호, 세종출판사, 2003, 206~207쪽.

인 처녀작이다.[5]

③ "향파 이주홍의 문단 데뷔작은 1929년 『여성지우』(女性之友) 12월
호에 게재된 「결혼전날」로 새롭게 밝혀졌습니다. '당선'이라고 이름
붙여 실려 있어요" 이주홍 문학관 소장 자료를 뒤져 새 사실을 밝혀
냈다는 류종렬 부산외대 교수. 그는 "이 발굴 작품은 향파의 유연한
리얼리즘과 향파 문학의 출발을 보여주는 것으로 향파 문학 연구의
새로운 전기를 마련해 줄 것"이라고 자평했다. 그에 따르면 기존에
향파의 데뷔작으로 알려져 온 것 중 △동화 「뱀새끼의 무도」는 1925
년이 아니라 1928년 아동잡지 『신소년』 5월호에 독자 투고로 실렸을
뿐이며 △1929년 조선일보 신춘문예 입선작 단편소설 「가난과 사랑」
은 실제 선외(選外) 가작으로 그 내용이 알려져 있지 않다. 따라서
이번에 발굴된 「결혼전날」이 실질적인 처녀작이라는 주장이다.[6]

④ 그의 문학 활동은 1928년 아동문학잡지 『신소년』 5월호에 투고한 동
화 「배암색기의 무도」가 독자란이 아닌 본문에 실리고, 1929년 『조선
일보』 신춘문예에 단편소설 「가난과 사랑」이 선외가작으로 입선하
고, 1929년 『여성지우』 12월호에 단편소설 「결혼전날」이 당선되면서
시작되었다.[7]

①은 류종렬의 글이다. 「결혼전날」이 "처음으로 지면에 발표된 소
설"로 "실질적인 문단 당선작"이며, 「배암색기의 무도」는 "엄밀한 의

---

5) 류종렬, 「이주홍의 미완의 소설 '야화' 연구」, 『한국문학논총』 33집, 한국문학회, 2003, 117~
   118쪽.
6) 「향파 실질적 데뷔작 '결혼전날' 발굴」, 『부산일보』, 2003. 4. 17, 부산일보사.
7) 류종렬, 「이주홍과 부산지역문학」, 『2003년 전국학술대회 발표문집』, 한국현대소설학회,
   2003.

미에서 향파의 문단 데뷔작이 아니"다. 그래서 향파는 "1929년 문단에 데뷔"하였다고 분명히 적고 있다. ② 또한 같은 생각을 거듭하고 있다. 다만 "엄밀한 의미에서" "소설로는 실질적인"이라는 단서를 붙여, 향파 이주홍 등단작 문제가 손쉬운 부분이 아님을 글쓴이 스스로 보여주고 있다. 그러나 그 뿌리에서 「배암색기의 무도」가 등단작이 아니라는 점에는 달라짐이 없다.

③은 지역 언론에 보도된 기사문이다. "이주홍의 문단 데뷔작은 1929년 『여성지우』(女性之友) 12월호에 게재된 「결혼전날」이라 적었다. 류종렬의 생각을 거듭 확인하고 있다. 곧 「배암색기의 무도」는 "실질적인 문단 당선작"이 아니며, 문단 데뷔작은 「결혼전날」이라는 점이다.

④는 다시 류종렬의 글이다. 이어진 이 글에서 연구자는 다소 누그러뜨린 생각을 내보이고 있다. 뚜렷하게 등단작이 무엇인가를 드러내지 않고, 이주홍이 문단에 나서게 된 경과를 두루 적으며 지나치고 있다. 그렇다고 「결혼전날」이 등단작이라는 생각 자체를 돌려세운 것은 아니다.

자연스레 지난해 10월부터 올해 5월에 이르는 사이, 언론 보도와 공개 발표를 빌려 이주홍의 등단작과 등단 연도에 대한 시비가 지역 사회 안팎으로 일게 되었다. 앞으로 있을 이주홍 문학 연구와 이해에 있어서 혼란과 오해가 이어질 참이다. 오래도록 잘못 알려져 왔던 이주홍의 등단작과 등단 시기를 바로잡고, 처음으로 등단작 「배암색기의 무도」의 실체를 학계에 알린 이로서 책임을 느끼지 않을 수 없다. 이 자리에서 그 시시비비를 분명히 가려두고자 한다.

2. 등단제도와 관련하여

앞서 보인 류종렬의 생각을 다시 줄이면 아래와 같다. 첫째, 흔히 등단작으로 알려져 왔던 「배암색기의 무도」는 1928년 5월 『신소년』에 독자투고로 보낸 작품으로 독자 문예란이 아닌 본문 속에 실렸을 뿐이다. 둘째, 1929년 『조선일보』 신춘문예에 가작 입선된 단편소설 「가난과 사랑」은 그 내용이 알려져 있지 않다. 셋째, 따라서 자신이 발굴한 단편소설 「결혼전날」이 '실질적인 문단 당선작'인 까닭에 등단작으로 보아야 한다는 것이다. 그런데 이러한 생각은 첫째, 향파 등단 무렵의 등단제도, 둘째 향파 생전의 직접 진술로 볼 때 잘못된 판단이다. 이제 그 점을 하나씩 짚겠다.

먼저 등단제도다. 향파 등단 무렵인 1920~30년대 우리 문단제도에 들어서는 방식은 여럿이 있었다. 첫째, 이저런 등단 절차 없이 연속간행물에 바로 작품을 발표함으로써, 기성문인으로 묵시적으로 인정받아 활동하는 경우다. 주로 5년제 고등보통학교나 사범학교 이상의 학교, 국내외 대학과 같은 상급 학업을 거치고 있거나, 졸업한 지식인 문인들이 이 경우에 잦다.[8]

둘째, 해당 갈래의 작품집을 내서 바로 기성으로 대우받게 되는 경우다. 셋째, 오늘날과 마찬가지로 『동아일보』 『조선일보』와 같은 주요 중앙 일간 매체의 신춘문예를 거치는 길이 있다. 넷째, 잡지나 일간지와 같은 연속간행 매체에 일찍부터 작품을 투고하여, 독자 문예·학생문예와 같은 자리에 습작품을 싣다가, '추천' 또는 '당선'이라는 인정 과정을 거치거나, 어느 시점에 그 매체로부터 기성문인으로

---

8) 권환이 한 본보기가 됨 직하다. 그는 5년제 휘문고교를 3년 수료로 마친 뒤, 일본으로 건너가 경도제대에 입학하기 앞선 해인 1925년 「아버지」라는 소년소설을 『신소년』 7월호에 다른 군더더기 없이 실은 뒤 잇달아 왕성한 활동을 벌이고 있다.

인정받아 활동하게 되는 경우다. 대부분의 경남·부산지역 계급주의 시인들이 이 경우에 든다. 이원수·박석정·이주홍·손풍산·김병호·정상규·손길상·남대우가 그들이다.[9]

그 무렵 우리 문단제도 편입 방법은 다양했음을 알 수 있다. 게다가 문학 여러 갈래 사이에서도 넘나듦이 쉬웠다. 곧 시인으로 대접받은 사람이 아동문학 작품을 발표한다든가, 소설가로 알려진 이가 희곡을 쓰는 일과 같은 창작의 갈래 혼합 양상은 자연스런 일로 받아들여졌다. 그만큼 문학제도의 겉꼴이 느슨하고, 문단과 비문단 사이 장벽이나 경계가 높지 않았던 셈이다.

경남·부산 지역문학을 포함하여 1920~1930년대 한국 지역문학이라는 틀 위에서 살필 때, 대부분의 지역문인들이 한국 근대문학 제도에 편입되는 과정으로서 가장 활발하고도 주도적으로 이끌어 들이고 있는 방법이 바로 네 번째다.

어린 소년 무렵부터 접근이 쉽지 않았던 성인문학 매체와 달리 접근이 쉬웠던 『어린이』『신소년』『별나라』『아이생활』『소년』『학생』같은 아동·소년매체나 일간지 아동란을 통한 습작을 거듭하다가, 일정한 기간 경과 뒤 기성으로 대접을 받게 되는 것이다. 그러면서 그들끼리, 지역끼리 일정하게 수평 연대를 통해 습작·조직 활동을 하고 있음이 이채롭다. 이러한 등단방식을 글쓴이는 자생적인 '투고시단', 또는 '투고문단'이라 일컫거니와,[10] 특히 아동문학 영역을 통한 경남·부산지역 문인들의 투고문단 활동과 제도화 과정은 한국 근대

---

9) 한 갈래에 등단한 뒤에 다시 다른 갈래에서 등단 절차를 거치는 경우도 있다. 앞서 보았던 여러 등단 방법을 복수로 활용하는 경우다. 이주홍과 남대우가 이에 든다. 남대우는 『신소년』에 독자투고 동요를 싣다가 1933년 『동아일보』 동화 당선과 1934년 4·5월치 『신소년』에 '추천동화'를 실으면서 기성으로 대접받고 있다. 그런 뒤 그는 다시 가요에서 『매일신문』 신춘문예를 거친다. 그러나 이런 경우, 재등단이니 등단에 초점을 두고 볼 때는 큰 뜻이 없다.

10) 박태일, 「경남지역 계급주의 시문학 연구」, 한국어문학회 179차 정례발표회(2003. 3. 29. 대구교육대학) 발표논문(2003년 6월 간행, 『어문학』 80집 게재 예정).

지역문학사에서 볼 때 매우 특징적인 됨됨이다.

이주홍은 전형적인 네 번째 경우다. 곧 『신소년』에 일찌감치 작품 투고를 거듭하여 습작을 싣다가, 그 매체에서 기성작가로 인정받게 된 것이다.[11] 그런데 이 경우 기성으로 인정받게 되면서부터 편집상 대접이 바뀐다. 곧 작품 게재가 독자투고란에 습작을 실을 때와 달라 진다. 『신소년』의 경우 보기를 들면, 크게 셋이다.

첫째, 책 첫머리 목차 부분에 작품과 작가 이름을 구체적으로 올린 다. 둘째, 해당 본문의 작품과 작가 이름에 대한 활자 크기를 독자투 고의 습작품과 달리 키운다. 셋째, 세로 본문을 일단이나 이단으로 짠다. 독자 투고에 따른 미등단 문인의 경우, 목차에서 그냥 '독자문 예'로 처리하여 해당 본문 속에서만 이름을 드러나게 하며, 본문의 활 자 크기를 상대적으로 작게 하고, 대체로 삼단으로 쪽을 짜는 방식과 뚜렷이 나뉘는 셈이다.

이주홍의 「배암색기의 무도」는 류종렬이 말하고 있다시피 "이 잡지 에 투고한 것이 독자 문예란이 아닌 본문 속에 실리게" 된 작품이다. 그러나 그 일이 갖는 뜻을 류종렬은 과소평가했다. 목차에서부터 드 디어 「배암색기의 무도」와 '향파'라는 이름을 내걸고 올랐을 뿐 아니 라, 두 번째·세 번째 편집상의 대접을 받으면서 실린 실제적인 데뷔 작이다.[12] 투고문단을 통해 자라난 향파의 자연스럽고도, 실질적인 공식 등단작인 셈이다.

단순히 독자 투고 작품으로서, 독자문예란이 아닌 본문에 실린 까 닭에 실질적인 데뷔작으로 볼 수 없다는 생각은 그 무렵 문단 제도화 과정에 대한 이해가 모자랐던 탓에 일으킨 잘못인 셈이다. 다만 여기

---

11) 같은 경남·부산 지역문인으로서, 신고송은 『신소년』에서 투고 활동을 하다 『별나라』에서 추 천되어 기성으로 대접받고 있어 이와는 다르다.
12) 이런 과정은 장차 이주홍과 더불어 한국 계급주의 아동문학을 활발하게 이끌게 되는 송완 순·한백곤과 같은 대부분의 아동문학인이 겪는다.

서 문제가 될 만한 일은 일찌감치 향파가 일본에서 돌아와 1929년에 확인했던 바, 1928년 5월치 『신소년』에 실린 동화 「배암색기의 무도」에 앞서 이미 자신의 투고에 의해 기성문인으로 대접받았음직한 작품이 있을 가능성이다.

향파의 경우 단순히 독자 투고로 『신소년』에 습작품을 실은 사실만을 문제 삼자면, 그 시기는 10대 후반이었던 1924년 일본으로 건너가기 이전 무렵으로, 훨씬 그 시기가 내려간다.

우연한 기회에 신문을 봤더니만 서울서 내는 동명의 『신소년』이란 잡지 광고가 나 있는 것이었다 〔…중략…〕 아름다운 소년잡지였다. 〔…중략…〕권말에 독자투고란이 있기에 나도 즉시 그 규정에 따라 대담하게도 44조의 동요 한 편을 가명으로 보냈더니 그 작품이 선평과 함께 다음 달 잡지에 버젓이 나 있는 것이었다. 활자라는 괴물로 변형된 나의 생후 최초로 등장한 작품! 이제는 『배암골』 사제 잡지 신문의 주필 겸 편집국장만이 아니니 당당한 문사가 된 셈이었다. 〔…중략…〕 그래서 계속해 투고를 하는 일방, 문예작품뿐 아니라 표지, 그림까지 있는 재주를 다해 그려 보냈는데[13]

자신의 습작 활동에 대한 향파의 진술이다. 그러나 가명으로 발표된 이 향파의 '처녀작' 동요와 그 뒤 보냈을 여러 습작품들을 현재로서는 확인할 길이 없다. 『신소년』 지사나 『별나라』 분사를 통해 투고하고 있는 합천 출신의 투고자들만 하더라도 한 둘이 아닐 뿐더러, 이주홍이 쓰고 있는 여러 이름들, 곧 이주홍·향파·이향파·주홍·홍·여인초로 된 작품들을 1928년 이전에는 아직까지 발견하지 못한

---

13) 이주홍, 「이 세상 태어나서」, 『격랑을 타고』, 삼성출판사, 1976, 281~282쪽.

탓이다.

게다가 현재 기록으로는 향파가 일본에서 머무는 사이, 『신소년』이나 『별나라』와 같은 매체에 독자 투고를 하였다는 사실이 없다. 따라서 적어도 단순히 독자투고가 아닌 기성으로 대접을 받아 실린 작품을 문단 공식 등단작으로 삼는다면, 1928년 5월치 『신소년』에 실린 동화 「배암색기의 무도」임을 의심할 나위가 없는 셈이다.

그런데 향파는 이어서 1929년 1월치 『조선일보』 신춘문예와 12월치 『여성지우』에 단편소설 투고를 거쳤다. 박영희와 최독견이 심사를 맡았던 신춘문예에서는 「가난과 사랑」으로 3등인 가작에 입상한다. 그리고 『여성지우』에서는 '당선'이라 본문의 제목 밑에 작은 괄호로 표기된[14] 단편소설 「결혼전날」을 발표하고 있다.

따라서 이주홍의 경우 아동문학가로서 네 번째 방식을 거쳐 문단에 데뷔한 뒤, 다시 소설 갈래에 응모하여 입상하고 있는 셈이다. 그렇다면 입상 사실만 알려져 있는 「가난과 사랑」은 두고라도, 류종렬이 문단 데뷔작이라 물음을 제기한 「결혼전날」은 어떻게 보아야 할 것인가? 이 작품의 '당선'이라는 표기에 크게 무게를 실어, 문단 데뷔작으로 민다면 당장 두 가지 문제점이 나타난다.

첫째, 만약에 연속간행물의 '당선' 사실만을 중요하게 다루어 그 자체가 등단의 필수 요건이라 한다면, 향파의 경우 세 차례에 걸쳐 '당선'된 일이 더 있어 문제가 간단치 않다. 1937년 시나리오 「청춘」이

---

14) 현재로서는 『여성지우』가 학계에 그 전모를 드러내지 않고 있어, 바르게 확인할 수는 없지만, 문예작품에 관한 한 독자 투고를 받고, 그 가운데서 당선과 가작을 뽑아 싣는 관행이 있었음을 알 수 있다. 그런데 「결혼전날」의 경우, 목차에서는 단순히 '이주홍', '소설'로만 적혀 있어, 신인 데뷔작인가 아닌가를 알려주는 표지가 나타나 있지 않다. 기성 아동문학가 최병화의 '소설' 「남국에 피인 백합화」와 마찬가지로 편집상 기성문인 배려를 받고 있는 셈이다. 1930년 6월호에 '가작'으로 실린 안필승의 꽁트 경우는 처음 목차에서부터 '가작' 입상인 점을 밝히고, 본문에서는 '입선'이라 적고 있다. 따라서 조심스러운 짐작이지만, 향파의 작품에 대한 '당선' 표기는 이미 아동문학가로 등단하였고, 소설에 있어서도 신춘문예 가작 입상을 하였을 뿐 아니라, 주요 아동매체인 『신소년』의 편집장으로 공적 문단 활동을 활발히 시작하고 있었던 '기성문인' 향파에 대한, 어느 정도 이례적이고도 한시적인 배려가 있었음직하다.

조선영화주식회사의 현상응모에서 '당선'한 일과, 1943년 희곡 「여명」이 『매일신보』에서 '당선'한 일, 그리고 1952년 「성웅 이순신」이 민주신문 5백만원 현상응모에 '당선'된 일이다. 이 사실들을 죄 다루지 못할 까닭이 없다.

둘째, 류종렬이 '실질적인 처녀작'이라 말하고 있는 단편 「결혼전날」이 발표되고 있는 1929년 12월치의 인접 매체를 통해 이주홍은 또 다른 작품을 내놓고 있다. 곧 『신소년』에 실린, 이주홍 아동문학의 초기 대표작 가운데 하나라고 할 수 있는 '소녀소설' 「눈물의 치맛감」과 동화 「토끼꼬리」가 그것이다. 이 둘을 이주홍은 기성문인 자격으로 당당히 발표하고 있다.[15] 그렇다면 이 두 작품은 어떻게 다루고 일컬을 것인가.

앞에서 살펴온 바와 같이 류종렬이 말하고 있는 「결혼전날」은 '실질적인 처녀작'이 아니다. 여러 문학·예능 영역에 걸쳐 활발한 활동을 하였던 이주홍의 경우, 어느 한 갈래의 첫 발표 작품을 가지고 등단작이라 할 수 없다. 「결혼전날」은 「가난과 사랑」과 같은 향파 소설의 '처녀작'도 아니다. 아동문학가로 문단에 데뷔한 향파가 드디어 소설가로서, 소설계에 실제 작품으로 그 이름을 알리게 된 첫 계기일 따름이다. '실질적인 처녀작'이니 하는 번잡한 이름을 끌어다 혼란을 마련할 필요가 없는 일이다.

---

15) 『여성지우』 12월치나 『신소년』 12월치나 다 펴낸날은 12월 1일이다. 『신소년』 12월치에서 향파는 표지까지 그리고 있다. 이 무렵 그는 일본에서 돌아와 『신소년』에 입사한 뒤, 본격적인 문학 활동을 펴기 시작했다.

3. 작가의 자술을 중심으로

작가는 사회적으로 형성된다. 따라서 작가의 사회적 인정, 곧 문단 제도 편입이란 작가 개인에게 매우 소중한 일이다. 그 자신의 사회적 관계와 창작 전략에 대한 분명한 역할과 자각을 일깨워주는 까닭이다. 따라서 작가 스스로 자신의 등단작에 대한 구체적이고 명확한 진술 또한 중요한 터무니가 된다. 특히 이주홍과 같이 여러 갈래, 여러 자리에 걸치는 작품을 보여주고 있는 작가의 경우는 더 주요하고도 무겁게 다루어져야 할 일이다. 먼저 향파 스스로 등단작에 대해 자술한 부분을 몇 골라본다.

① 1922년 『신소년』지에 동화 「뱀새끼의 무도」, 1929년 『여성지우』지에 단편 「결혼 전날」을 발표함으로 해서 출발, 아동문예지 『신소년』을 편집하면서.[16]

② 끝으로 필자는 1925년에 동화 「뱀새끼의 무도」가 발표되고 1929년 조선일보 신춘문예에 단편 「가난과 사랑」이 입선된 이래 서울에 있으면서[17]

③ 이미 4년 전에 투고만 해 놓고 일본에 가서 있느라고 까맣게 잊고 있었던 내 동화 「뱀새끼와 무도」가 진작 1925년도 『신소년』에 나 있었던 사실을 처음으로 발견해 낸 일이었다. 발표를 한 것도 기성대우를 해 당당히 유명작가의 예에 끼워 놓은 것이었다. 만일에 이 작품을 발견 못했더라면 그만큼 내 작품년보는 줄어졌을 것이었다.[18]

---

16) 이주홍, 「문학」, 『경상남도지』 중권, 경상남도지편찬위원회 엮음, 1963, 1058쪽.
17) 이주홍, 「부산문학사략」, 『부산문학』 6집, 한국문인협회 부산지부, 1973, 76쪽.

1960년대의 자술 기록인 ①에서는 등단 시기와 작품이 1922년 「뱀새끼의 무도」로 되어 있다. 1973년의 기록인 ②에 와서부터 1925년 「뱀새끼의 무도」라 분명하게 적히기 시작했다. 말하자면 '1925년 『신소년』에 「뱀새끼의 무도」 발표로 등단'이라 굳어지게 된 것은 1970년대 초반, 향파의 자술 기록에 바탕을 둔 일이다. 이렇게 등단 시기가 실제와 다르게 기록되게 된 까닭은 향파 스스로 이 작품을 곁에 지니고 있지 못한 탓에, 기억에만 기대 적었던 때문이라는 점을 이미 밝힌 바 있다.[19]

그런데 향파의 자술 기록에서 눈여겨볼 점은 그 연도 추정의 잘못에도 불구하고, 한결같이 동화 「뱀새끼의 무도」, 곧 「배암색기의 무도」를 등단작으로 앞에 세우고 있다는 점이다. 그리고 이어서 「결혼 전날」을 적을 때에는 그것이 단편임을 굳이 밝혀, 소설 갈래 쪽 일임을 뚜렷이 하고 있다. 게다가 ③에서는 분명하게 『신소년』지가 "기성 대우를 해 당당히 유명작가의 예에 끼워 놓은 것"이라 적고 있어, '기성대우'로 등단한 일에 대한 자각을 분명히 한다. 그것이 자신의 '작품년보'에 분명히 기록되어야 할 일임을 밝혔다.[20]

말하자면 향파 스스로 의심할 바 없이 기성작가로서 공식 등단작이

---

18) 이주홍, 「이 세상에 태어나서」, 『격랑을 타고』, 삼성출판사, 1976, 285쪽.
19) 박태일, 「이주홍의 초기 아동문학과 '신소년'」, 『현대문학이론연구』 18집, 현대문학이론학회, 2002, 153쪽.
　　해당 『신소년』은 이주홍문학관 소장본에는 없고, 서울대 도서관에 갈무리되어 있다.
20) 이주홍, 앞서 든 글, 285쪽.
　　이 글은 1974년 8월 31일에서 1974년 10월 2일 사이에 『국제신보』에 연재했던 것이다. 그의 고희기념 수필집이기도 한 위에 든 책에 되실렸다. 그리고 이 책의 끝에 붙인 「작품 연보」는 위의 글에 바탕을 두어 상세하게 만들어졌는데, 1925년 동화 「뱀새끼의 무도」를 『신소년』지에 발표한 사실을 맨 앞에 올려 등단작임을 밝혔다. 널리 알려져 있는 거의 모든 작품 죽보기가 이에 따르고 있다. 그리고 이러한 생각은 향파 영면 뒤 가장 먼저 이루어진 상세한 죽보기에서도 그대로 이어지고 있다. 그만큼 의심없이 사실로 받아들여졌던 셈이다. "1924년 일본에 건너가 토목, 제탄, 식료, 철물, 제과, 문방구 공장 등을 전전 노동. 1925년 『신소년』지에 동화 「뱀새끼의 무도」 발표. 1928년 일본 광도에서 교포 처녀들의 교육을 위해 양인환 씨 등과 근영학원을 설립, 교편을 잡음."
　　이주홍, 『저 너머에 또 그대가』, 수대 학보사, 1989, 286쪽.

「배암색기의 무도」임을 자각하고, 문학사회에도 널리 알리고 있는 셈이다. 따라서 이렇듯 분명한 작가적 자각과 공언에도 불구하고 굳이 「결혼전날」을 '처녀작'이니, 등단작이니 일컫는 일은 작가의 진술을 왜곡하는 일이다. 향파의 자술 기록에 터무니를 두고 보아도, 이주홍의 등단작은 1928년『신소년』의 「배암색기의 舞蹈」임을 되돌릴 까닭이 없다.

4. 마무리

향파 이주홍은 종합적인 예능인이다. 문학과 예술 여러 영역에서 남다른 활동과 업적을 보여주었다. 한 두 가지 면모로 그를 파악하기 힘들다. 그렇다고 해서, 문인으로서 문학제도에 편입된 첫 작품과 그 시기, 곧 등단작과 등단시기를 판단 내릴 근거가 엷은 경우는 아니다.

글쓴이가 널리 알리고 굳힌 대로 이주홍의 등단 시기와 등단작은 1928년『신소년』 5월치 「배암색기의 舞蹈」다. 그러나 이런 사실에 대해, 그것이 아니라 1929년 12월치『여성지우』에 당선되어 실린 단편소설 「結婚前날」이 '실질적인 등단작'이라 해 잠시 일게 된 시시비비는 이 글로써 그치게 된 셈이다. 앞에서 살핀 바와 같이 그 무렵 우리의 문학등단 제도와 작가의 자술이라는 두 쪽에서 볼 때, 「배암색기의 무도」가 부정될 아무런 터무니가 없다.

그럼에도 불구하고 「결혼전날」을 고집할 경우, 문학사적 사실에 대한 왜곡일 따름이다. 게다가 이제껏 이루어져왔던 인습대로, 향파를 소설가와 소설 갈래로만 좁혀 보려는 눈길을 거듭 강조하게 되어 향파의 진면목을 가리는 결과를 가져온다. 작가의 문학적 생애의 첫 자리, 곧 등단작이란 작품 선후, 문학사적 맥락 파악에서 유작보다 훨씬 더 중요한 사실이다. 작가 안밖에 걸쳐 볼 때, 1928년을 버리고 굳이 1년을 늦추어 1929년 작품을 밀 까닭이 없다.

이주홍은 이미 10대 중반부터 습작품을 공공매체에 열심히 투고·발표하기 시작하다가, 스물 둘의 나이인 1928년에 등단하였다. 그 뒤 오래도록 활발한 작품 활동을 거듭하여, 경남·부산 지역문학 제2세대를 대표하는 문인일 뿐 아니라, 한국 계급주의 아동문학 1세대를 앞서 이끈 이다. 그에 대한 문학사적 위상 파악에 온당한 대접은 사실을 그대로 따르는 일일 것이다.

한 작가의 등단작에 '실질적인 처녀작'이 있고, '형식적인 처녀작'이 따로 있을 수 없다는 뜻이다. 뚜렷한 터무니가 환한 마당에 혼란과 오해를 새로 끌어들일 이유가 없다. 「결혼전날」 발굴의 의의를 강조하기 위한 과욕이거나, 그것을 다룬 언론의 선정주의로 말미암은 수사학적 과장이 아니라면, 이번 시비는 밝게 마무리된 셈이다.

거듭하거니와 향파 이주홍의 문단 데뷔작은 1928년 5월치 『신소년』에 발표한 「배암색기의 舞蹈」다. 1929년 12월치 『여성지우』에 '당선'으로 적혀 실리게 된 단편소설 「結婚前날」은 아동문학에서 소설 갈래로 관심을 넓혔던 향파가, 실제 작품으로 소설계에 선을 보이게 된 첫 소설일 따름이다.

〔붙임〕

배암색기의 舞蹈

늙은 느름나무 밋 언덕 아래에는 어린 배암 세 마리가 평화(平和)스럽게 자라낫습니다. 배암이라 하면 볼 째나 들을 째나 아무라도 소름이 끼치도록 슴직한 늣김을 주지만 다 갓흔 사랑스러운 즘생 중에라도 큰 닭보다 어린 병아리가 더욱 사랑스럽고 어엽분만큼 색기 배암은 큰 배암보다는 달니 좀 어엽브고 귀여운 생각이 슬리여줍니다. 새파란 몸에 붉은 점이 알 눙알눙한 어린 색기 배암들이엇습니다. 어미 배암은 첫여름붓터 이 곳에 다 집을 지어노코 귀여운 색기 세 마리를 나어서 잘 길너왓습니다. 어미는 날마둥 낫에는 색기 셋 형데를 나라니 눕혀 노코 밧게 나가서 무어슬 잡어 먹고 도라옴니다. 색기들은 날마둥 집을 직히고 잇스면서 어미가 도라오 기만 기두리고 잇섯습니다. 하로는 아모리 기다려도 도라오지 안이 하야 날이 어둡고 이곳 저곳에서 등불이 반짝반짝 하도록 어미는 돌아오지 안엇 습니다. 그래서 셋 형제는 마중을 나갓습니다. 가다가 멀니 어미가 옴을 보고 반기면서 쮜여 가

"어머니 어머니"하고 가슴에 매어 달엿습니다. 어미는 배가 유리병갓치 불룩해 가지고 "너의들 아즉 어린 것들이 엇지 하려고 예까지 왓니" 하면 서 쑤지겻습니다. 어미는 방안에 들어 안자마자 썰썰썰 숨을 갑흐게 쉬면 서 들어누엇습니다. 색기들은 걱정하는 얼골 빗흐로

"어머니 어데가 편찬습니까. 오날은 엇재서 이르케 늣습니짜"하고 물엇 습니다.

"오날은 개고리를 한 놈도 잡지 못햇다가 이제사 한 놈 잡노라고 이르케 느젓단다"쇼 천천히 대답하엿습니다. 그 중에 좀 큰 맛색기는 "어머니 그 개고리란 것은 퍽 맛이 잇서 보입되다. 래일부터는 우리도 좀 자버다 주서 요" 하엿더니 어미는 눈을 흘기면서 "너의들은 아즉 어려서 이른 것은 못 먹는다. 잇다가 크그든 먹으람으나"하고 당초에 먹어서 안 될 것을 자세히 가르처주엇습니다. 그 잇혼날도 역시 어미는 박게 나가고 빈 집에는 셋 형 제가 집을 직히고 잇섯습니다. 형이 말하기를

"애들아 너이들은 어머니 혼자 날마둥 먹는 개고리란 것이 먹고 십지 안 트냐. 오날은 우리도어머니 몰내 개고리를 자바 먹으려 나가자" 함으로 다

음 아우들은 조화라고 싸러 나갓습니다. 돌담 우호로 숩풀 속으로 한참 나가니 저 편 물까에 조그만한 개고리 한 마리가 쌔약쌔약 울고 안저 잇는 것을 보앗습니다. 깁버 쒸면서 형은 맨싯헤 아우다려 혼자 가서 잘 자버오라고 호령하엿습니다. 어린 싯헤 아우는 할 수 업시 겁이 나서 눈물이 그렁그렁하면서도 겨우 그까지 갓더니 개고리는 그만 팔짝 쒸여 다라나 버리고 난데업는 싸치 한 마리가 날너와서 번개갓치 싯동생을 물고가 버럿습니다. 이 쪽에서 보고 잇든 형들은 깜작 놀나 벌벌 쩔면서 급히 집으로 다러왓습니다. 싸치에 물여간 아우가 불상하여 울고울고 눈물이 마르도록 울다가도 어머니한테 수지람 드를 것을 생각하니 겁이 나서 못 견딋습니다. 그래서 다음 동생의게 꼭 비밀을 직혀 어머니쎄 말하지 말나고 스쬐엇습니다. 날이 저므니 어머니는 돌아왓습니다. 싯헤 색기가 업는 것을 보고 깜작 놀래면서 "그애는 어데 갓느냐"꼬 물엇습니다.

큰 색기는

"그 애는 아츰에 개고리가 먹고 십다 하면서 나가더니 아즉도 도라오지 안씀니다" 하니 어미는 눈물을 닥그면서

"아하 ― 그만 죽은 게로구나. 너의들도 밧게 나가지 마라. 밧게서는 너의들을 잡어 먹는 큰 즘생들이 만히 잇느니라" 하고 잇훗날은 다시 이른 일이 잇슬가 염여하야 광에 가서 개고리를 한 마리 갓다 주면서 너의들은 아즉 어려서 이른 것을 먹지는 못한다. 그르니 싸우지 말고 가지고 놀기나 하여라. 아무데도 나가지 마러라 하고 나갓습니다. 색기들은 깁버 날쒸면서 문밧게 가지고 나가 풀입 우에 언저노코 빙빙 돌면서 자미나게 춤을 추엇습니다. 점심째가 늣도록 아모 것도 모르고 춤만 추고 잇섯습니다. 형은 춤을 멈추고

"이애 인제는 다리도 압호고 몸도 피곤하니 잠간 쉬다가 이 느름나무지 몬저 다녀오는 이가 이것을 독차지하기로 하자"하고 개고리 다리를 주물너면서 춤을 삼키고 말하엿습니다. 아즉 날내지 못한 아우는 할 수 업시

대답하엿습니다. 발을 쏙갓치 모두어 밟고 형의 부르는 호령이

"하나 둘 셋"하자 두리는 서로 다투어 불이 나도록 느름나무 우흐로 기어 올너갓습니다. 아우는 쌈을 팟죽갓치 흘니면서 "이번은 내가 일등하는 게다"하고 하마나 형이 짜러 오지 안나 하야 밋흘 나리다 보니 갓치 오든 형은 그림자도 업고 어데선지 캑캑캑 하는 소리가 작구 들엇습니다. 무어인가 하고 자세히 살펴보니 나무 밋헤서는 심술쟁이 형이 개고리를 먹다가 목에 걸녀서 캑캑거리엿습니다. 눈물이 그릉그릉하야 가지고

"아이구 죽네 아이구 죽네" 소리를 질너 울고 잇섯습니다.

"에! 시원하다. 나를 속이면 그럿타. 어머니 말슴을 아니 드르면 그럿타" 아우는 혼차 중을그리며 나무 삿헤서 춤을 추고 잇섯습니다.[21]

---

21) 『신소년』 5월치, 신소년사, 1928, 61~63쪽.
원문을 될 수 있는 대로 살려 등단작 「배암색기의 무도」 텍스트를 확정했다. 다만 띄어쓰기만 이즈음 방식에 따라 고치고, 문장 끝에 마침표를 찍었다. 이 글을 마무리한 최근 『창비어린이』에 일본인 중촌수가 새로 발굴한 자료라는 이름 아래 이 작품에 대한 현대어본을 실었다.
『창비어린이』 창간호, 창작과비평사, 2003.

넷·지역문학의 속살

광복열사 박차정의 삶과 문학

1. 들머리

귀하지 않은 목숨이 어디 있으랴마는, 사람은 그 한 일과 지닌 뜻에 따라 삶의 값이 매겨지는 법이다. 따라서 제 한 목숨 지켜 나가기에도 겨운 세상 길에서 제 몸은 두고 남을 위할 뿐 아니라, 더 큰 뜻에 몸을 바친 이의 삶은 그 결과에 걸림이 없이 언제나 추김을 받아 마땅하다.

그러나 떠도는 풍속과 얄팍한 이해 관계는 제 한 몸을 위해 세상을 어지럽힌 소인배의 삶을 꾸미고 부풀리는 일조차 거침없다. 세상에 옳고 그름의 분별이 쉬 서기 힘든 것은 당연한 이치다. 무리를 이루어 살아가는 사람으로서는 함께 살아왔거나 살아가는 값을 따지고 견주어 뒷사람에게 본을 마련하는 것이 무엇보다 중요한 일거리로 올라선다. 바른 역사 쓰기와 역사 가꾸기가 그것이다.

우리 지역에서도 바른 본보기로 올려 세울 만한 이들의 얼과 넋을 되살려내는 일에 게으름을 피우지 않아야 겠다. 각별히 나라잃은시기 왜로 제국주의에 맞서 의열을 다한 이에 대해서는 더 말할 나위가 없다. 가까운 시기임에도 불구하고, 왜곡이 심할 뿐 아니라 잊혀지고 사라져 가는 사실이 한 둘에 그치지 않는 까닭이다.

나라잃은시기 우리나라 여자 사회 활동뿐 아니라, 나라 밖에서 이루어진 항왜투쟁에 몸 바친 박차정 열사의 삶과 행적도 예외가 아니다. 오래도록 잊혀져 있다 1990년대에 이르러서야 그 삶이 널리 알려지기에 이르렀다.[1] 그러니 아직 밝혀내고 가지를 잡아야 할 일이 널려 있다. 박차정 열사에 대한 연구에 디딤돌을 마련한 강대민은 열사의 중요한 면모를 보여준다고 여겨지는 동래일신여학교 시절의 문학 작품을 찾아내지 못해 아쉬워하며, 아래와 같이 적고 있다.

박차정의 항일의식은 이러한 동래지역 사회와 학교 분위기로 더욱 견고해지면서 일신여학교의 동맹휴교를 주도하는 등 행동으로 표출되기도 했다. 그리고 문학 작품을 통해 그의 의지를 표현하기도 하였는데, 동래 일신여학교의 교지인 『일신』 2집에 소설 「철야」, 시 「개구리」, 수필 「흐르는

---

1) 일찍이 열사의 동생 박문하와 김의환이 열사를 알리는 짧막한 수필을 남겼으나, 널리 알려지지 못했다. 지역신문이었던 동래신문사에서 세 차례에 걸쳐, 장조카 박의정의 도움을 받아 열사에 대한 기사를 엮은 때가 1993년이었다. 나라에서는 1995년에 이르러서야 건국훈장 독립장을 내렸다. 학계에서는 그동안 의열단장 김원봉 장군의 아내로서 가볍게 다루어 왔다. 강대민이 열사를 따로 떼어 놓고 다루는 본보기를 마련했다. 열사가 이룬 지역 사회활동에 대해서는 김정희에서 도움을 받을 수 있다. 1997년 6월 30일, 부산광역시에서는 올해 안으로 '사단법인 박차정의사 숭모회'가 주관하여 동래구 금강공원에 열사의 동상을 세우고 둘레를 만남의 광장으로 꾸민 뒤, 시민교육장소로 활용하기로 했다고 발표하고 있다.
박문하, 「누님 박차정」, 『낙서인생』, 아성출판사, 1972.
김의환, 「박차정열사」, 『나라사랑』 17집 별쇄, 외솔회, 1974.
「동래출신항일투사재발굴 ① : 박차정의 가문」, 『동래신문』 2월 1일, 동래신문사, 1993.
「동래출신항일투사재발굴 ② : 의열단」, 『동래신문』 2월 8일, 동래신문사, 1993.
「동래출신항일투사재발굴 ③ : 박차정의 항일행적」, 『동래신문』 2월 15일, 동래신문, 1993.
강대민, 「박차정의 생애와 민족해방운동」, 『문화전통논집』 4집, 경성대학교 향토문화연구소, 1996.
김정희, 「일제하 동래지역 여성독립운동에 관한 소고―근우회 동래지회를 중심으로」, 『문화전통논집』 4집, 경성대학교 향토문화연구소, 1996.

세월」등을 발표하였다. 특히 「철야」는 자신을 모델로 한 자전적인 단편소설로서 일제하 우리 민족의 고난을 상징화하면서 해방을 기필코 달성하겠다는 본인의 강한 의지를 담은 사회고발 성격을 띤 글이다. 박차정은 사회와 민족에 대한 불 같은 열정과 숭고한 이상을 소설과 시를 통해 대변하였다.[2]

글쓴이는 이 글에서 풍문으로만 알려지고 있었던 열사의 작품을 발굴, 공개하면서 짤막한 해설을 덧붙였다. 박차정 열사에 대한 관심과 연구의 자리 가운데서 작은 한 곳이 기워지기를 바란다. 소략하나마 열사의 삶을 살펴보는 것이 바른 순서겠다.

2. 항왜의 나날과 문필 활동

열사는 1910년 5월 8일, 경상남도 동래군 복천동 417번지(오늘날 부산광역시 동래구 복천동 319번지)에서 아버지 밀양박씨 용한과 어머니 김해김씨 맹연 사이에서 3남 2녀 가운데 넷째로 태어났다. 아버지 용한은 일찍이 오늘날 동래고등학교의 모태였던 사립개양학교와 서울 보성전문학교를 졸업한 뒤, 탁지부 주사로서 측량기사 일을 했다. 그러나 1918년 비분 강개하여 유서를 남기고 자결하였다 하니 우국지사였다.[3] 어머니 김맹연은 동래 기장의 유력한 집안 딸이었다. 김두봉이 열사의 사촌이 되고, 김약수는 육촌이 된다.

열사의 큰오라버니 박문희는 1910년 동래사립보통학교를 졸업한

---

2) 강대민, 앞서 든 글, 8쪽.
3) 박용한이 자결에 이르게 된 경과나 내용에 대해서는 더 밝혀져야 될 일이다. 우국지사의 면모를 보이고 있는 아버지로부터 순국한 오라버니들, 박차정 열사 그리고 그 뒤로 이어지는 집안 내림을 지역 생활사라는 쪽에서 세세하게 다가서 볼 만하다.

뒤 서울과 지역을 떠돌며 목회 활동을 하는 한편, 반왜사상을 드높였다. 1920년 일본대 경제과를 거친 뒤 동래에서 동래청년연맹과 신간회 동래지회를 만드는 데 주도 역할을 했다. 신간회 중앙집행위원을 거쳐 중국으로 망명한 뒤, 1932년 매부 김원봉 장군과 함께 조선혁명 간부학교 운영에 진력했다. 환국한 뒤 부산에서 대중신문사 사장으로 일하고 있었던 1950년 서울에서 납북당한 광복지사였다.

작은오라버니 박문호 또한 동래사립보통학교를 나와 동래청년동맹의 집행위원과 신간회 회원으로 활동했다. 그 뒤 형과 마찬가지로 의열단에 들어가 활동하다 1934년 미혼인 채로 옥사한 광복열사였다. 언니 박수정은 일찍이 병사하였다. 동생 박문하는 부산에서 의사며 수필가로서 활동하면서 누나 박차정과 관련된 글을 비롯하여 많은 수필을 남겼다.

동래성결교회 교인 집안이었으며, 아버지의 자결에 이어 큰오라버니 박문희와 둘째 오라버니 박문호가 그 무렵 사회활동가로서 적극적인 항왜활동을 해왔던 까닭에 열사는 많은 어려움과 가난 속에서도 일찍부터 식민지 노예 현실에 대한 많은 앎과 강한 심지를 가다듬었으리라 여겨진다. 이미 열네 살 무렵인 1924년부터 조선소년동맹 동래지부에 들어가 조직 활동을 한 것이 그 점을 엿보게 한다.

1925년 열사는 동래일신여학교[4] 고등과에 입학한다. 1928년에는 근우회 동래지회와 신간회 지회 활동을 하면서, 동래일신여학교 교우회지 『일신』에 작품을 발표하여 글솜씨를 보여주기도 했다. 졸업 뒤인 1929년에는 서울로 올라가 근우회 중앙집행위원회 중앙상무위원으로 뽑혀, 선전조직과 출판부 일을 맡았다. 이어서 1929년 광주학

---

4) 오늘날 동래여자고등학교에 앞선 이름으로 호주 장로교 선교부에서 운영하였다. 처음에는 부산진에서 일신여학교로 시작하였다가 1925년 동래로 옮겨오면서 동래일신여학교라 이름 붙였다. 동래일신여학교의 설립 경과에 대해서는 맨 처음 교무주임을 맡았으며, 박차정 열사를 가르쳤던 것으로 짐작되는 백남훈(1968)이 회고록에서 잘 보여주고 있다.

생의거의 연장으로 일어났던 여학생 시위의거를 뒤에서 이끌었다. 이 일로 왜로에게 붙잡혀 허정숙과 함께 취조를 받았으나 병보석으로 석방되었다.[5] 동생 박문하의 글에 따르면 열사는 그때 겪은 왜로의 고문으로 거의 '반병신'이 되었다 한다. 생죽음에 이르렀던 셈이다.

일제의 혹독한 고문에 반병신이 된 차정 누님은 미결감에서 6개월 만에 병보석이 되어서 나왔었다. 이때에 5개월 동안을 치료비 한 푼 받지 않고 정성을 다하여 누님의 병을 치료해준 고마운 의사 한 분이 있었다. 〔…중략…〕 그 뒤에 형님들과 누님은 중국에 망명을 하고 고향에 남은 어머님과 나이 어린 나에게 대하여 일본 경찰과 헌병들의 감시는 한층 삼엄하여 우리 집은 한 달이 멀다 하고 가택수색을 당했는데……[6]

1930년 3월 열사는 오라버니를 따라 중국으로 들어가 의열단 활동을 시작한다. 김원봉 장군이 이끌었던 레닌주의 정치학교에 깊이 관여하였다. 1931년 김원봉 장군과 혼인하여 운명할 때까지 열사는 아내로서, 동지로서 장군과 열렬한 삶을 함께한다. 1932년 남경에서 조선혁명군사정치간부학교를 운영하면서 열사는 부산·서울에서 입교생을 모집하다 체포되었다. 2년간 옥살이를 마친 뒤 1934년 다시 남경으로 돌아가 간부학교 교관으로 활동하였다.

1936년 이청천 장군의 부인 이성실과 함께 민혁당 남경조선부인회를 결성, 활동하였고 1937년 왜로의 중국침략전쟁 뒤에는 '조선민족

---

5) 1929년 7월 근우회 제2차대회를 마치고 기독여자청년회와 함께 일으켰던 근우회의거를 거치는 격동하는 시기 동안 박차정 열사는 중요한 핵심 요원으로 일했다. 근우회의거로 근우회 본부에서 여러 사람이 검거되었으나, 허정숙과 박차정 열사만이 기소되어 갖은 고초를 겪은 데서도 그 점을 알 수 있다.
6) 박문하, 「누님 박차정」, 『낙서인생』, 아성출판사, 1972, 317쪽.

통일전선연맹'을, 1938년에는 김원봉 장군을 총대장으로 '조선의용대'를 창설하여 중국정부의 공인과 지원 아래 중일전쟁에 참여하였다. 이때 열사는 선전·선무 활동에 큰 힘을 쏟았다. 그러다 1944년 부녀봉사단 단장으로서 한·중 연합으로 치러진 곤륜관 전투에 나아가 싸우다 적탄을 맞았다. 그 상처로 말미암아 열사는 1944년 5월 27일에 영면하게 된다. 열사가 서른넷 젊은 나이로 순국하자 중국군 이종인 장군과 상해임시정부의 조소앙 선생이 중국 신문에 추도문을 실었다고 한다.

열사의 주검은 1944년 중경 화상산 공동묘지에 묻혔다. 1945년 12월 김원봉 장군이 환국할 때 유골을 거두어 돌아와 장군의 고향인 밀양 부북면 감내(甘川)마을 풍정산(豊亭山) 공동묘지에 묻었다. 장군이 1948년 남북협상을 거치면서 월북한 뒤, 열사의 무덤은 그 동안 오래도록 잊혀져 있었다. 열사의 장조카가 되는 재미교포 박의정이 빗돌을 세워 초라한 그 무덤이 박차정 열사의 무덤인 것을 널리 알리는 계기를 마련한 때는 열사의 뼈가 밀양 땅에 묻힌 지 한참 뒤인 1993년이었다.

박차정 열사가 남다른 환경과 고난 속에서도 항왜의 뜻을 가다듬고 광복항쟁에 앞장서, 뛰어나면서도 열렬한 삶을 살았음을 살폈다. 열사 순국 뒤 미국 독립신문에서 그녀를 '조선 여자 혁명가 박차정 동지'라 적은 것[7]이 부풀린 표현은 아니었던 셈이다. 뒤늦게나마 열사에 대한 바른 포폄이 이루어지고 있어, 올바른 조사와 연구가 뒤따라야 할 일이다. 이 글에서 살펴볼 열사의 문학작품은 이런 뜻에서 섣불리 다루어질 것이 아니다.

박차정 열사가 이룬 문필 활동은 아직 죄 간추려지지 않았다. 적지

---

7) 편찬위원회 엮음, 『동래학원 100년사』, 학교법인 동래학원, 1995, 53~55쪽.

않은 글들이 발표되었을 것으로 여겨진다. 각별히 김원봉 장군과 혼인하여 실질 내조를 시작하기 시작한 조선혁명군사간부학교에서는 알게 모르게 글을 써야 할 일이 많았을 것이다. 교가와 추도가의 노랫말을 지었을 것이라는 짐작도 지나친 생각이 아니다. 왜냐하면 열사가 맡았던 일이 출판과 선전 활동에 치우쳐 있었기 때문이다.

게다가 민혁당 남경조선부인회 때는 『앞날』이라는 잡지에 여자문제 해결을 위한 글을 실었다. 조선민족통일전선연맹을 결성한 뒤에는 『조선민족전선』에 여러 글을 기고한 것으로 알려지고 있다. 1938년 조선의용대 창설 뒤 선무활동에 나서 방송뿐 아니라 『조선의용대통신』 『조선의용대』에 여러 편의 글을 기고한 것으로 알려지고 있다.[8]

이렇듯 광복항쟁 과정에서 여러 글을 쓰며 선무활동에 나선 것은 열사가 일찍부터 공개적인 문필활동이나 글쓰기와 관련된 영역에 남다른 재능을 지녔던 까닭에 자연스런 일이다. 이미 나라 안에서 근우회의 선전, 출판부장 일을 맡았을 뿐 아니라 더 이른 시기 동래일신여학교에 다니는 동안에 발표된 문학작품을 빌려 이 점을 짐작할 수 있다. 따라서 아직까지 그 사실만 알려져 왔을 뿐, 전모가 밝혀져 있지 않았던 이 작품들은 젊은 시절 열사의 면모를 알 수 있게 해 줄 뿐 아니라, 그 뒤 오랫동안 이어졌던 항왜투쟁의 방향을 짐작하게 하는 터무니가 된다는 점에서 눈여겨볼 필요가 있다.

동래일신여학교의 교우지 『일신』 2집은 본문 77쪽의 2단 세로짜기로 되어 있는 얇은 책이다. 교장 대마가례(代瑪加禮)가 쓴 「우리 학교의 이름」이라는 글을 맨 처음에 올린 뒤, 재직교사와 외부기고가들이 쓴 가벼운 논설과 수상을 실었다. 그리고 재학생이 쓴 '기행문'을 비

---

8) 강대민, 「박차정의 생애와 민족해방운동」, 『문화전통논집』 4집, 경성대학교 광토문화연구소, 1996, 16~17쪽.

롯 '산문', '시가' 작품을 실은 「예원(藝苑)」 자리가 있고, 「잡찬(雜纂)」이라 하여 '동래일신여학교연혁'과 '졸업생씨명' 그리고 '동래일신여학교교우회규칙'을 실었다. 출판일은 1928년 4월 14일을 지나 5월 초순에 걸친 날 가운데 한 날로 짐작된다.[9]

『일신』 2호에는 박차정 열사의 작품이 세 편 실려 있다. 시「개구리소래」와 단편소설 「撒夜」, 그리고 수필 「秋の朝」,[10] 곧 「가을아침」이 그것이다. 세 작품 가운데 시에서는 박차정이라는 본명을 한글로, 수필에서는 한문으로, 그리고 소설에서는 BG라는 영문 약자를 쓰고 있다. 모두 29명이 되는 학생이 시를 비롯해 산문, 기행문에 걸쳐 한 차례 한 편씩만을 발표하고 있다. 그러나 『일신』 2호가 간행될 무렵 4학년이었던 열사의 경우는 모두 세 편을 발표하고 있어 눈길을 끈다.[11]

이렇게 유달리 열사의 작품 발표가 많은 까닭은 두 쪽으로 짐작해 볼 수 있다. 첫째, 그 무렵 열사는 학예부원 가운데 한 사람으로,[12] 문학에 대해 재질을 학교 안에서 인정을 받고 있었을 뿐 아니라, 본인 스스로도 문학 창작에 대한 자신감을 지니고 있었을 것이라는 점이다. 학교 안에서는 쉬 박차정임을 알 수 있게 하는 BG라는 영문 가명을 쓰고 있는 데서 이 점을 알 수 있다. 둘째, 4학년 교우회원이었던

---

9) 글쓴이가 간수하고 있는 『일신』 2호는 앞뒤 표지가 떨어져 없다. 펴낸 날짜를 바르게 알 수 없다. 「졸업하는 형님을 보내면서」라는 4학년 주부남의 글과 「교우회록」에 미루어 짐작한 것이다.

10) 강대민이 「흐르는 세월」이라고 하였으나 이제 바로 잡힌 셈이다. 그렇지 않다면 열사가 동래일신여학교에 다녔던 4년 사이에 다른 곳에 실렸을 가능성이 있다. 「일신」 1호에 「흐르는 세월」이 발표되었을 수도 있다. 그러나 「일신」 1호는 확인할 수 없었다.

11) 교사 가운데 한 사람으로 짐작되는 '일사(一沙)'라는 가명을 내세운 이가 시 1편, 동요 1편, 시조 3편에다 논설 1편을 싣고 있어 눈길을 끈다. 일사는 아마 그 무렵 교무주임이었으며, 교우회 부회장으로 있었던 백남훈(白南薰)이 아니었던가 싶다.

12) 동래일신여학교 교우회는 학예부를 비롯하여 체육부, 원예부, 서무부, 구매부, 모두 5부로 이루어졌다. 그리고 부원은 재학생 가운데서 그 부의 부장된 이가 학년별로 한 사람씩 뽑는 것으로 교우회 규칙은 밝혀두고 있다. 그러므로 낱낱의 부는 부장을 비롯하여 모두 5명으로 짜여져 있는 셈이다. 박차정 열사는 학예부의 4학년을 대표한 부원으로 선발되어 있었고, 학예부장은 같은 4학년인 손종진이었다.

박차정으로서는 지역사회와 학교 안에서 남다른 자리를 바탕으로 이미 동맹휴교와 같은 주요한 역할을 이끌고 있었다. 교우회지『일신』을 내는 일에서도 사정이 다르지 않아 그 일을 앞장서서 끌어나가는 일을 떠맡고 있었던 까닭이다.

따라서 박차정 열사는 다른 학생과 달리 세 갈래에 걸쳐 세 편이나 되는 작품을 실어 자신의 문학 쪽 재능뿐 아니라,『일신』2호 발간에 주도적으로 관여하고 있음을 보여주고 있는 셈이다. 이 글에서는 일어로 씌어진「가을아침」[13]은 남겨두고 시와 소설을 중심으로 살피기로 한다.

3. 언니의 죽음과 시「개구리 소래」

「개구리 소래」는 모두 11줄 1도막으로 된 짤막한 시다. 시 앞 부분에 번호를 붙여가며 그대로 옮겨보면 아래와 같다.

　①天宮에서 내다보는 한 조각 半月이

　　고요히 大地 우에 빗칠 때

　　우리집 뒤에 잇는 논 가온대는

　　뭇개구리 소래맛처 노래합니다

　②이 소래 들을 때마다

---

13)『일신』2호에는「산문」부 13편 가운데서 7편이 일본어로 쓰여졌다. 이들 작품은 재학생의 일본어 실기 공부와 관련된 곁들이 글이라는 됨됨이가 짙은 것으로 보인다. 박차정 열사는 일본어에서도 뛰어난 능력을 지녀 선무활동을 효율적으로 이끌 수 있었던 것으로 알려져 있다. 열사의 작품「가을아침」은 200자 원고지 4~5매 분량의 짧은 수필이다. 그 내용은 가을 아침 일찍 일어나, 버릇대로 낙엽을 밟으며 산에 올라, 거리의 집들과 멀리 해운대 바다를 바라보며 명상에 잠긴 뒤, 새들과 함께 노래를 부르며 내려서 집에 돌아오니 7시 30분을 가리키고 있었다는 가벼운 신변이야기로 짜여져 있다.

넷記億이 마음의 香爐에서 흘너 넘처서
悲哀의 눈물이 떠러짐니다
③ 未知의 나라로 떠나신 언니
개구리 소래 듯기 조화하드니
개구리는 노래하것만
언니는 이 소래 듯지 못하고 어듸 갓을가![14]

이 작품은 함께 실린 다른 학생들의 작품에 견주어 드러내고자 하
는 심회가 예사롭지 않다. 도막을 나누어 놓고 있지는 않았지만 작품
의 짜임새는 크게 셋으로 갈라 볼 수 있다. ①에서는 "집 뒤에 있는
논"과 '개구리 소리'에 대한 구상 표현, ②에서는 '개구리 소리'를 듣
고 "옛 기억"에 젖는 말할이 자신, ③에서는 말할이의 마음속, 비애의
까닭과 그리움을 들내고 있다.

①에서 ②를 거쳐 ③으로 나아가면서 말할이의 바깥에서부터 말할
이의 마음 안쪽으로 들어서는 짜임새를 보이고 있어 평면적인 시로
떨어지지 않고 깊이를 좇는 시가 되었다. 의도했든 그렇지 않았든 ②
를 축으로 삼아 말할이의 몸 안밖 대비가 뚜렷하다. 말할이는 '개구
리 소리'를 듣다, "미지의 나라로 떠나신 언니"를 생각하며 슬픔과 그
리움에 젖고 있는 셈이다.

그런데 열여덟 어린 나이로 죽음이라는 손쉽지 않은 문제를 다루고
있는 이 시는 박차정 열사의 실제 체험에서 크게 벗어나지 않은 작품
으로 보인다. 왜냐하면 "미지의 나라로 떠나신 언니"란 열사의 언니
였던 박수정을 일컫는 것으로 여겨지기 때문이다. 열사의 언니였던
박수정은 부산진일신여학교[15]를 졸업한 뒤 양산 보육원과 산청, 옥천

---

14) 『일신』 2집, 동래일신여학교 교우회, 1928, 39쪽. 띄어쓰기는 이즈음 표기를 따랐다.

같은 곳에서 교편을 잡다가 병사하였다고 한다.[16] 따라서 "미지의 나라로 떠나신" 일이란 바로 죽음을 뜻한다. 열사는 먼저 돌아간 언니에 대한 기억과 그리운 심회를 지닌 바 그대로 드러내고 있는 셈이다. "합니다", "집니다"에서 보는 바와 같이 막연한 내포독자를 향하고 있는 삼가하는 입말투가 그러한 심회를 더욱 속속들이 느끼게 해준다.

그리고 표현에서도 비록 "마음의 향로", "비애의 눈물"과 같은 틀에 박힌 소박한 은유를 끌어들이고 있으나, ①에서 보이는 의인법의 채택은 읽는이들에게 호소하는 힘을 더해주고 있다. 가락은 한 시줄 네 걸음을 주도 가락으로 끌어들이고 있고, 그 사이 세걸음가락과 마디 생략을 빌려 자유로운 울림에 이르도록 했다. 다른 시들[17]에 견주어 자유스럽게 생각을 풀어내고 있으면서도, 공을 들여 잘 다듬은 가락을 느끼게 한다. 그러면서 예사롭지 않는 상실감을 잘 담아냈다.

만약 언니인 수정의 죽음이라는 직접 체험을 바탕으로 삼지 않은 허구적 발상에 기댄 시라 하더라도 이 작품이 담아내고 있는 상실감과 그것의 알맞는 절제는 젊은 나이에 흔히 지니기 쉬운 막연한 감상

---

15) 동래일신여학교에 앞선 이름으로 1895년 10월, 경남·부산지역에서 처음으로 세워진 서양 선교부의 여자교육 기관이었다. 1925년까지 좌천동에 있다가 1925년 동래로 자리를 옮겨, 1926년 동래일신여학교로 거듭날 때까지 12회에 걸쳐 졸업생 38명을 내었다. 왜인들이 낸 자료에 따르면 1927년 현재 보통교실 여섯 개, 여섯 학급, 재학생 184명, 교장을 비롯하여 여섯 사람의 교사로 운영되고 있다.
부산부 부산교육회, 『부산교육50년사』, 조선인쇄주식회사, 1927.

16) 강대민, 「박차정의 생애와 민족해방운동」, 『문화전통논집』 4집, 경성대학교 광토문화연구소, 1996, 7쪽.
그러나 부산진일신여학교 고등과 졸업생 명단에는 박수정이라는 이름이 들어 있지 않다. 박씨 성을 가진 부산진일신여학교 졸업생은 1회에서 12회까지 1회(1913년) 박덕술, 4회(1917년) 박명신, 5회(1918년) 박순천, 6회(1919) 박시연으로 모두 5명뿐이었다. 좀더 바르게 조사되어야 될 일이다.
『일신』 2집, 동래일신여학교 교우회, 1928, 71~72쪽.

17) 『일신』 2집에 실린 시 갈래 21편은 시조, 가사, 동요, 언문풍월("뫈촌에서깃든개/구름 짜라 갓는가/이곳저곳풀밧헨/우는버래소래만"—2년 장분이의 「달밤」 가운데서)과 같이 정형 가락을 갖거나 글자수를 규칙대로 맞추는 정형시형에서부터 자유로이 영탄에 젖고 있는 시("벗아!너는가고야맠엇고나/자유의그나라로/너는일즉이세상의/헛됨을알고서!/오!벗이여그 길을/밟지안코는안되겠드냐?"—2년 강복연의 「도라간벗」 가운데서)에 이르기까지 여러 꼴에 걸치고 있어 그 무렵 학생시단의 다양한 문학관습을 엿볼 수 있게 한다.

에서 한 발 더 들어서고 있다. 여느 학생시와 나뉘는 간절함이 잘 웅 글었다. 열 여덟 처녀 시절, 열사의 깊은 정서적 바탕뿐 아니라 남다 른 글솜씨가 잘 드러나고 있는 작품이라 하겠다.

4. 가난과 소설「徹夜」

소설「徹夜」[18]는『일신』2집에서 소설로는 오로지 실린 작품이다. 지은이 이름을 '4년 BG'라 하여 그가 박차정 열사임을 학교 안에서 는 누구나 쉬 알 수 있게 했다. 한글·한자섞어쓰기 글투를 끌어들이 고 있어 그 무렵 소설 문체 관행에는 어느 정도 거리가 있다. 그리 길 지 않은 길이를 지닌 단편소설로, 사건 얽힘이 약하다. 3인칭 전지시 점으로 이야기를 끌어가고 있는데, 서술자의 개입 정도가 심한 쪽이 다. 1927년에서 1928년에 걸치는 겨울 어느 날 저녁, 학교를 마치고 집으로 돌아온 다음, 이튿날 새벽까지 이르는 시간에 걸쳐 가난 탓에 고통을 겪고 있는 어느 '불상한' 고아 오누이를 다루고 있다.

주인물이며 누나인 '철애'는 다음해 봄에는 'S여학교'를 졸업할 예 정인 학생이다. 그녀의 아버지는 "십년전 조선천지가 소동하든 ×× 운동"에 "여러 동지와 한가지로 철창생활을 하다가" 스물 아홉 한창 시절에 목숨을 잃어버린 광복지사였다. 그녀의 어머니는 철애와 유 복자로 태어난 동생 철호를 "세상에 또 없는 보배로 알고" "두 아희의 원대한 성공을 기다렸다." 그러나 어머니마저도 "금년 여름에 유행하 던 장질부사로 세상을" 떠나버렸다. 게다가 "일가친척도 없고 외가조 차 먼 북간도"에서 어렵게 살고 있어 남은 오누이의 나날살이는 곤궁

18) 이 글 끝에 원문 그대로 옮겨 두었다.

하기 말할 것이 없다.

다가오는 봄에 졸업할 예정인 철애는 "몇 달 남지 않은 학교를 그만 둘려고 하였으나 그를 불상히 여긴" 어떤 교사의 "간곡한 위로"와 학비 도움을 받아가며 "미안한 마음으로" 오늘날까지 학교를 계속 다니고 있는 형편이다. 이 소설 첫머리는 주인물 철애가 오늘도 학교를 마치고 집에 돌아와 "힘없이 책보를 마루 위에" 던지는 데서부터 시작된다. 이야기를 철애의 움직임과 그녀가 자리한 장소를 중심으로 간추려보면 아래와 같다.

   (1) 집안 1

     ① 철애는 학교에서 돌아오자마자 수업료를 못 낸 탓에 정학을 당할지 모른다는 동생의 말을 듣고 우울한 생각에 잠긴다.

     ② 철애는 허기진 배를 안고 돈 빌 궁리를 하다 뾰죽한 수가 없자 울음을 터뜨리고 동생도 덩달아 운다.

     ③ 철애는 울음을 그치고 아버지 사진을 바라보며 회상에 잠긴다.

     ④ 오누이가 곤궁한 고아가 된 내력을 서술한다.

     ⑤ 오늘 아침부터 학교 갔다 집에 돌아오기까지 허기를 참으며 겪었던 일들을 서술한다.

     ⑥ 동생은 저녁을 거른 채 잠이 들고 철애는 배고픔에 찬물을 마시며 눈물을 흘린다.

   (2) 집밖

     ⑦ 철애는 현 사회 제도를 저주하다 견디다 못하여 대문 밖으로 나선다.

     ⑧ 골목을 따라 생각없이 한참 가다가 길거리 호떡집 옆에 이르러 발을 멈춘다.

⑨ 호떡 냄새를 맡으며 이상하고 두려운 생각이 일어났으나, 문득 '짠발짠'을 생각하며 발길을 옮겨 집으로 향한다.

⑩ 수신시간에 배웠던 교훈에서 힘을 얻으며 집 마당에 이른다.

(3) 집안 2

⑪ 마당에 서 있다 방안으로 들어간다.

⑫ 책상에 엎드려 다시 울면서 죽어버릴까 생각하다. 어머니 유언을 떠올리며 마음을 새롭게 다잡는다.

⑬ 새벽 첫닭 소리가 들리고 철애는 모든 걱정과 밤을 상대로 싸워 이긴 듯한 만족한 마음에 젖는다.

모두어 볼 때 크게 세 단락으로 나뉜다. 사건 진행 장소가 좁다랗고 사건다운 사건 또한 얽혀들지 않고 있다. 주인물인 철애가 교회가 보이는 큰길과 거기서 더 들어서 있는 골목집 단칸방의 '집안 1'에서 '집밖'으로 나가 호떡집이 있는 길거리에 이르렀다 다시 '집안 2'로 돌아오는 과정을 따라 모두 13개 정도의 움직임이 나타난다. 그것들은 학교를 마치고 돌아온 겨울 오후부터 다음날 새벽에까지 걸치는 짧은 시간 안에 이루어지고 있다.

그러나 작품 속에 담겨 있는 이야기된 시간은 이야기하는 시점인 어느 겨울 오후에서부터 10년이나 거슬러 올라간다. 실제 이야기하는 시간은 짧지만 그 안에서는 여러 사건이 생략되어 있어, 읽는이들이 상상해야 할 몫이 크도록 이끌었다. 각별히 ④와 ⑤ 부분에서 주인공이 곤궁하게 된 내력과 그 고통을 회상하도록 한 데서 그 점이 두드러진다. 그리고 사이사이 서술자의 입을 빌려 철애가 자신의 곤궁한 처지를 어떻게 여기고 있는가를 알려주는 부분이 끼어들게 했다. 먼저 철애가 곤궁에 빠지게 된 내력을 말하는 부분을 살펴보자.

哲愛의 아부지는 十年前 朝鮮 天地가 騷動하든 ××運動 ᄯᅢ에 여러 同志와 한 가지로 鐵窓生活을 하다가 가엽게도 ᄯᅳᆺ을 이루지 못하고 永遠히 오지 못할 그 길을 ᄯᅥ낫다. 사랑하는 안해와 나 어린 哲愛를 괴로운 이 世上에 남겨두고 애달분 抱負를 가삼에 안고 二十九歲의 한창 時節을 一期로 限만흔 世上을 ᄯᅥ낫든 것이다. 哲愛의 어머니는 사랑하는 男便을 일코 그 이듬해 遺腹子 哲昊를 나엇다. 그리하야 이 두 형뎨를 世上에 ᄯᅩ 업는 寶배로 알고 스사로 慰勞를 밧어가며 업는 살님을 낫밤업시 남의 일을 하여 가며 哲愛와 哲昊를 學校에 보내엿서 이 두 아희의 遠大한 成功을 기다렷다.

철애와 문호는 아버지에 이어 어머니마저 돌아가시어 고아가 되어버렸다. 주위에 도와줄 친척도 없고, 이웃의 도움도 여러 번 받아 다시 그들에게 손내밀 처지가 아니었다. 그러니 그 오누이의 생활이 참으로 어려웠을 것은 정한 이치다. 그것은 집에 돌아오자마자 내일 수업료를 내지 못해 정학당할지도 모른다며 뱉는 힘없는 동생의 말에서부터 드러난다. 허기가 져 학교에 가서도 제대로 공부가 될 턱이 없었으나, 그녀나 동생은 학교만은 다녀야 했다.

그러나 哲愛는 每日 當해 오는 食費 이것이 그의 큰 苦痛 ᄭᅥ리엿다. 오날도 어린 동생을 아참부터 굼겨 보내고 自己도 빈 배를 움켜쥐고 學校에 갓다. 그러나 時間마다 工夫는 되지 안엇다. 긔운은 업고 머리 속은 몽롱하여저서 先生님의 敎授하는 소래는 아모리 힘을 서도 들니지를 안엇다. 먼 곳에서 通學하는 學生들의 点心가저온 밴도도 그것이 哲愛의 視線을 이끌엇다. 그럴 ᄯᅢ마다 哲愛는 自己의 눈을 책망하는 듯이 ᄭᅡᆷ아버렷다.

곤궁한 처지가 잘 나타난다. 사정이 이러했으니, "잠도 오지 않고

문을 열고" 집을 나섰다 호떡집 가까이서 "발길이" 머무르게 되는 것는 당연한 일이다.

한참 가다가 그는 무엇을 生覺하듯이 길거리에 섯다. 그 엽헤는 호떡집이 잇섯다. 김이 무럭무럭나는 구숩한 호떡 내암세는 哲愛의 발길을 머무르게 하엿다. 이상한 생각이 이러낫다. 몃 해 前에 生活寫眞에서본 짠밤짠을 문득 生覺하여 보고 또한 自己의 몸을 도라보앗다. 哲愛는 깜작 놀나며 왼몸을 불불쩔면서 "아이 무서워 내가 지금 무엇을 生覺하고 잇나" 하고 발길을 옴겨 自己 집으로 向하엿다. 바람이 차웟건만 哲愛는 치운 줄도 쎄닷지 못하엿다. 意識이 점점 朦朧하여짐을 짜라 意慾은 점점 强하여지고 앗가 보앗든 그 호떡이 마음의자리를 채웟다.

사건다운 사건이 여기에서 나타난다. 허기진 처녀의 몸으로 호떡집 앞에서 "이상한 생각에" 빠질 뻔하다가 그것을 견디어내고 되돌아오는 움직임이 그것이다. 아침부터 굶었던 철애로서는 먹을 것을 눈앞에 두고도 사먹지 못하는 심정이 참기 어려운 고통이었을 것이다. 그럼에도 그녀는 그 "이상한 생각"을 이기고 되돌아온다. "어린 처녀들의 마음은 모든 것을 미화하며 선화한다 하였건만", "어찌하여 다 같은 처녀로 이와 반대의 마음을 가졌을까?"하고 철애는 비감에 젖는 것이다.

그녀가 겪고 있는 곤궁한 나날살이와 그 고통은 그녀 스스로 해결할 수 있는 문제는 아니었다. "여러 동지와 한 가지로 철창생활을 하다가 가엽게도 쯧을 이루지 못하고" 돌아간 아버지나 돌림병으로 말미암은 어머니의 죽음은 철애가 어찌할 수 없는 문제요, 상황이었다. 그녀도 자신의 가난과 고통의 원인을 보다 근원적인 데서 찾고 있다.

① 이러낫어 哲룿 엽해 안자 겨해 잇는 찬물 그릇을 들고 입에 대엿다.
이가 써린 것을 마신 후 눈물을 지우며 "人生이란 엇지하야 이다지
잔인한 社會를 가젓슬가? 사람이란 웨 이러케 배곱흔 쌔에 먹지를
못할가" 하고 그는 不合理한 現社會 制度를 咀呪하엿다. 哲愛는 견
듸다 못하야 문을 열고 나왓다. 하날에는 검은 구름이 四方으로 모혀
들며 비나릴 준비를 하는 것갓햇다.

② "世上에 道德은 무엇을 爲하야 낫스며 法律은 누구를 위하야 지엇
나? 아아! 이것이 모다 나와 갓치 업는 者들을 죽일녀고 난 武器로구
나!" 哲愛는 自己집 마당에 섯어 이러케 모든 것을 生覺하다가 房으
로 드러갓어 冊床에 업드려 또 울기를 始作하엿다. 哲愛의 마음은
極히 惡化하여 버럿다. 어린 處女들의 마음은 모든 것을 美化하며
善化한다 하엿거만 哲愛는 엇지하야 다 갓흔 처녀로 이와 反對의 마
음을 가젓슬가? 이것이 卽不義한 現社會의 制度가 나흔 罪惡이 아
니고 무엇일가 세상에 도덕은 무엇을 위하여 낫스며 법률은……

철애같이 "어린 처녀"의 마음에까지 "이상한 생각"을 일으키게 한
것은 마침내는 "불의한 현사회의 제도" 탓이다. 철애가 생각하고 있
는 "불합리한 현사회의 제도"가 구체적으로 무엇인가는 드러나고 있
지 않다. 그러나 그것은 빅톨 위고의 말을 짜깁기한 것으로 여겨지는
②의 독백에서 엿볼 수 있다. "없는 자"와 '있는 자' 사이에서 비롯된
계급착취가 그것이다. 열사가 지니고 있었던 계급주의에 대한 교양
을 알 수 있는 부분이다. 그런데 이러한 문제를 해결할 방도는 없을
까? 소설에서는 철애의 생각을 빌려 아래와 같이 말하고 있다.

내가 이왕 죽을 바에야 어머니 遺言과 갓치 힘껏 싸화 볼 것이지 世紀

로 나려 오는 壓迫의 黑闇을 헤쳐 버리며 惡魔의 얼골에서 거짓의 탈을 벗기고 서슴업시 全世界의 暴君들을 向하야 싸화보자. 그리하야 모든 것을 ××식히고 光明한 新社會를 組織할 째까지……

철애의 속을 시원하게 해주고, 가슴속 심장도 펄펄 뛰게 해주는 이 생각에는 젊은 처녀로서 지니기 힘든 사회 변혁에 대한 의지가 엿보인다. "세기로 나려오는 압박의 흑암"이 가진 이와 못 가진 이 사이 계급 대립의 결과로 말미암은 구조적 가난이라면, "악마의 얼골"과 "전세계의 폭군"은 그러한 가난을 조선 땅에 실제적으로 일으키고 있는 왜로 제국주의뿐 아니라 제국주의 체제 일반일 터이다. 그러니 "광명한 신사회"란 바로 가난을 뛰어넘고 제국주의 수탈을 뛰어넘는 세상을 뜻할 수도 있다. 열 여덟 소녀의 것으로는 올되면서도 당찬 생각이라 하겠다.

따라서 이 작품에는 어린 오누이의 버릇된 가난과 그로부터 말미암은 고통스런 나날살이, 그리고 그것을 벗어나고자 마음을 다져먹는 모습이 주인물인 철애가 집밖 거리로 나섰다 다시 되돌아오는 짧은 시간 속에 담겼다. 짤막한 작품임에도 여학교 학생으로서는 다루기 힘들 구조적 가난이라는 심각한 주제를 대담한 표현 속에 녹이고 있다.

그러니 학교 자체 검열이었든, 외부 검열이었든 두 곳에 복자를 당하게 된 것이 놀랄 일이 아니다.[19] "십년전 조선천지가 소동하든 ××

---

19) 『일신』 2호에서 복자는 열사의 소설 「徹夜」에서 두 곳, 4학년 구신명이 쓴 산문 「저 달을 보면서」 속에서 세 곳이 나온다. 그 자리를 그대로 옮겨보면 다음과 같다. "우리들은 우리들의 精神을 養成합씨다 참으로 그리하면 우리들은 ××갓흔 검은 구름으로 말매암아 自己의 빗나고 아름다운 光彩를 發揮시키지 못하는 저 달과 갓치 검은 張幕에 覆遮된 ××업고 ××업는 荒漠한 우리의 生活을 밝히기 爲하야 犠牲이합시다 正義의 싸홈에는 반다시 成巧의 旗人발을 날닐 것이며 正義의 죽음에는 반다시 져 光明한 달빗과 갓치 光彩가 날 것이외다." 그 무렵 학생 활동의 검열 수준을 엿볼 수 있는 한 보기가 된다.

운동"과 "모든 것을 ××식히고 광명한 신사회를 조직할 때까지"라고 한 끝 부분이 그것이다. 이 복자는 '삼일'과 '파괴' 또는 '멸망'라는 말로 짐작할 수 있겠는데, 일찍부터 오라버니들을 따르며 사회활동을 해왔던 열사의 예사롭지 않은 마음바닥을 엿볼 수 있다.

기실 이 작품은 많은 부분 박차정 열사의 직접 체험과 크게 다르지 않아 자전 요소가 많은 것으로 보인다. 집밖으로 나갔다 다시 돌아오는 밤 늦은 산책 경험은 흔히 있을 수 있는 틀을 끌어온 것이라 하더라도, 그것을 끌어잡고 있는 가난이라는 문제를 다루어 나가는 솜씨는 매우 구체적이다. 다시 말해 여학교 어린 처녀의 몸으로 가난을 겪는 오누이의 마음과 나날살이에 대한 생생한 묘사는 그것이 직접 체험에 뿌리를 둔 이야기라는 점을 짐작케 만드는 데 모자람이 없다. 몇 가지 세부에서 자전 요소를 생각해 볼 수 있다.

먼저 주인물 이름을 철애(哲愛)로 삼았다. 이 이름은 그대로 지혜사랑, 곧 philosopia라는 뜻일 게다. 소녀 취향이 나타나는 이름이다. 문제는 열사가 그 뒤 항왜투쟁을 계속하는 가운데서도 이 이름을 가명으로 곧잘 썼다는 데 있다.[20] 학창시절 소설 속의 주인물 이름을 굳이 그 뒤에까지 되풀이 자신의 이름으로 끌어 썼던 것은 그 주인물의 삶과 됨됨이가 자신과 동일하다는 것을 스스로 인정하고 있었던 까닭이라 하겠다.

⑤와 ⑦에서 보듯 학교에서 딴 학생들의 도시락에 자주 눈이 간다는 이야기나, 체육시간에 운동화를 신지 않은 학생에게 꾸중을 듣게 하는 이야기 요소는 다분히 직접 체험의 뒷받침이 없이는 꾸며내기

---

20) 그녀는 항왜투쟁 활동을 하면서 박철애, 임철애, 임철산과 같은 이름을 썼다. 모든 가명에 '철'자를 쓴 것으로 보아 어린 나이로는 드물게 일찍부터 철학에 대한 관심과 공부가 남달랐음을 짐작하게 한다. 그리고 그녀의 동생 이름은 문하였다. 오라버니는 문희, 문호였다. 소설 속 주인공인 철애의 동생 이름을 철호라 붙인 것도 둘째오라버니 문호와 관련된 이름 붙이기 결과로 보인다.

쉽지 않을 것들이다. 그리고 아버지의 때 이른 죽음과 여학교 졸업예정이라는 주인공의 처지나 유복자 동생 이야기[21], 그리고 가난했던 체험[22], '짠밥짠' 독서체험, 그리고 학업을 계속하게 된 내력 소개[23]와 같이 주요한 이야기 뼈대는 그대로 박차정 열사가 겪은 삶의 경험을 보탬 없이 보여준다 하겠다.[24]

그리고 여러 곳에서 서술자의 입을 빌려 열 여덟 여학교 학생답지 않은 선전 글귀나 격문 같은 말투를 끼워 놓고 있다. 이 소설을 쓸 무렵 이미 동래지역 안밖에서 항왜 청년활동에 깊숙이 몸을 담고 있었던 오라버니들의 경험을 옆에서, 또는 함께 겪고 있었던 열사다. 학

---

21) 박문하를 일컫는다. 본문에서 철호로 이름 붙여진 박문하는 의사 일을 하면서 거침 없는 필치에 웃음 넘치는 수필로 한때 부산을 대표할 만한 수필가로 활동하다 1976년에 숨졌다. 내놓은 수필집으로는 『약손』『배꼽 없는 여인』『쌍화탕인생』『낙서인생』이 있다.

22) 동생 박문하의 회고에 따르면 열사의 형제들은 "나라 없는 고아에 아비 없는 고아로" 갖은 고초를 겪으면서 자란 것을 알 수 있다. 열사의 어머니는 작품 속에서도 암시되고 있는 바와 같이 "5남매의 어린 자식들을 길러내느라고 남의 집 삯바느질로써 젊은 세월을 고스란히" 보냈을 뿐 아니라, "어머님이 밤을 새워 초상집 상복이나 잔칫집 혼례복을 만드시느라고 집에 돌아오지 못하는 밤이면" 두 오누이는 "식은 밥을 끓여먹고 냉돌방에서 기한에 떨면서 밤을" 세웠다 한다.
박문하, 「누님 박차정」, 『낙서인생』, 아성출판사, 1972 , 269쪽.

23) 본문에 따르면 철애는 "몇 달 남지 않은 학교를 그만두려고 하였으나, 그를 불쌍히 여긴 ㅇ란 선생님의 간곡한 위로와 권면으로 졸업하기로 하고" 또한 "ㅇ씨의 도움으로 매월에 드는 학비를 내었다"고 적고 있다. 그런데 동생 박문하의 회고에 따르면 「徹夜」를 읽은 "담임선생님은 어려운 박봉을 털어서 차정 누님이 일신여학교를 졸업할 때까지 2년 동안의 학비를 스스로 부담해" 주었다고 쓰고 있다. 소설 속의 이야기가 먼저인지, 박문하가 정확하지 않은 기억 탓에 소설 속의 이야기를 실제 이야기로 착각한 것인지, 아니면 실제 체험에 바탕을 둔 이야기를 박차정이 쓰고 있어 소설 속의 이야기가 그대로 사실에 가까운 것이었는지는 현재로서는 알 수 없다.
박문하, 앞서 든 글, 271~272쪽.

24) 그럼에도 몇 부분에서 주인공이 겪는 가난과 고난스러움을 강조하고 의도를 분명히 하기 위해 부풀린 점도 있다. 열사의 아버지는 1918년 자결한 것으로 알려지고 있으나, 소설 속에서는 "십년전 조선천지가 소동하던 ××운동 때에 여러 동지와 한가지로 철창생활을 하다가 가엾게도 뜻을 이루지 못하고" 돌아가신 것으로 만들었다. 현재 철애가 겪고 있는 가난과 고난의 방향이 사회 집단의 문제에서 비롯된 것임을 말하려 했다. 그리고 어머니의 사망 사실도 그렇다. 어머니는 "금년 여름에 유행하던 장질부사로" 두 오누이에게 "너희들은 아부지의 이루지 못한 일을 너희들은 생명이 없어질 때까지 힘써 일하여라" 하고 세상을 떠난 것으로 설정하여, 두 아이를 어미 아비 없는 고아로 만들었다. 그러나 열사의 어머니는 박문하에 따르면 1968년 현재 비록 "앞으로 1년을 더 넘기시지 못할 것" 같지만 90세로 생존하고 있었다는 사실을 알 수 있다. 두 오누이가 겪고 있는 오늘의 가난과 고통스런 비극적 정황을 더욱 강조하기 위해 그러한 변형을 이끌어들인 것으로 보인다.
박문하, 앞서 든 글, 227쪽.

교 안에서나 학교 바깥에서나 여러 가지 지하활동과 사회활동에 적극적으로 참여하고 있었던 열사의 실제 경험으로 다져진 생각을 우리에게 보여주는 데 모자람이 없는 자료다. "불합리한 현사회제도를 저주" 하면서 "전세계의 폭군들을 향하야 싸화 보자 그리하야 모든 것을 ××식히고 광명한 신사회를 조직할 때까지"라는 철애의 생각은 곧 열사의 생각과 다르지 않았을 터이다.

열사가 이 작품을 창작할 무렵 이미 소설 관습으로 뿌리내렸던 한글로만쓰기 문체를 버리고 한글·한자섞어쓰기를 따르고 있는 것도 이 작품이 지니고 있는 자전 경향을 더하게 해준다. 왜냐하면 이 일은 그 무렵 소설 문체의 관습을 열사가 몰랐던 데서 비롯되었다기보다, 오히려 실제 생활을 충실하게 담고자 했던 창작 의도가 앞섰던 까닭으로 볼 수 있기 때문이다. 따라서 열사는 시나 수필에서가 아니라, 소설에서만큼은 본디 이름을 밝히지 않고 굳이 BG라는 영문 약자를 썼던 것이다.

그것은 허구를 바탕으로 삼아야 할 자신의 소설 작품에, 오히려 자전 요소가 더 많이 담겨 있어 그것이 널리 공개되는 것을 어느 정도 꺼렸던 까닭에 마련한 글쓰기의 꾀일 수 있다. 소설 내용에서 나타나는 직접 체험의 진실성과 달리 그것을 공개하는 자리에서 붙인 이름은 학교 바깥 사람에게는 쉬 알 수 없을 영문 약자를 붙여 어느 정도 허구답게 하려 한 것으로 여겨진다. 이것은 열사의 소설이 지니고 있는 사적 체험성을 거꾸로 잘 말해주는 일이라 여겨진다.

열사의 소설 「철야」에서 보이는 바, 집밖으로 나갔다 다시 되돌아오는 틀은 함께 실렸던 「가을아침」에서 보았던 아침 산책 경험과 서로 비슷하다. 다만 「철야」가 고통스러운 어둠 속에서 그 어둠을 견디고 아침을 맞이하는 밤의 경험을 보여준다면, 「가을아침」에서는 밤의 경험을 물리친, 또는 밤의 경험이 끼어들 수 없는 맑고 정결한 아침의 경험을 보여준다. 「철야」에 나타나는 비극적 정황은 「가을아침」에서 드러나고 있는 맑고 청순한 열사의 모습과는 사뭇 맞서고 있는 셈이다.

따라서 서로 맞서는 그 두 모습이야말로 박차정과 BG 사이, 실제와 허구, 어두운 오늘과 밝은 후제라는 두 세계 사이의 관계를 잘 보여주는 비유라 하겠다. 열사는 젊은 한 시절 그 두 세계 사이를 고통스럽게 옮겨다니며 세상과 시대의 변혁을 꿈꾸었을 뿐 아니라, 그것을 위해 자신의 생각과 행동을 가다듬어 나갔다. 작품 「철야」는 젊은 한 시절 열사가 겪었을 남다른 삶자리의 넓이와 생각의 깊이를 짐작하게 하는 데 모자람 없는 작품이다.

5. 마무리

박차정 열사는 경남 동래에서 태어나 나라잃은시기 항왜투쟁에서 큰 일을 이루었을 뿐 아니라, 그 일에 목숨을 바쳤던 분이다. 이 글에서 글쓴이는 열사가 일찍이 발표했다고 알려져 왔으나, 그 전모를 알 수 없었던 문학작품을 찾아 널리 알리면서 소략하게 생각을 덧붙였다.

열사는 동래일신여학교 교우지 『일신』 2집에 시·소설·수필에 걸쳐 모두 세 작품을 실었다. 시 「개구리 소래」는 밤늦은 시각 집 뒤란에서 들려오는 개구리 소리에 이끌리어, 일찍 세상을 떠난 언니 수정을 되새기고 그리움에 젖는 체험시다. 몸을 축으로 삼아 밖에서 안으로 눈길을 옮기며 슬픈 마음을 좇아가는 짜임새를 이루었다. 언니의 죽음이라는 강렬한 체험을 잘 다듬어 내고 있어, 열사가 지녔던 남다른 문학 쪽 재능을 모자람 없이 보여준다.

소설 「철야」는 나날 속에서 열사가 겪고 있었을 뿐 아니라, 그 무렵 우리 겨레가 맞닥뜨리고 있었던 집단 문제인 가난을 다루었다. 열사는 그것을 고아 오누이가 배고픈 겨울밤을 지새는 생생한 자전 체험을 바탕으로 엮어내면서, 안밖 현실에 대한 깨달음과 변혁에 대한 굳은 믿음을 담았다. 배고픔이야말로 삶에 대한 어떠한 이해도 뛰어넘는 가혹한 현실이면서도, 앞날에 대한 희망을 담금질하는 든든한 동력임을 일깨워 주고 있다.

열사는 아버지와 언니로 이어진 가족의 죽음과 거듭되는 가난이라는 감당하기 힘들었을 어두운 현실을 온몸으로 받아들이면서 정결한 아침을 맞이하고자 했다. 뒷날 고난에 찬 항왜투쟁에 기꺼이 몸바친 의기로운 마음자리를 열사의 문학 경험은 미리 보여주고 있는 셈이다. 몽롱한 밤꿈에 빠져 미망을 거듭했던 그 무렵 많은 제도 안쪽 문학인들의 허리멍텅한 작품 건너 쪽에 당차게 서 있는 열사의 작품이 지닌 의의가 더욱 새롭다.

앞으로 열사가 남긴 다른 작품뿐 아니라, 아직도 밝혀지지 않고 있는 1차 사료들을 꼼꼼하게 찾아 간추려 열사에 대한 이해와 연구의 수준을 드높여야 겠다. 열사를 비롯해 나라잃은시기 의열을 다한 이들의 삶을 겨레의 본보기로 바르고도 널리 살려내기 위해 뜻있는 이들이 하루하루 분발할 일이다.

〔붙임〕

徹夜

4년 B G

哲愛는 힘업시 冊袱를 마루 우에 던지고 신을 벗으면서 房門을 向하야

"哲昊야 學校에 갓다 왓나" 한다. 그리고 冊褓를 다시 주어 들고 房으로 드러간다. 어름갓치 차운 房 웃목에는 어린 哲昊가 이불 속에서 햇슥한 얼골을 내면서 哲愛를 보고 "누이 先生任이 來日짜지 授業料 안 내면 停學 식힌닷고 그래요" 哲愛는 어이가 업는 듯이 한숨을 길게 쉬고 벽 우에 걸닌 헌옷을 가라 입으며 그의 눈에는 어느듯 눈물이 고엿다. 哲愛는 자긔 동생의 하는 말에는 對答도 아니 하고 "네 배곱흐지 안나?" 하고 무럿다. "아즉 배는 곱흐지 안어도 긔운이 업서요" 하고 哲昊는 다시 이불을 올녀 얼골짜지 덥허버린다. 哲愛는 冊褓를 스르면서 혼자 입속말노 어린 것이 여태껏 아참밥도 못 먹고 오작이 배가 곱흐랴만 授業料에 것정이 되여서 배곱흔 줄도 모르는고나 하면서 冊을 정돈하여 놋코 冊床 우에 두 팔을 언고 그 우에 얼골을 무든 後 쑥 드러간 두 눈을 힘업시 감앗다. 哲愛의 머리 속에는 모—든 걱정이 얼킨 실갓치 複雜하게 떠오르기 始作하엿다. 哲昊의 授業料 오날 當場 먹어야 할 쌀 쏘는 나무 이러케 해아려 보니 돈 쓸 대는 限定이 업섯다. 누구의게나 체여보려고 이 집 져 집 이 사람 져 사람 指目하여 보앗스나 아모 대도 말하여 볼 만한 곳이 업섯다. 말하여 볼 만한 곳은 二重三重의 전빗이 잇섯다. 이러케 生覺하여 보고 저러케 生覺하여 보아도 엇더케 할 道理가 업섯다. 哲愛는 그만 生覺다 못하야 흑흑 넛겨 울엇다. 終日 아모 것도 먹지 못한 그의 배ㅅ속은 몹시도 哲愛를 괴롭게 하엿다. 이 울음소래가 나자 이불 속에서는 哲昊의 넛겨우는 소래가 들넛다. 이 불상한 두 누이동생의 구슬픈 우름소래는 孤寥한 房空氣를 흔드러 노앗다. 아모리 설게 우러도 누구 慰勞하는 이 업고 다만 쎄를 여이는 듯한 차운 바람이 문틈으로 드러와서 우름소래와 共鳴하려 하엿슬 쑨이엿다. 哲愛는 어린 동생을 울녀 노흔 것이 未安해서 먼첨 우름소래를 씃첫다. 그리고 고개를 들고 壁 우에 걸린 自己 아부지의 寫眞을 멀구람이 바라 보앗다. 哲愛는 모든 것이 다 貴치 안엇다. 自己 아부지조차 원망스러워 보엿다. 그 寫眞은 근심을 띄운 얼골노서 불상한 쌀과 아달을 위로

하여 주는 것 갓햇다.

哲愛의 아부지는 十年前 朝鮮 天地가 騷動하든 ××運動 쌔에 여러 同志와 한 가지로 鐵窓生活을 하다가 가엽게도 뜻을 이루지 못하고 永遠히 오지 못할 그 길을 쩌낫다. 사랑하는 안해와 나 어린 哲愛를 괴로운 이 世上에 남겨두고 애달분 抱負를 가삼에 안고 二十九歲의 한창 時節을 一期로 限만흔 世上을 쩌낫든 것이다. 哲愛의 어머니는 사랑하는 男便을 일코 그 이듬해 遺腹子 哲昊를 나엇다. 그리하야 이 두 형데를 世上에 쏘 업는 寶배로 알고 스사로 慰勞를 밧어가며 업는 살님을 낫밤업시 남의 일을 하여 가며 哲愛와 哲昊를 學校에 보내엿서 이 두 아희의 遠大한 成功을 기다렷다. 그러나 哲愛와 哲昊의 薄福함인지 哲愛 어머니의 命이 다함인지 今年 녀름에 流行하든 腸窒扶斯로 그는 哲愛와 哲昊의게 "너희들은 너의 아부지의 이루지 못한 일을 너희들은 生命이 업서질 쌔까지 힘서 일하여라" 하고는 世上을 쩌나 버렷다. 아아! 가련한 이 두 형데는 이제 누구를 의지하고 살아갈 것인가? 一家親戚도 업고 外家쏫차 먼 北間道에 잇서 근근이 살아간다는 消息이 들닐 쑨이엇다. 더구나 哲愛는 머지 안는 明春에는 이곳 S女學校를 卒業할 것이엿다. 그의 어머니는 哲愛의 卒業을 무엇보담도 깃버하며 기다리다가 不過 七八個月을 압해 두고 惡毒한 病魔의게 生命을 쌔앗겨 버렷다.

哲愛는 몃 달 남지 안흔 學校를 그만 둘녀고 하엿스나 그를 불상히 녁인 ○란 先生任의 懇曲한 慰勞와 권면으로 卒業하기로 하고 쏘한 ○氏의 도음으로 每月에 드는 學費를 내엿다. 哲愛는 고맙고 未安한 마음으로 오날까지 學校를 계속하여 왓다. 그러나 哲愛는 每日 當해 오는 食費 이것이 그의 큰 苦痛꺼리엿다. 오날도 어린 동생을 아참부터 굼겨 보내고 自己도 빈 배를 움켜쥐고 學校에 갓다. 그러나 時間마다 工夫는 되지 안엇다. 긔운은 업고 머리 속은 몽롱하여저서 先生님의 敎授하는 소래는 아모리 힘을서도 들니지를 안엇다. 먼 곳에서 通學하는 學生들의 点心 가저온

뻗도도 그것이 哲愛의 視線을 이끌엇다. 그럴 째마다 哲愛는 自己의 눈을 책망하는 듯이 쌈아버럿다. 그러다가 時間이 긋난 후 여러 學生들은 音樂室에서 피아노 練習도 하고 運動場에서 태니쓰 치는 것도 공연히 귀치 안케 넉이며 집으로 왓다. 집으로 도라온 哲愛는 自己 동생의 애를 태우고 잇는 양을 볼 째 限업는 슬픔이 그의 가삼을 북차고 나옴을 억제할 수 업서서 운 것이엿다.

하로 終日 旅行에 疲困한 햇님도 그의 자리를 하직하고 붉은 노를 지어 西山 져 편에 써러지고 어둠의 張幕은 펴는 소래도 업시 왼 宇宙를 휩싸고 돌앗다. 집집마다 家族들이 모혀 안자 우슴을 난우며 食事를 하것마는 哲愛의 집에만 왼 終日 煙氣가 긋첫다. 哲愛는 아모리 生覺하여 보아도 엇더케 할 묘책이 업섯다. 견듸다 못하야 哲昊의 엽해가 누엇다. 그리하야 두 형데는 서로 몸을 닥어 體溫을 交換하엿다. 寂寞한 겨울밤은 점점 깁허 갈 쑨이고 간간이 나무닙 구으는 소래가 들니엿설 쑨이다. 哲昊는 벌서 잠이 들엇는지 숨소래가 점점 크저 가나 哲愛는 잠까지 그를 찻지 안엇다.

哲愛는 배가 몹시 곱핫서 이제는 동생의 배곱하하는 것도 生覺히지 안코 다만 自己의 괴롬을 이기지 못하엿다. 견듸다 못하야 이러낫어 哲昊 엽해 안자 겻해 잇는 찬물 그릇을 들고 입에 대엿다. 이가 써린 것을 마신 후 눈물을 지우며 "人生이란 엇지 하야 이다지 잔인한 社會를 가젓슬가? 사람이란 웨 이러케 배곱흔 째에 먹지를 못할가" 하고 그는 不合理한 現社會 制度를 咀呪하엿다. 哲愛는 견듸다 못하야 문을 열고 나왓다. 하날에는 검은 구름이 四方으로 모혀 들며 비나릴 준비를 하는 것 갓했다. 哲愛는 배곱흔 中에도 學校에 갈 것을 걱정하야 "비가 오면 우산도 업고 고무신에는 물이 새는대 엇저나" 하다가 음성을 낫츄어 힘업시 "올녀거든 오너라 날이 조흐면 運動場에서 體操를 하게 되면 先生任이 운동靴 안 신엇다고 또 야단을 하실 것이니" 하면서 신을 신고 無意識的으로 발을 옴겨 大門 박까지 나왓다. 발이 썰니며 거름이 잘 걸녀지지 안는 것을 억제로 옴기며 왼편 골목으로 生覺업시 작고작고 거러갓다. 한참 가다가 그는 무엇을 生覺하듯이 길거리에 섯다. 그 엽혜는 호썩집이 잇섯다. 김이 무럭무럭 나는 구슴한 호썩 내암세는 哲愛의 발길을 머무르게 하엿다. 이상한 생각이 이러낫다. 멋 해 前에 活動寫眞에서 본 짠발짠을 문득 生覺하여 보고 쏘한 自己의 몸을 도라 보앗다. 哲愛는 쌈작 놀나며 왼몸을 불불 썰면서 "아이 무서워 내가 지금 무엇을 生覺하고 잇나" 하고 발길을 옴겨 自己 집으로 向하엿다. 바람이 차웟건만 哲愛는 치운 줄도 쌔닷지 못하엿다. 意識이 점점 朦朧하여짐을 쌀아 意慾은 점점 强하여지고 앗가 보앗든 그 호썩이 마음의 자리를 채웟다. 이럴 째마다 哲愛는 修身時間에 듯던 先生任의 敎訓을 生覺하엿다 "世上에 道德은 무엇을 爲하야 낫스며 法律은 누구를 위하야지엇나? 아아! 이것이 모다 나와 갓치 업는 者들을 죽일녀고 난 武器로구나!" 哲愛는 自己 집 마당에 섯어 이러케 모든 것을 生覺하다가 房으로 드러갓어 冊床에 업드려 쏘 울기를 始作하엿다. 哲愛의 마음은 極히 惡化하여 버렷다. 어린 處女들의 마음은 모든 것을 美化하며 善化한다 하엿거만 哲愛는 엇지 하야 다 갓흔 처녀로 이와 反對의 마음을 가젓슬가? 이것이 卽 不義한 現社會의 制度가 나혼 罪惡이 아니고 무엇일가. 哲愛는 決心한 듯이 "나도 아부지와 어머니를 쌀아 죽어 버리자 그러면 이 괴롬에서 써날 수 잇지. 아니다 아니다. 내가 이왕 죽을 바에야 어머니 遺言과 갓치 힘썻 싸화 볼 것이지 世紀로 나려오는 壓迫의 黑闇을 헤처 버리며 惡魔의 얼골에서 거짓의 탈을 벗기고 서슴업시 全世界의 暴君들을 向하야 싸화 보자. 그리하야 모든 것을 ××식히고 光明한 新社會를 組織할 째까지……" 哲愛는 이러케 生覺하여 보니 속이 쉬원하엿다. 가삼 속에 잇는 심장도 펄펄 쒸엿다.

哲愛의게 無限한 괴롬을 주든 이 길고 긴 겨울밤도 哲愛를 이기지 못함인지 새벽 첫닭소래가 이곳 저곳에서 들니기 始作하엿다.

哲愛는 이 모든 걱정과 밤을 相對로 삼고 엿태껏 싸호다가 이긴 듯이 滿

핀한 얼골노 "아! 벌서 날이 새는고나!" 하고 중얼거리엿다……

　　　　　　　　—『日新』2호, 동래일신여학교 교우회, 1928, 56~60쪽.

동래온천과 노자영의 시

1.

　부산은 동래다. 본디 부산의 뿌리는 동래였다. 아니다. 동래는 부산일 뿐이다. 임진왜란 그 앞서부터 오랜 뒤까지 왜구와 왜인들이 들나들며 분탕질을 쳤던 오욕의 자리가 부산이었다. 그리고 이제 부산은 근대 백년의 나날을 거슬러 내려와 우리나라 두 번째 거대도시로 바뀌었다. 그 사이 동래는 부산의 한 작은 변두리로 밀려나 동래구로 이름을 얹고 있다. 그러니 동래는 부산일 따름이다. 아니다. 동래는 동래다. 동래는 부산과는 엄연히 다른 고유한 문화적·심리적 풍토뿐 아니라, 역사적 동일성을 지니고 있다. 동래 사람은 부산 사람과는 다르다.

　부산이 남녘의 한 항구도시로서 제 모습을 갖추게 된 것은 1876년 무렵이다. 강화도로 군함을 앞세워 쳐들어왔던 왜로(倭虜)들의 우격다짐에 밀려 맺을 수밖에 없었던 병자년세항구겁탈약조(병자겁약) 뒤다. 우리의 오랜 포구인 울산, 원산, 부산 세 항구를 겁탈하고서 거기에다 집을 짓고 마음대로 돌아다니며 살게 됨으로써 왜로의 식민이 시작된 것이다. 예로부터 부산포는 왜에서 보면 가장 중요한 젖줄이었다. 따라서 그 앞선 시기에도 이어졌다 닫히곤 했던 부산 왜관의 오랜 역사가 있었다.

게다가 부산포는 우리나라에 들어온 왜로나 왜인과 함께 이익을 좇아 그들에게 빌붙어 살았던 조선인들이 흥청거린 곳이기도 했다. 그러니 내 나라 땅이라 하나, 내 나라답지 못한 곳이었고 왜풍이 기세 좋게 살아 숨쉬는 이방지대였다. 동래는 그러한 부산포와는 일찍부터 타자화된 자리에서 지역적 동일성을 마련해 왔다. 부산과는 한 데 묶일 수 없는 곳이다.

그럼에도 동래의 근대사는 동래의 중심부로 왜인과 왜풍을 끌어들이고, 그들의 자본과 권력이 동래의 도시 경관과 삶의 모습을 크게 바꾸어온 경험과 나란히 흘러왔다. 오줌장군 속의 구더기처럼 몰려 있어야 될 부산포 쪽 왜인들이 슬금슬금 서면을 거쳐 인력거로, 전차로 동래에 들이닥쳐 여관을 짓고 식당을 꾸미고 온천욕을 즐기며 나돌게 된 것이다. 그런 한쪽으로는 서울에서 부산까지 난 서울부산철길을 따라 흘러든 사람들이 섬나라를 오가며 잠시 들르는 자리가 동래였다. 부산포는 더욱 번성하며 부산다움의 중심으로 올라섰고, 동래는 역사의 그늘로, 변두리로 급작스레 밀려나게 된 셈이다.

　　梁山의 通度寺는 古刹에 大刹
　　釋迦佛舍利 모신 戒壇이 거룩
　　東來의 梵魚寺는 勝景에 靈境
　　金色魚 天降하든 石井도 奇異

溫泉에 몸을 풀어 한 달음하면
絶影島 遮面 안에 부산이 움묵
半島의 戶庭이오 大陸의 關門
모짜리보다 슷한 작고 큰 돗대

— 최남선, 「朝鮮遊覽歌」 부분[1]

최남선이 남긴 「조선유람가」 속의 한 부분이다. 한세상 제 배움 제한 몸 크게 누리며 살다 갔던 이의 속내가 잘 드러나는 글이다. 마냥 흥겨운 가락에다 조선을 한눈에 내려다볼 만큼 자신에 찬 배움을 뻐기며 '조선유람'의 한 마당을 펼쳤다. 조선조의 역사적 내림을 마땅히 밝히고 일깨워 역사교과서로서 지닌 바 몫을 다하고자 했던 '역사한양가'류나, 조선왕조의 옛터인 한양의 풍광을 찾아다니며 나라에 대한 사랑과 자긍심을 애둘러 일깨우고자 했던 '왕조한양가'류와는 사뭇 다른 모습을 보여준다.

왜로 제국주의자들이 우리 땅을 온통 수탈의 곳간으로 보고서 흐뭇하게 훑어내리며 지녔을 법한 눈길을 그대로 따르며 가락을 골랐다. 게다가 부산을 "半島의 戶庭이오 大陸의 關門"이라 했다. 이른바 '대동아공영권'을 만들어 장차 '만세일계'의 혈통을 잇자고 분탕질쳤던 왜로 제국주의자들의 공간감각을 그대로 보여준다. 부산 앞바다 너른 대한해협이 아름다운 뜰이요, 지나의 동북삼성이 철따라 푸성귀 잘 갖춰진 텃밭인 셈이다. 최남선은 나이에 걸맞지 않게 벌소리를 늘어놓았다. 그 가운데서 동래와 부산을 읊은 자리다. 동래에는 어김없이 범어사와 '온천' 목욕이 올랐다.

부산과 부산 사람이 이룬 시, 그리고 부산에 대해 씌어진 시들은 근

---

1) 이 글에 옮긴 작품은 띄어쓰기의 경우에만 오늘날의 맞춤법을 따랐다.

대에 들어서만도 적지 않다. 알려진 것보다 알려지지 않은 것이 더 많다. 아예 찾으려 하지도 않았으니 잊혀져버린 게 당연한 일이다. 동래·부산 사람들이 엮어온 그 숱한 역사의 켜켜마다 문학이 있었고 시가 있었다. 이 글은 우리 근대시사에서 부산이 모습을 드러내는 첫머리 그림 가운데서 하나를 골라 쓰여진다. 시기로는 1920년대가 되겠다. 기미만세의거의 민족적인 의거와 그 영향으로 나라 안밖으로 다양하고도 새로운 사회활동이 일어났고, 겨레 광복에 대한 기대가 멀리 무르익을 무렵이다. 그리고 부산과 부산 사람의 삶을 살필 수 있도록 우리시가 마련해 놓은 앞선 자리는 동래의 온천, 그리고 그 뒤를 둘러치고 있는 금정산 풍경이 차지한다.

2.

동래온천이 기록으로 모습을 드러내는 첫자리는 『삼국유사』다. 682년 신라 신문왕 2년에 재상 충원공이 동래온천에서 목욕을 했다는 기록이 그것이다.[2] 그 뒤 고려에서 조선을 거치며 동래온천은 온천욕을 즐기려는 문인·귀족들이 오갔고, 그들은 그 경험을 띄엄띄엄 한시로 남기기도 했다. 조선시대에 들어서 온천을 이용한 건강요법과 온천이 지닌 치병 효능이 널리 알려지고 온천 활용이 일반화되기 시작하면서, 동래온천도 온천으로서 면모를 갖추며 사람들이 자주

---

2) 동래온천에 대한 기록은 부산지역에서 간행된 여러 향토지에 잘 갈무리되고 있다. 대표가 될 만한 것으로는 아래와 같은 책이 있다.
　　박원표,『부산의 고금』, 현대출판사, 1965.
　　＿＿＿,『부산변천기』, 태화출판사, 1970.
　　김의환,『부산의 고적과 유물』, 아성출판사, 1969.
　　『동래향토지』, 부산직할시 동래구, 1993.
　　최해군,『부산의 맥(상)』, 지평, 1990.
　　동래관광호텔 기획실 엮음,『東萊溫泉小誌』, 동래관광호텔, 1991.

찾는 장소가 되었을 것이다.[3]

우리나라를 찾아온 왜인들조차 동래온천에서 목욕하기를 소원하였을 정도로 동래온천은 널리 알려진 곳이었다. 세종의 대마도토벌이 있었던 뒤부터 왜인들을 일체 건너오지 못하게 했다. 그럼에도 대마도주는 끈질기게 교역을 간청하면서 조건을 내세웠다. 그 가운데 하나로 동래온천의 목욕이 들어 있었다. 동래온천에 대한 왜인들의 집착이 간곡했던 셈이다.

1609년 광해임금 때 삼포를 열자, 왜인들은 활기를 띠며 부산포에 드나들기 시작했다. 그들은 조선에서 행패를 부리고 부녀자 겁탈을 저질렀다. 오랑캐짓이 잦았다. 동래까지 들어와 난동을 부리며 목욕을 하고 양산까지 돌아다녔다. 동래온천은 늘 그들이 탐내는 표적 가운데 하나였다. 그런 일 탓에 동래에서 살고 있는 주민들이 대대로 겪었을 치욕과 불편은 상상하기 어렵지 않다. 제대로 예의를 아는 조선 사람이었다면 벌건 대낮에 헝겊조각으로 사타구니를 싸매고 몰려다니는 '왜놈오랑캐'들과 그들의 행패를 볼라치면 혼비백산했을 것은 당연한 일이겠다.

1876년 1월 병자겁약 뒤부터 왜로들은 '조계'가 생겼다. 그 안의 건물을 자기 것으로 만들며, 마음놓고 장사도 하고 왜의 돈을 쓰며 살수 있게 되었다. 동래·울산·제물포의 땅을 마음대로 사팔고 돌아다닐 수 있게 됨으로써, 첫 식민 침략이 시작된 것이다. 그리고 그 범위를 점차 늘여갔다. 나라 힘이 모자랐던 조선은 그때마다 트집에 질수밖에 없었다. 병자년 2월에는 부산 동래에서 왜로들이 다닐 수 있는 범위가 부두를 중심으로 동서남북 직경 10리로 늘어났다. 우리나

---

3) 온천을 효율적으로 관리하기 위해 온천 이용을 제도화하기 시작한 때가 조선시대였다. 관리 여관격인 '온정원'을 세워 욕객들을 맞이했다. 지방의 수령에게 온천의 공공시설을 맡기고, 운영과 관리를 책임지도록 했다. 이수광이 1614년에 낸 『지봉유설』에는 경상도의 동래온천을 황해도 평산과 충청도의 온양, 강원도의 이천, 고성과 함께 좋은 온천으로 손꼽고 있다.

라 20리 땅이 왜로 손으로 떨어진 셈이다.

그리고 그 여섯 해 뒤인 1882년 임오왜란[4]으로 말미암아 부산·인천·원산에서 왜인들이 살 수 있는 범위를 크게 늘리게 되었다. 기장·김해·양산을 비롯해 동래온천이 이에 들었다. 그리고 2년 뒤인 1884년 갑신왜란으로 그 범위가 100리로 넓혀져 북으로는 언양에까지 이르렀다. 왜인들이 떼를 지어 동래온천으로 몰려들기 시작했다. 오래도록 그들이 꿈꾸었던 동래온천의 자유 왕래도 자연스러운 일이되어 버렸다. 하는 수 없이 동래부에서는 탕 한 곳을 빌려주어 왜인들의 전용 목욕탕을 만들게 했다. 경영관리를 왜인들이 맡으며, 간수를 고정 배치하였다. 망가져 가던 나라 분위기에 걸맞게 동래온천의 오랜 흐름에 왜인들에게 온천 권한을 빼앗긴 처음 일이었다.[5]

1889년에는 왜로 영사가 우리나라의 궁내부와 직접 동래온천 임차계약을 교섭했다. 그들은 온천탕에다 부속건물을 세우고, 본격적으로 온천지역 침투에 나섰다. 왜식 시설을 갖춘 새 목욕탕과 부속건물이 들어서면서 동래온천의 오랜 도시경관은 왜식으로 완연히 바뀌기시작한 것이다. 이를 빌미로 가까운 곳에 왜인 전용 목욕탕이 하나둘 들어섰다. 온천요법하기에 가장 좋은 장소로서 왜인들의 동래 관

---

4) 1882년 임오년 조선군대봉기 때 격분한 조선군이 왜로공사관으로 달려가서 분풀이를 하였다. 그때 그 공사관 유리창이 깨어지고 왜병 한 사람이 죽게 되었다. 그 일로 왜로는 그 피해 보상금과 장례비로 왜나라 돈 55만원을 조선 정부에 요구하였다. 조선 정부에 왜나라 돈이 없는 것을 뻔히 알면서 청구한 꾀다. 그들은 왜나라 돈으로 갚기 어려우면 부산·원산·인천에서 왜인들이 살 수 있는 범위를 넓히는데, 병자년에 정해두었던 10리를 50리로 늘리고 또 2년 뒤인 갑신년에는 100리로 늘린다는 약조에 도장을 찍으라 했다. 이를 임오왜란이라 일컫는다. 그리고 그 2년 뒤인 갑신년에 부산·원산·인천에서 100리까지 왜인들이 살 수 있는 땅을 적어 내었다. 부산에서 보면 북으로는 언양, 서로는 창원·마산·삼랑진, 남으로는 가덕도까지였다. 그 뒤로 이어진 왜란 때마다 저들은 트집을 잡아 조선땅을 야금야금 차지해 나갔다. 그 경과에 대해서는 려증동에 잘 간추려져 있다.
려증동,『고종시대 독립신문』, 형설출판사, 1992.
5) 이런 까닭에 동래 사람들이 왜인을 보는 눈이 매우 적대적이었다. 우리나라에서 맨 처음 민중의 배왜활동이 일어난 곳도 동래였다. 1879년 화방이라는 왜로 공사가 부산항 측량을 위해 왜의 군함을 타고 입항하여, 동래온천으로 가자고 했다. 이때 우리 관헌들이 그것을 한마디로 거절하였다. 게다가 그것을 지켜본 동래성 사람들이 문루와 성벽으로 올라가 사정없이 돌멩이를 내려 던졌다. 몇 놈이 상처를 입은 채 왜인들은 황급히 도망을 쳐야 했다.

광이 본격화되기 시작한 것이다. 왜로들은 막대한 재력을 바탕으로 우리가 가지고 있었던 땅과 집들을 때로는 돈으로, 때로는 힘으로 마구잡이 사들여 온천장의 상권을 손아귀에 넣어갔다.

경술국치를 겪은 뒤인 1914년 왜로들은 우리 지명을 뜯어고쳤다. 이때 동래부는 부산부로 바뀌게 된다. 바야흐로 부산포가 부산지역의 중심으로 올라서는 사건이었다. 동래부는 새로 생긴 동래군에 포함되어 군으로 떨어졌다. 그리고 경편철도가 생겨 왜인들을 동래로 실어날랐다. 용두산을 중심으로 힘을 넓혀왔던 왜로들은 온천과 금정산 비알의 자연경관에 반하여 서둘러 동래온천으로 진출하였다. 동래 온천지역은 왜로 부호들의 새로운 별장지로, 관광지로 자리바꿈을 시작한 것이다. 이 무렵 생계가 막연했던 조선의 기녀들도 다시 기방을 만들고 조직을 만들어 왜의 기생들과 겨루면서 독특한 동래 온천의 기방문화를 만들지 않을 수 없었다.

1915년에는 부산진과 동래 사이에 경편철도가 멈추고 드디어 전차가 들어섰다. 이 일로 온천장은 더욱 활기를 띠며 유흥지로서 이름을 떨치기 시작했다. 왜인이 운영하는 여관, 요정, 상점만도 쉰 곳을 넘었다고 한다. 걷잡을 수 없이 밀려드는 왜인과 그 자본의 침탈로 동래온천은 그들만의 전유물로 바뀌어가고 있었던 셈이다. 그 가운데서도, 우리나라 사람이 경영하는 여관 또한 한 둘씩 생겨나기 시작했다. 동래지역을 비롯해 우리나라 토호와 한량들도 왜인들과 섞여 동래온천 나들이와 기방 유흥을 즐겼다.

1922년 왜로는 동래온천 사업을 그들의 이른바 국책회사인 만주철도주식회사에 넘겼다. 만주철도주식회사는 앞서 있었던 공중목욕탕을 크게 넓히고 새로 고쳐 수십 명이 드나들 수 있는 공중목욕탕과 별탕을 만들었다. 여러 개의 방과 휴게실도 넣고 호텔과 요양소도 꾸몄다. 이어 그들은 큰 버스를 운행하며, 우리나라 사람을 끌어들이기 시작했다. 뛰어난 효험을 떠벌리면서 동래온천을 본격적으로 상업화하였다. 왜로 군대도 해마다 늦가을부터 이른봄까지 동래온천을 요양소로 삼기도 했다. 동래가 근대적인 관광휴양지로 탈바꿈하게 된 것이 이때부터였다.[6]

나라 이저곳에서 관광객이 밀려들고, 주말과 공휴일에는 부산에서 전차를 타고 몰려드는 욕객들로 하루 내내 북적댔다. 먹을거리와 장난감을 파는 상점이 곳곳에 들어섰다. 왜인 기생들도 무너져가던 동래권번의 기생과 달리 그들만의 활발하고도 조직적인 활동을 벌였다. 왜로들은 온갖 악랄한 방법으로 동래와 금정산 비탈의 빼어난 땅을 빼앗아, 그들의 휴양과 조선 수탈의 장소로 키웠던 셈이다. 짧은 2, 30년 세월 사이에 동래온천의 경관은 완전히 왜풍으로 바뀌고 말았다.

길가에 느러선
아가시야 나무
自動車 바람에
다 시들엇고
三南의 베파튼
쌀죽이 돈은
溫泉鹽 獨湯에
다 녹아난다
아서라 妓生아
곤댓질 말어라

---

6) 아예 조선총독부에서 나서 지질조사를 하고 나섰던 때도 이 무렵이다.
『朝鮮地質調査要報 第2券 : 東萊溫川調査報文·東萊溫川第2回檢定報文』, 조선총독부지질조사소, 1924.

네 얼골 그립어
예 온 줄 아늬

— 이경수, 「東萊溫泉」

무궁화 三千里 좁지 않흔 벌에
東來야 溫泉만치 고은 곳 잇스랴
멀고 먼 녯날에 白鷺가 날러와
沐浴하엿다는 傳說을 가졌고
뒤에는 金井山 압에는 梵魚水
景致야 말로 밝게 참으로 고읍네

— 조순규, 「蓬萊遊歌」 부분

  앞선 작품은 1924년에 씌어진 이경수의 민요시다. 왜인들뿐 아니라, 우리나라 곳곳에서 몰려든 한량과 토호, 기녀들의 흥청거림, 웃음소리를 안타깝게 바라보며 비꼰다. 길가에 새로 늘어선 왜종 '아가시아' 나무에다 신식 "자동차 바람"은 온통 낯설고 꼴사나운 풍경이다. 게다가 대단찮은 푼돈을 쓴답시고 왜인들과 함께 법석을 떠는 조선 사람조차 볼썽사납다. 그런 마당에 기생이 해대는 '곤댓질'은 마냥 밉상일 뿐이다. 게다가 온천 유흥을 즐긴 왜인들은 가까운 범어사·통도사로 쏘다니며 공양합네 하고 왜나라 종이돈을 올리며 설치고 다녔을 터이다. 모처럼 동래에 들르게 된 말할이로서는 기가 막힐 노릇이 아닐 수 없다.

  뒤에 올린 작품은 1927년에 발표된 조순규의 것이다. 몇 해 사이 동래온천에 대한 생각이 사뭇 다른 길로 들어섰다. 이경수에 견주어 조순규가 젊은이였던 까닭이라 하더라도, 새롭게 왜풍으로 단장된 동래온천에 대한 생각이 무심하다. "무궁화 삼천리"라 남들 하는 말을 생각없이 끌어다 놓고서는 동래온천만큼 "고은 곳" 없을 것이라 감탄을 뱉았다. 이 시기 동래가 낳은 광복열사 박차정은 오늘날 동래 여고인 동래일신여학교 3학년을 어렵게 다니면서 장차 항왜활동에 바쳐질 몸과 마음을 다지며 동래의 밤거리를 추위에 떨면서 오갈 때였다.

이경수와 조순규의 시를 빌려 1920년대 조선 사람들이 동래온천이나 왜풍의 문화를 바라보는 서로 맞선 두 눈길이 어느 정도 드러났다.

3.

노자영(1899~1940)은 널리 알려진 시인이 아니다. 황해도 송화에서 태어났고 호를 춘성(春城)이라 썼다. 나라잃은시기 동안 거의 문필 활동으로 생계를 꾸려나갔던 몇 되지 않는 사람 가운데 한 사람이다. 대중적인 읽을거리를 많이 남긴 사람으로 문학적 품격이 떨어질 것이라는 선입견 탓에 일찍부터 그는 제도학문 바깥에 놓여 있었다. 거의 기피 대상이었다. 이즈음 들어 최양옥이 경상대학교에서 학위논문으로 노자영 시를 연구한 일이 있고, 그것을 낱책으로 내놓은 적이 있다.[7]

최양옥의 연구가 있기 앞서 쓰여진 노자영에 대한 글은 한 손에 꼽아도 모자랄 지경이다. 그의 문학에 대한 실상이나 문학사회학적 위상에 대해서는 앞으로 꼼꼼한 연구가 뒤따라야 될 일이다. 최양옥은 그의 시가 겨레정서를 담고 있다고 보아 대중시인이라는 선입견에서

---

7) 최양옥, 『노자영 시연구』, 국학자료원, 1999.

한 발 끌어올릴 수 있는 바탕을 마련했다. 스무 해가 채 되지 않은 문단활동 동안에 그가 써낸 수필·소설·번역·시·서간에 걸친 작품은 그 전모를 파악하는 것조차 힘들 정도다.

글쓴이가 눈여겨보는 것은 그의 시에서 비로소 부산이라는 특정지역이 우리 근대시에 체험의 장소로 모습을 드러내고 있다는 점이다. 금강산이나 경주와 더불어 이미 왜로들의 관광자본이 차지하고 있었던 동래온천과 그 뒤를 둘러치고 있는 금정산이 그것이다. 근대의 이른 시기부터 많은 이들이 부산을 오갔을 터이나, 하나의 시적 장소로 자각되지 않다가 1930년대로 들어서면서 비로소 지역시인이나 외지시인 할 것 없이 부산포와 부산의 항구가 노래로 담기기 시작한다. 게다가 그것은 부산의 바다풍경을 노래하기 일쑤였다. 그런 점에서 1920년대 작품인 노자영의 부산시는 이른 경우며, 특이한 경우다.

황해도에서 태어나 평양에서 공부를 마치고, 서울에서 머물며 문학활동을 했던 노자영으로서는 부산을 오갈 기회가 그리 많지 않았을 것이다. 모두 두어 차례에 그쳤던 것으로 여겨진다. 동아일보사 사회부에서 기자 일을 보고 있었던 1922년 무렵 낙동강 수해를 취재하기 위해 삼랑진을 거쳐, 남강과 낙동강 하구를 오갔을 것으로 여겨진다. 이때에 부산 걸음이 있었을 것이다.

또 한 번은 그로부터 몇 해 뒤였다. 1926년 박봉으로 신문사를 그만두고 청조사라는 출판사를 만들었던 노자영은 거기서 잘 팔리는 소설집과 수필집을 열심히 내어 경제적으로 넉넉해질 수 있었다. 그리하여 내친김에 그는 일본대학 문과에서 공부를 새로 시작하기 위해 부산을 거쳐 왜국으로 건너갔다. 그 일을 위해 부산에 잠시 머물렀을 그때 동래온천에 들렀던 것이다.[8] 그리고 그때의 흔적을 동래온천 시 세 편에 남겼다. 그 세 편 가운데서 두 편이 1926년 봄 동경에서 쓰여진 것으로 적혀 있는 까닭이다.

금정산을 등에 지고, 구월산을 멀리 건너다 보며 띄엄띄엄 마을이 고즈넉하게 앉아 있었던 동래성 한 옆으로 휘황한 왜로들의 글씨로 꾸민 등불이 밤낮으로 거리를 밝히고 있었을 것이다. 그 사이를 잰걸음을 치며 오가는 왜인과 왜녀, 기녀들의 웃음소리, 왜말이 이국풍경을 더하게 했을 1920년대 중반 무렵 그는 동래온천에 와서 무엇을 보고, 무엇을 느꼈던 것인가. 그에게 금정산은 그러한 동래온천의 환유였다

金井山엔 반달이 굽어지고
진달내꽃은 밤이슬에 잘 째

그곳에 계신 우리님 마음은
그곳에 게신 우리님 마음은

우리님 마음이 구름이라면
玄海를 건느고 山을 넘어서
쩌오는 저 구름 속에나 계시련만은

우리님 마음이 별이라 하면
銀河를 건느고 뜰을 지나서

---

8) 그가 남긴 수필 가운데서 「금정산의 반달」이란 글이 있다. 이 글은 '봄이면 생각나는 곳'이라는 이름을 내걸고 쓰여진 수필이다. 이 글에서 그는 "봄날이면 그리운 그 곧"을 "벌써 육년 전" 봄날에 보았던 금정산이라 하고 있어. 그가 1926년 어름에 들렀던 것을 짐작하게 한다. 이 글에서 그는 "금정산 어울어진 반달 알에/진달래꽃 밤이슬에 잘 때/흐르는 반쪽달 마음 그리워/잠자는 그 꽃 우에 입을 마추네//하늘에는 반쪽 달 땅에는 붉은 꽃/소닢에 걸린 달 금 바눌 은바눌/꽃 우에 젖은 이슬 금구슬 은구슬……//님이어 나와 함께 노래하서요/금정산 고은 달 지지를 말고/행복의 그 꽃 우에 꿈이 길라고……"라고 제목 없는 가락글 한 편을 올려놓고 있다.
『신가정』 2월호, 신가정사. 1933. 42~43쪽.

비치는 저 별 속에나 오시련만은⋯⋯.

그러나 그 님이 그리워 하날을 본들
하염업시 하날을 치어다 본들
구름은 쓰고 별은 비치나
우리님 맘이야 차질 길 잇스랴!

金井山 굽어진 반달 아래
진달내꼿만 밤이슬에 잘 쌔
외로히 쩌러진 우리님 생각⋯⋯

(1926. 5. 1. 동경)

—「못잇는 그의게」

이 시는 일본 동경에서 "우리님"으로 표현되고 있는 사람을 그리는 마음을 담고 있다. "진달래꽃 피는 봄" "금정산 굽어진 반달 아래"서 그 님과 겪었던 일을 잊지 못한 채 "하염없이" "하늘을" 보면서 지금쯤 동래온천 금정산 자락을 거닐고 있을지도 모를 그 임을 떠올려 본다. 소박한 연정을 들내고 있는 작품이다. 게다가 부풀려 쏟아 놓은 느낌이 시의 감상성을 드높이고 있다. 그 무렵 이미 눈시울 붉히며 슬픔에 짐짓 빠져드는 말할이를 내세워 많은 독서대중의 사랑을 받고 있었던 노자영 시의 전형적인 모습을 그대로 담았다.

따라서 이 시에서 드러나는 바 "그곳에 계신 우리 님"이나 그와 겪었을 일들은 실제 경험인가 아닌가는 문제 삼을 필요가 없다. 이 시에서 중요한 점은 동래온천에서 겪을 법한 막연한 사랑 경험의 분위기며, 그것이 읽는이에게 마련해 줄 내면적 정서공간이다. 애절한 사랑이라는 대중적 도식 감정을 주도적으로 이끌어 들여 읽는 이에게 호소하는 자세를 그대로 보여준다. 그런 까닭에 이 시는 특정한 장소인 동래온천과 금정산을 시 속에 끌어왔으나, 그곳의 고유한 장소성이나 현실성이 중심이 되고 있지 않다. 다만 온천 뒤로 펼쳐져 있는 금정산이 남녀의 열애가 오가는 현실 장소로 자각됨으로써 단순한 자연배경으로 밀려나지는 않았다.

반달에 빗겨진 銀실 눈에
眞珠가 쓰고 꽂이 필 째
그리고 限업는 秘密이 가루 덥힐 째!

"선생님! 선생님······" 부르는 목소래
金실에 얽히고 불꽃에 덥힐 째
그리고 꽂업는 깃붐에 心臟이 탈 째!

마음과 마음과 靈魂과 靈魂이
두 팔을 쎠안고 하날에 오를 째

아, 반달 두 눈 그 銀실 우슴에
이 몸은 잠기고 쎄지고 사라저
그 모든 것을 잇고 마럿서라

(1926. 4. 30. 동경)

―「반달 두 눈!― 金井山 녯자리를 생각하고」

이 시는 앞선 작품에 견주어 사랑과 연정의 경험에 대한 표현이 사뭇 실제적이다. "선생님, 선생님"하여 말할이를 부르는 소리까지 구체적으로 드러내놓고 있을 뿐 아니라, "두 팔을 껴안고 하날에 오른다"며 구체적인 성애를 암시하는 표현까지 머뭇거리지 않고 나아갔다. 앞에 든 시에 견주어 매우 고양된 연정인 셈이다. 게다가 앞에 든 시가 동래온천의 금정산을 이음매로 삼아 사랑하는 임에 대한 나의 그리움을 보여주는 데 무게가 실려 있다면, 이 시는 그 방향이 다르다.

남녀의 성애를 내놓고 다루기 쉽지 않았던 때였다. 그 무렵으로서는 매우 앞서간 열정을 표현했다. 사람들에게 새롭고도 낯설었을 온천지역을 시의 배경으로 마련한 것에 걸맞는 글감으로 여겨진다. 서울이 아닌 동래라는 변두리는 노자영에게 적극적인 성애의 분위기를 연출할 수 있도록 이끄는 데 좋은 자리가 되었던 셈이다. 말할이는 "모든 것을 잇고" 말 정도로 "영혼과 영혼이", "심장"이 타는 열정을 다시금 겪어보고 싶다는 욕구에 몸을 내맡기고 있다. 사랑으로 말미암은 고통과 열락의 모순감각을 잘 보여준다. "반달 두 눈"을 가진 그 임과 "금정산 옛 자리"에서 겪었음직한 사랑의 강도, 추억의 절실함이 더하다. 두 번째 시에서는 동래온천의 금정산이 한 발 더 나아가 이성애가 들끓는 장소로 깊어지고 있다.

적은 새가 숯을 안고 松林에 숨길 쌔
철죽숯이 바람 안고 하늘에 갈 쌔

金井山 굽은 길에 우리님 압시고
그 뒤 싸라 이 몸은 숨에 안겨서…….

숯들아 너히는 자지를 말고
붉은 비단에 선물을 싸서
방긋방긋 우리 앞혜 우셔만 다오

새들아 너희는 작란을 말고
구슬실줄에 피리를 매여
숯은 웃고 새는 울고―그래서
바위까지 우리 위해 祈禱하는 날―
굽은 길 山길에서 우리님하고
숨으로 노래로 쏘한 숨으로…….

　　　　　　　　　　　　　　　―「봄의 讚美」

　노자영이 남긴 세 번째 동래시는 앞의 두 편과 또 다른 눈길을 보여
준다. 이 시는 다시 한 번 '우리님'과 동래온천에 가서 "금정산 굽은
길"을 걸을 수 있는 기회가 마련될 경우에 말할이가 이룰 가정행위를
담고 있다. '새'와 '철쭉꽃'의 대위를 마련하고, 그 둘이 '우리님'과
'내'가 "금정산 굽은 길"을 함께 걸어갈 때, 축복해 달라고 '기도하는'
마음을 담았다. 꽃을 "붉은 비단" '선물'에 싸인 것으로, 새들은 "구슬
실줄에 피리" 맨 모습으로 견주고 있는 데서 서툴지 않은 과감한 이미
지 전이를 마련했다. "우리님하고/숨으로 노래로 쏘한 숨으로" 후회
없이 가고자 하는 시인의 욕구가 "봄의 讚美"만큼 무르익었다. 임과
이룰 숨길 수 없는 사랑이라는 대중적·상업적 주제에 몸을 맡겨 시
인 스스로 그러한 정서적 상태와 분위기를 앞서 즐기고 있는 형국이
다.

4.

　노자영은 1920년대 부산지역을 시의 장소로 끌어온 몇 안되는 시
인 가운데 한 사람이다. 그는 동래온천과 관련된 시를 세 편이나 남

기고 있다. 처음 시에서는 임과 겪었을 사랑과 그 임에 대한 그리움을, 두 번째 시에서는 그 사랑의 시간과 장소로 되돌아가 그때의 뜨겁던 경험을 되겪어 보려는 구체적인 회상 정황을, 세 번째 시에서는 사랑하는 임과 다시 만나게 될 경우 이루어나갈 사랑의 순간, 즐거움의 순간을 미리 되겪는 모습이 그것이다. 말하자면 그의 동래시 세 편은 이성애라는 한 가지 내용을 중심으로 과거에 대한 회상과 과거의 현재화, 그리고 미래의 선취라는 틀을 밟고 있는 셈이다.

그러면서 그의 시의 눈에 나타나는 열정적인 사랑과 연정은 1920년대 다른 시인들의 사랑시와는 비슷하면서도, 구체적인 이성애를 갈구하고 있다는 점이 특별하다. 짐짓 신비화된 만해의 '임'이나, 유약한 여성의 탈을 바꿔 낀 채 숨을 고르던 김소월의 '임', 또는 여성성이 거세된 듯한 김억의 중성적인 '임'과는 사뭇 다르다. 남녀 사이의 구체적인 이성애가 노자영 시에서는 선명하다. 새로운 방향이며, 솔직한 표현이다. 그의 시를 품격 낮은 통속시로 몰고 가도록 이끈 풍경이다. 그의 동래온천 시는 그런 점을 아낌없이 보여주고 있는 셈이다.

그러므로 그에게 동래온천이나 금정산의 새롭고도 낯선 풍경은 거기에 잠시 머물러 연인과 새롭고도 황홀한 사랑을 나눌 만한 막연한 성애의 공간이었다. 이러한 장소감각은 오래도록 왜풍이 자리잡고 있었던 부산포의 갯가 분위기와 대타적으로 강화된 동래 사람의 강직한 항왜 분위기와는 멀리 떨어진 새로운 동래의 장소성이다. 그리고 그것은 왜풍과 왜로제국 자본주의의 승리를 아울러 보여주고 있는 징후인지도 모른다. 여기에 그의 부산시를 읽는 미묘함이 있다.

어쨌든 우리 근대시가 담아내 놓은 부산의 첫 풍경에 노자영의 동래온천과 성애가 한자리를 마련한다는 것은 흥미로운 일이다. 그러나 노자영에게는 같은 시기 이런 성애의 열정만 있었던 것이 아니다.

조선의 유이민이 헐벗으며 떠돌고 다녔던 지나의 마도강 지역, 또는
두만강·백두산과 같은 장소나 경계에서 겪는 경험은 동래온천과는
사뭇 다르다.

> 저편은 支那 따 이 편은 배달 따
> 쪼기는 白衣人의 압흔 가슴이
> 豆滿江 건널 때면 눈물이 되야
> 주루루 주루루 물줄기갓치
> 그 江 우에 떠려져 거품이 된다고
>
> 오! 白衣人의 눈물 담은 나의 豆滿江
> 아직도 네 가슴에 그 눈물 잇는가?
> 나도 역시 白衣人의 외로운 한 사람
> 同胞들이 울고 간 豆滿江에서
> 나인들 아니 울고 엇지 미치랴!
>
> ―「두만강의 노래」 부분

'백의인', 곧 흰 옷 입은 사람으로 표현되는 배달겨레와 그 삶이 깃
들고 있다. 배달겨레가 겪는 바 괴로움과 슬픔을 시의 바닥에 깔아두
고, 성애에 몸을 맡길 때와는 다른 슬픔을 뱉어내고 있다. 동래온천
을 다룬 시들과는 또 다른 감성성을 엿볼 수 있다. 그러나 "저편은 支
那 따 이 편은 배달 따/쪼기는 白衣人의 압흔 가슴"을 함께하면서
"同胞들이 울고 간 豆滿江에서/나인들 아니 울고 엇지 미치랴!"라는
탄식이 어디에서 말미암은 것인지는 알기 어렵다. 타자에 대한 성애
의 감정이 자연스레 옮겨간 단순한 수사적 장식일 수도 있다. 아니면
"배달" 땅과 그 겨레의 현실에 대한 깊은 공감에서 비롯된 비통일 수

도 있다. 분명한 점은 동래온천의 금정산과는 다른 장소감이라는 사실이다.

열정적인 성애와 겨레 현실 사이에 가로놓인 거리야말로 노자영 시의 공간이 단선적이지 않다는 믿음을 준다. 사뭇 다른 이러한 이중적 울림을 한 공간에 지닐 수 있었던 데에 그의 삶과 문학의 진폭이 있다. 그런 진폭을 마련해 준 동기가 무엇이었던가는 알 수 없다. 지금 이 자리에서 생각할 수 있는 것은 그의 시적 경험은 무엇보다 타인의 경험에 대한 추체험이라는 방식을 지녔던 것이 아니었을까 하는 짐작이다. 그의 시가 보여준 대중성과 가벼움을 이해하는 한 고리가 됨직하다. 그리고 그러한 이중적 울림 밑바닥에는 이미 이경수의 민요시에서 본 바와 같은 현실에 대한 불화가 깊이 깔렸을 것이다. 이 정도에서 다시 한 번 이경수가 읽은 동래온천을 찾아가 본다. 빈정거림과 노여움이 장히 좋지 아니한가.

三南의 베파튼
쌀죽이 돈은
溫泉鹽 獨湯에
다 녹아난다
아서라 妓生아
곤댓질 말어라
네 얼골 그립어
예 온 줄 아늬

— 이경수, 「東萊溫泉」 부분

■ 참고문헌

1. 1차 자료

『思想彙報』, 『無産者』, 『藝術運動』, 『新詩壇』, 『朝鮮之光』, 『批判』, 『朝鮮詩壇』, 『詩人春秋』, 『詩學』, 『掃除夫』, 『新建設』, 『浪漫』, 『音樂과詩』, 『新少年』, 『별나라』, 『貘』, 『朝光』, 『文學創造』, 『形象』, 『風林』, 『新家庭』, 『儒道』, 『女性之友』, 『前線』, 『新文藝』, 『時代公論』, 『半島の光』, 『家庭の友』, 『文化朝鮮』, 『內鮮一體』, 『東洋之光』, 『國民總力』, 『藝術』, 『새동무』, 『鹿苑』, 『兒童文學』, 『少年』, 『아희생활』, 『群旗』, 『新階段』, 『東光』, 『我等』, 『우리들』, 『衆聲』, 『小學生』, 『藝術運動』, 『새싹』, 『朝鮮文藝』, 『新天地』, 『人民藝術』, 『協同』, 『文學』, 『우리동무』, 『우리文學』, 『접동새』, 『兒童』, 『한얼』, 『民友』, 『每日新聞』, 『東亞日報』, 『朝鮮日報』, 『每新 寫眞旬報』, 『文學新聞』, 『愛國 文藝新聞』, 『朝鮮 中央日報』, 『時代日報』, 『嶺南春秋』, 『中央公衆報』, 『南鮮公論』, 『民主 衆報』, 『釜山日報』, 『慶南日報』.

『1945年 朝鮮年鑑』, 경성일보사, 1944.

『慶尙北道 職員, 公職者 團體役職員 名簿』, 경상북도, 1927.

『浪漫派』 3호, 낭만파사, 1947.

『名簿』, 동래공립고등보통학교, 1933.

『물푸레』 1집~11집, 물푸레문학동인회, 1978~1993.

『배재동창회원명부』, 배재동창회, 1941.

『聖戰誠詩集』, 경학원, 1937.

『소화15년 조선인명록』, 경성일보사, 1940.

『수대학보』(축쇄판 1), 부산수산대학교 수대학보사, 1991.

『水鄕隨筆』, 1집~12집, 수향수필문학동인회, 1974~1983.

『朝鮮紳士大同譜』, 조선신사대동보발행사무소, 1913.

『朝鮮紳士錄』, 조선신사록간행회, 1931.

『朝鮮紳士寶鑑』, 조선문우회, 1914.

『朝鮮儒敎會創立宣言書及憲章』, 조선유교회, 1933.

『朝鮮總督府及所屬官署 職員錄』, 조선총독부, 1937.

『졸업생명부』, 마산공립상업학교 동창회, 1940.

『창비어린이』 창간호, 창작과비평사, 2003.

『통영문학(충무문학)』, 1집~17집, 통영문인협회, 1981~1998.

『푸르가토리오』, 동래공립중학교문예부, 1950.

『풍요』, 동래중학학우회문예부, 1949.

『학우회지』 창간호, 진주프린트사, 1947.

『한글번역 진주대관』 진주신문사, 1995.

『한산섬』, 한국시조작가협회, 1970.

『햇불』, 우리문학사, 1945.

『회지』 1호, 진주사범학교동창회, 1953.

「일본어로 표기된 한국인 작품목록」(1)·(2), 『문학과비평』 가을·겨울호, 문학과비평사, 1990.

「지역문학발굴자료 〈소제부 제1시집〉, 〈생리〉 1·2집」, 『지역문학연구』 2호, 경남지역문학회, 1998.

경상남도공립사범학교 교우회, 『飛鳳之緣』 1집, 경상남도공립사범학교, 1925.

경상남도공립사범학교학우회 문예회, 『學友文藝』 5집, 경상남도공립사범학교, 1926.

계훈모 엮음, 『韓國言論年表 Ⅰ』, 관훈클럽영신연구기금, 1979.

_____ 엮음, 『한국언론연표 Ⅱ』, 관훈클럽영신연구기금, 1987.

고두동, 『皇山시조집』, 태화출판사, 1963.

_____, 『황산고두동문선』, 동백출판사, 1983.

_____, 『세월과 바람』, 동백출판사, 1988.

권 환, 『自畵像』, 건설출판사, 1943.

_____, 『倫理』, 성문당서점, 1944.

_____, 『凍結』, 건설출판사, 1946.

기념사업회, 「연보」, 『요산 문학과 인간』, 오늘의문학사, 1978.

김대봉, 『無心』, 맥사, 1938.

김명식 엮음, 『一堂紀事』, 일당기사출판소, 1927.

김백년 엮음, 『柳洋八仙詩集』, 대구 선일인쇄소, 1920.

김보한, 『벙어리 매미는 울지 못한다』, 글방, 1986.

김상옥, 『草笛』, 수향서헌, 1947.

_____, 『고원의 곡』, 성문사, 1949.

_____, 『이단의 시』, 성문사, 1949.

_____, 『의상』, 현대사, 1953.

_____, 『목석의 노래』, 청우출판사, 1956.

_____, 『삼행시』, 아자방, 1973.

_____, 『묵을 갈다가』, 창작과비평사, 1980.

_____, 『향기 남은 가을에』, 상서각, 1988.

_____, 『느티나무의 말』, 상서각, 1999.

김상조 엮음, 『바다의 만리장성』, 통영군공보실, 1968.

_____ 옮김, 『國譯 柳洋八仙詩集』, 통영문화원, 1995.

김상훈, 『隊列』, 백우서림, 1947.

_____, 『家族』, 백우사, 1948.

_____, 『흙』, 문예출판사, 1991.

_____ 과 여럿, 『前衛詩人集』, 노농사, 1946

김성윤 엮음, 『카프 시전집 I』, 시대평론, 1988.

_____ 엮음, 『카프 시전집 II』, 시대평론, 1988.

김소운 엮음, 『口傳童謠選』, 박문서관, 1940.

김영송·박지홍, 「이주홍 연보」, 『윤좌』 16집, 보리밭, 1985.

김용호, 『해마다 피는 꽃』, 시문학사, 1948.

김은자, 『떠도는 숨결』, 나남, 1987.

_____, 『상심하는 나의 별에게』, 심상사, 1981.

김정명 엮음, 『朝鮮獨立運動 IV — 공산주의운동 편』, 원서방, 1967.

_____ 엮음, 『朝鮮獨立運動 V — 공산주의운동 편』, 원서방, 1967.

김정한, 「隣家誌」, 『춘추』 9월호, 조선춘추사, 1943.

_____, 「요산 연보」, 『人間團地』, 한얼문고, 1971.

_____, 『김정한 소설선집』, 창작과비평사, 1974.

_____, 「김정한선생 연보」, 『낙동강의 파숫군』, 한길사, 1978.

_____, 『사람답게 살아가라』, 동보서적, 1985.

김춘수, 『김춘수전집』, 민음사, 1994.

김혜숙, 『너는 가을이 되어』, 도서출판 경남, 1989.

남대우, 『우리동무』(유고집), 정윤, 1992.

단대출판부 엮음, 『빼앗긴 책』, 단대출판부, 1981.

독립군시가집편찬위원회 엮음, 『독립군시가집 배달의 맥박』(증보판), 사단
　　　법인 독립동지회, 1986.

동래공립고등보통학교교우회, 『교우회보』 7집, 동래공립보통학교, 1929.

동래일신여학교 교우회, 『일신』 2호, 동래일신여학교, 1928.

류희정 엮음, 『1920년대 아동문학집(1)』, 문학예술종합출판사, 1993.

_____ 엮음, 『1920년대 아동문학집(2)』, 문학예술종합출판사, 1993.

_____ 엮음, 『1920년대시선(3)』, 문예출판사, 1992.

마산공립상업학교교우회, 『회지』 4호, 1929.

문명기, 『雲巖壽帖』 자가본, 1938.

문병찬 엮음, 『조선소년소녀동요집』, 대산서림, 1926.

민병욱, 『한국 희곡사 연표』, 국학자료원, 1994.

박경리, 『김약국의 딸들』, 지식산업사, 1980.

_____, 『자유』, 솔출판사, 1994.

박문하, 『落書人生』, 아성출판사, 1972.

박산운, 『내 고향을 가다』, 평양출판사, 1990.

_____, 『두더지 고개』, 평양출판사, 1990.

_____, 『내가 사는 나라』, 문학예술종합출판사, 1992.

박석정, 『凱歌』, 북조선문학예술총동맹 문화전선사, 1947.

_____, 『박석정시선집』, 조선작가동맹출판사, 1956.

박재두, 『流雲蓮花文』, 금강출판사, 1975.

박철석, 『외로운 귀 하나』, 민지사, 1995.

박태일, 『가려뽑은 경남부산의 시 [1] 두류산에서 낙동강에서』, 경남대학교출판부, 1997.

_____ 엮음, 『김상훈 시 전집』, 세종출판사, 2003.

시조연구회, 『시조연구』 1집, 1953.

신명균·맹주천, 『공든 탑』, 신소년사, 1928.

신익균, 『戀松集』, 자가본, 1936.

심의린, 『감상재료 소년작문』, 이문당, 1928.

유병근, 『연안집』, 연문출판사, 1978.

_____, 『유작전』, 세화기획, 1983.

_____, 『지난 겨울』, 시로, 1988.

_____, 『西神캠프』, 시로, 1986.

_____, 『사일구유사』, 시로, 1990.

_____, 『설사당꽃이 떠나고 있다』, 전망, 1993.

_____, 『금정산』, 한국문연, 1995.

유치진, 『棗の木』, 극단현대극장 상연대본.

유치환 엮음, 『소제부』, 소제부시사, 1930.

_____, 『구름에 그린다』, 신흥출판사, 1959.

_____, 『청마유치환전집』, 정음사, 1984.

이석봉, 『새봄』, 한글문화보급회 경남지부, 1949.

이영호, 『이원수』, 청화, 1987.

이원수, 「보람없는 청춘 봉사」, 『이 아름다운 산하에』(이원수아동문학선집 26), 웅진출판, 1993.

_____, 「군가를 부르는 아이들에게」, 『솔바람도 그 날 그 소리』(이원수아동문학전집 27), 웅진출판, 1993.

이재복, 『물오리 이원수 선생님』, 지식산업사, 2002.

이주홍 엮음, 『新國文選』, 남푸린트사(유인본).

_____ 엮음, 『中等國文』(상·하), 남푸린트사(유인본).

_____, 『國文學發生序說』(유인본).

_____, 『待車』(유인본).

_____,『탈선 춘향전』(유인본).

_____,『散藁集編』(유인본).

_____,『散藁集編』, 용문사(유인본).

_____,『신고 이문잡취』, 천우사(유인본).

_____ 엮음,『新稿國文選』(유인본).

_____,『아버지는 사람이 저래』(유인본).

_____,『이문잡취』(유인본).

_____ 엮음,『이조가사집』(유인본).

_____,『李朝文學槪觀』(유인본).

_____,『初等國史』, 명문당, 1945.

_____,『예술과 인생』, 세기문화사, 1957.

_____,『이주홍아동문학독본』, 을유문화사, 1963.

_____,『뒷골목의 낙서, 을유문화사, 1966.

_____,『격랑을 타고』, 삼성출판사, 1976.

_____,『파도따라 섬따라』, 현대해양출판부, 1980.

_____,『진달래를 주제로 한 명상』, 학문사, 1981.

_____,『바람의 길목에 서서』, 문음사, 1985.

_____,『저 너머에 또 그대가』, 수대 학보사, 1989.

이주홍문학상 운영위원회 엮음,『이주홍의 문학과 인생』, 세한, 2001.

이향지,『괄호 속의 귀뚜라미』, 현대세계, 1992.

_____,『구절리 바람소리』, 세계사, 1995.

임 화 엮음,『現代朝鮮詩人選集』, 학예사, 1939.

장하보,『寒夜譜』, 한국문인협회 부산지부, 1972,

전일희,『생선장수 전시의 미소』, 해광, 1992.

정 률 엮음,『祖國의 깃발』, 문화전선사, 1948.

정대영,『목탄지』, 전망, 1999.

_____,『황색 일기장』, 빛남, 1995.

정영자,『너를 부르고 만남에』, 글방, 1987.

_____,『물방울로 흐르는 그대』, 지평, 1989.

_____,『좋아한다고 너를 보던 날』, 우리문학사, 1991.

_____,『삼박한 바람 한 줄』, 빛남, 1992.

_____,『내게로 와 출렁이는 바다』, 빛남, 1993.

_____,『가지지는 못하지만 추억할 수 있는 사람』, 전망, 1994.

정운현 엮음,『학도여 성전에 나서라』, 도서출판 없어지지않는이야기, 1997.

정지용,「南海五月點綴」,『국도신문』 5월 7일～6월 28일, 국도신문사, 1950.

정태병 엮음,『조선동요전집』1, 신성문화사, 1946.

조상범,『한산도』, 태화출판사, 1967.

조선문학가동맹시부 엮음,『삼일기념시집』, 건설출판사, 1946.

조선문학가동맹시부위원회 엮음,『1946년판 연간조선시집』, 아문각, 1947.

조선푸로레타리아예술동맹문학부 엮음,『카프시인집』, 집단사, 1931.

조예린,『바보당신』, 시와시학사, 1996.

주정애,『세월』, 유림문화사, 1975.

차영한,『시골 햇살』, 시문학사, 1988.

차한수,『신들린 늑대』, 예문관, 1977.

_____,『손가락 끝마다 내리는 비』, 문장사, 1982.

_____,『버리세요』, 영언문화사, 1988.

_____,『손』, 시와시학사, 1996.

최정규,『터놓고 만나는 날』, 시인사, 1989.

_____,『통영바다』, 창작과비평사, 1997.

최종섭 엮음,「이주홍 연보」,『동백문화』19집, 동백출판사, 1986.

편집부,「김정한 연보」,『작가연구』4집, 도서출판 새미, 1997.

함세덕,「'동승'을 내놓으며」,『童僧』, 박문출판사, 1947.

황석우 엮음,『청년시인백인집』, 조선시단사, 1929.

김소운 편역,『朝鮮民謠選』, 암파서점, 1936.

_____ 편역,『朝鮮童謠選』, 암파서점, 1972.

山本權一郎 엮음,『祝徵兵制實施』, 조선유도연합회, 1943.

2. 2차자료

간행위원회 엮음,『한글학회 부산지회 30돌』, 한글학회 부산지회, 1995.

강남주,『남해의 민속문화』, 둥지, 1991.

강대민,「박차정의 생애와 민족해방운동」,『문화전통논집』4집, 경성대학교 향토문화연구소, 1996.

강동진,『한국농업의 역사』, 한길사, 1984.

강만길·성대경 엮음,『한국사회주의운동인명사전』, 창작과비평사, 1996.

고승제,『한국이민사연구』, 장문각, 1973.

_____,『한국금융사연구』, 일조각, 1975.

_____,「금융조합에 의한 촌락통제의 전개과정」,『한국촌락사회사연구』, 일지사, 1979.

권영민,『한국 계급문학 운동사』, 문예출판사, 1998.

권희영,『해외의 한인희생과 보훈문화』, 국학자료원, 2001.

금융조합조선어독본편찬위원회,『금융조합 조선어독본』상·하, 조선금융조합협회, 1930.

김 승,「1920년대 경남지역 청년단체의 조직과 활동」,『지역과 역사』2호, 부산경남역사연구소, 1996.

김 윤 엮음,『主義解說』, 사회발전사, 1946.

김 철,「순수의 정체—붓과 칼의 일치」,『청산하지 못한 역사』, 청년사, 1994.

김경일,「경성콤그룹과 지방 조직」,『한말 일제하 사회 사상과 사회 운동』, 문학과지성사, 1994.

김광억,「지방연구 방법론 개발을 위한 시론」,『지방사와 지방문화』2, 학연문화사, 1999.

김기진,『끝나지 않은 전쟁 국민보도연맹』, 역사비평사, 2002.

김기호,「김정한 초기소설과 그의 전향에 대한 고찰—작중인물의 현실대응의 변모를 중심으로」,『우리문학연구』3집, 한국외대 사범대 한국어교육과, 1991.

김동규, 『부산연극사』, 예니, 1997.

김동춘, 「1920년대 학생운동과 맑스주의」, 『역사비평』 6호, 역사문제연구소, 1989.

김민철, 「일제하 사회주의자의 전향문제」, 『친일파란 무엇인가』, 아세아문화사, 1999.

김민환, 「〈해방일보〉와 〈노력인민〉의 사회사상」, 『언론과 사회』 9권 2호, 성곡언론문화재단, 언론과사회사, 2001.

김병호, 「최근동요평」, 『음악과시』, 음악과시사, 1930.

김봉우, 「민족해방의 과제와 노동운동」, 『한국민족주의론 Ⅲ』, 창작과비평사, 1985.

김봉우, 「친일파의 범주와 형태」, 『친일파 청산과 민족정기』(대한민국 임시정부 수립 80주년·광복 54주년 기념 학술회의 요지집), 광복회, 1999.

김봉희, 「신고송의 희곡 '선구자들' 연구」, 『지역문학연구』 7집, 경남지역문학회, 2001.

김상옥, 「문화운동─충무·삼천포 지방」, 『경상남도지(중)』, 경상남도지편찬위원회, 1963.

김성봉, 『화랑전기』, 진주사범학교, 1946.

김영대, 『衡平』, 송산출판사, 1978.

김영민, 『한국현대문학비평사』, 소명출판, 2000.

김영범, 「국공대결기(1928~35) 중국에서의 한인 민족전선 통일운동 연구」, 『한말 일제하 사회 사상과 사회 운동』, 문학과지성사, 1994.

김영호, 『협동조합론』, 박문출판사, 1949.

김용호 엮음, 『1947년판 예술연감』, 예술신문사, 1947.

김운태, 『일본제국주의의 한국통치』, 박영사, 1988.

김의환, 『부산의 고적과 유물』, 아성출판사, 1969.

_____, 「박차정 열사」, 『나라사랑』 17집 별쇄, 외솔회, 1974.

김인덕, 「신간회 동경지회와 재일조선인운동」, 『한국근현대사연구』 7집, 한울, 1997.

_____,『식민지시대 재일조선인운동 연구』, 국학자료원, 1996.

김일영, 「국민연극 생성의 배경과 그 실상」,『사람의 문학』, 도서출판 사람, 1995.

김정의,『한국소년운동사』, 민족문화사, 1992.

_____,『한국의 소년운동』, 혜안, 1999.

김정희, 「일제하 동래지역 여성독립운동에 관한 소고—근우회 동래지회를 중심으로」,『문화전통논집』 4집, 경성대학교 향토문화연구소, 1996.

김준엽·김창순,『한국공산주의운동사』 1~5, 아세아문제연구소, 1973.

김지은,『한국 근대 현실주의 동시 연구』, 경남대 대학원 석사학위 논문, 2000.

_____, 「이주홍의 시 연구」,『지역문학연구』 7호, 경남지역문학회, 2001.

김진화,『일제하 대구의 언론연구』, 영남일보사, 1979.

김창수, 「1920년대 민족운동의 일양상—민족운동으로서의 의열단의 활동 보유」,『일제하 식민지시대의 민족운동』, 풀빛, 1981.

김학렬,『조선프로레타리아문학운동 연구』, 김일성종합대학출판사, 1996.

김형국, 「신간회 창립 전후 사회주의자들의 민족협동전선론」,『한국근현대 사연구』 7집, 한울, 1997.

대한군항지편찬회 엮음,『大韓軍港誌』, 1954.

동래관광호텔 기획실 엮음,『東萊溫泉小誌』, 동래관광호텔, 1991.

동래학원 100년사 편찬위원회 엮음,『동래학원백년사』, 학교법인 동래학원, 1995.

려증동,『한국역사용어』, 시사문화사, 1986.

_____,『고종시대 독립신문』, 형설출판사, 1992.

류종렬, 「'結婚前날'에 대한 소고—이주홍 문단 당선작의 의미」,『오늘의 문 예비평』 봄호, 세종출판사, 2003.

_____, 「이주홍과 부산지역문학」,『2003년 전국학술대회 발표문집』, 한국 현대소설학회, 2003.

_____, 「이주홍의 미완의 소설 '야화' 연구」,『한국문학논총』 33집, 한국문 학회, 2003.

마산문화연감편찬위원회 엮음, 『1956 마산문화연감』, 마산문화협의회, 1956.

마산문화연감편찬위원회 엮음, 『1957 마산문화연감』, 마산문화협의회, 1957.

무정부주의운동사편찬위원회, 『한국아나키즘운동사』, 형설출판사, 1983.

민관식, 『재일본한국인』, 중산육영회, 1990.

민주주의 민족전선 엮음, 『해방조선』Ⅰ·Ⅱ, 과학과 사상, 1988.

박경수, 「일제 강점기 재일 한국인의 일어시에 나타난 민족적 정체성」, 『우리말글』 21집, 우리말글학회, 2001.

_____, 「일제하 조선 한국인의 일어시 연구」, 『성곡논총』 33집, 성곡학술문화재단, 2002.

박복래 엮음, 『한국농업금융사』, 농업협동조합중앙회, 1963.

박삼성 엮음, 『통영지지』, 통영공립수산중학교, 1950.

박성식, 「1930년대 경남 학생운동」, 『진주지방의 제문제』, 태화출판사, 1991.

박원표, 『부산의 고금』, 현대출판사, 1965.

_____, 『부산변천기』, 태화출판사, 1970.

박철규, 「해방 직후 부산지역의 사회운동」, 『항도부산』 12집, 부산광역시사편찬위원회, 1995.

박철석, 「청마가 이끈 두개의 동인지―〈소제부 제1시집과 생리지의 모습〉」 『지역문학연구』 2집, 경남지역문학회, 1999.

박태원, 『약산과 의열단』, 백양당, 1947.

박태일, 「지역문학 연구의 방향」, 『지역문학연구』 2호 경남지역문학회, 1998.

_____, 「백석과 신현중, 그리고 경남문학」, 『지역문학연구』 4집, 경남지역문학회, 1998.

_____, 「지역시의 발견과 해석―경남·부산지역의 경험을 중심으로」, 한국시학연구 6집, 한국시학회, 2002.

박현채, 「일제하 민족해방운동의 과제와 농민운동」, 『한국민족주의론Ⅲ』, 창

　　　　작과비평사, 1985.

발간위원회 엮음, 『동래고백년사』, 동래고등학교동창회, 2002.

방인후, 『북한 '조선노동당'의 형성과 발전』, 고려대 아세아문제연구소, 1967.

배제백년사편찬위원회 엮음, 『배재백년사』, 재단법인 배재학당, 1989.

백　철, 『조선신문학사조사 현대편』, 백양당, 1950.

변지섭, 『경남독립운동소사 상』, 삼협인쇄사, 1966.

부산부 부산교육회, 『부산교육50년사』, 조선인쇄주식회사, 1927.

부산일보사, 『비화 8·15 전후』, 부산일보사 출판국, 1995.

부산학생항일의거기념논집편찬위원회 엮음, 『부산학생항일의거의 재조명』, 동래고등학교동창회, 1992.

서광운, 『한국금융백년』, 창조사, 1972.

서국영, 「해방후 20년의 부산연극」, 『부산문예』 2집, 1965.

서범석, 『우정 양우정의 시문학』, 보고사, 1999.

서연호, 『식민지시대의 친일극 연구』, 태학사, 1997.

서우승, 「향토문학사」, 『수향수필』 10주년 기념호, 수향수필문학동인회, 1982.

＿＿＿, 「향토연극사」, 『수향수필』 12집, 수향수필문학동인회, 1983.

서인균, 『조선 사회·민족운동의 회고』, 시조사, 1945.

서중석, 「일제시대 사회주의자들의 민족관과 계급관」, 『한국민족주의론 Ⅲ』, 창작과비평사, 1985.

성　봉 엮음, 『한국현대문인요람』, 1954, 유인본.

성대경 엮음, 『한국현대사와 사회주의』, 역사비평사, 2001.

손동인, 「해설」, 『이주홍아동문학독본』, 을유문화사, 1963.

손영부, 「풍산 손중행 연구」, 『재부작고시인연구』, 아성출판사, 1988.

송　영, 「신흥예술이 싹터나올 때」, 『문학창조』 창간호, 별나라사, 1934.

＿＿＿, 「프로예술운동소사(1)」, 『예술운동』 창간호, 조선예술동맹, 1945.

송수천, 『배재80년사』, 학교법인 배재학당, 1965.

송연옥, 「1920년대 조선여성운동과 그 사상—근우회를 중심으로」, 『1930년대 민족해방운동』, 거름, 1984.

송창우, 「경남지역 문예지 연구」, 경남대학교 대학원 석사학위 논문, 1995.

_____, 「김상훈 시와 동물 알레고리 연구」, 『경남의 계급주의 문학과 밀양』, 경남지역문학회, 2001.

신고송, 「죽은 동지에게 보내는 조사」, 『예술운동』, 조선예술동맹, 1945.

신근재, 「프롤레타리아 문학론의 수용양상」, 『한일근대문학의 비교연구』, 일조각, 1995.

신동한, 「향파 이주홍론」, 『재부작가론·작품집』, 한국문인협회 부산지부, 1974.

신영묵 엮음, 『배재사』, 배재중고등학교, 1955.

신용하, 「일제식민지정책과 그 유산의 청산」, 『한국근대사와 사회변동』, 문학과지성사, 1980.

_____, 「일제하의 지주제도와 농민계층의 분화」, 『한국근대사회사연구』, 일지사, 1987.

아세아문제연구소 엮음, 『일제하의 문화운동사』, 고려대 아세아문제연구소, 1971.

양왕용과 여럿, 『일제 강점기 재일 한국인의 문학활동과 문학의식 연구』, 부산대학교 출판부, 1989.

엄흥섭, 「별나라의 거러온 길」, 『별나라』 속간 1호, 별나라사, 1945.

역사문제연구소 엮음, 『카프 문학운동 연구』, 역사비평사, 1989.

_____ 엮음, 『민족해방운동사』, 역사비평사, 1990.

_____ 엮음, 『한국 근현대 지역운동사 I : 영남편』, 여강, 1993.

역사문제연구소 엮음, 『한국의 '근대'와 '근대성' 비판』, 역사비평사, 1997.

염인호, 『김원봉연구』, 창작과비평사, 1993.

오미일, 「1910~920년대 부산지역 조선인 자본가층의 존재양상과 민족주의 운동의 전개」, 『항도부산』 12, 부산광역시사편찬위원회, 1995.

윤석중, 『우리나라 소년운동의 발자취』, 웅진출판주식회사, 1988.

_____과 여럿, 『언론비화 50편』, 한국신문연구소, 1978.

윤승한, 『新生活의 常識寶庫』, 남궁서관, 1944.

이경란, 『일제하 금융조합 연구』, 혜안, 2002.

이교창·노자영 엮음, 『세계개조 십대사상가』, 조선도서주식회사, 1920.

이덕주, 『태화기독교사회복지관의 역사』, 태화기독교사회복지관, 1993.

이명화, 「민족말살기 일제의 황민화정책과 민족주의자들의 변절과 협력의
논리」, 『친일파란 무엇인가』, 아세아문화사, 1999.

이반송·김정명, 『식민지시대 사회운동』, 한울림, 1986.

이상로 엮음, 『세계문학안내』, 범조사, 1957.

이윤희, 『한국민족주의와 여성운동』, 신서원, 1995.

이장렬, 「일문으로 된 한국근대문학 경남문학인의 문헌 죽보기」, 『지역문학
연구』 7호, 경남지역문학회, 2001.

이재복, 「웃음 속에 배어 있는 고통스런 현실」, 『우리 동화 바로 읽기』, 한길
사, 2001.

이재철, 『한국아동문학연구』, 개문사, 1983.

이재화, 『한국근현대민족해방운동사』, 백산서당, 1988.

이정식, 『조선노동당약사』, 이론과실천, 1986.

_____, 『한국과 일본—정치적 관계의 조명』, 교보문고, 1986.

이주홍, 「문학」, 『경상남도지』 중권(경상남도지편찬위원회 엮음), 경상남도,
1963.

_____, 「부산 문단의 20년」, 『부산문예』 2집, 예총 부산지부, 1965.

_____, 「부산문학사략」, 『부산문학』 6집, 한국문인협회 부산지부, 1973.

이주홍아동문학상운영위원회 엮음, 『이주홍 문학 연구』 1권·2권, 대산,
2000.

_____엮음, 『이주홍 문학 연구—작가작품론』, 대산, 2000.

_____엮음, 『이주홍의 문학과 인생』, 세한, 2001.

이준식, 「일제 강점기 도일 제주도민의 사회사」, 『바다와 섬의 사회사』, 한국
사회사학회 학술발표대회 발표요약문집, 2000.

이지은, 「박산운 서사시집 '내 고향을 가다'에 대하여」, 『경남의 계급주의 문
학과 밀양』, 경남지역문학회, 2001.

이해도, 『조선역사』, 통영인쇄주식회사, 1945.

이해문, 「중견시인론」, 『시인춘추』 2집, 시인춘추사, 1938.

이현주, 「'서울파'의 민족통일전선운동과 신간회(1921~1927)」, 『한국근현대사연구』 7집, 한울, 1997.

임규찬 엮음, 『일본 프로문학과 한국문학』, 연구사, 1987.

임선묵, 『참새지 연구』, 단국대학교출판부, 1993.

임종국, 『친일문학론』, 평화출판사, 1966.

_____, 『실록 친일파』, 돌베개, 1991.

장복성, 『조선공산당파쟁사』, 대륙출판사, 1949.

정상회, 「풍산 손중행의 길」, 『경남의 계급주의 문학과 밀양』, 경남지역문학회, 2001.

정세현, 『항일학생민족운동사연구』, 일지사, 1975.

정인섭, 『색동회 어린이 운동사』, 학원사, 1975.

정진영, 「영남지역 지방사연구의 현황과 과제」, 『지방사와 지방문화』 1, 학연문화사, 1999.

정춘자, 「이주홍 아동문학의 특성」, 『한국아동문학 작가 작품론』(사계 이재철 선생 회갑기념논총간행위원회 엮음), 서문당, 1991.

정혜경, 「1910~1920년대 동경한인 노동단체」, 『한국근현대사연구』 1집, 한울, 1994.

_____, 『일제시대 재일조선인민족운동연구』, 국학자료원, 2001.

정호웅, 「김정한론―屈强의 정신」, 『한국현대소설사론』, 새미, 1996.

조갑상, 「김정한 소설연구」, 동아대학교 대학원 박사학위논문, 1991.

_____, 「시대의 질곡과 한 인간의 명징함―김정한론」, 『작가연구』 4집, 새미, 1997.

조동걸, 「중국 관내지방에서 전개된 한국독립운동」, 『한국독립운동의 이해와 평가』, 독립기념관 한국독립운동사연구소, 1995.

조선과학자동맹 엮음, 『조선해방사』, 문우인서관, 1946.

조선총독부경무국 엮음, 『고등경찰 용어사전』, 조선총독부, 1935.

주봉규, 『한국농업사』, 부민문화사, 1971.

주 평, 『兒童劇講習講本』, 한국아동극협회, 유인본, 1968.

지수걸,『일제하 농민조합운동연구』, 역사비평사, 1993.

차민기,「박석정의 삶과 문학」,『지역문학연구』7집, 경남지역문학회, 2001.

차영한,「문화·예술·체육─문학과 연극」,『통영시지(하)』, 통영시지편찬위
　　　원회, 1999.

최원식,「90년대에 다시 읽는 요산(樂山)」,『문학의 귀환』, 창작과비평사,
　　　2001.

최양옥,『노자영 시연구』, 국학자료원, 1999.

최유리,『일제 말기 식민지 지배정책연구』, 국학자료원, 1997

최재섭,『한국사회주의운동사』, 삼신공사, 1973.

최해군,「풍산 손중행의 시적 배경」,『부산문학』5집, 한국문인협회 부산지
　　　부, 1973.

＿＿＿,『부산의 맥(상)』, 지평, 1990.

편찬위원회 엮음,『부산수산대학50년사』, 부산수산대학교50년사편찬위원
　　　회, 1991.

하운·무아 엮음,『푸로레타리아웅변학』, 혁신서원, 1947.

한계전 외 지음,『한국 현대시론사 연구』, 문학과지성사, 1998.

한국독립운동사연구소,『한국독립운동사사전』(총론편 하권), 독립기념관,
　　　1996.

한국아동문학가인명사전편찬위원회 엮음,『한국아동문학인명사전』, 보리
　　　밭, 1986.

한국역사연구회 1930년대 연구반,『일제하 사회주의운동사』, 한길사, 1991.

한상도,『한국독립운동과 중국군관학교』, 문학과지성사, 1994.

한수영,「고대사 복원의 이데올로기와 친일문학 인식의 지평」,『실천문학』
　　　봄호, 실천문학사, 2002.

한정호,「동인지 낭만파 3집」,『지역문학연구』5집, 경남지역문학회, 1999.

허웅·박지홍 엮음,『국어국문학사전』, 일지사, 1975.

형평운동70주년기념사업회 엮음,『형평운동의 재인식』, 솔, 1993.

홍정선,「카프와 사회주의운동단체와의 관계」,『세계문학』봄호, 민음사,
　　　1986.

山本精一, 『慶南統營邑案內』, 남선일보 통영지국, 1915.

齋藤淸治, 『金融組合令要義』 조선경제학회, 1925.

車田篤, 『朝鮮金融組合聯合會論』, 조선금융조합연합회, 1934.

宮本元, 『시국과준법정신』, 국민총력조선연맹, 1942.

宮孝一, 『朝鮮徵用問答』, 매일신보사, 1944.

木下斗榮, 『朝鮮徵兵讀本』, 세창서관, 1943.

「경남대 박태일 교수, 작품 대량 발굴 해부」, 『부산일보』, 부산일보사, 2002. 10. 17.

「향파 실질적 데뷔작 '결혼전날' 발굴」, 『부산일보』, 부산일보사, 2003. 4. 17.

「동래출신항일투사재발굴 ① : 박차정의 가문」, 『동래신문』, 동래신문사, 1993. 2. 1.

「동래출신항일투사재발굴 ② : 의열단」, 『동래신문』, 동래신문사, 1993. 2. 8.

「동래출신항일투사재발굴 ③ : 박차정의 항일행적」, 『동래신문』, 동래신문사, 1993. 2. 15.

『慶南地誌』, 경상남도교육회, 1930.

『慶尙南道道勢槪覽』, 경상남도, 1939.

『慶尙南道勢槪觀』, 경상남도, 1937.

『돌아오지 못한 언론인들』, 대한언론인회, 2003.

『동래향토지』, 부산직할시 동래구, 1993.

『朝鮮都邑大觀』, 민중시론사, 1937.

『1957년 문화연감』, 마산문화협의회, 1957.

『李忠武公軍史蹟中心 統營郡鄕土寫眞帖』, 六週甲忠武公記念事業統營郡準備委員會, 1953.

『이충무공전사략』, 한산도 제승당, 1962.

『일본유학100년사』, 재일한국유학생연합회, 1988.

조선총독부 경무국 엮음, 「最近にる朝鮮治安狀況」, 미상, 1936.

스칼라피노·이정식(한홍구 옮김), 『한국 공산주의 운동사』 1~3, 돌베개, 1987.

Dawson, 『극과 극적 요소』, 서울대출판부, 1982.

Michel Serres, 「The Algebra of Literature : The Wolf's Game」, 『Textual Strategies』, Methun & Co. Ltd, 1980.

오프스야니코프(이승숙·진중권 옮김), 『마르크스―레닌주의 미학원론』, 이론과실천, 1990.

강재언·김동훈(하우봉·홍석덕 옮김), 『재일 한국 조선인―역사와 전망』, 한림대학교 한림과학원 일본학연구소, 2000.

경상남도 노무과, 『勤勞運動要綱』, 경상남도, 1944.

경성육군병사부, 『受檢壯丁並に父兄の心得』, 1944.

堺利彦(이병의 옮김), 『변증법적 유물론』, 사회과학연구소, 1927.

고준석, 『日本の侵略と民族解放鬪爭』, 사회평론사, 1983.

_____, 『在日朝鮮人革命運動史』, 척식서방, 1985.

_____(김영철 옮김), 『조선공산당과 코민테른』, 공동체, 1989.

大森義太郎, 『唯物辨證法讀本』, 중앙공론사, 1933.

대중총서편집부 엮음, 『사회주의개론』, 중앙인서관, 1931.

大村益夫·布袋敏博, 『朝鮮文學關係日本語文獻目錄』, 綠陰書房, 1997.

大布袋敏博, 「일제 말기 일본어 소설의 서지학적 연구」, 『문학사상』 4월호, 문학사상사, 1996.

문정창, 『朝鮮農村團體史』, 일본평론사, 1942.

朴澤相駿, 「創刊に際して」, 『유도(儒道)』 창간호, 조선유도회(朝鮮儒道會), 1944.

本位田祥男, 『大東亞經濟建設』, 일본평론사, 1942.

森谷克己, 『東洋的 生活圈』, 육생사홍도각, 1942.

三田芳夫 엮음, 『朝鮮に於ける國民總力運動史』, 國民總力運動聯盟, 1945.

서대숙(현대사연구회 옮김), 『한국 공산주의 운동사 연구』, 화다, 1985.

西村彰一, 『時局の農業及農村經濟』, 산업경제학회, 1940.

船山信一(이효진 옮김), 『현대유물론철학개론』, 신학사, 1948.

小山弘健(한상구·조경란 옮김), 『일본 마르크스주의사 개설』, 이론과실천,

　　　1991.

市島謙吉 外, 『藝術による生活改造』, 문명협회, 1928.

野口隆 엮음, 『移民過と文化變容―韓國陜川地域の事例研究』, 일본학술
　　　진흥회, 1976.

오오무라 마스오, 「〈코프조선협의회〉와 우리동무」, 『윤동주와 한국문학』, 소
　　　명출판, 2001.

任展慧, 『日本における朝鮮人の文學の歷史』, 법정대학출판국, 1994.

재일본대한민국민단 중앙본부 엮음, 『韓國民團50年の步み』, 오월서방,
　　　1997.

조선촉독부관방정보과, 『國體本義の透徹』, 조선총독부, 1942.

조선총독부경무국, 『한국학생항일투쟁사』, 성진문화사(영인본), 1975.

靑木治郎, 『イタリア國民厚生運動』, 안토서방, 1943.

村益夫·任展慧 編, 『朝鮮文學關係日本語文獻目錄』, プリントピア, 1984.

片山哲, 『日本 社會主義の展開』, 신사조사, 1966.

上笙一郎, 『兒童文學槪論』, 동경당출판, 1978.

管忠道, 『兒童文化の現代史』, 대월서점, 1970.

『大東亞戰日誌』 제1집, 육예사, 1942.

『續 大東亞戰日誌』, 육예사, 1943.

찾아보기

2. 사항·작품·서적